于敏文集

第十三卷　小说·第一个回合（下）

CFP 中国电影出版社
2019 · 北京

第十三卷目录

小 说·第一个回合（下）

第 十 三 章

1

夸丈夫是女人的天性，热爱丈夫的妻子特别是这样，也不论是女干部还是一般妇女。当然，有的人夸的含蓄，有的人夸的露骨，有的人夸的巧妙，这是因人而异的。

向雨村白天很少有人，只有像梁静宜这一般太太们是例外。天这么热，这些太太们白天很少露面，都在自己的房顶下面或者操劳家务，或者静享清福。同厂区的喧腾器闹相反，这里实在是悄没人声。树荫深处的几声蝉鸣，房檐高头几个麻雀的跳逗，反而更使人觉得静得发慌。到了晚上七八点钟以后，丈夫们和妻子们下班回来，孩子们也下学回来，这一带才满是人声。干部们要是不开会，多半埋头看文件，看报纸，或者补习文化课。这一阵天太热，屋子里待不住，有的就到门外乘凉。一些较老的负责干部连乘凉的份儿也不多。在这些大忙人的意识深处，大概都把消闲看成不合时宜的。既然是创业维艰，有这么一大堆事儿压在头上，偷闲岂不是可鄙的吗？

阮文会和丁楠这一对好朋友住的并不远，可是都忙，很难得碰到一起。八月半的一个晚上，文会从市妇联回到向阳村，可巧碰见了丁楠。一见面，一开话匣子，两个人就黏得分不开了。文会拉了丁楠的手，硬把她拖到自己的门前。门前那棵枫树枝叶浓密，好像一柄亭亭的大伞。文会拉出两个小凳子，面对面和丁楠坐在枫树下面，把唯一的芭蕉扇给了朋友，自己拿一张报纸赶着蚊子。能够和老朋友咬咬耳朵，嘀咕一会儿，她觉得是极大的享受。

“你这人简直不可救药！”丁楠装作生气，不过她那胖乎乎的圆脸上生气也好像在笑。“大夫我早就帮你请好啦，这么多日子你可就是不去。看你瘦得只剩下两个大眼睛，那一头密密匝匝的头发都好像顶不动啦。咱们说好，病倒了你自己负责，我们医院不收。”

阮文会心里一热，很感谢老朋友对自己的关心。她看着丁楠在昏暗里发光的眼睛，轻轻叹了一口气。

“你可不知道，我在省里开了十多天会，回来一瞅，桌子上光文件就压了这么多。”她用两手比画了一下，有半尺厚。为了替自己开脱，她不免多少有些夸张。“你说怎么办，我哪里还有心肠去看病，省里有一个机械厂，人家的党委书记亲手抓家属工作，开展家属互助，保证工友出勤，起了很大作用。咱们这里也有一些出色的妇女，可惜家属工作还没有抓上去。”

丁楠抿嘴一笑，打断她说：“真有意思，你这个死也不愿意干妇女工作的，现在好像迷上妇女工作啦。”

“硬拿鸭子上架，上了架怎么办？不会鸡叫学鸡叫呗。”文会说着，拿报纸扑打几下，赶走几个发狂的蚊子，也轻轻笑了一声。

“我看啊，咱们这些老家伙也只能干一行爱一行。咱们不干谁干？你没见老郁，别的都没兴趣，一门的是炼钢学，一大本一大本，像砖头那么厚，有中文的，也有外文的，硬是往里啃。我说，‘你歇一会儿好不好？党又不要你变成炼钢工程师。’你猜他说什么？‘我不能光靠几句政治空话吃饭，我不啃透它，我就没有发言权，我听着那些技术干部的意见就没法判断是非。我变成个炼钢工程师对党的事业有啥坏处？’我说，‘咱们有许多百战百胜的将军，难道他们还一定得甩一百米手榴弹，才能指挥战争啊。’他说，‘得啦，你少抬举我！我不是坐在后方指挥所里的将军，我是亲临火线的排连长，我甩不出手榴弹就休想指挥人家去冲锋。’你听听，这说的也满有理。”

可惜天早就黑了，要不然文会准能看见丁楠因为夸丈夫而泛上两腮的红晕。她只能看见老朋友一会儿露出来，一会儿隐没在嘴唇里的又白又密的牙齿，看见她那闪耀出幸福的眼光，很高兴共享朋友的幸福，这种共同的幸福感是两个朋友十多年来常常体验到的。十多年前，两对青年男女刚刚在恋爱，一对姑娘总可以在紧张的战斗生活里找到一点空儿，互相向对方心里倾注自己的幸福。文会也有自己的骄傲，她不会错过今儿晚上的大好时机，不能不打开自己的话匣子。

“就说的是，”她点点头，思量着说，“老方倒还不完全像老郁那样。虽然也是三句话不离他的高炉，也啃炼铁学，总还是说自己是吃政治饭的。也许因为他是书记兼厂长，同老郁有所不同。不过像他这样的，想钻成个红色专家也是枉然。瘸子爬不上高山。老郁底子多厚啊，三停里老方一停也没有。幸亏他有那一股子死抱住不放的劲儿，他常常爱说什么人的一句诗：‘咬定山根不放松，’要不然我看他一事无成。”

这话是夸郁文宗，更是夸她的方向明。弦外之音是说：底子薄，干得也蛮不错嘛。这用的是映衬法，是抑扬法，是无师自通的女人天分里就有的无数夸丈夫的妙法之一。丁楠很能体味这一点，不过她丝毫也不嫉妒：她的好心眼巴不得朋友比自己更幸福。文会身体弱，声音低，一字一字地讲着好像背书似的。

“这两个人，那么大了还孩子似的。”丁楠想起一些有趣的事，嘴边含笑说，“见了面三句好话过去，就争，就吵，好像翻了脸；一会儿又嘻嘻哈哈，好啦。那一天老郁说老方放个大工程师不好好用，把个炉缸烧得发热啦。老方就说他道听途说，没有调查没有发言权。这个就说他用一句名言做挡箭牌，堵塞言路。那个就发了火，说这个大工程师恨不能炉缸烧穿，好证明他的冬季修炉危险论。两个舌头碰牙，一声比一声高。我看事儿不妙，赶快端出一大盘蜜枣，这才把两个人的嘴堵住了，你说好玩不好玩。闹了归齐，我也不明白说的啥，也不知道这个大工程师是谁。”

“大概是指范存宇说的，他是炼铁总工程师。”文会歪头想想，说。

“这个人到底怎么样？”

“顶个大名声，一大肚子学问，也有著作，也有翻译，可是从来没有亲手炼一炉铁。”

“啊，是这样。炉缸又是怎么一回事？”

“这我也不明白。听说是高炉炉缸热大了劲儿，有烧穿的危险，闹不好会引起全厂大爆炸，一起上天。可是已经抢救过来啦。厂里争论得很激烈，究竟是什么原因造成的，一直还没有统一的意见。”

丁楠听了，轻轻叹口气：“这些事咱们只好输上两个耳朵，弄不清谁是谁非。”

在这一点上两个好朋友是完全一致的。

向明回来了，手里牵着一走一跳的亭亭。父女二人是在大杨树行外面碰见的。

向明向丁楠问了好，又对文会说，已经在厂里吃了晚饭，今儿晚上要在家里开个会。

两个女的听了，都笑了。

文会一撇嘴唇说：“刚才在这里说你们三句话不离本行，这更好啦，要把你的高炉搬到家里来啦。谁能受得了啊！”

向明很怕文会真的不高兴，连忙赔笑说：“咱们互不侵犯，好不好？你们咬你们的耳朵，我们开我们的会。”

“在哪个角落还不能开个会，巴巴地到家里来。”丁楠笑嘻嘻地替朋友帮腔。

“是开个支部会。在厂里总有人找，弄得人六神不安，躲出来好好谈谈。”

“支部几个人？”丁楠问。

“不多不少，连我一共是三个大人。太少啦，还不到全炉人员百分之五。发展党的工作要很快抓上去。一下做不到百分之十，百分之七八也好，要不然支部的战斗堡垒作用就不大。固然是兵在精不在多，可一定的数量还是需要的。”

丁楠捅了文会一下：“你听，他这好像是向上级汇报支部工作。”

两个女的都笑了。

向明也笑了，“工作不取得你们的谅解，我能有一天平安吗？”

丁楠又说：“党组织都公开啦，你们还开秘密会。”

“党组织可以公开，因为是执政党了，但是党总有它的秘密工作，因为周围还有敌人。”向明一本正经地说，一面解开衬衣的纽扣，让只穿一件线织圆领衬衣的胸膛承受夜晚的凉气。“一切敌人都是蠢材，不过他决不在脸上挂牌子。我宁愿对付十个真正敌人，也不愿对付一个假革命。”

“那我呢？”亭亭因为别人没有注意她的存在，发话了。“你们聊天的聊天，开会的开会，我干啥呀？”

向明疼爱地拍一下小女儿的头：“你呀，有你的分工，你里里外外给我们倒开水，困了就到里屋去睡。”

“我才不困呐。”小亭亭很满意这个分工，因为可以里里外外地跑，又能听妈妈和阿姨的谈话，又能听爸爸和叔叔们的谈话。她飞到里面准备茶杯去了。

这时从昏黄的路灯影里，走来四个人：宋老铁和罗明立，还有牟云开和梁端端。两个青年团员是被邀来列席的。

“你们来啦，好，里边请。”向明说。

2

向明很重视这次支部会，会的开法是他脑子里考虑很久的。他把开会的地点选在家里，就是想避开事务性的干扰，深入地谈一个问题。谈得好，支部工作就能迈出重要的一步，在高炉上开创一个新局面。支部眼前虽然只有三个人，但是也应当起到战斗堡垒作用。当年在国民党的白色恐怖时期，后来在抗日战争初期，党常常派出一个人去开辟一个地区的工作，那么三个人不比一个人整整多两倍吗？

他还常常想起同两个记者的谈话。那时用一些空话打发走了两个年轻人，回想起来很不过意。从那次谈话以后，再没有记者找他。他心里明白，自己的一些想法是不合时宜的，是引不起记者的兴趣的。为什么党政工团问题成了一个时髦的问题？把党政工团平列起来，究竟是加强党的领导，还是削弱党的领导？究竟党在企业里占一个什么位子？是党的工作跟着行政工作打转转，还是党把一切置于自己的领导之下？是口讲党的领导，还是切切实实做这件事？党是无产阶级的最高组织形式，这在几十年革命战争中都管用，为什么单单在企业里好像不管用了？看来是有一场大争论，不过还没有公开出来。用子弹壳打不倒敌人，用空话不能证明谁是谁非。必须由实践证明了的原则才是真枪实弹，打出去才有威力。这就是向明想的和准备做的。

他把老少四个人领进屋子，自己先把衬衣脱下来，光穿一件圆领衫。

“谁热谁脱衣服，在这里别客气。”他说。

“高炉工人还怕热？”老铁说。“这不比炉前风凉多啦。”

向明向罗明立点头示意，要他帮助把靠窗的方桌抬到屋子当中。老铁和两个小青年连忙把椅子摆在方桌周围。窗上虽然有铁纱，不少小蠓虫还是从纱眼钻进来，扑着白热的吊灯乱飞乱撞。三个共产党员和两个共青团员围桌子坐下。老铁挺直腰板，很像一尊青铜雕像。在他的心眼里，这个支部会严肃极了，重要极了。他现在很像一个前沿阵地上的兵，已经准备好刺刀，一声号令下来就杀向前去。罗明立因为白黑的苦学，熬得两个眼窝更深更黑了。他严肃地低着头，稍稍偏着身子坐在那里，因为眼睛熬得很怕直射的灯光。小牟只搭椅子边坐着，在向明这个大干部面前很有些拘束。他这是第一次列席党的支部会，心里一阵阵发热。梁端端也是第一次列席这样的会，抱着神秘的好奇心，眼尖尖地盯着向明发亮的额头，等他宣布开会。小亭亭用一个托盘送来五杯热茶。端端连忙站起来，把茶水送到每个人面前。

“爸，让不让我在这里？”亭亭巴不得留在爸爸身边。

向明笑着向女儿一摆手：“你到妈妈那里去。”

亭亭勉强地嗯了一声，撇起小嘴唇，提着空托盘出门去了。接着就听见她在外面放冤气：“妈妈，爸爸不要我，把我赶出来啦。”又听见文会亲昵的声音:“来,小娇娇,我们这里要你,这里风凉。”

向明微微一笑,看看眼前这老少四人,从心底里觉得是骨肉相亲的。他平静地宣布了开会,用低低的嗓音说出了他的第一句话,

“同志们,这个高炉的好坏,首先就在咱们这几个人啦。”

“你指到哪我们保证打到哪儿。”老铁和罗明立差不多同时说出了这句话。

“话是一句好话,可是我很怕听。”向明呷一口热茶,挥手赶开扑到脸上的小蠓虫。“千万别把我看得有啥了不起。没有党,没有大伙儿,我寸步难行。主要是靠毛主席的威望,靠路线和政策的正确。”

“这么说啊,”老铁把脖子一梗,“俺们是条龙,没有头也起不了云,也行不了雨。”

向明看这个老工人的耿直劲儿,不由得笑了。

“要说打生产仗,你们都比我强。在党面前咱们都是平等的,只要每个人把自己分担的那一份干好,再把别人的积极性调动起来,就差不离啦。”

“难!”老铁思量着说,“人心不齐啊。”

罗明立点点头:“对,人心齐,泰山移。难就难在心不齐。”

“对,”梁端端拿她的小拳头在桌子上轻轻敲一下。“要是人心齐,不早就把炉子弄顺了吗?不早就开始新的试验了吗?能把炉缸烧得发热,闹得人言纷纷吗?”

“好,大罗给咱们点题啦。”向明很高兴罗明立的话接触到了中心问题,“咱们今天不讲生产,只研究一个问题:人!为啥一样是工人,心可不齐?为啥都有一个脑子,想的不一样,都有一股劲,可是使不到一起?照我看,党支部要研究这个问题,解决这个问题。这里面有斗争,不放枪,不放炮,可是很激烈。今天就研究一个问题:全党全团,哪怕现在只有五个人,也要把全炉的政治思想工作抓起来。”

四个人都瞪眼看定向明,听得很认真,听完了却都紧闭着嘴唇。

向明知道他们为啥不发言。这在他们是一个新的问题,得耐心的一步步引他们向前走。他等了一会儿,挨个看看四张不同的面孔。

“说呀，大家有啥说啥。”

老铁把两只大骨节的手平伸在方桌上，抓了一下：

“呐，你看，抓钢钎，抓榔头，抓泥球，抓耐火砖，抓什么都行。要我抓政治，抓思想？唏！”他摇摇头，“向明同志你可真会出难题。我话都不会说，没有一滴滴文化水，难！”

向明含笑向老铁点点头，意思是说：我早就知道你要说这些。然后又拿眼睛盯着罗明立。

罗明立清清嗓子：“老铁师傅把我心里的话整个儿说出来啦。”

“你这个上过工人政治学校的怎么能讲这话？”向明说。

“哎，那不过是熏了熏，啥滋味也没熏出来。”

“你呢？”向明又问小牟。

小牟本来心里就紧张，经这一问，更不知说啥好了。

“我啊，老师傅都说难，我不是更差十万八千里啦。我还是多抡几下榔头吧。”

“还没出台呐，你倒先打退堂鼓啦。”向明笑吟吟地说着，又盯住梁端端。

“我本来心里挺热，听他们三个一讲，又凉啦。”端端扬起她的细细的眉毛，像平常一样的谈吐自若。“我心想，这是不是知识分子的动摇性呢？可我动还没动呐，哪里说的上摇摆不摇摆？”

向明开心地哈哈一笑：“说来说去还是个知识分子的调调，很会说的不着边际，很会替自己开脱。”

端端脸上一红：“那怎么办？我说不难，实在没把握；说难，你又不爱听。”

向明收起笑容，严肃地说：“把两个七扭八歪的大破炉子修好，零下三十多度砌砖，出铁，炉缸发热，抢救，你们没说一个难字。为什么现在一讲做人的工作，都叫难啦？可见是真正觉得难，是老实话。在党的会议上就是应当讲老实话。党就是靠实事求是吃饭，不靠巧言令色。难不难的问题先不说，咱们先少少地讲一点党史吧。”

老铁的脸上忽然发光：“好，好极啦！就是愿意听这个。多多地讲吧，别少少的。”

“又不是上党史课，”向明笑吟吟地说，“回想一下党走过的道路，也许咱们能受到一点启发。一九二七年，陈独秀把刀把子恭恭敬敬地送给了蒋介石，蒋就大杀共产党，轰轰烈烈的大革命失败了。毛主席拉起队伍上井冈山的时候，咱们想一想，难不难？那个时候，党内就有人说：‘红旗到底打得多久？’为啥发出悲观的论调？看不清方向了嘛。只看见敌人兵多、枪多、钱多，还有飞机大炮，还有外国老子，看不见无产阶级身后有几万万农民。要是革命像稀里呼噜喝面汤，像在溜平的柏油马路上闲逛，要咱们共产党干啥？可见最困难的环境就是革命最理想的环境。困难越大，受的磨炼越大，党也就越强大。老铁，你说是不是这个理？”

“是，是这个理。”老铁不住地点头。

向明接着又讲了后来的几次大曲折，大困难。过雪山草地，难！党的红旗没有倒下。打日本的时候，开头只有二万多人，前边要顶住日本，后边还要抗住国民党顽固派，难！党的红旗没有倒下。打蒋介石，他有全世界最强的帝国主义帮他，难！红旗没有倒下。在每一次大曲折，毛主席总是高举红旗，一面同党内的错误路线斗，一面同敌人斗，终于把红旗插遍了五湖四海。

向明心里明白，不能一次把道理讲透。他是在向新党员做启蒙工作，一步步让他们思想深处有这个党。不是向党感恩报恩，而是自觉地站上无产阶级先锋战士的地位。不能只是一个人向前冲，还要带动别人。带动一个就多一倍力量，以此类推，多多益善。他说：

“咱们常说要有党的观念。这话是什么意思？是不是党说啥咱干啥就完啦？不是。意思要比这深刻的多。无产阶级不解放全人类，就不能最后解放自己。这句话是党的灵魂。是党在这个大目标下提出每一个历史时期的任务。是党排除一切小圈子、小山头的倾向。是党调动浩浩荡荡的大军，来当资本主义的掘墓人。为了这个，党要把工人提到先锋战士的水平，越多越好。这件事办好，那么打仗呀，生产呀，摆弄高炉呀，搞新试验呀，就都不在话下啦。你们想想，是不是这个道理。咱们炉上一共四十多个——人，咱们今晚上一个一个都要研究一下。党支部要对每一个工人负责。他想什么，爱什么，恨什么，愁什么，有啥困难，搞对象搞得怎么样，和老婆吵架了没有，都要关心。也炼铁，也炼人。我看炼好一个人，比炼好一炉铁更宝贵。归根到底，是人炼铁，有了好人，不愁没有好铁。”

老铁把两个肘弯撑在桌子上，留心听着，不住地点头，觉得很入耳。他恨不得把四十多颗心铸成一个心。四十多个人很快在他的脑子里闪过去，有的很快就通过了，有的却像麻绳穿绣花针，通不过。

“这么说，我还得检查呐，”老铁搔着头皮说。“我从前有个想法，像邢桐那样的，要不是党的政策管着，我就两个指头卡巴一下。”他用两个指头一比画，眼光落在梁端端脸上。

端端脸上不由得一热，连忙掩饰说：

“老铁师傅，你为啥盯着我？我又没有同你合谋杀人。”

罗明立和小牟都笑了，因为他们都知道邢桐对端端那种不尴不尬的样子。向明也有所闻，不过没有什么表示，免得端端不好意思。

“这个青年啊，”向明思量着说，“我看他思想是敌对的思想，人不是敌人。这样的人是少数。在这样的人身上，我看要多下功夫。只要不是大地主、大资本家，大概不至于是花岗岩脑瓜。”

“难！”老铁又搔他的头皮。

“难！”罗明立也跟上说。

“把一个有敌对思想的人改造过来，引上革命的道路，的确很不容易，不过从人家的一辈子想想，难也就不怕啦。”

对于梁端端，向明这话比对于另外三个人都更重要。她觉得心里一热，第一次体味到用党的观点看问题是怎么一回事，在这方面，应当更好地向向明这样的老党员学习。

这一次支部会一直开了四个小时。

会开到一半的时候，向明听见丁楠告辞走了。文会拉着睡眼惺忪的女儿，从外间走到里间去睡了。散会以后，已经半夜十二时多。向明走到里间的时候，文会已经睡醒一觉了。

文会欠起身子说:“快睡吧。会开得好吗?”

“好,很好。”向明拖一张椅子,坐在文会的床边。文会从他发亮的眼神和兴奋的脸色知道这是真话。

“让我坐一会儿,醒醒脑子,要不躺下也睡不好。”

他告诉文会,已经把高炉上每一个工人,每一个技术干部,都分析了一下。在一个问题上他曾有一刹那拿不定主意,在做具体的人的工作上,究竟是从最容易的环子突破,还是从最困难的环子突破?宁可多下些功夫,向难度最大的地方进攻,突破了,不但影响一个高炉,全厂也会受到震动。在工人中间选定了一个王占河。这个人住在郊区,原来还好,不知怎的就变了。有人说他是因为三十多了还没有小孩,所以情绪不高。有的说他在家里挺卖力,莳弄小园地,到河上钓鱼,东奔西跑地忙,可也不清楚他忙些啥。最近老闹着要退厂,说脑瓜子痛,没法干高炉的活儿。为什么好好的一个人就变了?是不是就是上面说的这些原因?还要好好摸摸情况。在技术人员中间选了一个邢桐。这人是个典型的绣花枕头,可惜他还看不见自己里面装的全是糟糠。要使他思想上的盲眼复明,也得下很大功夫。宋老铁最恨他。几个人分工的时候,大家偏偏要把邢桐分给他,说这是以毒攻毒。老工人挺有意思,说活了五十岁,没想到大老粗还能做大知识分子的工作。

“好啦,好啦,”文会说。“你要是不睡,也别影响别人。你再讲下去我也不听啦。”

其实文会是很喜欢听的。她看向明没有一点睡意,他的眼神里那清亮的光说明这一点。他正从困难的工作里尝到创造性的甜头。这种但愿披荆斩棘,也不愿随波逐浪的精神,正是文会向丁楠夸示的。

向明知道妻子在用激将法。他说:

“好好,遵命遵命。再说一句,我想很快就能开始新的试验。在这个过程里,想发展几个党员,也好比是火线入党。群众中总是有英雄,在紧急的时刻,总有人挺身而出。总有人像董存瑞那样托起炸药包。”

他说着,来到亭亭的床前,做他临睡前的“必修课”,这包括仔细地端详一下小女儿的睡容,替她拢一下散在枕头上的头发,轻轻地拍一下她的脸蛋儿。天热，亭亭只穿一件背心，正把一条细长的腿蹬在床沿上，微微地张开嘴唇，好像在抗议爸爸没有留她在身边。向明微微一笑，这大概是他一天劳累之后最好的休息。

当他躺下去，熄了灯的时候，文会轻轻叹口气说：

“我从省里回来好几天，老想找个时间同你谈谈开会的情况。工人家属工作，看来咱们是大大落后啦。可惜总碰不上你有空。”

“你怎么不早说？不挤，哪来的空儿？明天谈，明天一早谈。我可以晚走一会儿嘛。”

几分钟以后，文会听见丈夫匀称的呼吸。她借窗外路灯的光，欠身看看侧身睡熟了的向明，看看伸开两手两腿像个大字的女儿，又一次体验到在好朋友面前夸丈夫的幸福感。

3

邢桐从梁静宜处得到暗示，他的婚姻是有希望的。盲目的人和眼光敏锐的人倒是有一个共同点，都倾向于自信。这些日子，他在梁端端面前收起了冷嘲，处处赔小心。他不知道梁端端肩上还有一个青年团的任务，觉得端端不像从前那么冷冰冰的了。他常常用挑逗的眼光在对方的脸上找答案，不幸找到的还是一个未知数。他很相信一个外国将军取胜的秘诀：时间、等待、耐心。他觉得自己有足够的时间和耐心，准能等到幸福的降临。他在暗中盘算自己未来的小家。在当前的条件下，最多只能得到一个小房间，这是很清楚的。但是这也很够了。他有足够的智慧和才能为自己布置一个舒适的小窝。他已经写信给妈妈，要她寄钱来。他也再三再四地考虑，送端端什么才能得到她的欢心。要珍贵的，精致的，不一般的，但究竟是什么他还没有想好。

他现在住在独身宿舍。一个小房间摆三张床，一张三抽屉的长桌，三张白木板椅子。这样，剩下的空间就很少了。每个人上床的时候都得侧着身子，在桌子边蹭一下。这么局促，邢桐当然是很不满意的。他只能以寸为单位暗暗地扩充自己的小天下。他用一个箱子同另一个技术员的床头隔开。三个人共用的桌子，他索性弃权了。他自己掏钱买了一个床头小柜，上面摆着他的八寸大照片。他自有雅趣，所以照片是不染色的。床头的墙上，正在他的枕头的上方，斜调角用图钉钉牢一张电影明星的照片，不是中国的，是美国的，当然是一个女的，而且是彩色的。他的灵魂深处不但有这个女人的面孔，也还有这个女人的肢体和其他部分。他是好莱坞大腿文化的膜拜者。

正好是一个星期天。他刚刚上完七天的大夜班，可以有二十多个小时的休息时间。正好是上午九点钟。他正好已经沐浴熏香，梳得溜光水滑的头发。他是一个漂亮的衣服架子，是同任何大橱窗里的最好的衣架人相比也毫不逊色的。他谢绝了两个同屋去看电影的邀请。他想到大街上溜一圈，买一些水果或是西瓜，然后到范存宇家去。他相信在那里一定可以碰到梁端端。

正好当他一切准备就绪，刚要出门的时候，从门外进来一个人。啊，正好是梁端端！他万万没有想到，因为端端自动地走上门来，这还是第一次。他高兴得有些慌乱，两手捧在心口上，可见他的心在猛烈地跳动。但是跟着就冷静下来。他万万没有想到，跟在端端身后的还有一个人。啊，是宋老铁！这好像是一杯甜牛奶里投进一块煤渣。

邢桐是礼仪之邦的人，尽管他心里不痛快，他对宋老铁是不失礼貌的。他让老铁师傅和端端坐在木椅子上，替他们每人倒了一杯开水。

“宋师傅来看看你。”端端说。

“不敢当。”邢桐干巴巴地说。他不相信端端讲的是实话，却又猜不透葫芦里装的什么药。

老铁清了清嗓子，说：“早就应当来看看啦。一个人年轻轻的，离开爹妈，抛家在外，一定有不少困难。”

邢桐听着老铁的话，眼睛却黏在端端的脸上。他看见端端在打量这个房间，眼光溜在床头柜上的照片上，又溜在墙上美国明星的脸上。她知道这个盛极一时的女明星的名字，想不到在这里又看见她露出两排牙齿的媚相，不由得嘴角一弯，现出了冷笑。邢桐看在眼里，心里忽然一冷，额头上却冒出汗珠。糟糕！最不应该知道他的这个秘密的人，竟然亲眼看到了这个秘密。

老铁讲完了他准备好的几句话，再不想讲别的了。他也是第一次到这个独身宿舍来。这床上的花条床单，墙上的图画，小柜上的照片，床头上的洋美人儿，都没有引起他的批评性的意见。他以为小知识青年住的屋子大概就应当是这样的。他的眼光最后落在书桌上面的吊灯上。

“这么个小灯泡，晚上看书也不亮啊。”他说。

“嗯，不亮。”邢桐还是干巴巴地说。

“是规定点这么大的吗?”

“不是，点一百度的也行。没人去买。”

老工人恍然大悟了：“啊，原来你们是三个和尚没水吃。”

三个人各有各的思路。邢桐和端端都不想多说什么，老铁想多说几句，因为他是带着任务来的，可是又想不出说什么好。结果这次见面就成了礼节性的。

下午四点多钟的时候，邢桐提着一网兜桃子和枇杷往向阳村走，心里很觉得不安。他不知道今天的见面究竟给了端端什么印象。端端那冷笑的嘴角还留在他的眼睛里，他很后悔没有早些把那张美国明星的照片拿掉。

出乎他的意料，梁端端用真正的笑脸迎接了他。她正和范存宇在小园圃里摘西红柿，一抬头的时候，碰巧从玉米叶子的空隙里看见邢桐的影子。她叫他来到跟前，满脸含笑地责备他来晚了。她双手捧一个竹编的圆盘，已经装满熟透了的西红柿。阳光透过枫树的枝叶，照得西红柿好像透明的玛瑙，它的红光又映在端端的脸上。这丰满的景象，这火红的色彩，这笑脸，都使邢桐觉得今天是一个幸运儿。范存宇从他蹲着的地方，透过西红柿架子向邢桐点点头。老工程师神采焕发的脸也似乎向他暗示佳兆。

“姑夫，我这里装不下啦，”端端的高嗓门说，“你要是再摘，你自己拿好啦。”看见邢桐手里的水果。“你买这些东西，都是半生不熟就摘下来的。你那一兜兜换两个西红柿我都不换。走，咱们进屋，姑妈早就等你啦。”

“两个不换，一个也行。”邢桐开心地说着，跟在端端身后。

端端穿一件纯白的府绸短衫，系一条细亚麻布的淡灰色长裙，更显出她那苗条的高身量。她大概是刚洗过头发，头上正缠着一条白毛巾，邢桐闻到微微的洗发粉的香气，又觉得这一切梳洗打扮都是为着他的。

好心情带来好胃口。在晚饭桌上，邢桐吞下了两满碗米饭，也吞下了梁静宜送到他面前的一切。他的好胃口引起姑妈的好兴致。说实在的，他没有吃出什么滋味。他不住地用眼睛在端端的脸上找答案，得到的始终还是一个未知数。

吃罢晚饭已经是黄昏时分，梁静宜说天气热，大家挤在屋子里更热，要他们都到外面乘凉。老工程师很能体贴夫人的心意。说要洗个脸，要两个小青年先出去。

端端和邢桐遵命来到外面。周围已经灰暗了，路灯却还没有亮。纹风不动的槐树和枫树投下很浓的影子。照邢桐的意思，最好就在树影里。端端说黑影里蚊子多，径自走到马路边，坐在人行道的石沿上。邢桐只好跟她一起坐下，立刻觉得石头上的余热。如果对方是一个柔和一些的姑娘，邢桐一定会立刻弹起他的抒情调儿，可惜在硬朗的端端面前他不敢。他不能正面突破，只可迂回前进。

“我不明白，宋老铁怎么忽然去看我。”

“去看你就是去看你，这有啥不明白。”端端说。

“没有没有目的的行动。”

“目的就是希望你同大伙靠拢一点儿。工人师傅主动来接近你，你怎么办?”

“我也去看他。”

“你要是这么轻描淡写，去还不如不去呐。”

“这么说，做人可真难啊。”

“有啥难？实实在在就得了呗。不该绕弯子的地方，脑子里最好别绕弯子。”

邢桐忽然觉得心跳。这话是不是暗示他什么呢？他不由自主地向唇听了，心里很满意丈夫对自己的帮助。

传达会是在住宅区的那一所大房子开的，正是一年多以前在这里开第一次妇女会的地方。这里已经改成小俱乐部，到处都还散发出新油漆和石灰粉的气味，早就认不出原来的面目了。大门两旁的广告栏里正贴着《中华女儿》和《白衣战士》的电影海报。

但是变化最大的还是妇女们本身。在短短一年多的时间里，她们经历了多少事情！她们的精神面貌的变化，便是她们自己也觉得惊奇。这里已经没有那种各行其是的纷纷扰扰，没有随心所欲的吵吵嚷嚷。开着的大窗子上也没有热心制造纷乱的野孩子们。她们果然是组织起来了，有集体生活的秩序了。她们的丈夫和父兄，谁要是到这里来，看见这体体面面、大大方方、一排一排坐在长椅子上的妻子、姐妹和女儿，一定会从胸膛深处长长地吐出一口气。他们拿劳动所得，不但让妻子们、姐妹们、女儿们吃饱了、发福了，也多少有条件让她们打扮起来，深色的和浅色的，鲜艳的和素淡的，卡腰的和紧袖的，种种色色，都按照她们自己的心意。她们再也不必用那些更生布破片儿和别的七零八碎，来掩盖她们的天生丽质，来羞辱她们的青春年华了。多么端庄、多么大方、多么内涵美质的中国妇女啊！人和人的关系的变化也是显而易见的，最惹人注目的要算于秀枝和盛玉华。这一对吵破头的冤家如今成了好破头的姐妹。看她们并膀儿坐在那里，手扣着手，都是一脸春风，那么一心一意地在听沈佩兰的讲话。无怪乎辛玉婷坐在主席台上很不自在，一次一次拿白眼珠挖她们俩。最让她恼恨的是这一对竟然好像没有看见她。

在这三百多个妇女中间，感受最深的也许正是唐景秀。她很为这次会担过心：怕零零落落到不齐；怕有人为鼻子碰了牙齿吵吵闹闹，影响整个会场；怕有人出出进进，不守秩序。现在看来，她怕这怕那都是多余的，还是应了阮文会常说的一句话，是把群众的觉悟估计低了。这时一片黑鸦鸦的油亮的头都仰着脖子，在一心一意地听沈佩兰的传达，没有人咬耳朵，也没有人动，好像是听得入迷了。

会场上的这种气氛大大地帮助了沈佩兰。丈夫的定心丸，唐景秀端端跟前挪了一点儿。这时路灯突然亮了。光线虽然暗淡，眼神和脸上的线条却也看得很分明。他看见端端的脸上还是那个未知数，就把冲到嘴边的一句话咽下去了。端端没有得到他的回答，却看见他的嘴唇在微微地抖动，从这种神情多少猜到了他的心境，就连忙把话引到正题上来。

“你觉得高炉最近的工作怎么样?”

“这不明摆着吗？还用我说。”

“我偏要听听你的意见。”

“向明常说别人不务正业，我看呐，最不务正业的是向明自己。”

“我不懂，请加上注解。”端端微微闭上双眼，享受着一阵清凉的晚风。

远远近近的秋虫在唧唧叫了。

“他放着全厂的事不好好抓，却跑到一个炉子上兼什么支部书记，岂不是不务正业。要不就是想搞啥名堂。”

端端睁开眼睛，圆圆的大眼珠紧盯在邢桐的脸上。单看这张脸，倒是蛮清俊的，天晓得从两片嘴皮里竟说出这种话。邢桐从端端的神情知道自己的话过头了，引起对方的反感了。他的心忽然收紧，准备受打击。

但是端端没有说什么，只轻轻地叹息了一下。她在克制自己的反感。过了一会儿，才说：

“你这个人，叫我说啥好？你那眼睛要么是三棱镜，要么是凸凹镜，不论什么东西，在你的眼睛里不是变色，就是变形。这可怎么好!”

“愿闻其详。”邢桐说，嘴角又现出冷嘲的微笑。

“你为啥不想想，抓一个局部，为什么不可以是为了全局?”

她煞着性子，向邢桐说明向明的意图。没有思想的一致，就没有行动的一致，新试验就难于顺利进行。为什么三个班的操作不一致？因为看法不一致。为什么厂部做了决定，还是不能做到三班一致？可见光靠行政命令解决不了人的思想问题。为什么思想不一致，这里面有斗争，根源还在于不同的立场，不同的世界观。

邢桐嘘了一口气：“唏，好大的帽子。可惜天太热啦，戴上要出大汗。”

端端心里冒火，但还是竭力克制着。

“谁是谁非，谁胜谁败，一天两天是看不清楚的。”

“啊，我明白啦，原来你和老铁大驾光临，是为了这。”

“我希望你不要拿严肃的事情开玩笑!”端端严厉地说。

“不知者不罪。”邢桐不甘心示弱，却又怕真得罪了端端，所以冒出了这么一句遁辞。

“老工人去看你，你应当看成是对你的尊重。”

“多谢，不敢当。就算尊重大总统那样尊重我，我说了不算，还不是一个傀儡！我有啥权力?”

“你想要啥权力?”端端现在还不懂得，正是邢桐无意中冒出的这一句话碰到了问题的要害。

邢桐没有正面回答，他也不能正面回答。

“我反正是选错专业啦!”他说。这当然还是一句遁辞。

“为什么?”

“这么许多人围着一个炉子打转转，转来转去还是在原来的地方。这不是浪费青春吗?”

“就是你一个人的青春宝贵?”

“何必费那么大的劲啊。一个原子弹下来还不是全部报销?”

“什么，你说什么，原子弹?”端端忽然想起一件事。“对啦，那天开声讨美帝的大会，怎么没看见你的影子?”

“开那么多人的大会，有什么防空措施吗？上千上万的人，我一个人不去有啥?”

端端觉得胸膛里发烧了：“你呀，你呀，就你一个人的生命高贵?”

“我已经在浪费青春，不想再浪费生命。”

梁端端忽地站起来，再也压不住心里的火气了。

“你是个什么人，你说这种话不觉得牙碜!”她大声地差不多是喊叫地说。

铁纱窗里闪出姑妈的脸。谁也不知道她是什么时候站在那里的。

“端端，快回来！我切好西瓜啦。”

端端应了一声，一拧身子，甩着膀儿回了屋子。邢桐踌踌跚跚地跟在后面，好像眨眼间变成了一个老头子。

第三天下午，中间休息的时候，老铁招呼端端，同她一起来到男工休息室，从存衣箱里摸出一个电灯泡，要她转交给邢桐。

“呐，我本来想买一个一百度的，那也太浪费啦，这六十度的足够啦。在那么小的灯泡下面看书，看坏了眼睛是一辈子的事。”

邢桐能因为老工人的关心而得到更多的光明吗？

4

支部会的第二天，小牟干活的时候闷闷的，好像有什么心事。老铁瞅在眼里，以为他蔫蔫地生病了。中间休息的时候，他跟小牟来到休息室的角落，问他有啥事，是不是病了。

牟云开没有生病，倒的确有一桩心事。原来他在支部会上接受了一个任务，要在最近几天把王占河的情况摸摸清楚。他对老师傅说，自己好像是小骡驹驾上了辕，不知道怎么迈步才好，很怕拉翻了车。这不比在出铁口抡大锤，这是动脑筋的细活儿。老铁鼓励了他，要他同向明讲讲有什么困难。小牟不肯。他是放牛娃当了工人，如今党支部这么重视，他拼上脑瓜也要自己去撞撞，撞破了头自己接受经验教训。

王占河今天没来上班，他请了三天病假。医生的诊断书上写的是神经衰弱，头痛。

又过了一天，下午两点钟的时候出完一炉铁。老铁对小牟说：

“你去洗澡，换衣服，代表咱们全班去看王占河，问他有啥困难。要是还不好就先别上班，他的活咱们几个人分分干，让他放心。”说完又小声在小牟耳边加了一句：“得便就在村里打听一下。”

这正是声讨美帝大会以后的第十天。牟云开搭火车走了两站路，下车又在公路上走了三里地，然后又转到乡间的小道上。雨季好像已经过去，一个月以来难得这么好的大晴天。他走了一段路，经过一个小山包，已经是浑身大汗了。从山脚下伸展开去的是一大片稻田，像平铺的碧绿的毯子。稻子已经抽穗，田埂下面的水渠闪闪发光，好像是流动的金子。这里那里都是呱呱的蛙叫，叫得人心里忙极了。在这片稻田的尽头，是另一个小山包，相距大约有二里地，山脚下有一片绿树掩映的小村子，那里就是王占河的家。村子外边有一条水光浮动的河。更远的地方，山势渐渐地高了，一层叠着一层。在山山相间的地方，升起淡淡的乳白色的地气。层层的远山上都有黑黝黝的梢林，远看好像人头上的浓密的头发。

村外的河在枯水期只是一线小溪，现在可是很宽，不过很浅。小牟来到河边，捧水洗洗脸，顿时觉得清凉了。有几个光腚小孩在水里滚，看见来了生客，都站在水里鼓起眼泡。

“你们认得王占河吗?”

“怎么不认得，是炼铁工。”孩子们大声叫。

“看见他在家吗?”

孩子们互相看看，其中一个说：“在家。”

他们对这个来客没兴趣了，又都倒在水里翻滚着，溅出一片水花。

出乎小牟的意料，王占河不在家。迎接他的是王的妻子，村里人都叫她王嫂。她正在房前的小菜地里拔草，见来了人，连忙直起她那胖墩墩的身子，圆悠悠的脸上笑得很甜。她见过小牟，只是眼生了，却也知道是炼铁厂来的。小牟看她的菜地里，白菜正铺开肥绿的大叶子，架上的黄瓜垂下有尺多长，就着房檐搭起的架子上吊起几个葫芦，那么嫩绿，好像一戳就是一泡水。

她让小牟屋里坐，但是小牟宁愿坐在葫芦架下乘凉。她告诉他，王占河因为头痛，不知哪里溜达去了。

“小日子过得不错啊。”小牟说着，接过王嫂拧下来的一条黄瓜，咬了一口，带着满嘴的水夸着好脆，从心眼里羡慕这种农村生活。“老王的园艺还不错呐。”

“嘻，你当是他种的?”这胖胖的小媳妇抿起嘴唇说，“什么都在我这两只手。人家才不伸手呐，整天抱自己的脑瓜子还抱不过来呐，愁人呐。”

小牟是离开家就进了工厂，没有什么社会经验。不见王占河，本来有些尴尬，心里正在踌躇：走吧，没完成任务；不走吧，同这个妇女说啥好呢？如今看她靠在葫芦架上，有说有笑，一点也不见外，他心里踏实了，想多待一会儿，等王占河回来。这时农民们都还在田里，村子里显得静悄悄的。

“有啥愁的?”他嚼完一条黄瓜，还咂着嘴回味这清香味儿。“老王好好治一治，养一养，身子能好。”他知道小两口因为没有小孩害愁，但是他不好意思说破。

“难啊。”女的脸上忽然阴了。

小牟没词了，就搭讪着来到小菜圃里，帮她拔草，又帮她整理西红柿的支架。西红柿已经长得比拳头大，都红透了。他干得很在行，得到了王嫂的好评。

“看你一手好把式，八成是庄稼院出身。”

“七岁放猪，九岁放牛，十三岁进厂子。”

“和我家老王差不离儿。”

一辆牛车从篱笆外面吱吱呾呾地过去。小牟问车老板看见王占河了没有，得到的是否定的回答。

看看太阳离地面只有一丈多高，他不想再等下去了。王嫂热情地留他吃晚饭，晚上就宿在村子里，明天一早赶路。小牟因为没有完成任务心里很不自在，含混地说怕家里人不放心。王嫂送他到篱笆外面，再三地请他以后再来。她因为客人扑了空，心里很不过意。

小牟低着头，踩着自己长长的影子来到村外，过了河。玩水的小孩们不见了。他在田埂上慢吞吞地走了一会儿，忽然听见前面有说笑声。二里地开外，走过来五个人：两个白头发老头，一个细高挑儿，还有两个半大小子。扛着长竹竿的，竹竿上的钓丝在太阳里像银线一样，提着鱼篓的，鱼篓看来是沉甸甸的。这个细高挑儿不是别个，恰好就是小牟等了好半天的王占河。他披散开前襟，露出晒得通红的胸脯，肩上的钓竿随着脚步在闪悠。他正张大了嘴，笑着向两个老头说什么。这姿态，这神情，很不像一个病人。小牟心里不由得动了一下，这人是真病假病？或者是借一点小小的因由在家里享清福？在水边钓鱼玩儿，可比在一千度高温的炉子旁边出大汗舒服多啦。他们是迎着西下的太阳走。王占河看见前面有一个人，看那行动像一个熟人，却看不清是谁。他以为是村里的什么人，万万没想到是牟云开。

“是你，你来干啥？”当他走到近前的时候，他看清楚了。

“我代表咱们全班来看看你。”小牟看见王占河两个眼珠子紧盯在自己脸上，不自然地笑着说。

他的笑脸换来的只是王占河的长脸。

两个老头听是厂里的人，以为有什么公事，含笑向小牟点点头，带着两个小子先走了。

“谢谢！”王占河一脸冷笑，“你是来打探我的吧？”

要照平日，牟云开少不了开销他几句，但是今天不能这样。他说：

“我是实心实意来看你，你别想歪了。”说完不由得脸一红，一面心里骂自己：该死，红啥脸呀！

王占河看见小牟的尴尬样儿，更生了疑心，冷冷地追上了一句：

“那好，你来看看，玩玩，我一百个谢谢。要是有别的，你急溜溜的给我开步走。我这个落后分子用不着你们黄鼠狼给鸡拜年。”说着，把鱼篓一提，向小牟晃了一下。“我这里有鲜鱼，怎么样，带两条回去？”

小牟本来很希望王占河能邀他回村子，看这光景只好开步走了。

“不，谢谢，不用！”他又难受，又恼火，又不知怎样才好，舌头都不会打弯了。

他在回头的路上一直很丧气，觉得嗓子眼里好像鲠了一个石头疙瘩，吐也吐不出，咽也咽不下。他回到城里的时候，天早黑下来。他想老铁一定还会在炉上，就从火车站径直来到炉前。这里没有老铁的影子。小牟想他一定是到第三高炉的施工现场了。果然不错，老铁和往常一样，正在做他的夜间巡视。他见了小牟，知道他有事，就和他来到一个耐火砖垛子跟前。背耐火砖的工人正在来来去去，但是没有人注意他俩。小牟把一肚子委屈和火气统统倒给了老铁。老铁听了，也很生气，为了工作，他劝小牟不要灰心泄气。

小牟把一个拳头砸在自己的手心里："你放心，老叔。我要是灰心，要是泄气，我索性把团票交出去！"

第二天，出乎小牟的意料，王占河来上班了。

老铁和全班的人都关心地探问王占河的病。他觉得心里有点儿忐忑不安。

一连好几天，小牟觉得王占河和他有些近乎。他很高兴这种关系的变化，一得便就蹭到王占河跟前，有时也帮他一起干活。王占河好像十月里的天气，一会儿阴，一会儿晴，有时候一脸高兴，有时候拧紧眉头，有时候又连声叹气，好像一肚子苦水倒不出来。所有这些情况，小牟都向老铁做了汇报。

这么半阴半晴地过了几天，王占河又不上班了。

小牟心里的一团火热又凉下来。他做了个苦脸，对老铁说：

"我这些日子脑瓜里没别的，只有一个王占河。人家搞对象、谈恋爱的，大概也没有我这么一心一意。这家伙简直是鸡蛋掉在油罐里，满把里滑，抓不住他。"

两个人合计，不管怎样，不摸清他的底细，看不透他的心是不行的。按老铁的想法，是不是去同村干部谈谈。小牟觉得不妥。屋子里放个屁，满村子都能传开。要是传到王占河耳朵里，反而造成误会。他觉得还是先从王占河的妻子那里下功夫。这个妇女待人有热乎气儿，也爱讲话。

小牟心想，王占河这人是个驴脾气，硬拉，他一定尥蹶子。得先顺他的毛摩挲。他天傍亮就到了小市，从一个男孩手里买了一罐鱼食。他想一早登门，好把王占河堵在家里。

可恨他的路程太远。当他急急忙忙走到村外河边的时候，正好迎头碰见王占河。

王占河把鱼食罐子接在手里，鼻子里嗤了一声。

“对不起，养鱼的用这个，钓鱼的不用这个。我钓的鱼都养在肚子里啦。”

牟云开拍一下后脑门，脸红了，心里骂自己说：“该死，昏了头，本来知道钓鱼不用这个嘛。”

王占河冷冷一笑：“老弟，你太嫩啦。”

小牟愣愣地盯着王占河，张开嘴巴，一时不知说什么好。他心里承认自己的确是太嫩了。

“这一次是你自己来的，还是代表全班来的？”

“啊，是我自己，也代表全班。”

这句自相矛盾的话更引起王占河的冷笑。他冷冷地说：“那好，多谢。我王占河不值得你和你们这么费心。好，请吧，失陪。你想入党啦？想踩我王占河爬上去？对不起，失陪。”

他说完，一拧身子走了，肩上的钓竿在早晨的太阳里闪悠悠地发亮。小牟一个人站在河边，脸红到脖子，好像叫人家重重地扇了一顿耳光。他低着头，看见王占河一步步走远了的脚印。被他踩倒的小草一时间匍匐在地，眨眼间又滋生起来，渐渐伸直了，叶子上的露珠儿还是银光闪亮。欢笑的河水里满是亮晶晶的鳞纹，蹦蹦跳跳地滚下去。

小牟一时间很灰心，眨眼间又在心里批评自己。要是人家一压就倒下去，不是还不及那脚下的小草吗？这大概就是向明说的那种斗争。看来这斗争不光费力气，还真伤脑筋呐。不错，不错，要是干革命像走溜光水滑的柏油路，要党员团员干啥呢？他摇摇头，好像要把一脑子的不痛快都甩掉。想了想，男的已经走了，不好再到人家家里去，只可另找机会了。

王占河又是两天没来上班。

两天以后，一件偶然的事给了小牟一个机会，让他在闷葫芦上敲开了一丝缝儿。

他干完下午四点班的时候，天蒙蒙星星地下雨。开完了班后会，大约快到五点了，雨还是不停地下。他想这种小雨不在话下，紧走几步能赶到家。不料刚刚过了双桥洞，大雨点把工人们打得乱飞乱跑起来。刚好有一辆过路的公共汽车。小牟夹在人流里飞跑到停车站的时候，人们里三层外三层把汽车围住了。小牟没命地挤上车，挤在人肉堆里。汽车狂吼着喇叭，在人群和大雨的乱箭里开出一条路。所有的窗子都关了，车里满是热烘烘的汗气味，闷得人没法喘气。雨水像瀑布一样在车窗上倾泻下来。小牟按他的经验判断，这种暴雨是下不长的。他想搭车到终点，再跟它回来，雨势一定会过去的。不料到了终点，女售票员不许他留在车上，因为这车已经完成了当天的任务，要回车库了。

这里是市郊，除了停车站有一个临时搭的草棚子，没有任何避雨的地方。这正是晚饭的时刻，外面已经没有人。只有小牟一个站在棚子里，任凭一股股水流直浇到自己的头上。从这里可以望见简易住宅的工地，那边也没有人影。这一阵雨小了，在迷迷蒙蒙的水气中只见一排排红砖墙的矮房子，房顶上的炊烟给云气压得低低的，飘散不开。他想，是不是就近到工地借住一晚上。他知道胡太印经常在那里。

他一抬脚，这才知道不论是到工地也好，到别处也好，都得拼上吃奶的力气。在雨季里，这里的泥土路早已湿透，现在又经了雨，远远近近都成了深深浅浅的泥潭，踩进去就很难拔出腿来。

正当他挣扎着一步一陷的时候，他听见后面有牲口的喷鼻声，有吁吁驾驾的叱唤声，有哗哩呼啦的溅水声。这是一辆一马二驴的大车，车上装满了圆木，正像一只小船一样在泥水里摇晃。车老板挥舞着鞭子，恶狠狠地骂天，骂地，骂牲口。天、地、牲口，都似乎专爱同急性子开玩笑，正当十二个蹄子扑哧扑哧地来到小牟近前的时候，车轮子忽然陷在一个泥坑里。任凭车老板的咒骂，鞭子的挥舞，牲口的乱蹬乱挣，车轮子还是胶住了，不动了。这时幸好雨停了。小牟看在眼里，什么都没说，急忙绕大车转了一圈，用脚探探泥水的深浅，挥手要车老板赶牲口，他就弯下腰，用双手和一只膀子，想掀动一个车轮。两个人和三匹牲口共同挣扎了一会儿，还是无济于事。小牟可是实实惠惠地赚了满身满脸的泥浆。他站直身子，抹一把脸上的泥水，吐出溅到嘴里的泥水，站在泥水里相看这个形势，忽然脑子里一动，急忙从车上抽出一根碗口粗的圆木。

这根杠杆起了作用，车轮子又在泥泞里转动了。

小牟在车老板的眼睛里成了英雄，被恭恭敬敬地邀上了大车，坐在车老板右边。车老板那满是泥点的脸上龇开一排白牙，他笑开了。小牟问他给那里送木料。

“给大新公司，呐，不远啦。”车老板向工地那边点一下鞭梢。那边已经是一片灯光了。

“是你自己的大车?”

“别提。这大车哪怕有我半个轮子也好。”车老板看小牟似乎不懂，又补充说，“是三家合伙拴的大车，股东尽在家里拿钱，就我一个人在外面挣命，大太阳烤得像烧鸡，大雨又淋得像个落汤鸡。”

小牟问股东是干啥的。

“有厂子里的，有农村的，听说还有个女的，可不清楚是哪里的。”

“厂子里的还有当股东的？是什么人?”

“洋钱票子还烫手啊。”

这话引起了小牟的好奇心，再往下问的时候，车老板却不说什么了。

车老板非常感谢小牟的帮助。据他说，要不是碰巧了，他就得露天过一夜。

“老弟，看样子你是个工人?”

小牟点点头。

“好，我是个空肚子，看你大概也是肚子空。咱们去喝一盅。”

小牟不肯。车老板急了：“工人还这么拿拿捏捏?”

果真是请将不如激将。

大车先到小市，在一家小饭铺门外停下。因为下雨，又加天晚了，饭铺几乎没有人。车老板向服务员要了两盘炒菜，一斤白酒。把鞭子插在墙角，把小牟推到对面的凳子上。

三杯酒下肚以后，车老板的话匣子关不住了。

“老弟，你是那个厂子的。”

“高炉上的。”

“啊，高炉？在高炉上干活能挣多少？”

“这可不一样，看你干啥活。不管怎么说，养几口家不成问题。”

车老板吞下一口酒，咂着嘴唇说：“啊，是这样，好嘛，又按月拿工钱，又有外捞，小日子可不火炭一样么。”

小牟心里一震：“你这是说的哪一个？”

车老板又吞下一杯，一摆手：“不提，提起来我有气！”

小牟怕他封口，不敢再问了，乐得借花献佛，一杯杯给他斟酒，倒好像是他请客。

酒烧起了车老板的愤愤不平，他的话渐渐多了。

“这个世道是啥世道？不还是谁钱多谁大拿吗？”他断断续续地告诉小牟，三个股东坐在炕头上，擎好拿大钱，他这个出苦力的十成里只拿二成。要是有二话，人家就往回抽车。三条腿的没有，两条腿的有的是。人家是两手抓钱，旱涝保收，还加上双保险。他这个车老板可只能吊在一棵树上。他已经有七分醉意，舌头打弯都不灵了。

小牟前后一想，很疑心这事和王占河有关系。一不做，二不休，他就乍起胆子问道：

“你那个大股东是不是姓王吗？”

“你知道啦？”

小牟故作神秘地点点头。

车老板左右看看，好像是怕有人听他，探身子往小牟这面凑近一些，眯缝着带红丝的眼睛，把一嘴酒气喷在小牟的脸上。

“人家不许说，要保密。老弟，你是个好人，我实实告诉你，我要是漏了嘴，人家往回抽车，我就抓瞎啦。”

小牟不懂，但是装成知道底细的样子，连连点头，接着又劝了车老板两杯酒。

车老板已经完全管不住自己的舌头。小牟把凳子搬到他身边，心里蹦蹦跳着，装成很知己的样子，凑在对方的耳根上。

“要我是你呀，我就扔鞭杆了，哪里还不是吃碗饭，没的去受那个辖治。”

“老弟呀，没有三分利，谁起早五更?”车老板也亲亲热热地凑在小牟的耳根上。“利大呀。木料来得便宜，是袖子里边捅的价钱。工程公司也合算，收进的比官价低，向包工户报的比官价高。是三方面做好的扣儿，反正羊毛还得羊身上出罢咧。”车老板咬着舌头，断断续续讲了上面的话。

小牟不完全懂，可是已经猜到这里面有见不得太阳的东西。他还想再探一下，可是车老板已经把头埋在肘弯里，伏在桌子上睡了。

小牟悄悄地站起来，溜出了门口。外面的冷空气使他打了一个寒噤。他抬头看看天，满天的星星正向他眨眼睛。

他撒腿就跑，一直跑过了铁路，在小派出所里向高炉打了一个电话。老铁已经离开高炉，回家了。

他又脚不停步地一口气跑到山下村。

云花听见擂鼓一样的敲门声，开开门，迎进一个满脸满身都是泥点的人。

老铁正在吃晚饭，看见小牟的狼狈相，吃了一惊，连忙放下手里的饭碗。

“老铁师傅，我有啦。”

“你有啦啥?”老铁下了炕，拉住小牟汗津津的手，让他坐在炕沿上。

“我明白啦。”

“你明白啥啦。”

“等我，等我喘口气，全告诉你。”

他果然是在张口喘气，好像离开了海水的一条大鱼。

5

牟云开同老铁讲好，要一起向向明做汇报，但是一连两天都没得到机会。两天来向明来到高炉，问问一般情况，急急忙忙又走了。他正在市委开党员干部会。按照省里的要求，必须把备战的措施具体地安排下来。一是加强关于美帝国主义侵华史的宣传，它现在正要走日本侵朝、侵华的老路，因此崇美恐美的思想必须彻底批判。二是加强防空洞和地面掩体，还有重要建筑物的伪装，灯光管制等等。钢铁厂要为防空部队创造最有利的条件。必要的时候，还得疏散城市人口。

第三天向明回到厂里，立即召开了全厂的干部会，包括党政工青各部门的干部，传达了市委的要求。他最后说，我们刚刚结束一场战争，现在历史的发展又要我们迎接一场新的战争，只有懦夫和败类才吓得浑身哆嗦，跪下求宥。真正革命者要英气飒爽地接受美帝的挑战，欢欣鼓舞地参加新旧世界的大搏斗，削弱乃至消灭帝国主义势力，为世界革命做出贡献。国际上的阶级斗争与国内的阶级斗争是紧相联系的，现在更要提高警惕。敌人正从阴暗角落里伸出触角，他们开始活动了。已经发现谣言和反动标语。为什么矿槽雷管的案子至今没破？这说明敌人埋藏得很深。不从战术上重视敌人，从战略上蔑视敌人就成了空话。

这个会开完，已经快到中午。向明没顾上吃午饭，就先上了高炉。好多日子以来，因为连阴天，高炉一带总是云气缭绕，混混沌沌，好像雾中人看不清眉目。如今一座座高炉，一排排热风炉和洗涤塔，一架架斜桥，映衬在晴明净蓝的天上，成了线条分明的大画幅。向明登上铁梯子，来到平台上，不由得给这幅雄浑的图画吸引了。第三高炉工地那边，脚手架上上下下插了红旗。耐火砖在皮带输送机上向上流动，同时也有工人伛偻着腰，背着耐火砖，走在架子上。太阳虽然照得很高，可还是看见电焊刺眼的强光。火星子像雨点一样从天空崩落下来。修建工作正在高潮中间。

向明心想，幸亏党的预见，把生产和基建早早分开了，要不然两副担子可是难挑啊。同修复第一座高炉的时候相比，现在施工条件好多了。已经有了起重的大抱子，运输工具也多多了，各种各样备品备件也可以从全国得到供应。不管二十世纪的机械化和十八世纪的笨体力在这里同时并存，建设的速度还是比资本主义世界快得多。再有五年，或者再有十年……不，看来帝国主义一年也不给。它不允许我们有医治战争创伤的时间，它想扼死东方这个伟大的婴儿。好吧，你就来试试吧。这些钢铁的大怪物，在它们身上花了这么多的心血，一下子毁了可真叫人心痛啊。有什么办法？毁了再来！这沸沸腾腾的一大片也不过花了两年时间嘛。

他转身就近先来到值班室，看见邢桐正在交接班的大本子上写什么。技术员没有想到厂长这时候来，立刻站起来，笑着让座。向明向他点点头，一招手让他坐下，看见他已经在交接本上写了密密麻麻的一大篇字。这种交班本记录每一班生产的重大情况，也有值班技术员对炉况的分析和对其他两班的建议，供他们参考。向明见他写了那么多，料想他很有见地，笑吟吟地顺手拿来看看，只觉得哭笑不得。

这是一篇骂架的文字，其中调侃、奚落、挖苦，卖弄聪明的旁敲侧击，炫耀辞藻的指责，可以说是应有尽有。据他讲，前班的炉子已经向凉，为啥不减料，这不是想要踩着别人的尸体插红花吗？这种神妙的操作方法出于何经何传？等等等等。虽然没有提名道姓，显然是指前一班的江有声和罗明立。大罗正在跟江有声见习，整天的提心吊胆，怕出什么事故。

向明抬头看看邢桐："采取相应的措施了吗？"

"风加不上，已经减了两批料。"

"那么日产量不受影响啦？"

邢桐摊开两手，耸耸好吗肩膀，表示无可奈何。

"我也在上面写几句好吗？"向明说着，拿钢笔在交接本上写了几行字：

> 笔墨官司没大意思，冷嘲热讽应当停止。分歧意见在所难免，民主讨论求得一致。虚心是良药，团结为第一。否则我们将一筹莫展，一事无成，一败涂地。
>
> 向明 1950 年 9 月 2 日

他没有看见邢桐脸上的红一块白一块。这时进来两个人，前面是老铁，后面是小牟。

“啊，老铁，”向明站起来，“不是你的班吧？你不好好休息，又来干啥？”

“小牟有事向你汇报。”老铁理直气壮地说。

三个人来到休息室，一字儿并肩坐在长凳上，向明居中。

他把两个肘弯支架在桌子上，两手捧着头，仔细地听了小牟关于王占河的汇报，同时就在思考着、分析着。现在看来，虽然一些关系、一些关节还不清楚，但是可以肯定，这个工人正走上危险的下坡路。

“好，小牟，好，”他高兴地拍一下小牟的肩膀，“你替支部办了一件好事。”又转脸问老铁：“你看怎么样？”

“落后！”老铁从牙缝里吐出这两个字。

“岂但是落后，纯粹是堕落。”向明严肃地说，“一个人想游手好闲，想拿钱去赚钱，想靠别人的劳动过活，这就是剥削，就是资本主义，说客气点，给他加上‘倾向’两个字。这是个什么人？是个工人！我真不敢相信。”

“他爸爸也是工人。”老铁说。

“你认得？”

“是一道进厂的小童工，生生给日本鬼子折磨死啦。”

“你说怎么样？党该不该管？”

“该管，该管，”老铁想起年轻时候的伙伴，眼圈发红，声音也哑了，“党不管谁管呐。”

向明深沉地点点头：“像他这样的，全厂究竟还有几个？说不上。社会主义企业里的工人，却往资本主义的道上使劲，你说可怕不可怕，你说够不够典型？我要亲自下去看看。”

由于亲自布置全厂的备战和防空，还要亲自检查和向市委汇报，向明下乡是五天以后的事。这是一九五〇年的九月上旬，郁闷的盛夏已经过去，快到天高气爽的时节了。

他和小牟坐在吉普车上，在平平的公路上飞驰了好一阵子。为了节省时间，他们没有搭火车。田埂太窄，汽车只好等在公路上。这也正好是向明的本意。要是汽车开进村子，那就太显眼了。

向明心里算来，进城已经两年多了。活了三十七岁，前前后后在农村将近二十多年，对农村的感情是深厚的。搞了工业，就再没有下乡。如今走在田埂上，眼前的种种景物都好像是久别重逢，觉得又亲切又新鲜。他一会儿抬头望天，一会儿低头看地。天上是无边的蔚蓝，地上是万顷的碧绿。他高兴得甩开两只胳臂，大步走在田埂上，竟好像是一个出了笼子的鸟儿。泥土的香味，青草的香味，稻花的香味，一股脑儿冲入了鼻孔。呼吸畅快极了。

两人在村外的河边逗留了一会儿，撩水洗了洗脸上的汗。

他们走到王家跟前。小牟隔着篱笆叫一声王占河。应声走出门的是胖胖圆圆的王嫂。他们猜想王占河不会在家，也正希望他不在家。照向明的计划，要先和王嫂谈谈，然后再访问两个村干部。

主妇看小牟身边的人像个干部，心里有些紧张，但还是甜甜地笑着让客人进屋。但是客人走到葫芦架的阴影里就坐在小凳上了。葫芦比小牟上次看见的大多了，那么沉甸甸的，好像就要从蔓条上掉下来。这肥大的葫芦叶，这小菜圃的白菜、大青椒、黄瓜，这篱笆边上的一排小榆树，绿极了，绿得晕开来。坐在这浓绿中间，竟好像不是生活在空气里，倒是泡在绿色的海里。

主妇拿一个柳条圆盘，从菜圃里摘来满满一盘西红柿，都是红透了的。向明不客气地拿一个放在小牟手里，自己也抓起一个，大咬一口，水多，是在城里吃不到的，于是夸起来。女的看见客人这么实在，安心了，自然了。

“王嫂，我介绍一下，这是我们厂长，亲自来看看老王。”

女的一听是个大干部，慌神了，手不知往哪儿放才好，一侧身子靠在葫芦架上。

“老王这两天怎么样，好些啦?”向明说。

“全亏了领导上关心啊，三天两头地歇工，没有好好干活，对不起领导啊。”她说着，眼圈微微一红。

向明看这妇女的憨厚样子，听她朴朴实实的口吻，觉得很不必绕圈子，就单刀直入地问道：

“听说老王要退厂子，是真的吗？”

王嫂脸上微微一红，耷拉下眼皮说：

“想是那么想过，可也不能由他一个人说了算啊。”

向明心里暗暗地一笑。看来这个女的在秤盘上还有些分量呐。

“对，我赞成，全家的问题不能由一个人做主。我们赞成男女平权。这么说，你和他能拉平线。”

“哎呀呀，说啥平权平线啊，不要我跪接跪送算好啦。不过我是不能拉他的后腿。”她看这个大干部没有架子，听他说话又随便，又逗人，心里的紧张完全打消了，红里透黑的圆脸上也有了笑容。

向明又把话题岔开了：“你们小日子过得蛮好啊。”

“是不错。多亏了毛主席啊。翻身啦，吃不愁，穿不愁啦。”

小牟坐在一边，一会儿看看向明，一会儿看看王嫂。现在不用他说什么，他的嘴可也没闲着。西红柿一个接一个被吞下去了。

向明听了王嫂的话，点点头又说：

“我心里替你们算了一笔账。住房子，吃青菜，烧柴，都不用花钱，一年省下来可就不少。”

“吃油也不花钱，我自己养的大肥猪。自己吃不了，还匀出去一半呐。房后我还种了好几百棵苞米，少说也打二百斤。穷人家的女儿，我能闲着两只手白吃他的啊。”

“这好，很好，”向明开心地笑了，“女人要是完全依赖男的，就没有说话的地位啦。”

他一面说，一面暗暗计算，照这么说，王占河的工资除了买一部分粮食，大部分可以存下来，里里外外一算，这几年他们至少能攒下七八百元。钱不甘心埋没在箱子里，它要跑出来兴妖作怪。问题就出在这里。

“也不是要说话的地位，从小受苦，手闲不住。”女的说。

“老王是啥时候入的厂子，知道吗？”向明又把话题引回来。

“十三四岁就进了厂子。听说他爸爸是给矿石车压断了腿，死啦。

有人替他求情，给日本工头上了二百鸡蛋，两瓶老酒，才得了个工票。”

“入厂不易啊。”

“可不是嘛。”

“这就怪啦。日本人压在头上的时候，巴巴结结要入厂，又是鸡蛋，又是老酒。为啥厂子成了自己的啦，到了月头开工薪，天天有保健饭，有病就休息，又不是七老八十，倒想起来要退厂子？我这人脑子挺不会转弯，想不开。”

向明一面说，一面留神细看女的脸上的反应。她低下了头，脸色和眼神都发暗了。他又说：

“是不是本来不应该把日本鬼子赶跑？或者请日本人再回来，再插起太阳旗，再给日本工头去送鸡蛋和老酒就不退厂啦？或者把美国人请来？你知道不知道，美国人正在打朝鲜，离咱们很近。现在去请很方便，他一定不客气，准能马上来。”

王嫂听了，抬起头来，正眼看着向明，说：

“厂长，你放心，有我一口气，我绝不能答应他退厂子。”

“好！”向明站起来。“老王还不回来，我们不等啦。你替我们问好吧。走，小牟，村里转一圈，看看，咱们就回头。”

王嫂送两个客人来到篱笆门外，站在那里，看他们在静悄悄的村路上拖着两个短短的影子。这时太阳快升到头顶上了。

两个人走了一段路。小牟悄悄问向明，为什么不向深里谈下去。

“初次见面，她又不摸咱们的底细，能没有顾虑吗？这个妇女实在好，好极啦，是纯纯正正的贫雇农的女儿。今儿晚上，两口儿大概要吵一下。照我看，王占河主要是思想病。这不是明摆着吗？想发大财，在厂里不自由，扔开这个铁饭碗，可又舍不得。矛盾得很嘛，当然睡不着啦。脑瓜子能不痛吗？”

小牟听了，连连点头，心里很佩服向明的分析。

“对着咧，对着咧，一点不错。”

“不，推论还要等事实来证明，”向明说，“明天看，要是他来上班，就好办啦，要是不来，咱们就有硬核桃好啃啦。”

他们访问村干部的计划落了空。正是挂锄时节，农村妇女都利用这段时间，有走亲戚的，有拆洗棉衣被褥的，各人忙各人的。男的多半出去打柴，打羊草，也有进城办事的。

他们只好回头。

正当他们走到小山脚附近的时候，迎面来了一个老头，腰上插一个小烟斗，一个羊皮烟荷包在他的大腿上荡来荡去。他躲到田埂一边去，意思是给对面的人让路，可是一只脚踩空了，身子一扑倒了下去，两条腿都落在稻田的稀泥里了。向明和小牟急忙走上一步，一左一右把老头扶了起来。

“老大爷，腰扭了没有？”

“腰不怎么样。这腿，腿，扭筋啦。”

向明感觉到老头的身子发沉，和小牟用力架他起来，慢慢走出稻田，来到小山坡的草地上。这里正有一棵孤零零的槐树，投下一大片阴影。向明问他是一条腿痛还是两条腿都痛。老头指指他的右腿。向明和小牟帮老人撸起裤腿，用他在部队上学的一点点急救法，给老人按摩关节。

老头一面接受治疗，一面点起他的烟斗，嗞嗞地吸了两口。

“好，好，同志，我看你像个不小的干部啊。”

“哪里，哪里，是个小沙弥，办事的。”

“唏，想瞒我啊，除非你不开口。你是外乡口音。外水游来的都是大鱼。”

向明忍不住笑了：“就算一条大马哈鱼吧。老大爷，你弯弯腿，再蹬两下，试试还痛不痛。”

“好多啦。”老头满意地说，又盯问小牟，“我看你们是工厂的，对不对？”

“你眼力不错。”

“咸盐不能白吃嘛。来，坐，憩一会儿再赶路。”

向明乐得坐在青草地上，吸吸温暖又清新的空气。

“我打听一下，”老头说，“可有什么地方，能听听我老汉肚里的话？”

“有，”向明猜想他大概有什么意见，“你们这里还是郊区吧？”

老人点点头，嗯了一声。

“是你自己有什么事吗？”

“我饿了有苞米饼子，上了烟瘾有黄烟。自己还有啥过不去的？是有些事我看了气不忿儿。”

“是这样，那你进城好啦，找市委办公大楼，那里有一个人民来访接待室。你一进门就说：我老汉肚里有话，拿耳朵来！老大爷，你肚里的话能不能讲几句我们听听？”

老头听向明说得有趣，抖动着胡子楂儿笑笑，磕磕烟灰，又装上一斗，拿烟管在向明面前比量了一下。

“我这人的肠子就像这个，直的。你问我就说。”他用烟斗指指远处那一片山林，那在晴蓝的天空下是郁郁苍苍的深青色。“呐，看见吗？那满山是啥？是金子，宝贝，几十年、上百年生长的好木材。大告示有山墙那么大，大红字，不许乱伐山林。白天好好的，夜里树就一棵棵飞啦。留下白花花半截老根，看了心痛啊。这不是有鬼吗？”

“你们的民兵呢？查！”

“人白天干不干活？能整宿整宿地泡在梢林里？”

“这么说，真的闹鬼啦？是谁？”

“我要是知道，不早揪住他啦？反正不会是一个。没有家鬼，也招不来外鬼。”

向明问不出底细，看看太阳偏西了，就和老头告别了。

他们回到公路上，进了吉普车。小牟坐在向明身旁，思量着说：

“厂长，我看老头的话里有文章。”

向明点点头，没有说什么。他正在想一个问题：城市不是孤立的城市，乡村也不是孤立的乡村。牛头马面在跳舞，可是提线的人在哪里？

远处像线一样的公路很快在眼前变宽了，公路两边的杨树，树行外面的田野很快地向后退去，退去。

6

离开村子三里半地，有一个小柳树林，树林外面有一个大水塘。这个天然的水库是左近几百亩水田的水源。有人说它周围有八里，有人说是十里，其实谁也没有量过。实际上旱季它就小，如今经过了雨季，几条小溪流的水都汇合来，它居然成了浩浩渺渺，映出天光云影的湖。在靠近柳林的水边上，有一棵歪脖子大柳树。它是当年日本皇军和蒋匪军种种暴行的见证。它的杈杈丫丫的枝子上吊过农民，它的阴影下深黑色的水里淹死过村干部。国民党兵砍过它的枝干，使它受了重伤。有两年它奄奄一息，好像要死去，可是解放以后它又苏生了，更茂盛了。它那长长的枝条漂浮在水面上，在它的浓密的大伞下面，水是深灰色的，伞影外面的水是浓绿色的。常常有鱼悄悄地浮上水面，撒一个欢又像梭子一样钻进深水里去，在水面上留下一层套一层的圆圈。

在大柳树的伞下，差不多按相等的距离，坐着几个人。一个老头稳稳地坐在那里，好像一个圆寂了的和尚，只从他那烟斗上的青烟才知道他还活在人世。他身旁有一个七八岁的孩子，正把捉到的一条小柳叶鱼放在玻璃瓶里。老头的右边是一个十多岁的少年，把钓丝下到水里，却根本不看它。他正在看一本什么画册，入迷了。一个中年人坐在少年的右面，他的钓丝静静地垂在水里，随着水面的波纹微微地晃动。奇怪的是这个年富力强的人竟然也像那个老头，定定地坐在那儿，两个眼睛也定定地向前看着。他看见了什么？是这绸片一样的发亮的水？是对岸一排向南探着身子的大柳树？是平平的稻田外面那葱葱茏茏的小山？是天边那像散开的羊毛一样的云朵？这些景物果然都映进了他的眼睛，可是却没有反映到他的脑子里。他脑子里的眼睛看见了另一些东西，是他很不愿意看见的东西。这人是王占河。

昨天晚上，他听老婆说向明和小牟来看他，心里就发紧了。老婆一板一眼地转述了向明的话，这话像钉子一样刺进他的心里，想拔也拔不掉，因为深深地刺到里面去了。向明有一点估计错了，两口儿并没有吵架。王占河是那种耳朵很软，脖子很硬，三句好话就掉泪，一把火就蹦三丈高的人。王嫂说：

“人家那么大的干部，要是成心和你过不去，不是一个小指头就把你拨拉到一边去吗？还用老远跑到咱们送里来？我看没有一点官架子，有说有笑，临走的时候还问你好呐。”

这一夜他睡得很坏，比以前更坏。要想留在工厂，像现在这样干下去是不行的，这他心里明白。好好干吧，他又没有这个决心。住得这么远，倒三班，实在是累人。搬进城去，扔开这三间房子五分地，他又很舍不得。他自己有六七分想退厂，老婆却是十分不愿意他退。她以为工厂长远，只要好好干活就行，没有什么风险。这在王占河心里是一个很深的矛盾。他每月从大车上能分到一叠钱票子，这花花绿绿的小纸片很迷人的眼睛，可是他灵魂深处又觉得有些扎手。他知道大车的事儿有点不干净，有风险。是什么风险，他没有完全告诉王嫂，怕她从中作梗，更怕她把中间的底细传到娘家去。大舅子是个共产党员，在邻区工作。他要是出来干涉，那更是打碎的砂锅锔不起来了。洗手不干吗？那花花绿绿的钱票子却又实在叫人着迷。这更是他心里的一个矛盾。老婆劝他第二天去上班，他点头了，可是翻腾了一夜，一早觉得脑瓜有八十斤重，又变卦了。人家钓鱼是为了吃鱼，他钓鱼是为了把一肚子心事顺着钓竿沉到水底。这一点有时能办到，大部分时间办不到，今天却是最最办不到的一天。

“哎呀，老王，鱼，快！”有一个耳熟的人大叫一声。

水里照出一个人影子，还不等王占河从失神里醒过来，早有一只手抓住钓竿，用力向天空一甩。一个空钩子挂在歪脖树的枝条上。这个人的影子早把鱼吓跑了。

王占河回头，看见站在身边的是小牟和老铁。小牟抖着钓竿，想把钩子从树枝上弄下来。

“是你们俩！”王占河瞪大了眼睛，一时间似乎很害怕，好比一个小偷在作案的现场看见了警察。

“我本来想你今天能上班，”小牟抖落了钓钩，“等了你好半天，也没有看见你的影子。”

“你不去，我们只好来嘛。”老铁板着面孔说。

小牟说的是实话。他比平常更早地到了高炉，一听铁桥上有脚步声，就连忙回头。他拧了十多次脖子，最后完全失望了，心里不由得骂起来：“这小子，真下决心要当硬核桃啦？”

他把昨天的经过告诉了老铁，两个人得到向明的同意下乡来了。他们先到了王家，以后就按王嫂说的方位，找到水边来。

“老铁叔怎么有空？”王占河的神情很尴尬。

“就兴你偷闲，不兴我们有空？”老铁沉着脸说。

老铁今天端起长辈的架子，这是他向来没有的。他要王占河跟他来到大柳树的另一面。小牟也拖着钓竿跟了来。稻田从这里平铺开去，一直伸展到远处的河边。稻子长势很好，眼看是一个好年成。太阳已经偏西，一层层稻浪上跳动着闪闪的金光。

“老铁叔，这里太晒了吧？”王占河小声说。

“高炉工人不怕晒！我不愿猫在那阴森森的地方。大太阳下面晒晒，省得身上生虫。”老铁还是板着脸，说完就一屁股坐在田埂上。

王占河只得在他的身边坐下，因为没有睡好，更怕这直射到脸上的太阳，不由得低下了头。小牟也挨着老铁坐下。

紧张地沉默了一会儿。

“老铁叔，我知道你对我有气。你有啥说的就说好啦。”王占河口里像含了个茄子。

“我对谁有气？”老铁斜眼看看王占河这蔫蔫的样子。“头一个是对我自己有气！我对不起你爹，我这个从小一起当童工的弟兄死得屈。我答应他照顾你，可恨我没做到。”老铁说到这里，声音发哽了。

“不，老铁叔，你照顾啦，”王占河小声说。他还摸不准老铁的来意，只好加倍地赔小心。过了一会儿，又说：“你身板不好，住的包远。”

“远？你一个人尥着蹶子往歪歪道上挣，和大伙不走一条路，可不是越挣越远嘛。俺们靠的是这两只手，黑爪子。你呐？快要当白爪子大老板啦。可不是远嘛。你把花花绿绿的钱票子攥在手心里，闻一闻啦?有没有腥气味儿?你蒙着一张工人的皮，心里面呢?是什么馅儿?馊了没有?”

老铁说一句，王占河心里好像挨一锥子。难道这老头摸到底细啦?不，不能。事儿是结结实实匝好了的，是严丝合缝的。得稳住神儿。王占河想是这么想，可是心里发虚，头低得好像要掉在裤裆里。

“老铁叔，你说的我不懂。”他吞吞吐吐地说。

“我更不懂!”老铁看他抬不起头，又提高了嗓门，“人刚三十出头就痰迷心窍啦?你和谁亲?和党亲吗?和工人弟兄亲吗?也许当初亲过，现在不亲啦!小牟，你说他和咱们亲不亲?”

“剃头挑子，咱们这一头是一盆火，他那一头是凉冰冰。”小牟说着，斜了王占河一眼。

“你听见啦，占河?”老铁说。

“嗯。”

“对不对?”

王占河闷声不响。

“有一句老话你可知道：各人自扫门前雪，休管他人瓦上霜?”

“知道。”

“这话对吗?”

“不对。”

“为啥不对。”

“旧社会才自顾自嘛。”

“哦，这么说，自顾自不对啊。这么说，俺们老远往你这里跑，你不讨厌?”

“这，老叔你说到哪去啦?我感恩不尽。”王占河心里的弦绷得更紧了。

“感恩?感谁的恩?要不是向明，我早和你崩啦!你说俺们老远跑来干啥?”

“催我上班呗。”

“嘻，口气可不小。高炉就缺你这全才啦，少了你铁也出不了啦，炉子也要报废啦，是不是?”

王占河给西斜的太阳一晒，再加老铁这么剥皮似地一步步盯问，身上冒汗了。

“哪里，哪里，我这样的少一个半个没啥。”他咬着舌头说。

“谁要你感恩？你和大伙可真是离得远呐!”老铁看王占河好像要找地缝钻下去的样子，不好再敲打他了，就换了一种热乎乎的口吻。“我到年五十啦，还能干几年？高炉靠谁？你呀，小牟呀，靠你们这一辈啦。像你这样，我断气的那天也不能放心。你老是这么耷拉着脑瓜干啥，你抬起头看看。”

王占河果然抬起头。他看见的是一片红光闪闪的稻子，可是不敢看老铁的脸。太阳偏在山头上了，满山的梢林好像着了大火。

“你说，占河，你和我是近是远?”

“近，老叔，近。”

“你和我亲?”

“亲。”

“那好，”老铁拉起王占河的一只手，“你告诉我，往你那里送洋钱票子的是什么人?”

王占河心里一震，好像挨了重重的一锥子，忽然觉得害冷，眨眼间起了一身鸡皮疙瘩，紧跟着又冒汗了。糟糕，他果真知道啦？看这架势，纸包不住火啦。他支支吾吾地说：

“他，他是一个远亲。”

“啊，远亲？他怎么和你那么近啦?”

王占河闷声不响，又耷拉下脑瓜。

“是猫哪里有不吃腥的。”小牟从旁边敲了一句。

王占河还是闷声不响。

“我看你磨不开说，是不是?”老铁放开他的手。“知道磨不开还不错呐。没有不漏风的墙。王占河，王占河，该睁睁眼啦。钱票子烫手啊。人家是往火坑里拉你啊。我问你，你家里有粮食囤吧?”

“嗯，有，”王占河照实回答，可是不明白老铁为啥忽然关心起粮食来?

“家里有耗子吗?”

“有。”

“可恨不可恨?”

“可恨。”

“你知道不知道，你成了国家这个大粮囤里的耗子啦。你不是往大囤里添粮米，可是一点一点偷偷摸摸地往外鼓捣，藏在你自己的小洞洞里。”

王占河闷声不响。

“占河。”

“嗯，老叔。”

“不是催你上班，是拉你出火坑。知道吗?”老铁又紧紧握一下他的手。“该说的，我说的差不离啦。路你自己走，主意你自己拿。那些事你自己不好意思说，我不追问。你可得和领导上说啊。说了，才算你是个工人，有觉悟。不说，等于是包庇坏人，罪过就大啦。”

老铁和小牟回到城里的时候，天早黑了。第二天一早，他们向向明做了汇报。王占河来上班了，可是畏畏缩缩好像失了水的苗儿。他以为大车的事一定是传开了，其实知道的只有老铁、小牟、罗明立和向明。老铁怕他心绪不宁，弄出事故，关照小牟留心，不离他的左右。下午出完一炉铁，老铁悄悄告诉他，有人在休息室等他。

王占河来到休息室，推开门，看见的是向明，不由得倒抽一口气，头皮发紧了。

向明看他神色紧张，让他坐下，先和他唠起家常。

“你屋里的我只见过一面，给我的印象很好，觉得她很能干，很有眼光，是过日子的好手。她是哪里的?”

“俺们是亲上结的亲。”

“啊，是这样。她娘家有什么人?”

“她大哥是区上的干部，弟弟是解放军，南下到广东去啦。”

“原来是这样，好嘛。不过家庭好也不能给一个人打保票，还得自己进步。对不对？”

向明看他坐稳了，神色安然了，又告诉他，党支部过问他的事，不是和他过不去，是替他从长远里想，从他的一辈子着想。要好好琢磨一下，党为啥这么关心工人？一样都是工人，为啥老铁师傅和党那么贴心？他的觉悟高。什么是觉悟？就是知道自己是干啥的，是站在什么历史地位。是要全中国，还是只要那么几张钱票子？办工厂，过日子，没有钱票子不行。这钱票子是怎么来的，却要分分清楚。如果不是靠辛勤的劳动，却是靠什么邪门歪道，这东西可是烫手啊。农民把地主和资本家都叫大肚子，这名字取得很合适。是靠自己的劳动，还是靠别人的血汗养肥自己，这是最根本的界限。

“老王，自己的梦自己圆。你好好想想，你和党一个心眼吗？和老铁一个心眼么，要说是一个心眼，为啥你离老铁那么远，可又离那些不清不白的人那么近？要说不是一个心眼，这是从哪一点开始的呀？你想一天、两天、三天、一个月都行。可不能想一年，那就太晚啦。你那些事你屋里的知道吗？”

“她啊……”王占河好像丢掉了舌头。“紧上来啦，紧上来啦！”他这么想着的时候，觉得头皮更紧了。“她啊，她知道一点……”又支支吾吾地说，“她不太清楚。”

“你看，她这么好，你可是和她有点远，是不是？这是为什么？”

王占河的脸上烧起来，低着头不吭声。

“好吧，窗户纸留给你自己去戳破。看你到底是和谁近，和谁远。王占河，你走到岔道口啦。往哪里去？要是那些人露了马脚，可全都推到你头上，你怎么办，能抖擞清楚吗？那时候就不是退厂不退厂的问题啦。那时候，找你谈话的就不是我啦。危险呐！你要是早和组织上讲清楚，就是和党近啦，和老铁近啦，和你屋里的也近啦。懂不懂？”

向明只是这么点了点王占河，没有挑开说大车的事，给他留一个自己斗争、自己觉悟的时间。接着又告诉他，要开一个全炉的团结大会，拧成一股劲把生产搞上去，也要让新试验在高炉上开花，希望开会的时候他能有一个好的表示。

7

王占河每天下班，要坐两站火车，然后走一段小路。因为饿肚子催着，他走得很快，不知不觉就到了家。今天下火车的时候，天已经黑下来。他觉得两腿发软，胸口饱闷。跨过公路以后，他在小山包跟前坐了一会儿，远远看见村子里闪闪灼灼、明明灭灭的灯光，好像是和天边的星星连到一起的。

他还不能完全理解向明的话，但是问题已经摆在面前：怎么办？看来大车的事好比雪地里的死孩子，盖也盖不住了。明天还上不上班呢？又怎么能不上班？上了班，就碰见老铁、向明、小牟。说什么好？真熬心呐！他站起来，又拖着两条腿，绕过小山包，走上了田埂。两边的稻田是黑的，田埂在满天星下是灰白色。怎么办，怎么办？他心里不住地问自己。看来这个问题不定下来，是不会有平安的日子了。懊恨像虫子一样在钻他的心。自从那个远亲上门，真好像鬼迷心窍，噩梦缠身，脑瓜子没有一天清醒，心里没有一天安宁。宁可什么都不要了，要换回从前那种舒心的日子。甩开膀子干活，出一身大汗，和大伙在一起，休息的时候说说笑笑，欢欢乐乐。下了班，在浴室的热水池里一泡，一天的疲劳都泡光了。回家，老婆给端上高粱米饭、小葱、大酱，有时候是黄灿灿的苞米饼子，或者是炸酱面。稀里呼噜吃完，热炕上一倒。晚上睡得熨帖，连梦都没有。第二天一骨碌爬起来，只觉得头脑清醒，浑身是劲。

他想着，走着，忽然打一个前失，一只脚踩进了稻田的泥水里去。他连忙拔出脚，心里骂了一句什么。他的一只鞋子里灌满了泥浆，裤子的小腿部分也沾满了泥浆。他咕哧咕哧地向前走了一段。是啊，是啊，拖一条泥腿可真不好走路。这时泥巴里面的水分少了，稠糊糊地黏在腿上，更觉得难受。他尽力加快了脚步，想到家先换下裤子和鞋子。

他走到村外的小河边。这里水旺的时候，水漫过了摆在河床里当桥的十多块大石头。这一阵子水枯了不少，大石头又都露在水面上了。他踩过两块石头，不知怎的又一脚踩进流水里去了。他想索性冲冲泥巴也不错，就一屁股坐在大石头上。水里，石头上，都还有太阳的余热，倒蛮舒服，不过心里的虫子还一直在咬他。怎么办？怎么办？河水碰在石头上，欢欢乐乐地响着。满天星落在水里，化成乱蹦乱跳的小银鱼儿。河对面的树行里漏出村子的灯光，其中也有他家的灯光。他猛地又想起来，回到家里，老婆也要用探问的眼光盯着他。在这样的眼光下面，高粱米饭煮的再烂也会像砂粒子一样不好下咽。

他在石头上坐了很久。村子里的灯光一个接一个灭了。很晚了。听见牲口喷鼻子的声音，谁家的老牛也叫了一声。他觉得有点冷。肚子里忽然响了一声。啊，饿了。他站起来，拖着湿裤腿蹚水过了河，走进了村子。

村子里很静，人家大部分都睡了。他走到自家的篱笆门外，隔着葫芦架看见窗子上的灯光。他知道老婆在等他。他走进篱笆门，穿过房前的小园圃，刚走到葫芦架下面，忽然给什么绊了一跤，打一个踉跄，撞在葫芦架的柱子上。幸亏探出去的两手帮助了他，要不准得在额头上撞一个大包。王嫂早已听见熟悉的脚步声，开门迎出来。

王占河借门口射出的灯光，看见绊了他一跤的是钓鱼竹竿。他心头起了火，下死劲把竹竿踩在脚下。竹竿噼噼啪啪裂了。他还不舍气，又弯腰捞起裂了却还没断的竹竿，把它一折为二，又一折为四。

王嫂发话了："看你这人，你自己放在那里，自己绊了自己，倒拿它来煞气。哟，你倒在水里啦？怎么下半截全湿啦？"

"我就是叫它绊了腿，我毁了它，再也不叫它绊我啦！"他说的是语意双关的话，不过只有他自己明白。

王嫂给他准备下的热汤面，这正合他的心意。他脱下湿鞋子，换上干裤子，盘腿坐在热炕上，吃了热汤面，身上的凉气消散了，心里也松快多了。他感觉到老婆的眼珠子在他的脸上滚，他只是低着头什么也没说，直到躺在热乎乎的被窝里，熄了灯，才把向明的话大略地告诉了她。王嫂一劲地劝他照向明的话办。

“人家心里有咱们工人，才这么不怕跑腿，不怕磨嘴皮。人家图个啥，还不是为咱们好吗?”

他没有说什么，可是心里在想：真正像向明说的，眼目前是走到了岔路口，势必要在两条路里挑一条了。

这一夜王占河睡的又沉又甜，是大半年来没有过的。

8

“团结就是力量!”向明用这一句开始了他的讲话。

这里是休息室，从大开着的窗子传来高炉和热风炉像狂风暴雨一样的呼啸。向明一向不喜欢大声讲话，觉得这样很不自然，但是现在却不能不尽力扯开嗓门。经过小牟、端端，还有另外几个小伙的手，这个房间变样了。他们从党支部接受的任务，满心高兴地筹备这次会，利用三天的业余时间，把应当清除的都清除掉了，刷了地，擦了窗子和所有的更衣箱，墙上贴了红红绿绿的标语。迎门的墙上，由端端亲手贴上了几个大字：“全炉团结大会”。他们预感到这次会的重要，想方设法为会场的安排添上一点庄严的气氛。他们的目的达到了。所有到会场来的都打一下舌头：“啧，变成大礼堂啦!”工人和技术员，除了眼前不能离开岗位的，都来了。从窗口一阵阵吹来的凉风也吹不散四十个人散发的大量的热。从会场通到各作业单位的有扩音线，这样在工作岗位上也能听到大会的实况。

向明简单地回顾了一下共产主义运动的历史，引用了《共产党宣言》里的最后一句话：“全世界无产者，联合起来!”然后指指窗外的高炉，说：

“这些大家伙从前出铁，现在也出铁，从表面看没啥两样。高炉工人从前干活，现在还是干活，从表面看也没啥两样。从前吃饭、睡觉、讨老婆、生孩子，现在也还是一样。那么翻天覆地的大变化从哪里看才能看明白?”

他停顿了一下，从他站在中间的地方向四下看看这些熟悉的面孔。

他们的脸上身上都有瓦斯灰，有闪闪发光的氧化铁的细屑片。外表没有什么大区别，思想状况可是很不一样。

“要从生产关系上看。原来是高炉的奴隶的，现在成了高炉的主人，就是大家常常说的，工人阶级掌大印。咱们躺在一张床上，各做各的梦，这大印能不能掌好？咱们在一条船上，你摇你的橹，我扯我的篷，这船能不能前进？一个乐队，各拉各的调，能不能奏出好听的乐曲？敌人最高兴的是咱们三心二意，一把沙子抱不成团。无产阶级在向敌人进行生死斗争的时候，最有力的武器是团结。困难也是我们的敌人，它好比路上的顽石，你前后左右劲儿使不到一起，它就躺在那里纹丝不动。咱们开炉的时候有一条好标语：‘把铁水浇到美帝头上去！’就这么几吨铁，能把它浇死吗？差得远呐！分析一下，影响生产的最大因素是什么？原料条件，燃料条件，设备条件，比一年以前好得多，为什么高炉还常常打摆子，冷一阵，热一阵？从开炉就喊三班一致。雷声是不小，雨下了多少？分歧的意见、斗争，是不可避免的。目的是什么？究竟是谁战胜了谁？我今天要代表党支部做严肃的自我批评，高炉上的党还没有具体地贯彻七届二中全会的精神。拿起鼓槌子都能把鼓打响，真正打在点子上可不容易。支部把鼓擂响了，可是有几下是真正打在点子上了？这要大家来评论。今天的会咱们只讲一个问题：究竟影响我们团结一致的因素是什么？这些东西是从咱们自己队伍中来的，还是从敌人那里来的？这应当刨刨根。我提出问题，结论要靠大家来做。大家谈吧。”

在所有到会的人中间，心里反应最强烈的要算宋老铁。向明讲一句，他心里应一句。要不是竭力克制自己，他会大声叫出来：“对着咧，对着咧！”他一夏天没有犯病，身子结实多了。他正坐在窗口，在他那一班人中间，身旁就是牟云开和罗明立，稍远一点是王占河。好像有看不见的什么压在王占河的头上，他一直低着脖子，好像很怕看见别人的眼睛。梁端端是这里唯一的女性，她履行工会生活委员的职务，扛来一桶冰镇的盐汽水，正在一碗一碗地送给大家。她忙里偷闲，时时把眼光落在邢桐身上，想看看他有什么反应。这人便是穿工作服也比别人考究三分，正端着肩膀坐在窗口，可见他很会为自己找一个舒服的地方。他扭着脖子看窗外的天空，这样端端只看见他帽子下边那梳得溜光的后脑勺。在这么重要的会上，竟然能装出这么超然的态度！端端心里很窝火，很想走过去，掰着他的脑瓜把脖子给他拧过来。

向明讲完的时候，会场一时间很静，不一会儿又叽叽喳喳议论起来，好像开了锅。他接过端端送来的一碗汽水，向她点头一笑，意思是赞成她为大家服务。端端领会了向明的意思，脸上微微一红，赶快又去接别人的空碗。在满屋子嗡嗡嘤嘤声里，响起罗明立的大嗓门：

“老铁师傅肯定要先讲几句。”

老铁瞪了他一眼，刚要发话，小牟为大罗帮腔了：

“老铁师傅你就讲几句，唱歌也得有人起调嘛。”

老铁本来就是有话要讲的，只是怕讲不好。他站起来，拍一下自己的胸脯：

“向明同志讲到我这里边来啦，我也得做自我批评。光想着要把生产搞好，不知道人的工作不搞好，团结不好，生产就上不去，上去一天两天也稳不住，还得落下来。敞开说吧，我特别对技术人员团结不够。有的人我心里对他就是一个恨，心想：要不是政策管着，我两个指头卡巴一下捏死你！这是感情用事，这不是党的政策。我一定改。大伙监督好啦。向明同志说，要为别人革命一辈子想想。我的心眼没有那么大，我的心眼只有这么一点。”他用手比画了一下，有一个核桃那么大小。

大伙儿齐声笑了。

梁端端从老铁的话里看见了他那朴实的心，心里很是感动，一面一次一次向邢桐那边望去。他在老铁提到技术人员的时候转过脖子来，嘴上笑着，但是眼神里冷极了。听到老铁要捏死什么人的时候，意识到是指自己说的，脸上红了一下，很快又恢复了他的本色，嘴上仍然笑着。这是一种超然的笑，好像是说：你能怎么样，我还不是我吗？这一点只有端端能看出来，也正是她最厌恶的。

老铁讲完，又是一阵嗡嗡嘤嘤的议论。

罗明立站起来，但是另一个人一拉他的袖子，小声对他说：

“你先等等，让我先说。”

这是王占河，他在工友中间站起来。

王占河来参加今天的会，是出乎大伙的意料的，因为他们都不知道底细。现在看见他站起来要讲话，整个会场一下子静下来，都用惊奇的眼光盯住他。这不是大家看惯了的、浑身散了架子的、脸色犹犹疑疑、眼神儿混混沌沌的那个王占河，他现在更黑更瘦了，在宽大的工作服里很像一个吓鸦的草人，可是脸色和眼神里有了不同的什么，似乎刚硬了一些，清朗了一些。他的两道护嘴纹抖动了一下，从他的胸膛里发出了沙哑的声音。

“我对不起党，对不起工人阶级，对不起大伙……”

他讲了这几句，忽然两手捂在脸上，胸脯猛烈地一起一伏起来。静静的会场里响起他的抽泣声。人们更为惊奇了，更加鸦没雀静地大气也不出，眼光都落在他的身上，在等他讲下去。

高炉和热风炉在呼啸着，好像万马奔嘶。

“老王你别激动，”罗明立说，“整个儿是从小一起受苦的，谁不知道谁啊。你慢慢讲。”

王占河忍住胸膛里的呜咽，放下手来，泪眼蒙眬地看着工友们。

“我走岔道啦，栽到泥坑里啦。党向我伸出了手，把我拉起来啦。我得谢谢厂长，谢谢宋师傅，谢谢小牟。”

“我们不用谢，要谢就谢你屋里的吧。”小牟插上了一句。

“对，还有她。可恨我顶名是个工人，见识还不如一个家庭妇女。”王占河停顿了一下，想了想，又说，“我的事有知道的，有不知道的，我得向大伙交代交代。讲完了大伙批评、帮助。”

“你就开门见山好啦，用不着戴帽穿靴的。”罗明立给他打气。

王占河点点头，一只手扪住自己的胸膛。

“解放啦，翻身啦，吃不愁穿不愁啦。我也和大伙一样，在厂里猛门地干，心里一个劲儿地乐，也不知道累。都说王占河干得不错，我心里也美滋滋的。那时候同大伙在一起，像亲兄奶弟，没有隔儿。回家吃饱了，倒头就睡，连梦也不做。回想起来，那才真正是幸福呐。后来，脚步就一点点歪啦。我对老婆说：人过三十，草过天赦，咱俩都三十多啦，儿芽子也还没有一个。明儿老了怎么办？有谁养活？我看还是攒几个钱，买下一条绳子，到了爬不动那天，咱俩就拿绳子到东山上去，树上一挂，一头一个。这好像是说着玩的，其实是心里有鬼啦。”

梁端端给他捧来一大碗汽水，他接在手里，一口气灌下去，抹一下嘴巴，又说：

“心里有鬼，鬼就找上门来。一个远亲来找近乎啦。带来了四色礼：两包油糕，两斤猪肉，两瓶白酒，十斤大米，合起来能值六七元钱。我心想，你敬我一尺，我也不能敬你九寸五啊，这就交往上啦，有吃有喝，有说有笑，挺投机的。他说：兵荒马乱的年头，人死像割韭菜一样。现在新民主主义，该咱们发展啦。人生几何，吃点喝点玩点乐点，这四点主义好。我说能有今天，多亏了共产党、毛主席啊。他说：世上一治一乱，分久必合，合久必分，就是这么一回事。又说：你可知道有一句老话？人挣钱，难上难；钱挣钱，不费难。你攒的钱放在哪里，放在箱子里不白白烂掉了吗？他劝我和他合伙，再招几个股子，一起拴一台胶皮轱辘马车，在乡下和城里拉脚。据他说，三年以后一台马车就能变成一辆六轮子的卡车，再过三年六个轮子又能变成六辆卡车，就是一个不小的运输公司。那时候，不愿意出面就当董事，愿意出面就当经理，挑啥是啥。”

会场里响起窸窸窣窣的声音，刚才那种静悄悄的气氛消失了。年纪大些，有生活经验的工人听得很有感慨，一会儿点点头，一会儿又摇摇头。没有经过世事的青年工人都是一脸惊奇的神色，瞪大了眼睛看定王占河，好像在听海外奇谈。人们叽叽喳喳地议论开了：

“这小子算盘打的精啊！”

“这不就是想当资本家吗？”

“听这家伙的一套，不像个庄稼人，也不像个工人。”

“工人哪有这样的。”

“那可难说……”这人说了半句话，意思是说，王占河不是一个工人，不就摆在眼前啦？

“嘘，是听你们的，还是听王占河的？”

王占河又从端端手里接过一碗汽水，向她点点头表示谢意，喝完，又讲下去：

“什么公司呀，董事呀，我倒还没想。只想多攒几个钱，抱养一个儿子，供他念几年书，把草房翻盖成瓦房，三间扩成五间，给他娶上一房媳妇，生两个孙子，等我老了，不就是一个老太爷，美美地享他几年清福吗？”

会场里又响起一阵叽叽喳喳的议论声，但是被一阵嘘声压下去了。

“我老婆从一开头就不赞成。她说：‘体体面面，正正经经当个工人有多好，跟上那来路不明的瞎混有啥好处？’我说：‘公安局又没给他挂上号，怎么说人家来路不明？要是赚不到什么，大车一出脱，钱还是我的嘛。’就这样，一台大车拴起来了，十二个蹄子也跑起来了。过了一个月，他给我送来一大把钱票子，花花绿绿，可真迷眼睛呐。从前人说，钱能通神。我看是钱能招鬼，鬼迷心窍。我心想，不费劲不费力，坐在炕头上就来钱，这可比高炉上火烤火燎强多啦。这么一想，干活的劲就松下来啦。”

老铁听到这里，忍不住说：

“对，对着咧，是这个道理！”马上又觉得不应当打断人家，“对不起，你说，说到底，这对我们也是一个教育。”

王占河抬起闪闪发亮的眼睛，向老铁点点头，表示一定听从。他这时胸膛里畅快多了，神态也自然多了，稍稍整理一下思路，又讲下去。

“我一天比一天更觉高炉上累、热，喘不上气，身上像散了架子。我想退厂。老婆不赞成，我自己也舍不得，一个月一个月，钱又攒多了，心里的矛盾也重了。退厂吧，是扔掉一个铁饭碗；不退吧，又打不起精神干活。夜里睡不着，白天脑瓜子痛，就泡病号。脑瓜子是真痛呀。整宿地瞪着眼，它哪能不痛。村里有老头钓鱼，说这能休息脑筋。人家钓鱼，半天能钓半篓子；我钓鱼，一天也钓不上一条。鱼能看见我，我可看不见鱼。我哪有心思钓鱼，磨时间罢了。你们看，我是这样子，哪有一丁点工人阶级思想！我是这么个脑筋，你想团结我把高炉搞好，能黏得上吗？我好比是满身的油腻，你用大鳔也黏不住我啊。”

王占河说到这里，转身从他自己的更衣箱后面抽出一捆东西。梁端端看在眼里，很觉得奇怪。他把一捆木柴带来是啥意思？

王占河把这一捆东西扔在一边，说：

“看，我把钓鱼竿折碎啦。”

“鱼还是可以钓嘛，”向明一直在留神听着王占河，一会儿眼光从他的脸上扫过大伙的身上，很高兴这个工人的现身说法引起了强烈的反应。“休息的日子，钓钓鱼，吸吸新鲜空气也好嘛。”

“这我知道，厂长，可是我得下决心呐，大车的事我不啰唆啦，反正我是洗手不干啦。这里边的细情我一定向支部讲清楚。”他说到这里，长长地出了一口气，直一直身子，好像刚刚从身上卸下了一个磨盘。“我人没退厂，思想上早退厂啦，早离开工人阶级啦。感谢党支部的帮助，我回来啦，再也不走啦。我一定把满身的油腻洗干净，和大伙抱成团。雷打也不散。”

他因为兴奋，再加交织着懊恨的心情，脸上潮红了，说完，抹一把额头上的汗，在工友们中间坐了下去。

会场里一时静极了。没有人挪动，没有人说话，没有人出大气。只有外面高炉和热风炉在嘶吼，好像有千军万马在奔驰。一分钟过去，两分钟过去，忽然好像爆炸一样响起了热烈的掌声。这是欢迎的信号，欢迎王占河回到工人阶级队伍里来。

王占河感动极了。泪水蒙住了他的眼睛。全炉的工友现在在他的眼睛里，也在他的心里，成了一个浑然的整体。

梁端端把手心都拍红了，一点也不觉得痛。她生平第一次参加这么热烈的、感动人的会。她心里一团火热，鼻管里一阵发酸。她掏出小手绢，一面擦眼睛，一面瞅一下邢桐。他也在拍手，但只是轻轻地在应景儿。他的嘴角又在冷笑，好像是说，浪费这么多细胞有啥意思。端端不由得想道：“这个人，他心里有一块很难融化的冰。”

王占河的发言给这个团结大会点了火。

牟云开、罗明立、梁端端、陈占先，一个挨一个都发了言。后来许多人不耐烦挨次序了，又都争着挤上前来。宫之奇也发了言，虽然不多几句，但是很诚恳。在这样的形势下，邢桐也不得不敷衍几句。端端一个字一个字都听得很认真，从他开口就希望他讲一句两句真诚的、热情的话，但是越听越失望，最后心里不免暗暗地苦笑，是一条什么命运的线把她和邢桐牵在一起，很厌烦他却又在处处关心他。

江有声没有参加会。他留在高炉值班室，从广播喇叭里听见了一切。会议的热烈情绪达到高潮的时候，他坐不住了，急急地赶了来，想讲几句。向明看见了，叫他来到身边，要他向大家讲讲新试验的要求和安排。

高炉果真会出现一个新局面吗？是的，会出现，因为新的更艰苦的斗争还在前面。

向明提议，全场起立，唱国际歌。为这雄壮的歌声伴奏的是高炉和热风炉的雷鸣。

第十四章

1

沈佩兰从省里开会回来，半个多月过去了。因为在家属中间宣传反对美帝侵朝，再加一个夏季清洁卫生运动，一直拖到今天才向山下村的妇女们传达。这些日子她怕忘记，一遍一遍在心里背诵。她没有稿子，只是背诵自己想好了的一套话。前一晚上，她让罗明立听她讲了一遍，为影响了丈夫的学习心里很不过意。罗明立已经跟上江有声实地操作，同时也在继续学习理论和补习文化。他听完，看看佩兰一脸惶惶不安的神色，笑道：

“你要是一面讲一面提心吊胆，非讲砸了不可。”

“你还不知道我吗？在人面前一讲话，心里就突突跳，我管不住自己这个心。”

罗明立笑了，他知道她在丈夫面前讲话，有时也不免脸红。他告诉她，头难头难，最重要的是开头要稳住神儿，往后讲就好了。另外还给她提了两点意见：一是要多讲讲党对妇女的关心，讲讲省里那些负责同志怎样和她们一起座谈，听下面的意见，这对妇女们会是很大的鼓励；二是不要面面俱到，根据当前家属工作的要求，应当把人家的自己动手，团结互助，克服困难，保证工人出勤的经验讲详细。佩兰抿着嘴

和于秀枝的定心丸，加上眼前这个大定心丸，一开头就帮她稳住了神儿。当着这许多人的面，她还是一开口脸上就烧起红晕。她讲得很安详，声音不高，可是慢吞吞地一字一句都送入听众的耳朵。姐妹们看她发胖了些，剪裁得可身的蓝布上衣裹住她匀称的体态。因为常常要加重语气，她微微向前探着身子，两条细细的眉毛也常常扬起眉梢。她稳稳地站在一张桌子后面，她身后的左侧坐的是唐景秀和辛玉婷。她们在主持会。会场里所有的眼睛都盯在沈佩兰的脸上，好像是告诉她："讲吧，安心讲下去吧，俺们听得很入耳。"只有一对眼睛虽然也直直地盯着她，可是看不见她。这是门口一边的夏玉芹。她也有变化，只是向着与众不同的方面：她更瘦得可怜了，身上也更破烂了。小珠已经进了小学校，所以不在妈妈身边。

传达会开始的时候已经九点多。一个钟头过去，屋子里热起来了。有人脱外衣，有人扇手绢，会场里不像刚才那么安静了。唐景秀心里有些忐忑，担心着会场的秩序。这担心也还是多余的。沈佩兰已经稳住阵脚，她也好像掌握了讲话的艺术。她正讲到最关紧要的地方，她看见了会场里的小小波动，但是她有信心引起姐妹们的注意。

她正讲到李明兰先进小组的事迹。这个小组是属于机车修造厂的家属委员会的，包括十六户，一共十六个不同姓的阶级姐妹，其中有十三个在旧社会就住在一条街上，一起到野外挖过苦菜，一起在垃圾箱里捡过破烂，一起在锅炉房的后墙下扒过煤渣。这十六户一成立起家属小组，样样事都走在头前。不爬山的不知山高，不下海的不知水深。她们受过大苦，翻过身来也懂得今天的甜，就有一股子绽不完的劲儿。厂党委号召开展家属互助活动，保证工友出勤，她们又很快树起一面旗子。举一个例子：十六户里有一家最困难，女的患胃溃疡，整天捧着心口哼哼呀呀，有时候在炕上起不来。有五个小孩，最大的才十岁，最小的才满八个月。丈夫下了班，家务活比厂里还重一倍，累得愁眉苦脸，黄皮蜡瘦。常说：下了班很怕回家，回家就当牛马，没有一点乐趣。女的忽然胃穿孔了，只得住医院开刀。碰巧成立了互助组。组长李明兰对工友说，你只管上你的第一线，你这个家俺们十五户包啦。

女的开刀以后，十五个妇女轮班去看护她，白黑都不断人，捎带着把同房患者的事也办了。同房的说：你这大姐可真有福，有这么多姐妹为你操心。女的说：是啊，是姐妹，可不是一个房檐下的，不姓一个姓。这件事在全医院传开了，黑板报上也用大字登出来，题目是《骨肉亲不及阶级亲》。这五个孩子的妈妈躺在病床上，看护得再好，她能放心吗？小三子是不是跑到大马路上追汽车啦？小二头上的虱子是不是滚成球啦？小崽子没有奶，不饿干瘪啦？天热了怕热着，天冷了怕冻着。当妈妈的谁不是一根肠子拴在儿女身上。

病好了，出院了。站在自家的门口，却以为是走错了门儿。这难道是自己的家？那疤疤砬碴的炕席怎么变得溜光水滑了？那脏得大圈套小圈的被子怎么拆洗得干干净净、叠得整整齐齐了？那满是灰土的玻璃窗也变成镜子一样了。墙角没有了蛛网，地上没有了垃圾，桌上没有了土星儿。这焕然一新的家果然是自己的吗？低头看看围在身边的儿女，女孩都梳得溜光的辫子，辫梢上扎着鲜红的结子；男孩也都穿得整整齐齐，破了的地方都缝补得熨熨帖帖。他们都仰起红润润的脸，向妈妈笑着，那个小崽也围着被子坐在炕上，张开没牙的小嘴，挓挲开两只小胖手，在欢迎妈妈回来。

丈夫告诉她，从她进院，家务事没用他动一指头。买粮、买菜，烧火、做饭、提水、洗刷、清扫、缝补，白天照应小孩，晚上带小崽睡觉；没有奶，四下去搜求奶粉；大大小小的事儿互助组都包下来了，一包到底了。十五个妈妈代替她一个妈妈，十五个主妇代替她一个主妇，这个家还能管不好吗？孩子还能带不好吗？丈夫的脸上现在也是红润润的，这些日子一心无挂，浑身的劲儿都用在生产上，把磨床的效率提高了三分之一，受到厂领导的表扬。

女的听了，心里满的一句话也说不出来，扭头就跑，一口气跑到组长家，两手抱着李明兰，还是一句话也说不出来，两个眼睛里刷刷地往下掉泪珠，好半天才说："我的好姐妹，我的好姐妹，我一辈子都不能忘啊！"李明兰说："这有啥好说的。人吃五谷杂粮，谁能保证不生病？一家有了困难，大家伸伸手就过去啦。你要感谢就感谢党，感谢毛主席吧。咱们不都是从苦水里趟过来的吗？那个时候比现在困难百倍，为什么不成立互助组？不懂得什么阶级不阶级，没有这个觉悟。”后来女的逢人就讲：“可真是骨肉亲不及阶级亲呐！住了半个月医院，家变啦，人也变啦，整天乐呵呵的，干啥都有一股子劲。”这个妇女后来也成了家属工作的模范。她在大会上做了典型发言，都讲活啦，讲到出院那一段，感动得满眼里含着泪花。一千多个妇女听她讲，都听得入迷啦。这个妇女名叫吕闺范。

沈佩兰也为她自己的讲述所感动，眼睛里也蒙上了泪花，眼前这些姐妹们的影像都模糊了。现在会场里静极了，没有人动，没有人说话，只有轻轻地吸鼻子的声音。她们好像亲眼看见了这个吕闺范，看见了围在她身边的、高高矮矮的、面孔红红的小孩。她们从自身当妻子当妈妈的经验出发，很容易体会吕闺范的思想和感情。她们也都感动得满眼里含着泪花。

因为感情的冲击，沈佩兰心里有些乱了，又赶紧克制自己。正当她整理好思路，刚刚要往下讲的时候，忽然觉得脚底下，也许是头顶上响起一声闷雷，这声音比大雷雨时候的霹雳还更震耳，还更慑人。她的整个身子都受到了震动，耳朵上好像给什么重重地掴了一下，嗡嗡的轰鸣声在脑子里震响着。她的心好像一下子跳到嗓眼里，堵住了。她愣了，呆了，瞪圆眼睛定定地看着姐妹们。姐妹们也都像她一样，定定地呆在那里，变成了一群塑像。

一分钟过去。

人们从惊呆的麻木里苏醒过来，有人尖起嗓子大叫一声：

“是飞机扔炸弹了吧？快跑！”

妇女们果然跑起来，会场里登时乱了。有从门口挤出来的，有从窗口跳出来的，有的人想起还有小孩睡在炕上，就径直往家跑。只有夏玉芹一个人站在原地不动，她是什么也不怕的。还有什么灾难比她现在更坏呢？

唐景秀再也顾不上她的会场秩序了，但是很怕挤坏和撞坏人。她大声地喊着：“别慌，别慌！”顺手拉一下沈佩兰，和她跳下台子，一起向外跑。辛玉婷早跑到头前去了。唐景秀跑到门口，就势拉住夏玉芹，和她来到门口外面。

这时唐景秀的头脑冷静多了，她大声叫道：

“姐妹们，等一等！”

没有跑远的妇女们都站住了，回头看定唐景秀。就近的一些人就都围在唐景秀跟前，其中有于秀枝和盛玉华。辛玉婷和几个妇女也在近处站住了。

唐景秀抬头看看天。姐妹们也都抬头看天。

太阳已经当头，大约有十一点多了。天空像蓝色的绸片一样，没有一丝云。火红的太阳照得所有的地方都是光闪闪的，只有房跟前有一片阴影。浓绿的英灵山还是那么安安静静地站在那里，从浓绿的掩映中透出一点飘拂不定的红颜色，这是烈士纪念馆上面的红旗。周围的一切都显得很宁静。闪光的杨树叶子在微风里抖动着。从树行里传来欢乐的鸟叫，它们一点也不关心尘世的惊扰。

“要是飞机，怎么没有拉警报啊，”唐景秀说，“也没听见飞机的嗡嗡声啊。”

“可真是，没听见警报，也没听见飞机，”于秀枝说，眼睛还是在天空搜寻着，“是不是矿山上爆破啊。”

“不对！”盛玉华蛮有把握地说，“矿山爆破像连珠炮一样，不能就是那么一声。”

“啊，我知道啦，”辛玉婷插进来，“一定是飞弹，是没有人驾驶的飞弹。你们听说了没有？”

她的话音没落，又响起了震天动地的一声。脚下的地面好像在哆嗦。从莲花山那面传来回声的轰鸣。

因为是在外面，这一次听清楚是从工厂那个方向传来的。这时候在四下里玩的孩子们跑回来了，各人找到自己的妈妈，牵起妈妈的衣角，好像找到一个保护伞，瞪起眼睛在探看大人的脸色。

唐景秀一手揪住自己的前襟，“八成是厂里搞爆破，再不就是出了什么事。”

“可别是飞弹啊,”辛玉婷小声地对她身边的几个妇女说,“你们听说了没有?美国人在朝鲜打仗,用的是机器人,嘴里喷火,眼睛里向外打子弹。活人算挡不住它!”她说着,脸上不由得泛起得意的神色。只有她一个人知道这些别人不知道的新闻。但是妇女们当前最关心的是工厂,因为她们的亲人在那里。她们没有留心辛玉婷的机器人,也没有人问这些新闻是从哪里来的。

这时听见远处有救火车飞驰过去的声音。

“走,咱们到工厂去看看!”盛玉华说着,拉起子秀枝的手就向前走。有十多个妇女跟在她们后面。

“你们不要去,去了也没法进厂门,”唐景秀向她们的后影喊。但是没有人听她。她看于秀枝、盛玉华她们去远了,急忙来到辛玉婷身边。“怎么办?咱们去打电话问问。但愿不是什么大事故才好,那咱们明天就继续开会。”

辛玉婷同意了,因为她想不出什么反对的理由。

2

第一声爆炸的时候,云花正在车间里劳动。她觉得全身都被掀动了,脚下的地面也猛烈地震动了一下。从开着的窗子刮来一阵风,扑过她的脸,又扑在对面墙上,把一张图表掐下来了。所有工作台上的部件都受到了震动,有高高的一叠塌落下来。所有这一切都发生在一眨眼工夫。云花不由自主地站起来,所有的男工和女工也都站起来,脸上都是惊吓和疑问的神色。女工们都愣愣地望着石梅,男工都愣愣地望着尤景春,等他们一声令下就要奔出去。究竟是工人,在这个突然的事件中还是保持了纪律性。尤景春要大家镇静,这当儿又响了第二声。

“是飞机轰炸!”一个新工人大喊一声,扑到窗跟前,扒着窗台就想往外跳。他爬上了一条腿。

尤景春向他的后影厉声大叫:“回来!”因为生气,他的声音都有些发抖了。

这个小伙收回他的腿，转身站在窗跟前，眼睛扑闪扑闪地盯着尤师傅。他自以为合理的行动竟然受到干涉，他不明白为什么。

“你这等于是临阵脱逃，扰乱军心！”尤景春严厉地对他说。

他第一个坐在他原来的岗位上。

“坐下，没有防空指挥部的命令谁也不许动！”说完，他先拿起一个线轮，像平常一样地拿绝缘带在上面绕来绕去。

石梅第二个坐下。云花和工友们也都坐下。

云花竭力让自己镇定，从工作台上拿起一个线轮。她听见自己的胸膛里面在突突地跳，她的手指头也变得不听使唤了。她看看陈丽坤和章春丽，她们也都呆呆地坐定在那里。

墙上的广播喇叭响了，要大家保持镇静，坚守岗位，又说已经打电话问防空指挥部，在等他们的回音。

大家稳定了些，都开始干活了。没有人讲话，车间里是一种紧张的沉默。有些人不住地抬头看那广播喇叭，希望从它听到确实的消息。

过了几分钟，广播通知说，不是敌人的飞机扔弹，是炼铁厂发生了爆炸，情况怎样，现在还不清楚。

云花听了，第一个冲动是站起来，想要马上跑到爸爸那里去，但是竭力克制了自己，坐下，仍然拿起她没有缠完的线圈，可是手指头根本不好用了。她呆了，木了，眼眶里一下子满了泪水。石梅大姐用同情和安慰的眼光看着云花，想说一句安慰的话，可又不知道说什么好。

过了两分钟，云花从惊恐的麻木里恢复过来，她的脑子活动起来。她想这里离高炉虽然近，究竟还有一里多地的距离，还受到这么大的震动，那么爸爸就在高炉身边，那会怎么样？不是像地震一样吗？爸爸是一定坚守岗位的，哪里最危险，他一定要冲到哪里去。究竟是什么爆炸了呢？听说煤气管道会爆炸，要是引起连续爆炸，整个工厂都会飞到天上去。还好，只响了两声。可见不是连续爆炸。又听说氧气瓶也会爆炸，炸起来像上千磅的炸弹。也不知道伤人了没有。要是爸爸冲到最危险的地方，那么……她不敢往下想了。

车间里的情绪都已经稳定下来。

云花看看大伙，都在埋头干活儿。她心里向自己下命令：“坚守岗位，坚守岗位！”身子是在那里坚守了，可是心却飞到高炉那里去了。在十分钟的时间里，她手里的一个线圈返了三次工。她的手指头只是不听使唤。那绝缘带平日是那么柔软顺手，现在好像变成硬铁片，不住地从指头缝里滑落下来。

她等老了午休铃才响。她什么都不顾了，扔下手里的部件就跑出了车间。陈丽坤和章春丽跟在她的身后，连午饭也不想吃了。她们跑过大花坛，跑出电气修配厂的大门。

正午的太阳照在马路上。像往常一样，油亮的马路上有来往的汽车和卡车。人行道上有来往的人。一切都很宁静，很平安。人们的脸上也都是无忧无虑的样子，好像世界上根本没有发生什么事情。

云花一口气跑过一里多路，来到炼铁厂的大门口。丽坤和春丽随后也赶到了。这时厂门口已经派了纠察队，出门的随便，进门的都要出示自己的职工证。云花没有看见这些，刚要冲进门口，却被一个工人拦住了。云花抬头看看，碰巧是一个不认识的。

“上级有指示，没有本厂证件的今天不能进。对不起。”

说的倒挺客气，可是客气顶啥用啊。

云花急了：“我爸爸在高炉上，我要看看我爸爸。”

“对不起，没有本厂的证件，厂长的女儿也不能进。”

陈丽坤走上前来，她对于自己办外交的才能是很自信的。她说：

“同志，你是炼铁厂的吧？”

那人点点头。

“是炼铁厂的不认得宋云花吗？她是宋启良的女儿。平常都可以进厂，现在出了事故，家里的亲人进厂看看，是应当允许的。谁不担心自己的亲人呐，对不对？请你通融一下，她一个人进去，我们在外边等她。”

这个纠察队员大概很不懂得人情，任凭陈丽坤发挥出舌头的威力，他只是不肯通融。陈丽坤不甘心失败，却也只好接受失败的事实，退一步说：

“这样吧，同志，你告诉我们一下吧，究竟出了什么事，伤人了没有？”

“对不起，我不清楚，我一上班就叫我站在这里啦。”

章春丽拉一下陈丽坤的袖子。“算啦，陈姐。”

陈丽坤的脸红了，也阴了。她一向是很少碰钉子的。不过她的热情还是感动了云花。

“人家公事公办，咱们走吧，陈姐。”她紧紧地拉起陈丽坤的手。

3

在山下村的几百户中，炼铁厂的工人占了一多半。家属们虽然很少有机会进厂子，可是经过她们的丈夫同工厂联系着。工厂里的许多大事她们都知道，因为丈夫们回来都要讲一些。耳朵进的，舌头又要传播出去。有趣的是许多事情她们记的比丈夫们都更清楚。解放以前，妇女们都把高炉看成是一个怪物，张着大口，不定啥时候要把丈夫吞下去。有一首歌谣说：“炼铁厂，鬼门关，窑锅炉，阎王殿，要吃这碗饭，就得拿命换。”据不完全的统计，那时候每年死亡和重伤的总要一百多人。解放以后，劳动保护和保安措施都加强了，又进行了两次保安大检查，死亡事故一直没有发生过。妇女们再也不用为丈夫和父兄的安全担心了。

今天是第一次，妇女们又陷进焦虑不安里了。

直到下午五点半，上白班的都没有回来，上夜班的又都提前走了。妇女们这里那里奔走，互相探听，可是谁也不知道确实的消息。家家户户房顶都升起了冉冉的炊烟，妇女们的心也都像这飘忽不定的青烟一样。

今天是云花入厂以后回家最早的一天，也是她心情最沉重却又最关心家务事的一天。她想到灶间去为爸爸准备点可口的饭菜，小妹妹却张开手，扑在她的怀里，要她抱上街玩。云花呵斥了一声。一向被宠爱的小女孩受不得委屈，小嘴一撇哭了。云花怕妈妈发急，连忙抱起小妹妹，铁着脸瞅她一眼。小妹妹却笑了，搂定姐姐的脖子，用小嘴啃她的脸腮。小妹妹的天真可爱更使大姐姐担心爸爸。云花差一点哭出来，急忙抱着她来到门外。

云先和云洁迎面走来，见了云花，急忙问道：

“大姐，你听到啥消息啦？”

云花摇摇头：“我还想问你们呐。”

三姐妹都是一脸愁云，只有小妹妹一出门就开心。

停了一会儿，云先说：“咱们打电话问问不好吗？”

这是一个好主意。三个姐妹来到山下村的派出所，站到电话跟前却不知道号码。一个民警帮他们问了查号台，又帮她们拨了号码。从耳机里听见那边的铃声，不住地响却没有人接。一连拨了三次都是一样，可见办公室里没人了。

她们从派出所出来。云花抬头看看天。太阳还在房顶上，这天可真长啊。她们回家的时候，宋婶已经做好了饭。都没心吃饭，都呆呆地发愣。宋婶坐在炕沿边，眼睛直直地瞅着门口。她不只是发呆，简直有些麻木了。

傍黑天的时候，外门开了，一家人一齐站起来。进来的却是盛玉华和高庆和。这对夫妻自从和好了以后，常常是同出同入，形影相随。

“啊，高大叔，厂里是怎么回事？”云花说。

“我就是来告诉你们，宋师傅好好的，不用担心。”

“到底是出了啥事故？”

“我只听说是铁水流出来啦。究竟是什么情况我也不清楚。”

盛玉华斜了他一眼。“看你少心没肝的，也不打听明白！”

“哎，你不知道，出事故的地方不许人到。都只说高炉上爆炸。有的人说，高炉上一片白气，啥也看不清楚。有的说，看见老铁在前，厂长在后，钻进白气里，再也看不清啦。”

“你看见我爸爸啦？”云先情急地问。

“见是没见。都说这次事故没伤人。”

盛玉华又斜了丈夫一眼。“看你，真木死人！你再去打听一下行不行?”

高庆和乐得服从老婆的命令，他转身就要出去。但是不用他去打听了，老铁本人回来了，后面还跟着闹闹嚷嚷的许多人。

三个女儿叫了一声爸，都扑到他跟前来。

“爸你好好的吗?”

“爸你一点也没碰着吗?”

“爸你受惊啦。”

云先围着爸爸转了一圈，上下前后左右都看到了。爸爸安全无损，她好像倒觉得奇怪了。

出乎一家人的意料，老铁脸上红润润的，眼睛里闪闪有光，一点也看不出是经历了生死的边缘、紧张的战斗，倒好像是出了一趟远门，兴致勃勃地看了许多风光。事实是他的全部神经，他身体的全部细胞都还处在一种兴奋的状态里。云花看见爸爸好好的，心里一块石头落地，这才看见进来的是唐景秀，辛玉婷，沈佩兰，于秀枝，还有六七个妇女，连忙让她们坐在炕沿上和凳子上。

一家人高兴得忘魂失魄了，竟也忘了让老铁吃饭。倒是唐景秀想起来了。她推一下云花：

“快，给你爸爸做饭了吗?”

“不，不用啦，”老铁站在房间当中，也不坐下。“我吃啦，同厂长一起吃的。哎，这个厂长，非逼我回家休息不可，他自己可留在炉子上!”他摇摇头，很有些愤愤不平。

盛玉华一心想听听爆炸的情况，等不及了。

“老铁师傅，你快讲讲吧，到底是怎么回事? 你坐。”

“不，我不坐，不累。”

但是盛玉华不容他分说，拉着他的胳臂，把他按在她坐过的凳子上，她却在炕沿边的唐景秀身旁挤了下去。

老铁说：“前几天炉上开了一次团结大会，开得好。这几天炉子顺，铁出的也好，超过了历史最高水平。大伙心里高兴，干得也起劲。不成想在这节骨眼出了事! 记得日本时候也出过这样的事，休了三天风。这一次只好怪我大意啦。厂长上炉子才几天？老工程师什么事都是一推六二五。老工人不事事想在头前，要老工人干啥啊！”老铁连连叹气，一只大手按在胸口上，好像要把心里的什么揪出来。

“爸呀，你就别懊恼啦，”云花想要安慰爸爸。“事情已经过去啦，怎么办？接受经验教训呗。”

“你说的轻省。出了事，又减风，又减料，生产得降到最低水平，一天少出上百吨铁。你可知道，毛主席刚刚发出号召，要三年争取财政经济状况基本好转。靠什么？不把生产推上去行吗？拿什么去支援朝鲜？这时候出事故，不等于是犯罪吗？”

这时夏玉芹进来了，一手扶着小珠的肩膀。她凭听觉知道是满屋子人，眼睛直直地正不知往哪里走。唐景秀连忙起来，一手拉了小珠，一手拉了夏玉芹，把小珠推到盛玉华怀里，她自己又把夏玉芹揽在跟前。

“老铁，你别一个劲地懊恼啦。快说说吧，说完了你快休息。”于秀枝等得不耐烦了。

“好，我说，我说。生产上去，我高兴，可心里也有气。我是对修理工段有气。高炉最重要的是维护，延长它一天寿命就是好几百吨生铁。他们平常不好好检查冷却水管的系统，坏啦，好，减风，修！他这一修不要紧，国家损失上百吨铁。今天上午我去找老许，和他争论起来。我说修理工段应当是维护为主，他说是修理为主。‘要是维护为主，为啥不叫维护工段？’你听，尽讲这种歪理。我心想，每时每刻在炉子上检查，那多麻烦，坏了就修，可就简单多啦。我看着他那秃光光不开窍的脑瓜，真想一拳头给他敲开一道缝。”

“爸，你怎么扯到人家的秃脑瓜去啦，”云先也等急了。

“没头没尾的能把事情讲明白吗？你听好啦。就在这时候，轰，好像山崩地裂。我觉得两脚离开了地面，好像要飞起来似的。铁皮房顶也哆嗦啦。我心想糟啦，一定是瓦斯爆炸！日本时候，有一次爆炸，死伤好几口子，停产停了四天。不得了啊！我一步跳出了修理工段的门口，往南一看，冬季修的那个高炉没有啦，只看见上上下下是沸沸腾腾的蒸汽。糟啦，一定是炉缸烧穿啦。我的老命啊，我的老命啊！我没命地往前跑，看见有几个工人正从铁梯子跑下来，急切里看不清他们的面目。

“我没命地跑上炉台，一个人也没看见。我好像掉进白云团里啦。眼前迷迷蒙蒙，比最浓的雾还浓几倍。这时候炉肚子里不那么猛叫啦。我知道这是值班技术员放了风，炉子里的压力减下来啦。我满鼻子是煤气味，是硫磺味，好像要把我熏倒。可我老铁不能倒下去啊。蒸汽直往脸上扑，什么也看不见。我只好摸着炉皮钢板，一步一步向前摸。这时又响起第二声，比第一声还大。”

“爸，碰着你了吗?”云花情急地问。

“傻孩子，碰着，我还能坐在这里吗?”

“快讲!”云洁一跺脚说。

“讲，讲，也不给爸爸一碗水!”还是宋婶最关心丈夫。

云花急忙倒来一碗开水。老铁要一碗凉的。云花只得换一碗凉水。老铁咕嘟咕嘟灌下去，抹一下嘴巴。

“这一声更大……”

“可不是，俺们也听见啦。”于秀枝说。

“唏，是听老铁叔，还是听你!”

老铁又讲下去：“我听清楚了，这声音在西北角，是出铁口那边。我走反了方向啦。又一步一步往回摸，雾气蒸腾里看见一个人影。我心想，死就死我一个好啦，你来干啥?我大叫一声‘站住!’‘是老铁吗?’我一听是向明。他走到近前来了，他身后还有王占河，有小牟，还有别人，看不清楚。我就给厂长下了命令，要他在我身后，离远点。”

“爸，你怎么能命令厂长?”云花说。

“我也不知道当时是怎么回事。我心里明白，不这样他不能听。我说：‘我命令你!’他也就服从啦。现在我想，这也在理。我是炉前的负责人嘛。哪怕你是个省主席，在这个岗位上也得听我的。我一个人在前面，摸呀，摸呀……忽然看见一片红光！又走了几步，看见果然是出铁口。就在出铁口旁边，有铁水流出来。因为减了压力，铁水的流子不大了。

“我看清楚，急忙回头。‘看明白了没有，老铁?’向明问。我说：‘看明白啦。’‘事故大不大?’‘不大不大。’我心想，再大就把整个炉子崩到天上去啦。我是安慰他，叫他宽心。这时我才看见他脸上蜡黄，嘴唇煞白。你说他担那么重的担子，他能不着急吗?这时老许带着修理工人也来啦。我告诉他们，先用铁板把冷却水隔开。”

“为啥要隔开?”云先问。

“炉子里出来的铁水一千多度高温，它碰到冷水能不炸吗?”

“啊，原来是这样引起的爆炸啊。”云花松一口气说。

妇女们也都松了一口气，刚才那种紧张的空气缓和了。宋婶坐在炕里面，她怀里的小女孩已经睡熟了。她心里的反应最强烈，只是没有表现出来。多少年月为丈夫提心吊胆，实在是数不过来了。谢天谢地，这一次又算是平稳地过来了。云花坐在唐景秀身边的炕沿上，她的旁边是云先和云洁。三姐妹都听得出神了。辛玉婷和于秀枝也都挤在炕边。另有三个妇女靠墙坐在凳子上，盛玉华靠门边站着，怀里搅着小珠。高庆和坐在里门开着的门槛上。他们都根据自己的经验领会老铁的话，深也罢，浅也罢，都不能不为老铁这种忘我的精神、这种刚毅的气魄所感动。有好长一会儿没有人讲话，也没有人动，都出神了。

“哎呀，可真吓死人!”辛玉婷第一个说。

“越想越怕，越想越怕!”盛玉华说。

“老铁叔，你当时怕不怕?”于秀枝问。

老铁嘿嘿一笑。“怕?没想。没想到怕不怕。”他想了想，又说：“哪有工夫去想怕不怕?一心只想把高炉保护好，别的什么都顾不上啦。”

“对，一点不错，就是这样!”云先大声说，好像是在做结论。

“什么就是这样?”云花问她。

“爸爸就是这样，爸爸就是这样!”姐姐不懂她的话，云先有些不高兴了。她的意思是说：在这种情况下，爸爸只能是这样，不可能是别的样子。

云花想了想，又说，“爸，再没有危险了吧？”

“危险是没有，生产上不去啊！”老铁说到这里，脸上又阴了。

“你们那里可真太严格啦。我们中午去，好话说上一大车，就是不让进门。”

“啊，这做得对。别说你，除了厂领导和有关人员，还有保卫部门的同志，亲爹亲娘也不能让他到出事现场。谁愿去就去，那还得了。要是有敌人混进来搞破坏呢？”

“是这样啊。”云花心中憋住的一口气也打消了。

妇女们还没有听够，又问了一些细节。老铁都一一回答了。

唐景秀看看已经很晚，说：“好啦，姐妹们，咱们该走啦。老铁累了一整天，该好好休息啦。”

她第一个站起来。妇女们也都站起来。

“我不累，”老铁急忙分辩。“大家这么关心工厂，我高兴还高兴不过来呐。”

他和三个女儿送她们出了门，又叮嘱小珠好好扶着妈妈，又问夏玉芹：

“医院不是检查盲眼吗？给你检查过了吗？”

“检查是检查啦。我的年头多啦，只怕没希望。”

这时大约有晚上十点了。山下村很静，周围是一片秋虫忙乱的唧唧声。妇女们散在昏黄的路灯影里了。

唐景秀拉一下辛玉婷的手说：“这么着，咱们明天继续开会行不行？”

辛玉婷没有反对的理由。

“那你明天主持会。”唐景秀又说。

“算啦，你包到底好啦。”辛玉婷口里这么说，心里知道唐景秀一定会让她主持会的。她巴不得做这种出头露面的事。

4

同一天晚上，范存宇家里也是高朋满座。有邢桐、宫之奇、季洪川，还有两个炼钢的技术员，巴明先和尚岷。梁静宜虽然取了个“静”字，她可是很不喜欢寂寞。今天看丈夫的兴致很好，她也就对客人十分热情，除了香茶和水果糖之外，还特地开了两个菠萝罐头。

高炉出铁口发生爆炸以后，范存宇灵魂深处体验到一种深刻的矛盾，也可以说是一种双重人格。要是问他是否愿意出事故和减产，他一定会觉得这是对他人格的侮辱。高炉的顺行和高产，是他的真正的愿望。他毕竟还是一个中国人嘛。但是在他的心灵深处，在一个极隐秘的角落里，他也确实在偷偷地高兴，在笑。这次爆炸很可能炸掉向明的自信。在范存宇看来，向明的自信只是出于政治上的优越感，是绝对没有科学根据的。科学的真理毕竟还是在他范存宇手里。这次爆炸将要证明他的看法，证明冬季修炉毕竟是靠不住的，是盲目的冒险。他的科学预见可惜被一种政治权势压住了，好像是压在一个大铁盖子下面了。爆炸，轰！这个铁盖子注定要被轰开。这么长的时间以来，他觉得自己好比是笼中鸟、浅水龙、失群雁，像一出旧戏里的唱词那样。不，现在看来他没有失群。岂但没有失群，还是个头雁呐，不过他一向没有回头罢了。现在回头一看，啊，后面还有一长串呐。他怎么能不兴致很好呢？

他靠在长沙发上，两只胳膊平伸在左右，两条腿也很自然地向前伸着。这灯光雪亮的雅致的屋子，这凉爽宜人的初秋的晚上，这些青年人的笑脸，他们对他的尊敬，他们向他求教的诚意，都使他满心舒畅。他们围着一张圆桌，有的向后靠在椅背上，有的向前靠在桌子上，有的呷茶，有的吃糖果，为老工程师的精神款待和梁静宜的物质款待也都是满心舒畅。梁端端没有参加这个不拘形式的小茶会，她正关在自己的小屋子里，在给好朋友写信。从高炉上的团结大会，到出铁口的爆炸，有足够感人和惊人的场面让她发挥惊叹号的妙用。

在所有在座的青年里，邢桐要算是兴致最好的一个。端端没有露面，这好像是冰激凌里少了糖，但是这一点也没有影响他的好兴致。他在勤奋地使用牙齿，也在活泼地使用舌头，不过一直还没有把心里最痛快淋漓的话吐出来：你们这些官方人士，现在可以收起踌躇满志的面孔啦，可以收起凌驾一切的态度啦！你们最喜欢标榜的坚强信心动摇了吧？你们玩忽科学，科学也就给你们应得的惩罚。应当彻底追查责任，不追查不足以警愚顽，伸正义，平民愤！

“范老师！”他把一块糖果扔在嘴里。“我正在研究辩证法。正，反，合！谁是正，谁是反，谁是合？我看这否定之否定的任务落在老师肩上啦。”这甜丝丝的调子好像就是从那块糖果里抽出来的。

宫之奇从眼镜边上瞄了他一眼。这个青年不喜欢这种露骨的奉承。

“不行啊，老马啦。”范存宇沉吟地说。

“老马识途嘛。”巴明先说。他是邢桐的同年级同学，是一个短小精明的青年，生得一张团团的娃娃脸。

范存宇的嘴角浮上微笑。“战国多荆榛，老马也无能为力啦。”

“范老师，我以为你不能保持沉默。我不知道他们怎样善其后。说不定来一个金蝉脱壳，用冠冕堂皇的辞令把责任推卸过去。”邢桐很得意自己见地深，很想把范存宇扶上马去，“幸亏当时值班的不是我。”

“是你值班就怎么样？”宫之奇问。他觉得邢桐的话有弦外之音，但是不明白他为什么要讲推卸责任的话。

“那结果就难说啦。说不定得卷铺盖卷，也许去蹲法院。”

“看你说的，现在也没人进法院啊。”宫之奇说。

邢桐紧了一下鼻子。“书呆子，人和人能一样吗？”

宫之奇现在明白了，原来邢桐的矛头是针对江有声的。他知道两个人的技术观点有分歧，这中间邢桐又掺杂了些个人的得失和恩怨，而在技术问题上他是倾向于江有声的，所以不想在这里引起不愉快的争论，就用茶杯堵住嘴巴，不再说什么了。

“不过据我看，操作的问题还在其次，”邢桐又说，“我看问题还在炉子本身。你说呢？老师？”

“是的，是的，难说，难说，”范存宇点头沉吟。很难判断他这话是肯定的意思还是否定的意思。

巴明先看在眼里，把手里的茶杯往桌子上一蹲。

“我真觉得奇怪，为什么范老师你这么持重。好像有什么压力在压着你。”

“没有，哪里有什么压力？我是……打个比方吧，我是有点不服水土。”

几个青年都笑了。连坐在旁边的小沙发上，手里织着毛衣的梁静宜也微微一笑。

“我们炼钢厂的老工程师就不一样，他们什么都敢说。我们厂长很看重他们，他们也佩服厂长。郁文宗不愧是一个内行，有魄力，也有眼力。”

“啊，是吗？”范存宇又做出一个苦笑。“水土不一样，水土不一样。”

这时梁端端悄没声地走进来。她的信只写了一半，听见外屋谈得很热闹，想来听听。她不想引起别人的注意，轻轻地在门边一张椅子上坐下，但是邢桐早已注意她了。她穿一件浅灰色半袖薄毛衫，用一条白毛巾把洗过的头发全部扎在头顶，更显出她高高的身量和高高的胸脯。她一进来，邢桐眼睛里一亮，舌头也更加活泼了。

端端没有听明白姑夫的话，问他说什么水土不一样。

邢桐把话接了过去：“我们刚才说范老师是老马，范老师自谦，说无能为力啦。我看啊，茶杯里养不起大鱼。”他用手指弹一下脸前的玻璃杯，又指指窗台上一个小花盆里的文竹。“小花盆也栽不成参天的竹子。还是那句老话：千里马常有而伯乐不常有。”

梁端端故意抽了一下鼻子，又用手掌扇一下，开玩笑说：

“酸。你讲这些，不怕酸牙啊。不还是知识分子怀才不遇的穷酸味儿吗？”

“端端！”姑妈觉得侄女的玩笑开得太刺人了，用眼珠向她提出了警告。

“你别担心，姑妈，”端端笑着说，“他在高炉上烤的脸皮啊，可厚呐，比钢板还结实。”

大家都笑了。邢桐也很为这种评价高兴。他用挑战的眼光盯住梁端端。

“端端你说，这次事故的主要原因是什么。”

“我要是知道，不早提出维护措施啦。”

“你回避问题！”

“随你怎么看。”

“说穿了，你是投鼠忌器！”

“不明白。”

“我更不明白。”

“请说清楚。”

“秃子头上的虱子，只有瞎子才看不见。”

“你看见啦？很好，把虱子捉住吧。”

“我的手被捆起来啦。”

“算啦，谁高兴同你打哑谜，兜圈子！”

端端站起来，一扭身子，又向她的小屋走去。听见姑妈在身后叫了一声“端端！”又说：“这孩子就是任性。”

“你们两个人见了面总是一顿唇枪舌剑，”梁静宜抱怨说。

“你别担心，范伯母。不打不成相知，我们吵完不存在心里。”

邢桐扮出挥洒大度的样子，其实他心里被梁端端的话扎上了一根刺。他心里也的确有一股子酸味。他总觉得端端处处事事都倒向江有声一边，都在袒护他。向明树大根深，是不可以轻易去碰的。需要观望一下，需要准备下石头。要是这次事故能造成一股风，使向明的根受到摇撼，那么手里的石头是一定要投出去的。至于江有声，现在他想推卸责任是万万办不到的。时乎时乎不再来，一定得抓住这个时机。可惜范存宇这匹老马的确是老啦，用踢马刺似乎也很难刺动他。不过他还想试试。

九点多钟的时候，范存宇把几个青年送到门外。邢桐拉一下季洪川的手，意思是要他慢点走。他看看宫之奇、巴明先和尚氓都走了，小

声对范存宇说,

“范老师,我的确以为问题在炉子本身。你不应该保持沉默。”

“是吗,你是这样想的吗?”范存宇似乎是同意邢桐了,可是接着又说,“不过目前还没有法子证明。”

“我有证据。”

“是什么?”

“操作记录。”

范存宇摇摇头。“这东西最容易使人公说公有理,婆说婆有理。总之,没有充分的根据,话是不好说的。”

“那么请你过细地想想吧。”

“好吧。明天厂部要召开会,你有什么意见可以在会上讲。”

“是吗?那好,我准备给老师呐喊助威。”

邢桐告辞,和季洪川一起走了。他终于没有刺动老工程师,心里在暗暗地骂他:“这老狐狸,可恨,比鸡蛋掉在油瓶里还滑。他闻到鸡味还不行,必得把小鸡抓在手里才开口。”

在这一点上,邢桐看错他尊敬的老师了。范存宇虽然深于世故,却不能说是一个圆滑的人。在科学上他自视很高,没有充分的论据他是不肯轻易地是是非非的。

邢桐挽起季洪川的胳臂,约他一道散步一会儿。九月的夜晚很凉爽,向阳村里很安静,是散步的好时光,也是散步的好地方。但是现在,散步不是邢桐的目的。他想用语言和感情的力量把季洪川拉到自己一边来。季洪川是中等技术学校毕业的,正在高炉上学习,在大学生面前很有一种自卑感,所以不多讲话。事实上他在技术问题上也还很难形成自己的独立的看法。沉默寡言的人有两种:一种是很相信自己,只在看中了靶子的时候才射箭;一种是不相信自己有什么好看法,只可禁闭自己的嘴唇。季洪川属于后一种。

这天晚上,梁端端给朋友的信没有写完。她很后悔,不应当到前面屋子去,因而使自己的心情受到影响。自从炉上开了团结大会,她觉得邢桐收敛了好多。团小组在研究他的情况时,还是把这种表现估计为一种进步。有进步就应当欢迎嘛。所以这些日子，端端对他比较热情。但是从他今晚上的谈话，端端已经猜到他的弦外之音是针对江有声。在那么许多人面前，说破是不相宜的，又不可能认真地同他谈什么，只好以玩笑出之，以要小性子了之。她是准备找时间同他严肃地谈谈的。想到这些，她很为自己所处的地位难受。又得向他做工作，这样就不能伤害他的感情；又得不即不离，避开他感情的纠缠。可真伤脑筋啊。她想把这些都告诉朋友，又觉得三言两语很难讲清楚。她只好把写了一大半的信扔开，和着衣服倒在床上，熄了电灯。

她思前想后，一时竟不能入睡。她听见姑夫也没有睡，正在前屋里慢吞吞地踱步。又听见他开书柜和关书柜，书柜上的铰连吱咀吱咀地响，这是因为很久没有开闭了。这个屋子的角落上，有一处地板失修。端端听见，每次姑夫走到那里，地板就咯吱吱地响一声，好像抱怨他这么深夜不睡，却无端地来踩它。

老工程师在想什么，竟至于不顾静宜的催促，这么晚了还不上床呢？邢桐的踢马刺确实触动了他，不过他是不会在青年人面前轻易地表露自己的。他不是一个浅薄的人，他必得保持自己的深度。是的，他是应当打破沉默了，应当讲点什么了。出铁口爆炸不正好提供一个机会吗？他已经知道自己不是孤立的。既然是雁阵里的头雁，不正是应当引颈长鸣，展翅长空，把后面的一长串引到应当去的地方吗？他想起小时候读过的一则寓言故事，几乎逐字逐句都能背下来。

这个寓言故事说的是庄子从山里出来，到老朋友家做客。朋友很高兴，要仆人杀雁待客。仆人问："两只雁，一只能鸣，一只不能鸣，杀哪一个呢？"主人说："杀不能鸣的。"

雁不能鸣要被杀。人呢？长久的沉默，岂不是要被冷淡、被轻视、被埋没、被淘汰吗？他是不甘心被埋没、被淘汰的。他有他的意志，有他的特长，他应当吸引千百人敬畏的眼光。他范存宇不但存在着，而且历史将要证明他是一个不平凡的存在。是的，是的，他应当开口了。

5

这次事故当然是出乎向明的意料。他好比一个身经百战的指挥员，明明知道胜败是兵家常事，可总还是不能排除心里的压抑。一次战役的失败自然不能决定全局，不过影响总是不小的。有许多善后工作要做，其中最主要的一是采取必要的措施，尽力维持已经达到的生产水平；二是巩固士气。全炉团结大会以后，士气是旺盛的，很可惜这种兴旺的景象只是昙花一现。爆炸发生以后，他亲眼看见炉前工和修理工虽然不辞辛劳地干，可都是低着头，默默无言，脸上都有一种压抑的表情。要挽回士气，这是一切措施中最重要的措施。任何生产和技术的措施没有精神旺盛的人是难于实现的。下班以前，他要厂部秘书小韩通知有关人员，次日一早八点开会，又要她用楷书替自己抄了一封给市委的信。他回家的时候已经十点多，因为太疲劳，睡得倒蛮好。次日一早七点他就到了高炉值班室，看了看夜里的操作记录，又到炉前平台上转了一圈，看看没有什么变化，放心了。他又匆匆跑回办公楼，在二楼的走廊上推开一扇门。在阳光辉耀的会议室里早已坐满一屋子人。

“对不起，迟到，迟到。”

向明含笑向大家点头，一面很快地穿过三行长椅子，走到长桌的旁边，看见他的文件袋和笔记本都摆在那里了。这是小韩替他拿来的。按照他头一天的示意，这长桌子摆在会议室的当中，周围摆下长椅子，形成一个以长桌为中心的包围圈。从大窗子可以看见卷扬机的花架子和慢慢转动的轮子。装料的大罐正稳稳地上上下下。向明在长桌的中间部分坐好，接着就宣布了开会。

他说这是一次民主会，是畅所欲言的会，是百家争鸣的会，会上不准备做结论。要把所有的意见整理好，提到党委会去研究，然后做出必要的决定。在他的右边，坐着两个记录员，一个是梁端端，一个是厂部秘书小韩。这小姑娘生得一张甜甜的圆脸，不笑的时候也好像在笑。

按照事前的安排，江有声先说明爆炸前后的操作和炉况，都是有关风温、风压、瓦斯流量、料批、焦比等等的数字，只有内行人才能从这些数字做出相应的分析。因为正是在他值班的时候出了大事故，他的心情很沉重，讲话的时候好像一个明知自己犯了罪的被告。据后来有人同他开玩笑，说他一夜之间眼窝眍瞜成两个酒盅。岂止是眼睛，他的两腮也陷下去了。向明把他的神态看在眼里，暗暗想：还嫩，经不起什么大曲折，得保护他的积极性，同时也得批评这种软弱性。正在这时，忽然有一个人插进来。

“请你不要忽略主要的东西!”

这是邢桐。他坐在江有声的对面，旁边是季洪川。窗外的阳光映在他的脸上，他那又白又薄的皮肤下的青筋都看得清清楚楚。他说完这句话，用得意的眼光扫过全会场，看看引起了怎样的反应。

没有什么反应。只有梁端端脸上一阴，抬头看了他一眼。

“同意!”会场里响起了季洪川的低音。他觉得被邢桐的肘弯碰了一下，只得出来声援。

“好吧,我接受,”江有声没有抬头,“你们有什么问题可以提出来。”

“你不要只摆流水账，把你的看法，你的思想活动也讲讲。”邢桐又补上一句。

“我尽量提供事实和数据，这样大家便于分析问题。”江有声说。同时心里在想，看架势这人是要向落井的人投石头。

会场的空气紧张起来。人们已经感觉到要有一场风雨，不过都还在观望。

梁端端也感觉到了，心里着急，连忙说：

“我希望不要打断江有声的发言，打乱了我们不好记。”

邢桐脸上一红。“包庇!”这句话来到嘴边却咽了下去。他不想在这里和端端直接对垒，这对他的幸福计划是不利的。可惜这个聪明人在这里弄错了。要说包庇，端端正是想保护他。他要是在这个场合采取攻击江有声的姿态，不但要影响会议的进程，也会暴露他的阴暗心理和不识大体。

邢桐的愠怒和隐忍的神态没有逃过人们的眼睛，一道道眼光从他的身上溜到端端的身上。好尖利的眼光啊。

江有声的发言中断了一下。他不知道怎样讲才能使他们满意。

会场冷了一会儿。嘤嘤嗡嗡的议论声把会议室变成了一个大蜂房。

向明用手指节敲了敲桌子，空气的震动停下了，静了。

“大家畅所欲言，好不好呀？开的活泼些，不拘形式。提问也可以，插话也可以，争论也可以。坚持自己的意见也行，反驳别人的意见也行。希望从辩论中求得统一的认识。当然，不要把会议开成一锅粥。一窝蜂也不好。所以大家也不要忘记还有我这个主持会的。必要的时候我还得敲桌子。”

会场又活跃了。从几个角落里发出了赞许的笑声。

江有声发言完了，又有几分钟冷场，这在通常情况下是难免的。

范存宇很留心地听了江有声的说明，在他的手册上仔细地做了记录。不管怎样，凡事认真还是他的长处。他觉得江有声讲得很实在，把事实和现象都摆出来了。从技术工作的见地讲，要江有声讲出他的分析和判断，是苛求。他要是能讲出来，也早就可以避免这次事故了。老工程师觉得头重，因为昨夜没有睡好。现在，他心里紧张起来了。在这里，当厂长的面，当这么许多工人和技术人员的面，不像他一个人冥想的时候那样，他这个头雁很想鸣却又难于伸长脖子。他坐在长桌的一头。向明的侧面，邢桐的侧面，还有许多人的侧面和正面，都在他的视线以内。他看见邢桐催促的眼光，很看重这个青年的知音。他也看见向明向他微微点头，意思是要他发言。

头雁终于下了决心，开始鸣了。他本来想少讲几句，适可而止，可是冲破缺口的水是挡不住的。他详细地分析了江有声提供的炉况，说无论是从炉温，从风压，从炉内的物理变化，都找不出铁口附近炉皮钢板被烧穿的原因。他一面谈，一面心想，人们从他的发言可以得出两个合乎逻辑的推论：要么事故不是由于操作本身所造成，要么是江有声忽略了，或者是在他的发言里有意地省略了，或者隐瞒了某些现象。对于这一点，老工程师只能采取客观的，不偏不倚的态度，让人们分别得出自己的结论。然后他又说：

“如果我们从江技术员说明的炉况里得不出明确的、肯定的结论，我们是不是有理由进一步想想，从别的方面，比方说，从炉子本身提出什么问题，比方说，耐火砖的质量，施工的质量等等，以及别的方面的影响，比如说，气候条件对于施工材料的影响等等。”

他曲曲折折地说来，拐弯抹角地涉及冬季修炉，却又讲得很含蓄。老工程师很懂得心理学，他越是讲得隐晦曲折，越能在人们心里造成强烈的印象。

印象最强烈的当然是邢桐。他压下了想鼓掌的强烈的冲动，对于尊敬的老师的发言佩服得五体投地。好！实在好！冷静而含意深长，有威势而不露锋芒。这发言好像是一块煎得恰到好处的牛排，香喷喷地有咬头。

范存宇说完，会议又冷场了。

人们都知道总工程师实际上已经讲出了他的结论：冬季修炉影响了高炉的质量和寿命，在一定条件下必然发生事故。人们也都知道，总工程师对于冬季修炉从来是投反对票的。有一些人原来就同意范存宇的观点。另一些人抱存疑的态度，现在却倾向于范存宇了。不过这两种人都不愿或者不敢在这里讲什么。冬季修炉是从市委决定下来的，不好碰或者碰不得。这样，范存宇的不孤立却表现为形式上的孤立。

邢桐的心里烧起来，脸上也烧起来了。可恨，平常明明站在范老师一边的现在也都明哲保身，装哑巴了。他是决不能使老师难堪的，他单枪匹马地出来保驾了。

“我同意范、范总工程师的意见。”他差一点说出范老师三个字。

“我也同意。”季洪川小声说。

又冷场了。

向明把一切看在眼里，也看透在心里。对于冬季修炉不赞同的还大有人在，他是清楚的。不同的意见可以争论，争论可以更好地暴露矛盾，弄清是非，掩掩盖盖反而不好。他微微一笑，平静地说：

“范总提出了问题，很好。科学的态度就是要寻根究底。我想关于冬季修炉的问题大家不要有什么顾虑。这个问题由我一个人向党和政府负责，与大家没有任何关系。放心，不揪小辫，不穿小鞋，好不好啊?你要是觉得自己的意见对，可以坚持。当然，科学的态度是尊重事实。”

会场里又活跃起来。

“我同意这个精神，因此想再讲几句。”范存宇说。

老工程师又拐弯抹角提出一个新问题：炉形。他好像是在大学校里讲课，从高炉发展史讲到美、英、德、法几个国家高炉的比较，进而说明炉形的不可忽视。他很高兴有这么一个展览知识的机会，却没有注意向明正皱起眉头，看了看手表。

梁端端早就听得不耐烦了。她不好意思直接顶撞她的姑夫，就写了一个字条，推给向明。向明看上面写的是：“离题万里，快拉回来吧!”他微微一笑，在条子上批了几个字，又退给端端。上面写的是：“耐心听完。”

范存宇的发言在不同的心里引起不同的反应。邢桐大概是在所有同意的人中最同意的一个，他用鼓励的、赞许的眼光，用点头示意，用满面春风，总之，用一切可能的办法来表示自己的支持。江有声、宫之奇、梁端端等人同邢桐正相反，觉得老工程师无非是在炒冷饭，于实际无补。宋老铁和罗明立这一辈工人一向对范存宇没有好感，他们听不懂，也根本没有听。老铁甚至睡了一忽，刚要打鼾，又被罗明立推醒了。还有一些人觉得很奇怪，老工程师一向很少开口，怎么今天忽然讲不完了?

范存宇讲完，很满意地擦擦自己的额头。他的额头上的确是汗盈盈的了。

向明又敲了一下桌子。这一次不是因为嗡嗡嘤嘤的声音，而是因为没有任何声音。有些人低着头好像入梦了。

“范总提的问题很好。请大家继续谈。”他说，“当然，炉子不好是事实，眼前还不能扒了重修，对不对?所以我想，咱们还是两步走，好不好?第一步先谈措施，怎样在现有条件下把生产搞上去。咱们这里是第一线，是战斗单位，不是研究单位。”

“我同意!”邢桐接上说,“我认为必须先把责任问题弄清楚,别的问题才好谈。”

会场里又冷了一下。

“我同意!”会场里又响起季洪川的瓮声瓮气。

宫之奇看见邢桐一脸得意的神色,想想昨天晚上的情景,猜透了邢桐的意图。他想借机会把江有声打下马去,然后自己跨上牵到手的马。

“我不同意!我领会厂长的意思是先保生产。”

宫之奇大声说完,拿下眼镜用手绢擦着。因为脸上一热,他的镜片蒙上一层雾气。

“究竟是不是责任事故,不弄清楚,群众不满意,生产保不住。”邢桐觉得自己已经成了群众的代表。

梁端端一肚子的火憋不住了,扔下手里的钢笔,刚要开口,看见向明向她一摆手。

“等一等,同志们,”向明说,向小韩伸出一只手,“你把昨天给市委的信底子给我。”

小韩从自己的文件袋里抽出一张纸,交给向明。向明看了一眼,把这张纸放在端端手里。

“你口齿清楚,请你读一下。”

梁端端双手捧起这张纸,念道:

章书记并市委:

今天上午十时二十分,冬季修的高炉出铁口左面炉皮钢板被烧穿,千度的铁水流出,与冷却水相遇,发生剧烈的爆炸。幸宋启良等同志置生死于度外,奋力抢救,堵塞了漏洞,焊好了钢板,并及时恢复了送风。否则铁水漫流开来,其后果将不堪设想。目前高炉只能维持最低生产水平,在彻底查明原因并采取相应措施以前,还不敢加风加料,这样,短时内还不能恢复原有的生产水平。这次事故,主要由于我的失职,未能与全炉人员共同保持高度的警惕，防患于未然，而且因为近一周来，生产形势大好，因为小有胜利就滋生了麻痹思想，给革命事业造成极大损失并带来不良影响。为了教育和警戒我，我要求党组织给我以应得的处分。我一定兢兢业业，动员一切力量，查清事故的原因，提出必要的措施，使高炉的生产早日恢复已有水平并继续提高。

致

革命的敬礼！

向明

1950 年 9 月 11 日

梁端端一面念着，一面禁不住满心的感动，念到后来声音都有些发梗了。这是怎么样的革命风格，是怎么样的胸怀和气魄！她很想抓起向明的双手，用力摇他。她甚至于想拦腰抱住他，把耳朵放在他的胸前，听听他的心是在怎样地跳动。当然，她不会这样做，因而更加强烈地生出这个愿望。

会场里静极了。不同的人有不同的理解，但是心里的反应同样是强烈的。

“同志们可以放心大胆地发言了吧？”向明微笑地说。

“我不同意，我坚决地不同意！”老铁站起来，气呼呼地大声说。

他气的不是这封信，而是那种心里鬼鬼祟祟的人！

“要追责任，我说我第一个有责任，要说受处分，我第一个应当受处分，我是炉前组长，我不能向外推！”

“老铁，你坐下，坐下，”向明向他挥挥手，“你别忘了会议的性质。这里不是检查委员会，所以不追责任，不谈处分。这个黑锅还不算大，我一个人能背得动。你别急，等我背不动的时候再请老师傅们帮忙。怎么样啊，范总，咱们书归正传吧。你先提个初步意见，按目前情况，生产究竟维持一个什么水平才是合适的？”

范存宇好像失去了刚才的活气，沉沉吟吟地说：

“我看只可以低水平。”

“低到什么程度?”江有声紧跟着插一句,“要有具体的设想,不然掌握炉子的人不好办。”

“我们工人讲讲吧,”罗明立站起来,从他的深眼窝里扫视全会场。他给空话喂得恶心了,很高兴现在进入了实际问题的讨论。“我们认为,不管多么低,肯定不能低于开炉时候的水平。刚才我们几个人在这里合计啦,我们一定千方百计地把炉子维修好。你们要是向我要理论,要数据,还不如把我扔到渣罐里去。我没有。等我学会了的时候再说吧。”

“怎么样,范总?”向明说。

“厂长决定吧。”范存宇脸上一热。他以为向明在往他身上推,而在推挪腾闪的工夫上范存宇是不弱的。

这时有一个办事员推开门,说有北京的长途电话,接在厂长室了。

向明急急忙忙离开他的位子。他一出去,整个房间里嗡的一声,好像一个大蜂群在同时振动翅子。人们很自然地分开了,以范存宇,江有声,罗明立为三个中心,三堆堆人同时在嗡嗡嘤嘤,很像是几个蜂群在接战。

向明又急急忙忙回来了,刚进门就说:

“部里来的电话,冶金局的佟局长明天到。范总,老铁,我,咱们三个人去接。上午八点在办公室门前集合,一起到飞机场去。”

会场一下子又静下来。

6

向明在飞机场整整等了四个小时。北京的天气不好,飞机不得不一再推迟起飞的时间。下午过两点,一只银燕掠空而来,在无云的天空打一个旋儿,慢慢降落了。等机翼掀起的风尘一过,向明急忙跑上前去。老铁和范存宇紧跟在他的身后。

他们来到飞机跟前的时候,乘客正一个个从舱口出来。有一个厚墩墩的、四十岁上下的人走下扶梯,一面向下探望,正好碰见向明向上的眼光，满脸开朗地笑着点点头。向明转业的时候，和佟景有一面之识，很高兴他亲自出马来解决问题。他抢上两步，握住伸过来的手，然后又介绍了宋启良和范存宇。

局长在北京见过老铁，也知道他的事迹。

“老伙计，你气色蛮好啊，”他笑嘻嘻地拍一下老铁厚墩墩的身子，“干得太猛啦，把炉子都给烧穿啦。”

老铁看见局长这么亲热，心里倒很觉得惶愧。好多话堵在嗓门，只说出了一句：

“我对不起……”

十多分钟以后，一辆轿车飞驰在通往城市的公路上。向明让范、宋二人和局长坐在后面，自己坐在司机的旁边，说话只得扭半个身子。佟局长似乎被野外的秋色所吸引，两眼不停地向公路两边巡视，一面问长问短。掩映在绿树丛里的村庄迎面驰来。一大片玉米地，玉米在耀眼的太阳里正吐出红缨子；一大片谷子地，谷穗沉甸甸地低头摇晃，也都迎面驰来。当他听向明提到士气的时候，他深沉地点点头。

“对啊，士气，士气，这东西又抽象又具体，是经常起作用的因素。”

汽车早已开进了城市，很快到了向阳村附近，在一处大房子跟前停下。隔着葱葱茏茏的树墙，看见有服务人员正走出宽大的玻璃门。门前的草坪上有一个大花坛，里面姹紫嫣红的波斯菊正开得茂盛。

局长探头向外瞥了一眼，脸上露出奇怪的神情。

“这是啥地方?”

“交际处。”向明说着，下了汽车。

“哟，拿我当外宾啊，部里给我的任务是上高炉，不是办交际。”

“这里和市的领导同志距离近，谈话方便些。”

局长没法反对这个理由。

向明又说：“颠簸了大半天，先休息一会儿吧。”

佟局长不动，却在座位上向后一靠。

“还没开始工作呐，怎么就休息?”

恭敬不如从命。向明回到车上，含笑向司机摆摆手。

“开车，高炉。”他其实是乐得早一点听听局长的意见的。

向明、范存宇和宋老铁陪局长走上高炉平台。正当两次出铁之间的空隙，工人径清扫平台。都知道来的是什么人，齐呼啦围上来，满脸期望的神色。佟景笑着和大家一一握手，说：

“同志们辛苦啦。”

“首长辛苦。”小牟带头说。

佟景好像要摆脱这些没意思的礼节，径直向出铁口的方位走去，看来他对于高炉是不生疏的。向明要小牟去取工作服，但是佟景不想等，让老铁立刻指给他烧穿的地方。老铁有些为难，怕局长把衣服弄脏，迟疑地看看向明。向明微笑地向他点点头。

佟景穿的是一套深灰色制服，崭新，显然是为出差刚刚上身的。他来到出铁口跟前，下到出铁大沟里，仔细地查看了出铁口的形状，又详细地问了每次打入泥球的数量、泥球的配合比例、铁口的深度和有关的细节。当他从大沟上来的时候，他的前襟上、袖口上、裤脚上都沾满了瓦斯灰。这当儿人们心里各有不同的反应。老铁一面如实地回答所有问题，一面心里说：“真是个好同志，没有架子，不说空话，问的都在行。”这也正好是在场工人们的想法。向明看的要深一层，从局长提的问题知道他是心中有数的，只是还猜不出他会用什么方法来解决问题。范存宇在局长面前很有些忐忑不安，站在前面不好，躲在后面又太不成体统，很怕他向自己提出意想不到的问题，同时心灵深处又不甘于受冷淡。

局长看完出铁口，又要了蓝玻璃，从视孔看看炉内燃烧的情况。然后来到高炉值班室。江有声、罗明立、梁端端，都知道局长要来，不想他冷丁来到面前，不免有些紧张，急忙站起来让座。梁端端眼尖，看见局长一身瓦斯灰，知道他已经看了高炉。她心里在骂小牟，怪他不早来报个信。

向明要江有声简明扼要地讲了爆炸前后的操作情况。佟景听完，又问了从开炉到现在的生产概况。

当一行人走出值班室的时候，佟景的眼神明亮，笑着向向明一摊手。

“好啦，我的调查告一段落，还得研究研究。”说着，转向老铁，“工人很怕听这四个字，对不对？这四个字成了工人合理化建议的绊脚石啦。”说着，又看看范存宇。

老铁嘿嘿一笑。范存宇也赔上一笑，脸上不由得一热。

佟景问向明能不能马上召开一次座谈会，请有关的工人和技术人员参加。向明说人最好多一些，因为大家都希望直接听听局长的意见。佟景同意了，却又装出一副苦脸，一撇嘴唇说，

“哎，远方来的和尚好念经罢咧。”

向明单独陪局长洗了手。

“现在到会议室去吗?”佟景问。

“对，去会议室。”向明含笑说。

两人上了办公楼的二层，在昏暗的走廊里走了十几步。向明推开一个房间的门，让局长先走。佟景刚踩进一只脚，忽然奇怪地站住了。

“这是怎么回事?”他回头问向明。

原来这里没有参加会议的人，却有一个穿白罩衫的女服务员。一张桌子上摆开面包、香肠、罐头、汽水之类的冷食。

向明笑嘻嘻地说：“物质第一性嘛。”

“我一点也不饿，”佟景拍拍自己的肚子，“这里面的存货不少。”

“我可是没有存货啊。”向明也幽默地说。

局长爽朗地笑了。“你真要拿我当外宾？这可不好。”

“不，内宾，内宾。”向明也爽朗地笑了。

当他们用完冷餐，来到会议室的时候，早已挤满一屋子人。偏西的阳光照亮袅袅升腾的香烟圈儿。立刻响起掌声。佟景扬起两手，摆动着要大家静下来。现在这里又布置成正式开会的样子，最前面是一张铺了红台布的桌子，面向桌子是一排排长椅，这时都坐满了人。

向明陪局长来到桌子跟前，向大家做了介绍，讲了两句感谢的话，还没讲完就被佟景用肩膀推开了。

会场里活跃起来。响起一阵笑声。

“先声明一句，我讲不出什么高明的意见，”局长的眼仁儿里跳动着幽默的光。“部里给我的任务，第一是慰问同志们。你们已经打了几个胜仗，全国闻名。你们有勇气冬天修高炉，有勇气创造新纪录，有勇气用烧结矿炼低矽铁，一件件都是咱们冶金史上的新标志。咱们是穷棒子起家，所以我这几句话绝不是关死房门自封霸王。向明同志和我讲到士气。同志们，你们的士气怎么样？部里并不认为你们打了败仗啊。胜利的道路上总不免有曲折嘛。绊一两个跟头算啥？爬起来，再向前冲嘛。绊倒了就匍匐在地，头也不敢抬了，这是孬种！钢铁是工业的脊骨，我相信咱们钢铁工人都是钢骨铁筋，对不对啊？”

全场用掌声回答了他。

佟景又连连摆手，要大家静下来。

“老宋师傅头会儿说对不起。对不起谁？他没有说出来。我理解老工人的心情，他要说对不起党，对不起人民。要说对不起，那么首先是我们对不起同志们。我们的工作做得不够。领导艺术还不能一步步都走在事变的前面。比如说，类似的事故，北边南边都出过一两次，不过都不像你们的这么严重。你们清楚吗？”他说着，眼光落在范存宇的脸上。

范存宇微微摇头，脸上一热。

局长的眼光又落在江有声的脸上。

“不清楚，”江有声直截了当地回答。

“你们看，不清楚是吧？责任在哪儿？首先在我们。互通情报、经验交流、技术交流，这些工作我们都还没有好好抓。国外的资料也没有及时向你们提供。有借鉴和没有借鉴，这中间有快慢之分。”

会场里一直很静，这时起了一阵几乎看不清的波动，好像风吹过了水面。这风其实是在人们心里刮起来的，级别可是因人而异。宋老铁感动得不住地点头，心里连连说：“这是什么气魄，这是什么气魄！”可又觉得，这么大的事故让局长一兜把责任全兜起来，还不如自己挨一顿板子更轻松。他又一次体会到这种新的上下级关系。江有声暗暗地松了一大口气，同时急不可耐地等局长讲出关于事故本身的分析。眼明心亮的梁端端暗暗佩服；她看出了局长一是鼓舞士气，二是承担责任，把思想工作做到了，然后才会点技术工作的题。邢桐大概是全会场里最丧气的一个。这么一来，手里的石头不就扔不出去了吗？

“说到这里，我想讲几句题外的话。”佟景的眼光一下子扫过全会场。一片期待的眼光。他看没有不好的反应，又讲下去。“我本来是学化工的，学了个半瓶子晃荡。那个时候没有心思念书。日本人和汉奸在闹华北五省自治。国民党的大刀片和水龙头把我们逼入地下。日本的飞机大炮又把我们逼上高高的山岗。打游击呗。全国解放啦，党要我搞冶金。硬拿鸭子上架啊。上了架咋办？学公鸡打鸣呗。现在对于冶金这一门多少有些发言权，全靠跑得多，见得多，听得多，借鉴的机会比你们多些。”

接下来他就说明，这种出铁口烧穿的事不值得惊奇，高炉的日产已经提到六百吨的水平，但是铁口的维护制度、铁口的深度、打入泥球的数量，同日产四百吨的时候没有多大差别。早就不相适应了，可是没有采取必要的措施。铁水的侵蚀一天天加重，终于从最薄弱的地方突破了。事故发生后，工人和技术干部采取的措施是合理的，应当在这个基础上提高一步。他建议加深铁口的深度，增加泥球的数量，并且说出了两个大致的数字。

对于局长的意见，老铁、罗明立和工人们都很高兴。没有深奥难懂的理论，没有成串的数字，讲得这么浅近易懂，而且同他们眼见的、心想的基本上是一致的。有一些技术人员是深感失望的。没有理论分析，没有独到的见解，没有广博地引用各国的情况，同一个冶金局长的气派很不相称。至于邢桐，就不单是失望，简直气恼得肚子鼓鼓的。

江有声一直站在门口，因为他是最后来到会场的。他觉得好像洗了个澡，通体清爽。这些日子好比浓雾遮眼，局长一席话好比一阵清风，吹得天朗气清了。不过他还有一件事不托底。

“提一个问题可以吗？”他说。话一出口，觉得上百的眼珠子投过来了。

佟景点点头。

“请局长说明一下，按照您的观察，这次事故和冬季修炉有没有直接关系?”

会场起了一阵几乎看不清的骚动。这个问题是大家都有兴趣的，虽然动机有所不同。

佟景感觉到会场上情绪的变化。他早就知道关于冬季修炉的争论，现在也一眼就看分明了，反对派大概又抓一个口实在吹冷风。他微微一笑，看了向明一眼。向明的嘴角也浮上微笑。

“这个问题嘛，我得狠狠地骂老天爷。他为啥要造一个冬季?这一带要挨四五个月的冻，往北，还要多一两个月。怎么办?三跪九叩，求老天爷改变气候吧?老天爷可又很不喜欢共产党。那么好，冬季就把施工停下来吧。帝国主义一定拍手叫好，因为这样我们就要落后，落后就要挨打。我们不想挨打，那么冬季也只好干吧。是不是每个冬修的高炉都发生铁口烧穿的事?不是!”他面向大伙讲到这里，又转向江有声。“对于你的问题，我不妨反问一句，这个冬修的炉子为啥不在别的地方烧穿，却单单在铁口?”

答案是清楚的。要改善铁口维护制度，这是局长前面讲过的了。江有声没有想到局长这么幽默地回答了问题，很满意，发光的眼神表达出深深的谢意。

“我也有一个问题!”恼恨变成推动力，邢桐赤膊上阵了。他直挺挺地站起来，用挑战的眼神盯住佟景。“请局长说明一下，你讲的铁口深度和泥球的数量，数字的根据是什么?”

佟景注意了这个青年的眼神，猜到他为什么提这个问题。他笑吟吟地说：

“你要知道梨子的滋味，你就去变革梨子，亲口吃一吃。你知道毛主席的这一句话吗?”

邢桐只能说知道。

“你同意吗?”

邢桐也只能说同意，不过一向冷冷的脸上有点发烧了。

“那好,”佟景和颜悦色地说,因为看出这个青年的尴尬样子。“你就干起来吧。在干的过程中,你一定能找到根据。”说完,又转向大伙。“咱们人民解放军有一种性格,也可以说是习惯。前面是一个碉堡,钢骨水泥,火力很猛。怎么办?他们决不坐在战壕里,争论数据呀,公式呀,观点呀。他们总是选一个突破点,冲上去!”说完,又转向向明。“我们第一线的是向困难进攻,不是坐在这里谈论困难,对不对?”

“我完全同意。”向明愉快地说。

“那好,我建议咱们还是上高炉吧,那里的空气比这里好一些。”

向明笑着站起来。会场里也都站起来,响起一阵椅子碰撞的声音。响起掌声。向明陪局长走出门口。

掌声落下,紧跟着是一阵嗡嗡嘤嘤的议论声。

分歧还是有的,斗争还要继续。

第十五章

1

在这一带地方，春天是大叫大嚷地来的。常常有大风挟着滚滚的黄沙，漫天盖地而来。那第一批多汁的叶苞，含香的蓓蕾，你可知道经过了怎样的搏斗才展出鲜绿的叶子，才绽开娇艳的花瓣？夏天呢，是悄没声地来的，事前没有一点儿信息。忽然一个早晨，小女孩最先换上了连衣裙，小男孩也都打起了赤膊。秋天可就是穿着盛装来的了。英灵山上的树木不知不觉地染上了斑斑烂烂的色彩，赭红的，绛紫的，金黄的，墨绿的，色差是这么丰富，是任何大画家也没法表现的。莲花峰上常常飘起奇形怪状、一层层堆叠着的白云。平铺在山前的田地里，火红的高粱，金灿灿的玉米，更使盛装的秋天显得丰富。正是在这个时候，山下村的工人家属们也都在装扮起来。她们大部分要进厂参观，其中一部分还要留在厂里开职工代表大会。

头一天晚上，这个消息就传遍了山下村。按照各自不同的感受，每个房顶下面都有感叹和议论。

“真真想也没想到，女人也能到厂里去开会，是盘古到今没有的事！”

“妇女的地位提高了多少啊！凡是有男人的份的哪一样没有女的。”

“这可是个再好也没有的学习机会啊。要怎么干才能回报党的关怀!”

“开不开会倒还在其次，难得的是这个红，是这个光荣。”

其实都还没有把感触最深的地方说出来。

唐景秀已经拿到一个红纸信封，里面有一张开会的日程单，还有一条剪成小燕尾巴的红绸带，上面写着“代表”二字。她把这条绸带托在手里看了很久，心里像开了锅一样地翻腾，又高兴，又觉得很不配。小宝娃看在眼里，觉得妈妈的样子很有些奇怪。

“妈啊！你怎么啦?”

“妈要到厂里开会，是到厂里，你懂吗?”

“懂!”儿子蛮有自信地说。

唐景秀笑了，把儿子搂在怀里，亲了亲他的脸腮。她同儿子讲好，要他同夏姨住两天，吃饭也在她家里。

陈宝田比平日回来的略微早一些。吃过晚饭，他像平日一样靠在炕头的墙上，点起他的小烟斗，一面把一小包爆米花，或是两块糖果扔给儿子。唐景秀洗好了碗筷，坐在炕沿上，看一眼丈夫，用最平常的口吻说:

“我要去开会啦。”

“开呗。”陈宝田嗞嗞地抽烟。

唐景秀想，也不问问开啥会，你可真会关心老婆啊!

“人家罗明立两口子都去。”她的声音高了一点。

“嗯呐。”

“高庆和也是两口子都去。”她的声音又高了一点。

“嗯呐。”

没想到丈夫的反应这么平淡，唐景秀按捺不住心里的火气了。

“嗯呀啊呀，你这个人可真像一块石头，打雷也劈不开缝儿！你要是进步快，不也就有你了吗?”

陈宝田鼻子里嗤了一声，喷出两个烟圈儿。

“我靠啥进步，靠嘴皮子啊!”

“人家大罗，是靠嘴皮子?”

陈宝田又吸了一口烟，鼻子里又嗤了一声，喷出两个烟圈儿。停了一会儿，慢腾腾地从口袋里掏出一个东西，轻轻地扔在唐景秀面前。

这是一个红纸信封，同唐景秀得到的一模一样，上面用毛笔写着五个字：“陈宝田同志”。唐景秀不由得瞪圆了眼睛，心里扑通通地跳起来。把信封打开，从里面抽出一张会议日程表，还有一条剪成燕子尾巴的红缎带，上面也有“代表”二字，也和自己的那个一模一样。

“是你!”她不能不从头到脚都觉得奇怪。

“嗯呐。”丈夫还是像没事人一样。

唐景秀脑子里发懵，好像是在做梦。真不敢相信这是真的啊!

“凭啥?”她说。

这一次轮到陈宝田按捺不住了。他把小烟斗在炕上一拍：

“凭啥!反正不是凭两片嘴皮!凭我从解放那一天起从来没有缺勤；凭我们安全生产，没有出一次事故，人身的，设备的，质量的，一次都没有沾到我身上；凭我每年节约出五百公斤焊条；凭我带成了两个徒弟。”

可不得了，真有他说嘴的啊。他是个真真正正的工人，平生最恨那嚼舌头的，说空话的。他只会扎扎实实地干，不声不响地干。工人不干活算个什么工人，开会也罢，当代表也罢，都不在话下。他不是为了开会、当代表，才拼命干的。这个国家，这个社会，对他的心思。拼命干，干好，是他这个工人的本分，是他的心愿。除此以外，他没有别的。

唐景秀心里又开了锅，沸腾的水从她的眼眶里满出来了。她不是难过，她是高兴，是感动。

“这个社会不埋没人。”她半晌说了这一句，只是压不住心里的沸腾。

“看你讨厌不讨厌?又掉咸水!”陈宝田又点起他的烟斗。“去，宝娃，爬到妈妈怀里，给她擦擦眼睛。”

小宝娃果然爬上妈妈的肩膀，一面用小手抹她的眼圈儿，一面说：

“妈妈，羞！羞！”

唐景秀笑了，轻轻推开儿子，心里忽然觉得一向慢待了这个好丈夫。她看进丈夫眼睛里，轻声说：

“我对不起你。”

“啥？”

“没好好照顾你啊。”

“呔，好说！”陈宝田指指那个红信封，“那里面有你一份。这个家里里外外没用我操一丁点心。”

唐景秀听了这一句话，心里甜极了。结婚这十多年，丈夫从来没有一句话像这一句这么暖人，这么体贴人。只这一句就够了，唐景秀累断了气也甘心。她怕明天姐妹们准备不好，到了时候人齐马不齐，又挨门挨户跑了一遍。她上楼下楼，进门出门，只觉得身上轻极了，好像脚底下踩的不是土地，不是楼板，倒是绵软的云朵儿。姐妹们看她一脸红光，眼仁儿里含笑，说话像唱歌一样的高腔，都只道她当了代表高兴，都不知道她还有比自己当代表更高兴的事儿。她特别到了夏玉芹家，怕她因为不能进厂参观心里难过。出乎唐景秀的意料，夏玉芹很高兴，因为几个要好的姐妹进厂开会。她只要求唐景秀把听到的、看到的带回来，一点也别漏掉。唐景秀告诉她，明天也要把宋婶拉去，问夏玉芹能不能把宋家的小女孩也带起来。夏玉芹满口应承了。

唐景秀从夏玉芹家出来，又到了辛玉婷家。辛玉婷正打扮得整整齐齐，仰在炕上喷烟圈儿。她吸的是闷烟。虽然有赵玉莲一帮人替她竞选，大多数妇女可都没投她的票。没有当上代表，她实在觉得恶心的发酸，好像灌下了一大缸老醋。见了唐景秀，脸上淡淡辣辣的，也不起来。唐景秀知道她心里不痛快，很希望她同姐妹们一起进厂参观，不要扔掉这个学习和接近群众的机会。辛玉婷说她头痛。她头痛倒是千真万确的，只不过不是生理上的病罢了。

第二天一早七点半，从车库开来两辆大巴士。妇女们早在三点多就起来了，为肚子花了不到半小时，为身子可整整花了三个钟头。这可是非比寻常的大喜大庆的日子。年节年年有，这样的日子是活了三十多、四十多、五十多才有了这头一次。一听到汽车声，家家户户的姐妹们飞跑出来了，穿长旗袍的，穿偏襟衫子的，穿制服的，应有尽有，不是什么好衣服，也没有鲜艳的色彩，但是都洗过了，压得平平整整的了。有十多个小媳妇戴上了花头巾，好像是十几朵晚开的花儿。汽车身上挂了彩绸，贴满了红红绿绿的大标语。瞧热闹的小孩像滚成球的蚂蚱，纷纷攘攘地前窜后跳，更给这热闹的场面增加了忙乱的气氛。因为又兴奋又快活，妇女们的舌头比平日更活泼了几分。整个山下村这时是一片喧哗声和笑声。嗡嗡嘤嘤，好像打开了上百个蜂房。

上车的时候，更是叽叽呱呱地说个不停，笑个不停，叫个不停。这个说踩了脚尖啦，那个说压了衣服角啦，第三个说头发给蹭毛啦，第四个想起来没有带手绢，第五个又用力把自己的头从人头里挤出车窗外面，转着眼珠子找她的小孩，想要告诉他一句什么话。总之，她们在任何场合都能找到充足的理由，让身子里的种种响声奔放出来。于秀枝和盛玉华一上汽车就挤到一块，紧靠在唐景秀身边，不住嘴地大说大笑。

唐景秀挖了她们一眼。“烦不烦人，没完没了，没完没了。恨不能把你俩的舌头剪掉一截才好呐!”

“你剪，你剪。”盛玉华向她伸出舌头。果然是一条很长的舌头。又响起一片嘻嘻哈哈的笑声。

“有话爽溜溜倒干净吧，”唐景秀也忍不住笑了，“到了厂里，最好把舌头关起来。嘻嘻哈哈，不怕工友笑话吗?”

“工友？唏，不就是天天见面的那些男人吗？他们知道咱们是啥材料做的，放心，不会笑话。”

盛玉华的这句话又引起了一阵大笑。

大巴士响了一声喇叭，装着满车的喧哗和欢笑开动了。

当汽车开过了双桥洞，开进工厂区的大门，走在中央大道上的时候，妇女们一下子又都变成了哑巴。这时耳目口鼻心都很不够用了。迎面飞过来的、压过来的是奇形怪状的大家伙，只见它们又高、又大、又粗，样子吓人，却叫不出名目。有的腆起大圆肚子，头上戴着尖盔，往上钻进烟气蒙蒙的天空里去；有的仰天张开大口，喷出一团团滚滚的云雾；有的好像腾在半空里的一条黑龙，看不见头尾，只看见全身都是眼睛，在早晨的太阳里放出火红的光；有的绿一块，黄一块，黑一块，好像把整整一座小山顶在头上。轰轰隆隆，好像远处的闷雷，好像千万匹马在嘶叫，这声音不知从哪里来。有一种气味，好像是过年时候放的鞭炮，又好像是失火烧焦了房木，也不知从哪里来。这图形，这色彩，这光影，这声音，这气味，这一切综合成为煊赫的气派，雄壮的声势，一股脑儿压上了姐妹们的心。可看见工厂啦，可第一次面对面看见它啦。这些奇形怪状的大家伙就是她们的亲人亲手造出来，立在大地上的，现在他们又白黑在这里操劳。他们和她们的一切愿望、幸福、焦虑、苦恼，是整辈子同这些大家伙连在一起的。她们现在心里满极了，满得所有的声音都透不出气来了。

在扎了彩坊的厂部大门外面：厂党委、厂部、工会和青年团系统的男女干部早等在这里。他们有三十多个人。大巴士一停下，他们都围上来。梁端端是代表高炉工会小组的，是妇女中间身材最高的，也就是最容易被人看见的。她的胸前佩了一条红缎带，上面有“工作人员”四个字。她是家属们早都认得的，所以挤在人堆里同这个握手，向那个问好。小韩是代表厂党委和厂部的，胸前也有工作人员的红缎带。她为了使自己矮墩墩的身子被人家看见，不断地在人空里踮起脚尖。她扬起声音告诉大家，厂里没有大房子，临时在大食堂准备了休息的地方和茶水。向明听见大汽车和人声，也连忙从楼上的办公室跑下来，向妇女们表示了欢迎，然后又匆匆忙忙地走了。他来了不到十分钟，可是把一股热流涌进了姐妹们的心里。快嘴的于秀枝在盛玉华耳朵上小声说：

“可不得了啊，这么大的干部都来欢迎咱们啦!”

她说出了所有姐妹们心里的一句话。

厂里谁也没有下命令，可是这一天各处都清扫得特别好，一应的器械和工具也都擦得发光，摆得井井有条。那些有老婆当代表的工人心里都特别甜，说话的调门不知不觉提高了三度，脸上的线条都变软了，身上可又平添了三倍使不完的劲儿。他们打定主意要让妻子看见，他们掌握这些大家伙，正像她们掌握刀板和擀面棍一样地灵巧，他们在这地面上铺满了发亮的、像蛛网一样纵横交错的铁轨中间，在这天空里架起了黑的、红的、绿的、白的，蜿蜒游龙一样的管道下面劳动和战斗，正像她们在平稳的楼板上操劳家务一样地旋转自如。

在大食堂里，小韩向大家讲了参观的路线，又着重地说明了注意安全的事项。

妇女们都显得和平常不一样了。精明干练的唐景秀竟好像是忘记了什么，眼神里朦朦胧胧的，心里好像生了一团火，可是两只手冰凉。眼前这一切好像都不是她想象的样子，又好像正是她想象的样子，再也不可能是别的样子。于秀枝和盛玉华好像丢掉了舌头，眼珠子却活泼起来了，上下左右地转个不停。平常不言不语的沈佩兰倒成了一个多嘴舌，紧跟在小韩身边，唠唠叨叨地问这问那。妇女们，特别是丈夫当了代表的妇女们，都急于看见丈夫，看看他们是怎样干活，究竟是多么劳累；看看他们干活的环境，究竟有危险没有。不过谁也不肯把这个最甜的愿望吐露出来。

预定的参观路线首先是高炉和热风炉，此后是卷扬系统和贮矿槽，再后是铸铁机系统，最后是修理系统。

高炉远看是那么高大巍峨，靠近了那气势更是吓人。姐妹们跟在小韩后面，小心翼翼地登上了铁梯子，只觉得全身从里到外都受到震动。碰巧在出铁，整个平台上好像烧起了大火。从高炉肚子的下面，有一条火龙吼叫着爬出来，喷出花炮一般乱飞乱窜的火星子，闪射出刺眼的红光。这里凡是危险的地方，都临时用绳子拦开了。即使站在两丈远的地方，也登时觉得脸皮烤得生痛，也登时是一身汗水。

唐景秀一眼看见了宋老铁，不是从他的面目上，因为面目遮在尖形安全帽里是看不清楚的，而是从他那全身的姿态上。他正站在这条火龙的身边，抬起一只带了厚手套的大手，遮着半边脸，稳稳地瞅定这个咆哮着的怪物，好像见它稍一不老实，就要把它制服住。老铁的全身都映红了，好像是一尊全身射出红光的火神。别的炉前工也都是这样。

唐景秀从人堆里拉起宋婶的手，向前推推她，又指指宋老铁。宋婶早看见自己的老伴了，正在替他担心着，经唐景秀这么一指，反而窘得羞红了脸。好在这一片红光中间，人们看不见罢了。她竟然好像回到了十八九岁的时候，那时候刚刚有人给她和老铁保媒，相看的时候，很想看个仔细，又不好意思目不转睛地看，只好溜上一眼，却甩着小辫子逃走了。

老铁也看见了老伴，心里一乐，眼光一亮，再没有别的表示。他这个老兵在战场上是不能有二心的。

小韩挤在唐景秀和宋婶旁边，指点着告诉她们，老铁抢救出铁口，正就是这条火龙向外爬的地方。宋婶摸不清底细，只吓得倒抽了一口冷气。

沈佩兰看见了热风炉，原来是戴圆顶帽的大家伙，可是没有看见很想见到的罗明立。这时罗明立正在高炉值班室里。她要是看见了，一定会更为惊奇。她的亲人这时正伏在桌子上，在一个大本子上写着什么。嗬，俨然是大有学问的样子！

妇女们一路看，一路不住地发出惊叹。没有人乱动，秩序很好，这一点很使唐景秀满意。最后到了修理车间的时候，她也看见陈宝田了。

陈宝田比平日活泼了。他正蹲在地上，在焊接钢板。知道妇女们来到跟前了，就掀起他的面盔，笑着向她们点头，表示欢迎。这一次轮到唐景秀羞红了脸了。

小韩向旁边推推陈宝田，弯下腰，一面用手指点，一面招手要她们看。

“呐，现在还烫，只能看，不能动。你们都是会看针脚的，现在看看钢铁裁缝的针脚吧。”

她告诉大伙，匀、正、细、直，就是电焊的好针脚，好手艺。

唐景秀弯下腰，看见两块钢板之间的焊缝，笔直，好像是比着尺子划出来的；焊缝上有细细的鱼鳞，一个压着一个，好像是数着个儿一个个排上去的。她的身旁响起一片啧啧的惊叹声。

唐景秀心里乐极了，甜极了，脸上红得好像抹上了玫瑰膏子。

2

正当妇女们登上高炉平台的时候，向明正伏在写字台上，在修改他的发言稿。他本来口述了一遍，就让小韩记下来加工整理的。这个忠于秘书职务的姑娘要发挥她的秘书才能，在里面加了不少修饰的辞藻。比如：把“取得一定的成绩”改成了“伟大的成绩”；在“工人阶级的努力”前面加上“史无前例的、英勇卓绝的”，诸如此类。向明一面划掉这些美丽的字眼，一面心里暗笑：年轻轻的就沾染上了这种夸大病，不知道朴素和实在是最好的文风。

代表大会预定在上午十点开幕。向明只想讲十几分钟。生产情况，完成国家计划的进度，工人天天都在议论，用不着他讲。他只想从大的方面提出问题，并且做必要的自我批评。第三季度不冷不热，既不用担心大风雪埋住运输线路，又不用提防工人中暑。本来是一年中最好的生产季节，也是完成全年计划的关键季节。不幸现在的生产并不好，从炼钢方面来的压力好像在每一个干部和工人的心上压了一个大磨盘。是把用烧结矿炼低矽铁的试验停下来，把产量搞上去，还是坚持试验下去，冒完不成国家计划的风险。向明是下了决心准备挨骂的。中国的贫矿多，用不用烧结矿关系到黑色冶金能不能大发展，能不能大幅度降低成本。这是一个方向性、路线性的大问题。为这，挨几个月的骂是值得的。当试验成功的时候，骂人的就要被骂了。要是眼前不下决心挨骂，说不定要十年百年地挨大骂。这个问题现在全厂议论纷纷，必须通过这一次职工代表大会把思想统一起来。

这些日子向明又病了，主要是头脑发昏，四肢无力。他也在服药，但是主要用的“顶住法”。

办公室的门忽然咕咚一声开了，进来一个人。

“向明同志，我不能干啦，我辞职！”

向明抬头，见是调度主任，看他鼻嘴里喷着汽，好像一把开水壶，不明白他为什么这大的火气，气得头发像刷子一样向上竖着，眼睛瞪得像糖炒栗子。

向明一向不喜欢听“辞职”二字，总说，革命无职可辞。辞革命之职不就是不革命了吗？这一点调度主任是知道的。

“新鲜!”向明定定地瞅住他，同时指指写字台旁边的椅子。“你怎么想出来的?”

“我干不下去啦，没法干啦。”

“为什么?”

“炼钢厂欺人太甚，太甚!”

“怎么样?”

“他们是祖宗，我们是孙子!”

向明放下手里的钢笔。“看你这个同志，讲了半天，吓得我一愣一愣的，到老还没弄明白是个啥问题。”

“我忍了两个多月啦，厂长，我忍无可忍啦。你忙，担着全厂的担子。要是大事小事都端到你面前，我这个调度主任不成了聋子的耳朵啦？凡是我能招架的都自己招架啦。可也不能骑在我的脖子上屙屎啊。这两三个星期，我们差不多天天挨罚，不是误了他的点啦，就是硫高啦。误不误，高不高，都是他们说了算。”

调度主任把自己说呛了，干咳起来。

向明从台角的水瓶里倒了一杯水，隔着台子推给他。

“慢慢说，慢慢说。”即使不知道他受了多大的委屈，他满脸的委屈样也够叫人同情的了。

调度主任并不喝水，清清嗓子，又说：

“他们有理打我三扁担，无理也打我扁担三。口口声声说我们没有炼钢中心，没有保钢的思想。今天更好啦，说要年底结算，全部损失由炼铁厂包赔。我说这是个什么理呀？他说割了肉才知道痛，否则不能接受教训。你听听，咱们和他们不是平级的工厂，他们是祖宗，咱们是孙子!”

“是这样?”向明听得生气了，在写字台上一拍，站起来。“这不是剥削吗？是剥削和被剥削的关系!”但是马上意识到这样随声附和很不得体。各厂的调度室之间一向是扯皮大本营，其中很有一些扯皮大王。不调查清楚，是不能根据一面之词下判断的。他坐下，平静下来说，“好吧，你先回去吧。”

“你答应啦？”调度主任站起来，脸上绷紧的线条放松了。

“我答应什么？”

“答应我辞职。”

“革命的字典里没有‘辞职’这个词儿。”

“你加进去好啦。”

“我没有这个权利。”

“你这是不负责任！”调度主任说完却觉得说重了，马上红了脸。

向明看他情急的样儿，倒笑了。

“好吧，马上要开大会啦。你先参加会，开完了会我找你。”

调度主任看他那无礼的话没有引起厂长的反感，放心了，转身向门口走去，慢吞吞地，好像一个撒了气的皮球。

向明坐下，拿起笔却写不下去了。他知道同炼钢厂的紧张关系，可是不清楚现在每天竟然是在实弹射击。究竟是下面的干部为了搞什么名堂呢，还是有老郁的指示？老郁能放纵下面这样干？不，不可想象。如果调度主任讲的是实在的，岂不是在社会主义企业关系上实行帝国主义法则吗？我是中心，你一切服从我，听我的，否则你就是大逆不道，我就讨伐你。这岂不是要把所有与他有关的厂子变成他的附庸，变成他的殖民地吗？

他的思路被小韩打断了。她来催他去开会。他看看手表，果然已经到了十点。

小韩一班年轻姑娘和小伙子们喜欢红火。不管向明的意见要朴素大方，他们把大食堂的临时会场装点得花花绿绿，空中悬起了彩色纸片和万国旗，墙上贴满红红绿绿的标语，临时搭起的低低的主席台上悬上了大红布幅。她们没有借到花盆，竟搬来了十多大盆橡皮树，一字儿排在台子前面，这倒有点别开生面，也很有气派。

向明照他的稿子只念了开头的一小段，就念不下去了。他觉得别扭和不自然。这时在会场里，几百只乌黑放光的眼睛都射向主席台，想从他的嘴里听到可心的新鲜话。这些面孔和眼睛，除了坐在左侧的家属们，都是他熟悉的。在这些人面前，还用得着这些文绉绉的“因为”、“但是”吗？在这些人面前，只可以从胸膛里吐出肺腑之言！

他放下手里的稿子。“我不照稿念啦，好不好呀？”

“好，对着咧。”

“你把肚里的稿子掏出来就得啦。”

笑声像一阵风吹过了会场。

向明感受到这种和谐的气氛，心里很是畅快。他接过小韩送上来的一杯水，呷了一口。

“同志们，咱们厂当前的形势究竟是好还是不好？说好，国家计划咱们亏欠啦。亏欠的不多不少，正好是四千吨。说不好，大家的干劲又很高。拼老命啦，是不是啊？我用耳朵一摸，各有各的看法。有的人主张把试验停下来，先把产量搞上去。打仗的时候，我从来没听说碰到硬碉堡就撤下来。总得拿下来嘛。现在公有公的看法，婆有婆的看法。公压婆也不行，婆压公也不行。压，是对付敌人的办法。公婆是一家子，怎么好压呢？还是讲民主吧。民主讨论好。工厂的真正主人是谁？书记可以来可以去，厂长也可以来可以去。我走开，你们推选一个带班的，高炉还是出铁水。你们都走开，留下我一个，孤家寡人，乖乖，伟大是伟大，可就是不顶用。今天公公婆婆都来啦，就请你们各说各的理吧。君子动口不动手。不划框框，不定调子。只有这么一个题目：形势怎么样？好，怎么办？不好，怎么办？开代表会，就是为了吵吵嚷嚷，有啥意见都可以讲。把肚里的都倒腾光，肚子不痛啦算完。”

他接下来又做了自我批评，说当前最大的问题是领导工作跟不上形势的要求，技术工作同群众的劳动热情也不适应。

会场用长时间的鼓掌表示了对他的讲话的满意。

向明讲完，罗明立代表工人讲话。他的发言稿是梁端端替写的。姑娘用了足够的热情，也用了足够的惊叹号，足足写了五篇纸，每篇有二十行。罗明立好像变成了近视眼，把稿纸紧放在鼻子下面，好像要闻闻里面有多少知识分子味儿。有不少的长句子，像：“我们抱着百折不回的必胜的信念在市委和总公司的明确指示下在高炉上打响了用烧结矿试验炼低矽制钢铁的第一个战役……”等等。他没法断句，只得一口气念完，好像老黄牛在石位子地上拉犁，磕磕绊绊，把脖子都憋的老粗。他心里在想，下了台子，找到端端，一定得美美地骂她一顿。这个平常嬉笑活泼的人，如今这么严肃认真地一字一字念着，额头上绷起了青筋，够叫人佩服的了。沈佩兰正坐在唐景秀旁边，心里的一条弦绷得紧紧的，在替丈夫出汗。不过一切都很顺利。罗明立专心致志地完成了全体工人代表交给他的伟大任务，向大家深深地一鞠躬，在鼓掌和欢笑声里跳下台子，这时他的脸上和心里都笑了。他龇出白牙，深眼窝里的眼珠滴溜溜在找梁端端。没找到端端，却看见了他的佩兰。她正从唐景秀的肩膀后面那么关心地望着他。他看见她坐得那么直，平平地端着肩膀，那么端庄，不由得眼仁儿一亮，挺起胸脯，好像在说，“我整个告诉你吧，我肯定干得不错!”

会议进行得很平稳，好像小船，滑行在没有风浪的水面上。谁也没想到，在自由发言的时候杀出了一个“程咬金”。

这个人原来坐在最后的一排位子上，忽然站起来，从两排凳子中间的通路抢上前来，跳上台子。他的眼珠子瞪得好像冰糖葫芦，从桌子后面探出身子，好像要一口把扩音器咬掉。

“向明同志号召把肚子里的话倒光，我响应这个号召。我先问问你，简易住宅从开工到现在，你去过几趟?”

他的声音在扩音器里震动太大，反而听不真切了。

“一趟，大概只在开工的时候去过一趟。”

向明从台左侧的一排位子上站起来，回答说，一面说，一面心里在想，糟糕，是去的太少啦，出什么事了？一面看看坐在对面一排位子里的胡太印。胡太印在用力吸烟，显然有点稳不住架儿，不过尽力装出没事的样子。

“修成的房子你看过吗?”运料工刘全祥又问。

“没有。我们委托给工会啦。”向明说了，马上觉得不对，这好像在推卸责任，又连忙补上了一句："我应当亲自去看，可是没去。"

"房子倒啦，砸坏人啦，你可知道！"

向明心里一震。"谁？什么时候？"

"我！"刘全祥摘下鸭舌帽，一扭脖子。在他的后脑勺上面，贴着茶碗口大小的纱布。他既然还能在这里大呼大喊，伤势大概还不太重。"营造公司赚大钱，俺们工人受苦难！"刘全祥愤愤不平地说，"可是厂领导不知道。阎王爷支支嘴，小鬼跑断腿。可小鬼也没跑腿。大鬼支小鬼，小鬼直噘嘴……"

他对于厂领导提出的尖锐批评，好像在平静的湖面上刮起了一阵旋风。会场里骚动起来，响起一片嗡嗡的议论声。

向明很担心，也很恼火。简易住宅是偶然出了这样的事故，还是有别的什么问题，他心里没有底。中午休会的时候，他把胡太印叫到办公室，问他是怎么回事。

"他把芝麻说成了西瓜，把一个兔子说成了骆驼！"胡太印半个屁股坐在椅子沿上，显出愤愤不平的样子。"天花板上吊下一点泥皮，碰巧打到脑壳上啦。这个人你还不知道？就是能夸大其词。我看他是故意煽动工人的情绪。"

"头皮打破了还不让人家有情绪？这是你的工会法吗？"向明第一次对胡太印这么辛辣地说。他听他这么轻描淡写，没有一点自我批评的意思，心里很不痛快。

他立刻要了汽车，要到简易住宅去看看。胡太印只得跟他上了汽车，点起一支香烟，靠角落一偎，一声也不吭，好像受了极大的委屈。

开车的正好是贾二立，听说要到简易住宅，凭他的鬼聪明猜到出了什么岔子。

简易住宅的施工拖拖拉拉，直到现在还没有完全竣工。汽车一进了住宅区，满眼都是坑坑洼洼，东一堆西一堆的破砖碎瓦，这里那里又是沙子，又是白灰，横七竖八的跳板和杉杆。汽车招来一大群小孩，咕咕叫的鸽子似地跟在颠颠簸簸的车子后面。

向明先找到刘全祥家。刘嫂倒不像丈夫那样大叫大喊，只是不言不语地指给向明看。在灶间里，顶棚泥掉了两大块，都有脸盆那么大。一个三岁的小男孩碰坏了胳膊，从肘弯到肩膀都扎着纱布，看来比他爸爸的伤势要重些。

“他并没有讲小孩的伤，怎么是夸大其词?”向明火辣辣的看了胡太印一眼。

“他不是说房子倒了吗?”胡太印攥紧拳头，在墙上重重地擂了两下，证明房子是很结实的。“这还能倒吗?”

向明现在没有心思同他理论，他还是一心惦记着代表大会的事，很怕由于刘全祥的发言，分组讨论的时候把重点转移到生活福利方面。因为下午还要听听各小组的讨论，向明没有时间全面地看房子，只就近走了几家。房子当然都是很新的，散发出油漆和白粉的气味。有两三家的顶棚泥有一些裂纹，这是常见的，算不了什么问题。工人家属住上了这明窗粉墙的新房子，都很满意，都说是托了毛主席的福。

正当向明和胡太印看房子的时候，贾二立早把这消息送给大新的经理许志凡了。从大新的后院走出来的时候，他的口袋里多了一卷还没有点数的票子。

在归路上，胡太印有话说了。

“小孩送医院是谁送的?工会。医药费是谁出的?工会。还不满意，还要在职工代表会上大叫小叫。这点小事，值得拿到这么隆重的会上去吗?不是煽动情绪是什么。”

向明起先没有理他，后来问道:

“这工程是谁包的?”

“大新呗。你忘啦?”

“我倒没忘，我怕你忘啦。”

“我天天同他们打交道，怎么能忘?”

“就是因为天天打交道，有可能忘记。”

胡太印瞪眼盯住向明，不明白他是什么意思。

“这个大新就是那么百分之百的可靠啊?”向明盯住胡太印的眼睛。

胡太印觉得心里抖动了一下，可是脸上还是那种踌躇满志的神情。

“合同在咱们手里掐着。”

合同还不是一张纸吗？但是向明没有说出来，只微微笑了一下。他说：

“一边是工人，一边是大新公司，老胡你说话可别站错了队。”

他们再没有说什么，各人想着自己的心事。

贾二立听着他们的谈话，心里正为自己的幸运笑着。风从小窗口猛力地吹在他的脸上，吹得他微微眯起眼睛：看着迎面飞来的马路。大新的经理捅钱票子给他，正是要他听风和报信的。

3

向明不懂得土木建筑，但是有关的常识总知道一些。这一行最容易搞马粪蛋子外面光。看外面油漆得彻亮，你知道里面是好木料还是烂木头？粉刷得雪白，你知道墙里面砌得合不合乎规格？他离开简易住宅区的时候，心里生出一个念头，想找几个有经验的老师傅，组成一个检查组，认真地检查一次。不过这个想法他没有告诉胡太印。

下午各小组谈得都很热烈。工人讲话都是袖筒里出棒槌，直来直去。每一个小组他都去听了一会儿，受到工人的欢迎。有人要他发言，他开玩笑地说：“光带来了听批评的耳朵，没带来讲话的舌头。”有几个小组都提到简易住宅，有墙上裂缝的，有地基下沉的，有好多门窗都关不严。可见不像表面看到的那样，问题还是不少。也有人说听到了传闻，大新公司盖这一批房子发了大财。向明心想，没有油水，私资的营造公司能干吗？只要不是出格的偷工减料，不搞什么违法活动，算不错的啦。

散会以后，他要小韩找几个人，把各组的记录汇拢整理一下，把问题梳梳辫子，限晚上八点以前搞好。他要开夜车，准备明天的党委会，会上要把职工代表大会的意见好好研究一番，做出相应的决定。

小韩和梁端端几个人晚饭也没顾上吃，七点钟以前就把意见整理出来了。当两个姑娘在高炉平台上找见向明的时候，他正抱着一把大竹扫帚在扫炉台。小牟跟在他身边，要把竹扫帚夺过来。但是向明不给他，说："整天开会，屁股都坐痛啦，干点活儿活动一下筋骨。"

他要两个姑娘马上到食堂去吃饭，吃完了马上到办公室。还得从梳的辫子中间，再集中几个问题，才能提到党委会上讨论。他和她们一起走下平台，看她们向食堂去了，他也就拿着她们整理的意见，急匆匆地来到办公室。

天已经黑下来。他开了电灯，把小韩交给他的一沓子纸铺开在写字台上，匆匆忙忙地看了一遍，放心了，乐起来了。关于生活福利方面的只有五十多条，其中有些还是重复的；关于生产各方面的是一百六十多条。关于试用烧结矿的问题，大部分意见是要坚持干下去。他心里唱起来："好好好，群众是真正的英雄，好好好……"一面用指头的骨节在桌子上敲出一个进军的鼓点："特拉拉冬冬冬冬……"

第二天上午八点钟，他就是用这种"好好好"的调子说了他的开场白。

这个扩大的党委会把党政工团的主要干部和工人中的代表人物都请来了。按向明的意思，是要把党委的集中放在尽量广泛的民主讨论的基础上。

他坐在长桌子的中间，把小韩他们整理的意见擎在手里，让大家看看。

"我看了这些意见，觉得很受教育，有这么几点印象，也讲讲：第一是充分表现出主人公的姿态。关于生产方面的意见占百分之七十多，关于生活福利方面的只占百分之二十多，而且讲的都很克己，可见都很懂得生产长一寸，福利长一分的道理。"

向明讲到这里，听见宋老铁同邻座的罗明立咕噜一句什么。他正坐在向明的对面，也是在长桌子中间，把两只大手像大螃蟹的螯一样平放在桌子上。

"宋师傅，你是不是有话说呀？"向明笑着向他点点头。

"没啥。"

"我替老铁说了吧，"罗明立说，"他最不满意刘全祥，说他闹个人情绪。”

“又要人家敞开讲意见，又不许人家有什么情绪，这可不是咱们的作风。”

“哪有那么提意见的，简直是指着鼻子骂人！”老铁说着，向旁边吐了一口。

向明很懂得老铁的心情，是很不愿意厂长当着那么许多人的面挨骂的。这个老工人还不知道，一个干部只有骂也骂不泄气，骂也骂不倒的时候，才真正是有了脊梁骨。

“这个问题我看有必要多讲几句，”向明说：“先打个比方。我请你吃饭，一面却在旁边数着你下了几筷子，是不是把菜汤滴在桌面上了，还看你坐的端正不端正，这饭你能吃得下去吗？你一定要扔掉筷子，索性不吃了。咱们党不同于资产阶级政党，最重要的一条是有批评和自我批评，能改正错误。又要叫人批评，又只许人放花炮，不许实弹射击，更不许放机关枪迫击炮，还要人家注意态度啊，方式啊，那就是取消了批评。人家骂了，骂的又对。怎么办？听着呗，改呗。要有这个胸怀，这个雅量。当然，恶意攻击的除外。又想当共产党员，又老想吃甜的，酸的苦的辣的一口都不尝，那又何必挂这个招牌？”

向明说这话的时候，脸向着老铁，眼睛却盯在胡太印脸上，看他有什么反应。胡太印正坐在长桌子的角上，左手夹着忘了吸的香烟，手腕上露出一个发亮的表。他脸上纹丝不动，根本看不出有什么反应。这个人的灵魂的镜子上已经蒙上灰尘了。

“对不起，我扯远啦，”向明说，又回到他原来的话题，“我的第二个印象是所有的意见都讲得实实在在，有根有据；又都有改进的办法或方案，不是给别人出难题。第三，关于试用烧结矿，绝大部分的意见要干下去。好，好极啦！市委是下了决心的，群众是下了决心的，就看我们中间这些骨干啦。第四，不足的地方是关于党的工作的意见讲的很少。这不能怪人家。这要怪我。我没有把这一点当大家讲明白。人们大概以为，开职工代表会嘛，又不是党的会，还能给党委提意见吗？（他提高声音，一字一顿地）要提的，同志们！不把党办好，这个先锋队就成了卷刃的钢刀啦，这个参谋部就成了没有神经的脑壳啦。我总的印象是职工代表大会好，好在它能在企业里发扬无产阶级的民主，是个很好的制度。我们今后一定要坚持下去。”

他讲完，就要小韩把分类整理好的意见读给大家听。

小姑娘平常很活泼，如今在这么许多干部面前，显得有些发窘。她站起来，把一叠纸弄的稀里哗啦地响着。

她大声说：“我们一共分了两大类，一是关于生产方面的，二是关于生活方面的。关于生产方面又分了五项：设备维护和安全生产，节约和反对浪费，对生产管理和技术管理的意见，对调度工作的意见，其他……”

向明跟前的电话铃响起来。交换台的同志告诉他是医院来了电话。向明怕影响这里的会议，要她接到办公室去。他要小韩继续讲下去，立刻离开了他的位子。

他急急地来到办公室，拿起耳机，听是丁楠的声音，以为是催他去看病，连忙说：

“对不起，我前两天筹备开职工代表会，这两天又开会，过两天我一定到你那里去。”

“不，你今天下午一定来，晚上来也行，我等你。”丁楠在那边说。

“好我的院长，我没什么，还能支持。”

“你也不问问我能不能支持？”

“怎么，你也病啦，这可是新闻。”

“比病啦还难受，你来了就知道啦。”

“是怎么回事？现在就告诉我不好吗？”

“你那是保密电话吗？”

向明哑笑一声：“我这里又不是保密机关，哪里来的保密电话。”

“那就见面谈好啦。”那边说完就咔嗒一下放下了耳机。

向明放下耳机，在写字台旁纳闷了。这个平常开朗得很的女同志怎么忽然神神秘秘起来了？她能有什么保密的事？啊，他明白了。一定是怕我不去看病才这么故弄玄虚的。想到这里，他觉得老朋友的关心和体贴实在是叫人感动的。

4

党委扩大会一直开到下午四点多。每一项议题都多少有些争论，唯独关于试用烧结矿的问题保持了沉默的一致。向明心里明白，这件事是市委做的决定，谁也不敢去碰它。其实有一部分技术干部和生产管理干部是不同意的。沉默的一致反而不好，把真正的分歧掩盖起来了。

在会议中间，丁楠又来电话钉了一次。这使向明想到她一定是有什么重要的事。只为了让朋友看病，不必要连连打电话来。不过他猜不透。

散会以后，他立刻要车到医院去。他平常坐在车上，要是不看文件，总要和司机讲几句。今天他在想心事，一直没开口。贾二立偷眼从车前的小镜子里一瞥，看他不高兴的样子，担心是简易住宅的问题，也就不敢攀谈。到了医院门口，他才问是不是等在这里。

“不用啦，这里离向阳村近，走几步可以啦。”

向明急急忙忙走进了医院的花格子铁门，穿过大草坪中间的甬路，刚刚走进了大圆柱走廊，看见从亮着红灯的急诊室里走出六七个穿白罩衫的人。向明一眼就看见了丁楠。她裹在白罩衫里的身子更像一个圆酒桶，白圆帽下面的脸红得像一个熟透了的西红柿，这使她很容易被认出来。向明急忙走上来。丁楠也看见他了，向他伸出一只胖手，脸上却还是忙迫和严肃的神色。

“你来啦，好，好。请你二楼办公室等我，或者，你同我们在一起也行。我们正有一个危急的病号要处理。”

向明乐得看看老朋友怎样处理日常工作，就跟大伙一起挤进了外科办公室。都站着。丁楠顺手推一把椅子给向明。向明只把手扶在椅背上，紧鼻子闻着石碳酸和来苏水的气味。

丁楠要外科主治大夫讲讲急诊患者的病状。

主治大夫瘦瘦的，高高的，忙得来不及修饰自己，下巴上挂着一丛山羊胡子。他把一个大纸夹子托在手上，一板一眼，不动声色地念着他检查的结果，好像他报告的不是一个活人的生死问题，倒是一张货单。向明听出来患者是一个十三岁的孩子，被汽车撞伤，有三处骨折，最严重的是腹腔里有了内出血，正处于严重的休克状态。丁楠问他要是不开刀抢救，生命能维持多久？他说最多三四十分钟，但是开刀也没有把握，因为患者已经大量失血。

“患者的家长还没有找到，没有家长的同意，我们无权决定开刀。”主治大夫说。

“家长能马上找来吗？”

“派出所的同志把小孩送来，马上找家长去啦，还没有影子呐。”一个护士说。

“这么说只有一种可能啦，眼瞅着小孩死去！”丁楠说，然后又提高了嗓门，“不，同志们，这种家属不签字不开刀的惯例要打破！”

“这是冒风险，丁院长。”外科大夫用职业的确信说，“没有家属的同意，后果谁负责？”

丁楠的脸涨得更红了，显然为孩子的生命在着急。

“这是抢救生命，同志！在前方抢救伤员的时候，从来也不要什么人签字。我呼吁你们马上投入战斗。马上通知血库，要大量输血。要是同型的血不足，马上组织全院职工献血，包括我在内。现在已经下班，院部没办法做出集体决定，由我一个人负责好啦。”

向明在一旁听着，出了一身大汗，为垂危的生命，也为丁楠的处境。不开刀只会死，等也会死，只有立刻开刀才有活的希望。任何神经健全的人都应当做出这个判断，更不要说是向人民负责。他现在高兴极了，情不自禁地说：

“我预祝你们成功，我要为医院三呼万岁！”

他很佩服丁楠当机立断的魄力和敢于负责的精神，眨眼之间，想起了刚刚认得她的时候，她还只是一个十七岁的小姑娘，圆圆的红脸，两只小辫翘在两边像两个翅膀，整天唱啊，笑啊，为了表示自己是高的，在人堆里总要踮起脚尖。刚参军的时候当护士，是在后方医院办的训练班里学的医。看护伤员的时候，常常整夜整夜不睡。要是有重伤号死去，她常常是哭成两个肿眼泡，几天吃不下饭，好像死去了亲兄弟。凡是伤好了出院的，她总是为他们细细地缝补。她接到好多信，其中充满了真正的感情。有些人在信里暗示更深一层的意思。她的圆圆的脸上一红，一笑完事。她心里的位子早给一个人占满了，这个人就是郁文宗。看党把这个小姑娘培养成了多么出色的女干部！

外科大夫和护士们都急急忙忙出去了。

“真巧，我还要到手术室去。”丁楠说。

“你叫我来是不是有特别紧急的事啊。”

“你这些日子看见老郁了没有？”

“抱歉。又准备开职工代表会，又开会，就没来看你们。”

“你知道，老郁闹情绪啦。”

“要不是从你嘴里说出来，我是不相信的。”

“走，你跟我走！”丁楠说着，从衣架上取下一件白罩衫，要向明穿上。“我在这里稳不住神儿。”

向明跟她走出外科办公室，过了圆柱走廊，绕过X光室，走进一个有发光的白瓷砖墙的夹道。走到尽头，有一道像隔扇一样的落地大玻璃窗。这原来是外边人看手术的地方。隔着玻璃，向明看见小孩已经上了手术台。向明看不出门道，只能是看热闹。他只看见浮浮动动的白罩衫，发亮的刀子和剪子灵巧地传来传去。手术台旁吊起红色的和白色的瓶子，有胶管通到病人身上。给他印象最深的是外科大夫额头上豆大的汗珠。一个护士每隔一会儿就用纱布帮他擦擦。正在抢分夺秒地挽救着生命。

“是啊！”丁楠接着刚才的话说，“我也想不到他闹这么大的情绪。这些日子，他也在忙着开职工代表大会。可能是给他提了不少意见。是些啥意见，我也不清楚。”

“职工代表会提意见，这不是正常的事吗？不让人家提意见，又何必开会？老郁能为了人家提意见就闹情绪？”

“要是一般地闹闹情绪，我能惊动你吗？情绪闹大啦！说职工代表会上活剥了他的皮，是党委书记成心发动群众整他。说干不下去啦，再干下去要蹲法院啦，要打报告向市委辞职。”

“胡闹！”向明听到老朋友要辞职，自然是又吃惊，又反感。

“你知道，他厂里的事我是一概不清楚，他那一套我也不懂。我想来想去，也只能向你求援。我很愁闷。意见百条千条都不要紧，究竟有什么严重问题没有？要是没有什么大问题，闹下去不就严重了吗？你们是老朋友，你同钢厂的刘书记也都是老同志，你两方面都听听，了解一下是怎么回事。也得劝劝老郁，压一压他，一个老党员就算受点委屈，也不能这么闹。你好好抠他一顿，你的话他听。”

向明听了，好半晌没说什么。他好像已经看不见手术室里的紧张情况了。他的心收紧了。他虽然无法下判断，但是前前后后一想，他很怕老郁在个人与党、个人与群众的关系问题上栽跟斗。他告诉丁楠，晚上一定去看老郁。丁楠说她不可能早回去，希望他们俩千万不要谈崩。

“你放心。”向明笑着，紧紧握一下丁楠的胖手。“这么多年啦，他哪一条神经我摸不清楚？”

直到向明走出了这个白瓷砖的夹道，丁楠才想起来还没给他检查病。她在后面追出来，可是看不见向明的影子了。

向明回到家里的时候，小韩和亭亭正在下跳棋。小韩把党委扩大会的记录整理好送来了。向明要根据这个记录，马上给市委写汇报。他告诉小韩，要她催问一下工会，是不是把选出来参加市职工代表会的名单报到市总工会去了。小韩说已经问过，送去了。向明点点头。心里很喜欢这个姑娘的积极和主动。

亭亭给爸爸打来洗脸水，很为爸爸今天回家早高兴，听他说还要出去，又撅起小嘴。小韩去了以后，向明为了讨女儿的欢心，也为了等一下文会，就同女儿下跳棋。因为心里有事，一连输了三盘，答应以后给女儿讲三个故事。一直等到快八点了，文会还不回来。向明只得和亭亭先到食堂吃了晚饭，要她告诉妈妈，他到郁叔叔那里是有重要的事。

向明来到郁文宗家的时候，丁楠已经回来，正在给丈夫做蜡疗。从丁楠一脸爽朗的神色，他知道那个重伤的小孩一定是脱险了。

“这么说，你们的手术成功啦。”向明说。

“脱险啦。”

向明举起两只拳头。“万岁，万岁，万岁!”

郁文宗正脱光了膀子，趴在床上，歪着头向向明示意，要他坐下。向明坐在靠窗的一张椅子上，看丁楠正从方形的洋瓷盘里起出黄蜡，敷在丈夫的肩胛上。郁文宗烫得龇出牙，唏呀嗬呀地叫痛。

“又不是小孩，忍着点吧。”丁楠笑着说。

郁文宗趴在那里，瓮声瓮气地说：“你们当大夫的就是要想法又治病，又不叫人痛。为什么要研究无痛分娩，为什么开刀要麻醉?”

“要治病就别怕痛。总不能像吃冰激凌那么舒服。”丁楠说着，用厚纱布盖住丈夫的肩膀。

“碰到谁的肉谁痛呗。”郁文宗语意双关地说。

“不错，”向明接过丁楠捧来的一杯茶水，“我也要向你叫呐，你碰了我们的肉啦，连骨头带筋都碰啦。”

“新闻，合众社的新闻。”

“这么说，要炼铁厂包赔损失的事你不清楚?”

“啊！这个啊，我怎么能不清楚。”

“是谁决定的?”

“我!”

“你真叫我大吃一惊!”向明说着，放下茶杯，来到床跟前，这样才能看见郁文宗俯在床上的面孔和眼睛。

“你故作惊奇！我平炉张开大嘴等你的铁水。你不叫我吃饱吃好，我为什么要受这个损失。你给我造成的损失你自己包赔，你叫什么？这是天经地义！要不然，我的劳动生产率，上缴利润，怎么算?”

“哎呀呀，社会主义企业和资本主义企业，区别究竟在哪里?”

“得啦，不用考我政治经济学常识!”郁文宗一侧身子。

丁楠连忙用手压住他的肩膀。“别动，动就掉啦。”

郁文宗不听她，因为他趴在那里不好出气儿。

“我知道你要说啥！都是国家企业嘛。不错。那又怎么样？我炼钢就得乖乖地让你们拖住？这个社会主义国家就那么富？任凭你给我造成损失也不算这笔账？怎么样，再退回供给制时代？干不干，一斤半？”

“那你想不想我们也有困难？我也有配合单位，我高炉的大肚子也要吃饱吃好。他烧结厂的铁分低了，炼焦的灰分高了，怎么办？我也罚他们包赔损失？”

“对不起，你自己的梦自己圆。要不，你孩子哭了抱给他妈，你往上告。”

向明听了这种一面理，心里实在有气，他想说这是帝国主义法则，可是话到嘴边改了口。

“嗬，纯粹的经济法则！好像你从来不会给别人造成损失。”

郁文宗又一侧身子，丁楠又连忙压住他的肩膀。

“我给谁造成损失？”他愤愤不平地说，伸出一只手，向丁楠要香烟。“医生就在这里，你问问心脏会给肢体造成损失吗？要是不出钢，这个联合企业干脆关门好啦。”

“这么说，不以邻为壑，而是互相帮助，就成为不必要的啦？”

“我这是企业，不是慈善机构，不讲施舍，不讲仁慈。收起你那些资产阶级的辛提门特吧！”

“对不起，我不懂什么是辛提门特。”向明辣辣地说。

“多情善感，柔情绵绵，随你去翻译，去正名好啦！”

郁文宗说到这里，激动起来，不顾丁楠的阻止，一翻身子站了起来。已经凝固了的黄蜡，带着纱布掉在地上了。丁楠连忙弯腰拾起来，一面说：

“你看你，你看你，有话好好说不行吗？有啥好激动的！”

郁文宗稍稍克制了自己，可是心里对向明很不满意。他觉得这个老朋友是站在一个局部，而不是站在全局看问题。按照郁文宗的思想逻辑，既然这个黑色冶金联合企业的最后成果要看钢产量，那就必须树立以炼钢为中心的整体思想。炼钢是心脏，是神经中枢。这是生产的客观要求决定的，不是主观想象的东西。这样，所有其他单位生产工作的好坏，要看服从和满足炼钢的需要和要求而定。只要这一点成为法则性的，那么炼钢这个中心环节就可以把联合企业的整个链条带动起来。这就是他的“炼钢中心论”，说的完全一些，就是“以炼钢为中心，带动四面八方”。他日常讲的是这个，实行的是这个，想要影响市委决策的也是这个。市委内部很有一些同志同意他的观点，但是他从上下左右，从炼钢厂内部，都遇到了反对和抵制。没有人就这个问题进行公开的讨论和辩论。矛盾的思想产生了行动的矛盾，摩擦和对抗就在日常工作中表现出来。他没有想到，爆发点是在炼钢厂内部，而导火线就是这一次职工代表大会。

他坐在床沿上，扔掉香烟头，穿上丁楠给他拿来的衬衣。向明也退回到椅子上，呷了两口茶。

“平心而论，”郁文宗放低了声音，“对炼铁厂的罚款有过头的地方。”又提高了声音：“但是矫枉必须过正，不过正不能矫枉。割得痛一点，警惕性也高一点。”

向明的脸上露出苦笑：“好吧，我打掉了门牙咽到自己的肚里。侍候不好老爷工厂，我认罚就是啦。”

“什么老爷太太！”郁文宗忍不住跳起来，“就是拿这些辛提门特来压迫我！”

“好好谈，好好谈！”丁楠在一旁泼凉水。

“不要紧，”向明向丁楠微微一笑，“我们俩好了二十年，也吵了二十年，不是冤家不聚头嘛。”

郁文宗又坐在床上，冷静下来，又点起一支香烟，吸了两口。

“你不用难受，很快就会好啦。一定有人向你卖弄温情，拥抱你，同你亲嘴，向你身上抛洒仁慈的圣水，因为郁文宗这个讨厌的人要离开炼钢厂啦。不，应当说，要被人家一脚踢开啦。”

向明听了这种嘲讽的调子，也就用嘲讽的调子回答他：

“哟，这才真正是伤感啦，要退出历史舞台啦。”说到这里，他收起嘲讽的口吻，变得严肃了。“老郁，不开玩笑，不说俏皮话，我不了解你们那里的情况，不过我还是为你担心。”

“你担心啥？美国的原子弹还没投下来，地球还在它的轨道上转，我还是照样吃饭，吃得很饱也很好。”

郁文宗扔掉烟头，站起来，在屋子里绕了一圈，从地板上拿起一对铁哑铃，平伸出去，又高高地举过了头顶。从挽起的衬衫袖子里露出胳臂上的栗子肉，看来他是一个有运动素养的人。

向明两眼定定地盯住他：“吃得越饱，睡得越坏，对不对?”

“可不是嘛，”丁楠接上说，“昨儿晚上在床上又翻滚又喷气，闹腾了大半夜。”

“你少说一句行不行!”郁文宗瞪了她一眼。

丁楠很怕在这时候惹翻了丈夫，赶忙闭了嘴，可是同时瞥了向明一眼，向他一撇下嘴唇。

向明慨叹了一声：“老郁你病啦!”

丁楠双手一拍：“啊，你看我糊涂不糊涂，”她对向明说，“我心里乱糟糟的，叫你到医院空跑了一趟，也忘了让你检查病。”

“是啊，是啊，”郁文宗得意地说，“咱们两个中间有一个生病的。”说着又连连举动铁哑铃。胳臂上的栗子肉跳动起来。

“好吧，不争论谁病谁不病，”向明说，“不过，你最好别让我打哑谜，这不是你的性格。你究竟为什么要离开炼钢厂？或者照你说的，人家为什么要踢开你?”

“我要是能讲清楚倒好啦。你认为所有的人都是把事情摊在桌面上么，你认为只有明枪，没有暗箭吗？我刚到厂的时候，开三个炉子，日产不到一千吨，现在开六个炉子，日产超过两千四百吨。好啦，我成了罪人啦，无一是处啦!”他越讲越激动，把一对哑铃扔在地板上，好像抛出了两个手榴弹，咕咚一声，把向明跟前的茶杯都震得跳动起来。“我对外关系上错啦，我对内关系上，对工人，对干部，都错啦，对上级也错啦。我体无完肤啦，我头顶上生疮，脚底下流脓啦!”

向明看他激动得嘴角喷出白沫，胸膛里一起一伏，好像在拉风箱，觉得再说下去，只会使郁文宗大放冤气，不可能冷静地谈问题。他心里盘算，必须先摸清底细，觉得有必要先同钢厂的书记谈一次。他同时也觉得，老郁好的方面，刻苦钻研的精神，敢想敢干的魄力，都是在钢厂起了好作用的。但是不好的方面，好走极端，思想方法上的形而上学，自负和自是，正在发展起来。他正站在十字交叉的路口，脚下是一个泥潭。如果他自己看不清楚，别人也不帮他擦擦眼睛，他有可能一脚踩到泥泞里去。

5

向明离开郁文宗家的时候，已经是晚上九点多钟。一阵风过去，有一些树叶子轻轻地飘落下来。这是一年中最早的落叶。向阳衬的小马路上已经没有人。远远近近是一片忙乱的秋虫叫声。他禁不住秋风的凉意，身上起了一阵鸡皮疙瘩。他走进家门的时候，看见阮文会刚刚洗完头，浓密发亮的头发正披散在肩上。她正在灯下看当天的报纸。

“美国军队向北推进得很快啊!”文会对走进来的向明说。

“是啊，目标还不就是中国吗？呀，好冷!”向明抖动着身子说。

文会马上站起来，给他倒了一杯开水，要他喝下去。

向明捧着杯子，又说：“看来他不想给我们喘气的机会。打就打，打完了再建设。不过刚把高炉舞扎起来，扔开它从心里舍不得。”

“就是，”文会微微一笑，“看来只有穿草鞋的人不怕打游击，穿皮鞋就要可惜他的皮鞋啦。你同老郁谈得怎样？刚才钢厂的老刘打电话找你，说你和老郁是老朋友，想同你谈谈。”

“那好，我正想找他呐。亭亭呢?”

“你自己看看吧。”

两夫妻来到里间。向明看见小女儿伏在床边上睡了，一条腿在床上，一条腿拖在床下，手里拿一本小人书。

“不让我碰她，要等你回来讲故事。”文会笑着说，声音里是溺爱的调子。

向明弯腰亲亲女儿，替她脱了鞋子，把她抱上了床。

“老郁到底是怎么回事?”文会拉被子给女儿盖上，“听说他在党委会上同老刘崩啦，说老刘整他。我看啊，这样有理也输了三分。”

“你也知道啦?”

“早传到市委去啦。”

向明长叹了一口气，赶忙拿起床头的电话，拨了一个号码。钢厂的刘朴住在招待所，因为他的爱人还没有调来。

“不，还是我去吧，”向明对着耳机说，“几步路嘛。你等着吧，五分钟以后见。”

“你去也好，可以主动地早点回来。”文会说。

向明走了以后，文会仍然来到外间，继续看报纸，一面挣起耳朵听外面的动静。外边只是一片秋虫的唧唧声。她一直等到十一点，才听见了熟悉的脚步声。

向明一进门就说她，怪她不早早休息。

“嗬，我没说你，你倒先发制人啦!”文会做出一个苦笑。“你为朋友出去奔跑，我晚睡一会儿有什么？再说，不放心躺下也难受。老刘谈得怎么样?”

“我看问题不小，”向明说着，打一个寒噤，“好冷!”

文会伸手摸摸丈夫的前额，觉得有些烫手。她推他来到里屋，要他躺下，给他试试体温表。是摄氏三十八度半。她给他服了一片APC，逼他灌下一大杯开水，给他盖上被子，然后自己也躺下。

“躺着慢慢讲吧，”她说。

向明先讲刘朴怎样朴素，住在招待所一间三角形的小屋子里，一张床，一张桌子之外，别的什么都没有，倒有六大箱子书。桌子上摆的又是《列宁主义问题》，又是《毛泽东选集》，又是《中国近代史》，又是《炼钢学》、《金相学》。看来这个同志很好学，真应当向他学习。

文会怪他讲了半天只是些花絮，没讲到正题上来。

向明轻轻一笑，把两只胳臂从被子里伸出来，但是受到文会的斥责，又赶紧缩回去了。他说：

“事情很多，分歧很多，也很复杂。不过照我同两个人谈的印象，问题主要在老郁身上。我总的印象是老郁没有好好执行七届二中全会的决议。”

“事实都还没摆出来，就先把结论塞给我，我能接受吗?”

“你等等，啰啰唆唆反而讲不清楚。等我脑子整理一下。”

文会把枕头垫高，歪脸看着他。向明两个眼睛定定瞅着天花板，想了一会儿，说：

“概括起来，是这么几个方面：一是厂党委向市委汇报，要是涉及行政上的问题，老郁就说是向他放冷箭。你说这不是把党内的正常生活看成庸俗的东西了吗?”

“你先不加批注行不行?”

“行，行。再就是老刘向他反映工人的意见，他说这是尾巴主义，是解放落后思想。要是党委支持工人的意见，他又说这是煽动工人闹事。还有，老刘不同意老郁把老工人从重要岗位上撤下来。还有很重要的一点：老郁说工人觉悟还很低，不适于立即实行职工代表大会的制度。各厂都开职工代表大会，是市委的决定，他不能不服从；但是开会的时候，他简简单单讲了讲生产情况就下现场啦。说赔上开会赔不起，生产上出了问题只厂长一个人担担子。工人的小组讨论也不参加。党委开会讨论工人的意见和提案时候，他一扑拉袖子就走啦。老刘找他交换意见，他说是老刘发动群众整他，就崩啦！总之，党委对全厂的工作，对人员的使用，有什么意见，他都认为是干涉行政。按他的看法，党组织在企业里只可以保证监督，进行宣传教育，别的一概不必过问。他要老刘给他画线，什么是党委管，什么是行政管。这不是给人家出难题吗?”

“啊哟，是这样？要不是你说，我都不能相信!”文会说着，坐了起来。“你看老刘讲的有没有过分的地方?”

“我觉得不至于。老刘这个同志很实在，也很谦虚。总说没有做好老郁的工作，很抱歉。总说不会搞企业党的工作，具体工作也有缺点等等。我还没告诉你呐，老郁对待我们炼铁厂，简直好像是宗主国对待殖民地一样，说一不二。我们是附庸国，得给他进贡。”

“你这可是有点儿夸张啦。”文会笑着说，给向明掖掖被子。

“哙，夸张？还不及炼钢厂的工人讲的形象呐。有的说：‘党委讨论半天，不及厂长摇摇头，最后还得听他的。’有的说：‘见了厂长腿肚子吓得转筋，肚里有话不敢说，说了也得挨抠。’有的干部说：‘八小时工作好办，半小时调度会难挨。’七届二中全会是要加强党的领导，全心全意地依靠工人阶级，团结其他劳动群众，争取知识分子，向三大敌人做坚决的斗争，同时恢复和发展生产。你看这哪里有这个精神，影子也没有啊！”

“真可怕！”文会在枕头上捶了一下，“要是人家说他同七届二中全会唱对台戏，他怎么解释？”停顿了一下，又说，“你想怎么办？”

“为了爱护，就得批评帮助。”

“他能接受吗？”

“看吧。”

“我真想不通，好好的一个同志，怎么能这样？”

“我开始也想不通，现在慢慢有点想通啦。炼钢中心，厂长中心，个人中心，炼钢第一，厂长第一，个人第一，三位一体，就是这么回事。党不在话下啦，群众不在话下啦，党的群众路线不在话下啦！”向明讲得激动起来，一掐被子也坐了起来。

文会连忙推他倒下，又给他盖好被子。

“看你这个人，研究问题嘛，有什么激动的？”

“现在有一股子潮流，有好些厂子闹党政工团关系，闹谁说了算。还发明一种理论，什么‘具体立场有所不同’。难道立场还有抽象的吗？立场都是具体的。你不站在无产阶级的立场，就站在资产阶级的立场。闹来闹去，结果拳头大的是大哥。哪里有一点共产党员的气味！你别说，老郁倒还是‘时代的产儿’呐，是‘应运而生’呐！”向明说着，脸上浮出一种苦笑。

阮文会听了，思量了一会儿，又说：

“你和老郁谈，一定得掌握好态度。虽然是老朋友，关系搞僵了反而不好说话啦。”

向明闭眼听着，好半晌没说什么。窗外是一片忙乱的秋虫鸣声。

“怎么不吭声，困啦？困了就不谈啦。”

向明睁开眼睛。“我在想，刚刚参加革命的时候，战争的年代，同志们的关系有多亲切。供给制，不分你我。也很单纯，有意见就提，有时候搞些非政治的批评，鸡毛蒜皮，很幼稚，但是有一股子向上的朝气。能说那时候的觉悟比现在还高？我看不能。现在水涨船高啦，人家都叫老干部啦。地位啊，资历啊，威望啊，都在起一种隔离作用。我要批评你，还得考虑你的地位啊，威信啊，要不就叫作影响了关系。去他妈的这个关系学！如果我这个人的一举一动不能符合党的原则，资历啊，地位啊，威望啊，又有多大意思？屁也不值！”

向明气哼哼地说完，翻了一个身，拍拍枕头，闭上了眼睛。

文会关了灯，想睡，可是脑子里跑开了走马灯，不能入睡了。外面的秋虫唧唧声更加叫得欢了。她听见向明发出匀称的呼吸声。她想起丁楠，这个好朋友现在一定是火烧心地难受。明天不管怎样得抽时间看看她。她讲什么郁文宗是不会听的。两夫妻虽然感情很好，在日常生活上老郁是很体贴她的，但在工作上却好像是上下级关系。她又想，郁文宗这个老党员，组织上是很器重他的，他如果是在日常工作上出点纰缪，这难免；如果路线政策上出了岔子，那就很不应该了，对不起党的多年培养。

她思前想后，多少年的事都想起来，越想越清醒了。她想起一九四二年，两对老朋友从南方到延安，那时真是多么单纯，思想感情是多么一致。过铁路封锁线的那天夜里，是月黑天。满天的星斗，银河好像是流到天边去了。铁路好像是两条水线，发着栗色的光，从跟前爬到远方的黑暗里去。碉堡的灯光好像是紧紧地盯在人身上的眼睛。伏在距铁路不远的青稞里，在等待预定的时刻。掩护过路的是地方部队。正好有一个士兵趴在文会身旁。看不清他的面孔，却能听清他小声说话的河南土音。他告诉文会不用害怕，夜里日本人和狗子军都不敢出来。不知道姓名，却又是多么亲密。这个年轻的士兵以为身旁是一个女人，却不知道她是经历了多次反“扫荡”战役的女战士。因为她身体不好，郁文宗和向明曾经商量，要用担架抬她过铁路。她坚决地反对了这种打算。她身板是弱，但也还不是伤号嘛。远处亮起刺目的光，觉得身子下面的土地在抖动，接着就听见轰轰隆隆的响声。一辆铁甲车开过来，向黑暗里盲目地打了一排机枪。枪口喷射出红色的火舌。铁甲车向前开去，留下刺鼻子的火药味。过铁路的时候，郁文宗和向明一边一个架她起来。她的脚尖没有点地，身轻如燕地飞过去了。后来又过一座被炸毁了的大铁桥。也是两个男同志的胳臂替她插了翅膀。当时丁楠就呼哧呼哧地走在旁边。三个人都认为照顾阮文会是理所当然的，是不言而喻的。多么亲密无间的同志关系，多么值得歌颂的思想感情的一致性。是啊，向明说的不错，那个时候单纯得很，相互之间有什么意见，指着鼻子就说出来了。有时候吵得脖子都粗了，但是过一会儿又好了。现在果真是地位啊，资历啊，在起一种隔离作用吗？宁愿扔开这一切身外的东西，保持住亲密无间的同志的情谊。

向明闷闷地翻了一个身，醒了，侧身看看文会，看见她在黑暗里放光的眼睛。

“你还没睡？”向明惊讶地问。

“想起好多事儿，睡不着啦。”

“我做梦啦，梦见和老郁吵了一架，气得我出了一身汗。”

文会微微一笑，探手摸摸他的前额，觉得汗津津的，凉沁沁的。他退烧了，她放心了。是一片药和一大杯开水起了作用，还是一场梦起了作用？也许物质的和精神的作用都有吧。她给向明掖掖被子，又下了床，来到女儿床边，把她伸出来的一条又细又长的腿捅进被子去。她回来盖好被子，下决心不再想了。

“快睡，有话明天再讲。”她对向明说。

外面是一片秋虫的叫声，忙乱得很，好像要给这清冷的秋夜添上欢乐的调子。

6

向明下半夜睡得很沉，一早起来的时候，觉得神志清爽。他告诉文会，如今天气凉爽了，要每天步行到工厂。按他的意思，两条腿跑路的本领无论如何不可以退化。如果真的同美国人打起来，还得用运动战加游击战消灭他，这就是说，还要两条腿跑路。

他走出门口，走进了浓浓的白色混沌里，好像有一层纱幔在他面前浮动着，滚卷着。潮湿的气味，枯树叶子混合着泥土的气味飘散开来，一阵阵冲入他的鼻孔。这时候路上只有很少的行人。听得远远的脚步声，却看不见人，一会儿，从白色的纱幔里一露脸，很快又隐没在乳白色的混沌里去了。

快要走到双桥洞的时候，向明看见一个模糊的影子。微微地驼着背，摇摇晃晃的身子拖着两条不太灵便的腿。这影像，这姿态，都像是宋老铁。向明紧走几步，果然是老铁。

“老铁师傅，你早!”向明和他走成了并肩。

“啊，厂长，你怎么不坐车?”老铁一早受了凉气，嗓子总有些沙哑。

“你不是也不坐车吗?”

“我幸亏这么跑啊，颠啊。要不，高炉早爬不上去啦。”

“就说的是，我也得趁早锻炼。”停了一会儿。“老铁!”

“嗯呐。”

“同你研究一个问题。”

“好嘛。”

“你年纪也不小啦，身板也不太好，是不是换一个工作?”

“我?我两眼墨黑，能干个啥?”

“能干的多着呐。工会工作，你能干。你的群众关系好，干啥大家都能拥护。或者到厂部来也行，专管全厂工人的生活福利。你懂得体贴工人，能把钱花在节骨眼上，不浪费。这你还不是稳拿吗?再不，就管设备，管大修。高炉都在你肚里装着，你那本账最清楚不过。工作有的是。你自己考虑考虑，干什么合适。我在党委会上一提，通过就行啦。”

老铁听了，心里一热。这个老同志可真是体贴老铁，看重老铁啊。他说:

“厂长，要服从分配，你指哪儿我打哪儿。要让我自己考虑，这里没有外人，我求求你，还是把我放在炉子上吧。我有个决心，走不动，爬也能爬上高炉。我就是有这个毛病，一天不叫铁水烤烤，浑身的皮都发紧。”

向明听老工人说得这么猴急，这么认真，心里也一热。

“那，好吧，这个咱们以后再说。”

他又问老铁，觉得这次职工代表大会开的怎样。老铁说受了很大教育，又说工人们议论：真是毛主席教育出来的好干部，当着这么多人，给人家指鼻子骂，还是面不改色。

“你当了我心里不难受？”向明做出一个苦笑，“稍微有点疏忽就出问题，简易住宅不就是这样吗？人家批评得对嘛。”

“我才不相信那些私人营造厂呐。有几个老实的？呸！”老铁愤愤不平地吐了一口，“一门的是驴屎蛋子外面光！你睛好吧，冬天一上冻，开春一开化，一翻浆，不定出什么漏子呐。”

“这么说，你很懂行啊。”

老铁嘿嘿一笑。“哪个工人没搭过小马架，哪个工人没砌过鸽子笼？大小是一个理嘛。”

向明点点头，告诉老铁，想在党委的直接领导下成立一个关于简易住宅施工的调查组，请几个公正的老工人，也请一两个家属的代表人物，想要老铁当组长。

“那我不成了人家嗓眼里的鱼刺啦？”

“为了工友们的生活福利，这根刺不能不当。”向明亲切地笑着，在老铁厚墩墩的肩膀上拍了一下，就算讲定了。

他们两个走到高炉跟前就分了手。老铁走上了他的一号炉，向明就先上了二号高炉的天桥。

在高炉值班室的是技术员宫之奇，他正站在墙跟前，在察看煤气流量表。听见脚步声，回头见是向明，这个平常不言不语的青年忽然打开了话匣子。

“向明同志，这一次职工代表大会开的好。都铆上劲啦！这两天值班室，炉前，沟下，卷扬，都配合的好，我忽然觉得工作省力多啦。炉子也好，料下的刷刷地!”

向明看他的眼仁儿放光，一脸兴奋的神气，不由得笑了。

“好啊，好啊，得想办法把这股子热乎气巩固住。”

“有门，向明同志，有门。一号高炉把三号焦炉的焦炭让给我们啦，这对我们是一个很大的推动。再不把炉子搞好，脸得蒙在裤裆里啦。”

向明听了，眼仁儿里也笑开了花。他知道三号焦炉的焦炭质量最好，原来是全部供应一号高炉的。他想，你只要不断地做工作，不是这种因素就是那种因素起作用，形势会出乎意料地好起来。当前职工代表大会的因素却不是偶然性的。看来群众路线越走得好，企业的民主越发扬得充分，劳动者的主动性和积极性就越高。可惜老郁还没有承认这一点。当向明走过一段栈桥，从二号高炉来到一号高炉值班室的时候，看见罗明立正伏在桌子上写什么，那么用力，好像他手里的不是一支钢笔，倒是一根杠子。

“哟，大罗写文章啦。”向明开玩笑说。

罗明立抬头，见是向明，连忙站起，龇出两排白牙。

“我肯定犯错误啦!”罗明立没头没脑地说。

向明用疑问的眼神看着他。

“我整个和你说了吧，厂长，”罗明立吞下一个大疙瘩，“我和江有声几个人一合计，不能一个炉子搞试验把全厂都拖住啊。把好条件让出一些去，让二号炉把产量搞上去，背黑锅我们一个炉子背好啦。一高兴，就打电话告诉二号炉啦，可还没有向你请示。”

“这是先斩后奏啊!”向明故意装出一脸的严肃。

“是，肯定!”罗明立以为向明生气了。

向明在大罗的背上捅了一拳，笑着说：

“好，斩的好，也不用奏啦。我整个和你说了吧，这种主动性比啥都宝贵。你想想，党把我放在这里工作，我能样样事都去问市委吗？那不是把上级党推向事务主义的泥坑吗?”

罗明立笑了，他那深眼窝里的大黑眼珠发亮了。

“可是有一个问题，我们吵吵了半天，也没有统一起来，”大罗又说，“咱们这个试验，究竟是快中求稳，还是稳中求快？”

向明点点头。“好，这个问题提得好，可见你们在用脑筋。我脑子里也在转这个问题。我看啊，不能开一个万应的单方。按当前的情况，用百分之八十的烧结就悬挂，闹得人仰马翻。用百分之六十就好些。为啥？规律性的东西还没掌握住。这样，与其突进，不如稳扎稳打。你知道，从前打仗，只要有可能，每个战役之前，都发动士兵来讨论，这叫军事民主。现在生产的民主发扬得怎样？我看还不够。这次职工代表会给了我很大的启发。刚才讲到的是一个生产方针的问题，好比拿一个碉堡，是硬拿，巧拿？我看最近两天就在全炉展开讨论。”

向明离开值班室，又到炉前转了一圈，看看情况还比较顺利，放心了，就又跑下高炉，越过两道铁路运输线，走上一道又窄又陡的铁梯子，推开调度室的门，耳朵里立刻是一片喧闹的声音。

这是一间长方形的大屋子，一边有三个大窗子，每一个窗前都有一台调度电话，上面的小红灯放出晶莹的光，一会儿灭了，一会儿又亮了。调度主任正坐在一台电话机前，探出身子，两个拐肘支架在台子上，向话筒里诉说着，申辩着，恳求着，反驳着，抗议着，总之，是用人类迄今为止所发明的一切语言方式，声音一会儿高得激昂得好像在向一万人发表演说，一会儿又低得柔和得好像在同对方谈情说爱。这真是可惊，职业的需要竟能把一个人的舌头和声带训练得这样变化多端。他的手势也很丰富，一会儿把手平推出去，似乎要推倒对方；一会儿把手用力一摆，似乎这样就能把对方的要求排除开；一会儿又用手指头点打点打，似乎一下子就点到对方的心里边去。随着声音的抑扬顿挫，他的头一会儿是高高地抬起来，一会儿又低低地俯下去，一会儿摇头，一会儿点头。他简直就是一个很好的演员，在训练自己的各种基本动作。不过他的脸一直板着，除了筋肉的动作之外看不出什么表情。这也是可惊的，一个人竟然把自己训练得不管是声嘶力竭，或者是喁语绵绵，都能丝毫不动感情。他的确是不能动感情的。如果动了感情，用他自己的说法，早就到朝阳沟去了。朝阳沟是埋死人的地方。

他见了向明，也顾不上打招呼。他好像是一个全副铠甲的将军，骑在战马上，便是见了皇上也不行礼，所谓“甲胄之士不拜”。另外三个调度员也都是他带出来的徒弟，都已经把老师这一套看家的本领学得惟妙惟肖，只是还没有到炉火纯青的地步，有时候还不免动肝火，伤真脾。

这里是一个真正的战场。就是靠这几台电话的千丝万缕的线，同运输，同选矿，同炼焦，同炼钢，同电厂，同给水和给气，同计器，同机修和电修，同联合企业这个大机体的每一系统、每一部分发生着联系。没有这种联系，高炉就好比一个人断绝了呼吸和营养的来源一样。在这里，每天上百次上千次的诉说、辩论、争吵，都是为了一个目的，让高炉有得吃，能呼吸。让这些大肚子鬼吃饱吃好，呼吸顺畅，可真得经过殊死的战斗啊。吃饱了，消化了，还得能排泄出去呐!

向明看看在这一片喧哗声中没办法谈话，就拍一下调度主任的肩膀，要他一起来到他的办公室。

向明让调度主任坐在圆台旁边的沙发上，他却靠写字台站着，两手抱在胸前。

“怎么样啦，还想辞职吗?”

“哎，算啦！不想辞啦。”

“好，好极啦!”向明高兴地说，“为什么又不想辞啦。”

“我听说他们开职工代表大会，会上批评了这些损人利己的办法。”

“你也听说啦？消息可传的真快!”

“可不是嘛，谁还没带个舌头，谁还没带个耳朵。”

“你听了有什么感想?”

调度主任在自己膝盖上拍了一下，“我算出了一口气!”

向明点点头，微微一笑，走过来坐在他对面的沙发上。

“我看不必出这种小气，要出就出大气。一个人，一个厂，受点委屈，受点损失，算不了什么。我高兴的是，在工人阶级的先进分子中间，总有人坚持社会主义方向。你想，一个人要是自己吃饱了就不管别人，这同猪有啥区别！一个厂要是只顾自己的上缴利润，不管别的单位的死活，这同资本家的工厂有啥区别！一号炉把好焦炭让给二号炉啦，你知道吗？”

“我怎么能不知道。”

“你觉得怎么样？”

“好。”

“不是一般的好，是大好特好！”向明兴奋地站起来，又靠在写字台上。“这才是无产阶级的气魄，像干革命的样子，不光是鼓捣几吨铁。也许还会有人骂一号炉，‘哼，试验还没搞好，还起高调呐！’我说挨骂也值得。谁要是不服，也来起个高调嘛。”

调度主任走了以后，小韩给他送来一叠文件。他不由得吐吐舌头，摇摇头。开了两天会，就压下了这么多纸张，真可怕的文牍主义啊。他一努嘴，让小韩把它们放在写字台上，却不去看它。他常常想，何必造成这么一种形势，要人们把大好时光消磨在纸头上。这些叫作文件的纸张，充其量只有十分之一是言之有物的，其他大多是官样文章，有的明明三句话可以说完的，也拉一个大架子，非说上三十句不可。少一点官样文章，多一点切切实实的工作不好吗？

他从一睁眼到现在，整整三个多钟头没有停脚，也没有住嘴，但是心里一直牵挂着郁文宗。这个老朋友一条道不走到黑是很难回头的。他向钢厂党委打了一个电话。刘朴告诉他郁文宗没有去上班。“这真不像样子！”他心里说，可是知道，要想和郁文宗一次谈通是不可能的。他想出了一个馊主意。

他打电话要了一辆汽车。听见汽车喇叭的召唤声，急忙跑出了办公室，开车的是贾二立。他要他全速行驶。贾二立很高兴得到了一个表演技巧的机会。

汽车一直开到郁文宗家门口。向明跳出车子，三步两步跑进了外门和内门，看见郁文宗正仰在沙发上喷烟圈儿。郁文宗看见来的是向明，实在出乎意料，一下子跳起来。

“你来干啥？”

“现在没工夫讲空话，走走，先上班，问题以后解决。”向明嘴上笑着，脸上可是板板正正的。他不容郁文宗分说，从背后推着他就向外走。

“你发疯啦!”

郁文宗向他瞪起眼珠子，可是没办法抵抗这种热力。他鼻子嘴里喷着气，好像被绑架一样地上了汽车。

向明心里明白，只要推他上了汽车，他在司机面前是不好讲什么的，是个苦果子也只好咽下去。到了厂里，一台子戏他是不能不唱的。

“哼，香烟也没带!”郁文宗从鼻孔里喷出这句话。

“这好办。老贾，小卖店拐一下，然后直开钢厂。”

当汽车驰过了双桥洞，走上厂内的中央大道的时候，向明很为自己的冒险高兴。他看看表，故作轻松地说：

“老郁，你今天迟到了一小时五十分钟。”

“迟到?”郁文宗喷出一口烟，“这一年我哪天不是早七点到厂，晚……晚上更没有时候。”

“那是你自觉自愿加班。不管怎么说，当厂长的迟到总不好。”

汽车驰进了钢厂的大门。

这天晚上，当向明把他的“绑架”行为讲给文会听的时候，文会笑得前俯后仰。她想起了十多年前在老解放区的情景。老郁的性格执拗，在朋友中是著名的。有一次他得到一点钱，向明非让他请吃“三不沾”不可。郁文宗心里正不痛快，怎么也不肯。向明就是推着他上了路。那时都是二十出头的小伙子，这么闹着玩儿还说得过去。如今都是负责干部啦，还闹这一出，不是很可笑吗?

亭亭看妈妈笑的那样，也跟上大笑，不过她并不清楚妈妈究竟是笑的什么。

“不过这也不是办法啊。”文会收了笑说。

“本来是没办法的办法嘛。”向明说，“我得破上工夫同他谈。我看得摊牌，得开刀!”

“我很担心你们俩闹崩了。”

“崩了就崩了。他打也行，骂也行，我不能眼看他滑下去。那我还算一个老同志老朋友吗?”

“要不要先向市委汇报一下。”

“我是不赞成孩子哭抱给他妈的。能在下边解决，就不往上推。当然把情况汇报上去还是必要的。”

第十六章

1

“不配，真不配啊！才做了这么一丁点儿，就给这么大的荣誉。这得怎么干才好？怎么干也不配啊！除非是扛上一桶炸药，跑到前方，轰，把敌人炸死，自己也牺牲了……”

这是宋老铁心里的话。

他从接到去北京开群英会的通知，心里就不停地叨念。他是在全市的职工代表大会上被选的，选出来的一共是七个人。现在又用大红信封下来了正式通知。

九月下旬，天黑得早多了。五点过后，整个工厂区就是灰沉沉的。向明把他从炉前“赶走”了，要他早些回家准备。第二天一早就得到市总工会报到，会齐了立刻到省里去，再同全省的模范人物一起动身。老铁一路走着，一路心里叨念着。他有一种很矛盾的心情：到北京，能见到毛主席，这是做梦也不敢想的，可是半月二十天离开高炉，实在不放心。他组织起来的炉前节约队，每天能回收大约五百公斤生铁，日积月累，数目自然也不小。可是从出铁口爆炸以后，从开始试用烧结矿带来的减产，这个数目还是弥补不了的。这些日子，他又和配管工段一起研究节约高炉的循环水，据初步估算，弄成了每年可以节约十六万元。

但是节省钱不等于多出铁，所以他心里总还是不畅快。

他走到家门口，正好碰上云花和云先两姐妹出门，云花今天也回来得早。她为了爸爸去京，急忙吞下几口饭，要和妹妹一起去买东西。

老铁吃罢饭，刚放下饭碗，唐景秀就和一帮妇女来了，有沈佩兰、于秀枝、杜奎芝、盛玉华。唐景秀也去约过辛玉婷。辛玉婷正在洗头发，说一会儿就来，可是后来一直也没来。

老铁让妇女们在炕沿上坐了一长排，他自己却坐在门旁的一张小木凳上。看见这一批妇女中间的代表人物，从前是那么破衣烂衫，愁眉苦脸，如今穿的齐齐楚楚，脸上放光，有说有笑，他心里说不出的高兴。

唐景秀笑嘻嘻地说："老铁大哥，俺们来欢送你啦。"

"你看，你看，我实在不敢当。"老铁也笑嘻嘻的，把两只大手放在膝盖上。

"听说明天有上千人到火车站欢送，"快嘴于秀枝接上说，很怕别人把话头抢了去。"又是秧歌队，又是腰鼓队，又是彩绸队，可真是隆重啊。明天俺们这些家庭妇女就到不了你们跟前啦，今天先提前欢送吧。"

"不敢当，不敢当，老铁心里领啦。"

"也不光是欢送，"唐景秀又说，"还代表全山下村的家属，请你做一件事。"

"你说，你说，老铁累断筋骨也一定办。"

"累是累不着你啊。你这次到北京，准能看见毛主席吧？"

"都说能见到嘛。要是真能见到，我可是幸福的没边啦。"

"你见了他老人家，请你替俺们工人家属问好。你说，要不解放，俺们妇女活也不知为啥活的，死了也不明白是怎么死的。如今哪里都有妇女的地位啦，工厂的职工代表大会也参加啦，省里的妇代会也有人参加啦。"

"唏，毛主席哪有工夫听你这些！"于秀枝一撇嘴，显得下巴更长了。

“怎么不听，他老人家就是关心这些。”沈佩兰蛮有把握地说，说完脸上微微一红。

她们叽叽哇哇议论起来，少不了高声的欢笑和低声的慨叹。解放刚刚才两年有零，工厂变成这样啦，社会变成这样啦。要是把所有的高炉、平炉，所有的轧钢机，还有各处的矿山，都恢复起来，这社会，这生活，不是还要大变样吗？谁也讲不清会变成什么样，但是变是一定变的。从这里又讲到她们自己心情的变化。

“解放以前，老盼太阳下去，看一遍还是那么高，再看还是那么高，好像在那里不动啦。肚子里唱曲儿，只盼太阳早早下去，黑天黑地里倒头就睡。现在倒好，就怕太阳落下去，巴不得能多干点，可是一眨巴眼天又黑啦。”说这话的是杜奎芝。

关于这一点，最有同感，感受最深的要算唐景秀。

“对着咧，一点不错，”她说，“觉得啥还没干呐，又到吃饭时间啦。刚端起碗，又想起来，还有什么事没办。一眨眼，又该睡觉啦。头刚落在枕头上，又想起来，还有什么什么。”

“我啊，这些日子觉得自己好像变了一个人，”盛玉华说，眼睛盯在老铁的脸上，好像也要请他把话带给毛主席。“照老人的说法，脾气变了就快死啦，可我现在胳臂腿都有使不完的劲儿。从前觉得什么都不顺眼，把什么都打碎，揉碎，踩到地里边才痛快，现在也顺眼也顺气啦……”

于秀枝不等她说完就接上了：“还有脸说呐，可不把个老高踩到地里面去了嘛！”

“我愿意，你管得着吗？”盛玉华学于秀枝的样儿，撅着嘴说，“我把他踩到地里面，再抠出来，洗干净了，捧在手心里还是我的宝贝疙瘩！”

一句话把大家都招笑了。于秀枝是尽情地笑，唐景秀是端庄地笑，沈佩兰是抿嘴轻轻地笑，杜奎芝笑得用手捂住嘴，宋婶却是听不见声音地悄悄地笑。连老铁也忍不住嘿嘿地笑了一声。

唐景秀收住笑，一本正经地说：“再也想不到俺们那一口子，锥子也扎不出一声，也能当个职工代表，真不配啊。”

“你讲明白，是陈宝田不配当代表，还是你不配那个好丈夫?”杜奎芝打趣她。

于秀枝抢了去：“陈宝田能配上她吗？我心里老气不平。要是我啊，一脚踹开他，再另找一个。”

“你别说，金子银子我也不换啊，”唐景秀故意板起脸说，“难得的是实心没眼儿，靠得住。像贾二立那样，人倒机灵，又怎么样？我但愿夏玉芹没有那么一个丈夫，倒好。”

“你喜欢实心没眼的，赶明儿我把庙里的泥菩萨搬一个送你。”于秀枝用一句玩笑话为自己打了圆场。

“好啦，好啦，”唐景秀摆摆手，“别瞎扯啦。老铁，我来还有一件事。简易住宅的调查组刚刚成立起来，你又走啦，怎么办呀?”

老铁刚要答话，门开了，一下子又挤进来四个人，是罗明立，江有声，牟云开，梁端端。

梁端端这个带响的在后面砰一声关了门。

“哟，咱们迟到啦。就怪你!”她挖了罗明立一眼，“不忙，不忙。怎么样，叫妇女们抢先啦。”

罗明立一龇白牙：“好像你不是一个妇女!”

妇女们连忙站起来让座。

“别忙，别忙，”罗明立笑嘻嘻地说着，推梁端端到炕跟前，“你入大堆。”他把桌子上的东西往里一推，先跳上去坐好，又拍拍旁边的地方，让江有声坐。这时小牟已经坐在老铁旁边的门槛上了。

“老铁师傅，准备好了吧?”江有声说。

“有啥好准备的，去个活人就行了呗。”

“老铁叔，我问你，你肯定说走了放心不放心?”罗明立说。

“老实说，这心放不下。”

“哙，没有你地球不转啦?”罗明立故意用话将他。

“你放心，老铁师傅，我们保证干好，”江有声说，“刚才厂长传达了市委的意见，只要是炼低矽铁，眼前有一些号外铁也行，以后再一步步把质量搞上去。这是党对咱们的支持，当然咱们得尽力少出号外。平炉方面，市委认为暂时可以多加一部分冷料，这样咱们和炼钢的矛盾也能缓和一些。”

“好极啦!”老铁在自己的膝盖上重重地拍了一下，“党组织这么关怀，这么支持，咱们再干不好，拿什么去见人。”

“老铁师傅你放心，咱们一定能干好，”梁端端说，很有信心地扬起她的眉毛。“我保证每星期给你写一封信，向你报告高炉的情况。”

“好，好极啦。”老铁听大家都这样安慰他，心里感动的没法。

“不过有一个交换条件。”梁端端又说。

“你说。”老铁抬眼看定她。

“你得把在北京看到的，听到的，一样样都记在脑子里，回来给我们讲。”

“俺们也有这个要求。”唐景秀也接上说。

老铁拍拍自己的大脑门，“这个任务可不轻啊！行，我照办。”

“还得谈谈刚才那件事，”唐景秀抢先说，很怕把话题扯到别的方面去。“你走了简易住宅的事怎么办?”

“对啦，简易住宅……”罗明立从桌子上跳下来，四下看看，好像有什么秘密要讲，“工人中不少的人叽叽喳喳，说大新公司发了大财啦。”

在场的人都挣起耳朵，听他讲下去。

“可是仔细一问，又啥也讲不出来。”

“废话!”小牟找到一个开口的机会，“这谁不知道，早就是公开的秘密啦。人家是包工啊。不为三分利，他能起早五更？你得抓住他的把柄才行。”

“你真聪明!”罗明立顶了他一句，“我要是抓到把柄，还用在这里讲废话吗？我整个和你说了吧，这件事老娘们有用……”

“什么老娘们!”梁端端瞪了他一眼。这个南方姑娘最讨厌把妇女叫成老娘们。

罗明立连忙改口：“啊，对，妇女们最有用。家属主任多带人去，炕头一坐就是唠家常，破上工夫，唠上几天一定能捞到干货。”

老铁点头听着，刚要说什么，云花和云先两姐妹回来了。云花怀里抱一个大纸包。

宋婶坐在炕里边，朦朦胧胧地听着大家说话，一面轻轻拍着小女儿，看见两个女儿回来，发话了：

“怎么才回来？不知道大人不放心啊。”

“又不是去摸老虎鼻子，有啥不放心的？”云先说。

“你不知道，妈妈，在那里等着啦，”云花连忙解释，“要的帽子号，鞋子号，正好都卖光了。都关门啦，听说是到北京开会，现派人去仓库里去取的。呐，爸爸，试试吧。”

老铁最怕戴新帽子、穿新鞋子。高炉点火的时候，他受过一次罪，现在不得不再受一次。好在衣服是不用试了。点火时候穿的那套新衣服当天晚上就脱了下来，一直折得好好的，藏在木板箱里。

客人都走了以后，两个女儿不用爸爸动手，只要他在旁边看着，一样样都帮他打点好，衣服、鞋帽、挎包、洗漱用具，还有两件崭新的府绸衬衫，是云花用自己的工薪替爸爸买的。老铁把新衬衫掂在手里，止不住心里翻花儿。这女孩，这女孩，同她一起在街上推车卖菜的时候，她瘦得只剩几根筋了，那时只怕养不大她，如今漆黑的大辫子，红绋绋的脸腮上满是喜气，两个水灵灵的眼睛里也满是喜气，怎想她今天出挑成个好工人啦。

“哎，衬衫买蓝布的就好啦，耐脏。”

“脏了就洗嘛，”云花笑眯眯地说，“爸你没见吗？深蓝制服的领子里露出一道衬衣的白边，那多漂亮！”

老铁嘿嘿一笑：“漂亮？我结婚的时候要是有这个穿嘛……”说着，亲亲爱爱地看了宋婶一眼。

宋婶灯影里红了脸，禁不住抿嘴笑了。

“翻腾那些干啥啊。”

一家人刚刚要睡下的时候，忽然听见外面有汽车声。老铁心里正纳闷，这么晚了，还有谁到山下村来？又听见门外有刹车声和开车门声，接着就有人口叫门。云先跑去开了外门。一个人两手提满了东西，侧身子闪进门来，到了灯光里才看清是好久没来的贾二立。他把花花绿绿带封签、带金字的几个包包放在桌子上。

老铁后退了一步。两个女儿和宋婶都瞪大了眼睛。

“这是怎么回事?”老铁觉得奇怪。

“人家托我带来的，带着路上用吧。”贾二立笑嘻嘻地说。

“不不不!”老铁一口说不出一百个不字，“是谁?”

“大新的经理，小意思，没啥。”贾二立说完，转身想走。

“不不不！你怎么拿来的怎么拿回去!”老铁大声喊，气得额头的筋都跳起来。

“我汽车要回库。”贾二立急急地向外走去。

老铁急忙把所有的东西一搂，全都搂在怀里，跟了出去。这时贾二立已经上了汽车，给了火，开了闸，汽车开动了。

老铁紧走两步，把东西从驾驶室开着的小窗子推进去，稀里哗啦地落在座子上了。

“可恶，可恨，再不许你登我的门!”

开动了的汽车喷了他一脸烟尘和汽油味。

2

狐狸觉得自己很聪明。在乱草萋萋的荒地里，在黑黝黝的丛林的树穴里，它为自己挖好洞，用碎枝，用干草，用飞禽脱落下来的羽毛，把洞口掩蔽起来。它觉得很安全了，可以出外捕捉牺牲品而万无一失了，可是常常忘记自己还有一条尾巴。不管它的行迹多么诡秘，它有时候还是不免露出这条尾巴。

为了送给老铁的这些花花绿绿，这些隐藏在洞里的生灵们很花了一番心思，也经过了一场争论。

简易住宅的问题，虽然有些叽叽喳喳的议论，也有几处房子出了小事故，从康老二、贾二立的情报中也知道已经有了一个调查组，但是大新的经理是经过一些风浪的，是不怕什么的。上百万块砖，几十万片瓦，谁敢保证每一块、每一片都砌得、铺得合乎规格。当经理的能一块块砖、一片片瓦去检查质量吗？不可能！谁能保证地基不下沉么！不可能！简易住宅嘛。你出二百元一平方米的造价试试，我能给你盖成宫殿。你出五十元、六十元一平方米，我给你舞托起来，能住人，很好啦。二百元一平方米有多大的油水！五十元，呔，有多大油水？正因为油水太少，才不得不在某些方面捞上一把，作为一种补益。

至于施工工人中间有叽叽喳喳的议论，并且传扬开去，许志凡更是不怕的。穷棒子们啥时候有过满意？许志凡是同穷棒子们打过大半辈子交道的，他有经验。他们要是揭发出这样那样的事儿，如像克扣工资啦、克扣伙食啦等等，那都可以推到二包工身上去。最好的办法就是把水搅混，使你看不见底子。等水清了，水里的鱼鳖虾蟹早都溜得没影没踪了。

但是许志凡也不能不存戒心。他怕的不是关于简易住宅本身。有一个胡太印在。可以先拿他当挡风的墙，挡不住，再拿他当替罪的羊。不过现在是得加意保护这个宝贝的。除非到了迫不得已的时候，不能推倒这面挡风墙，更不能杀掉这个替罪羊。许志凡怕的是这一次弄不好，以后包不下别的工程，那就有油水也捞不到自己手里了。最主要的，他这个隐蔽得很好的“据点”也就不那么安全了。

康老二是不赞成送东西给宋老铁的。他说这老家伙不比胡太印。

“还是先别冒险吧，”他闪着眼皮说，“这个人是一个铁砣子、钢锭子，风钻也打不出眼儿来的，是铁了心的。他正红得发紫，又是市劳模，又是出席北京群英会的代表，上上下下都像宝贝蛋子一样捧着。如今又成了调查组的组长，他能不挖空心思同你作对啊。”

老板娘子或经理夫人和贾二立都站在康老二一边。

但是冒险家能不冒险吗？既然能把一个拉下水，就一定不能把另一个拉下水？可能有的快一些，有的慢一些，花的本钱也不能一样。火烧到时候，水总要开的，肉总要烂的。哪怕这个宋老铁是一把钢刀，也得试试他的刃快不快。他要康老二买了东西，交给二立。他的授计是当老铁不在家，只有老娘们和小孩在家的时候，把东西送去。老娘们不知道底细，是一定会收下的。如果小孩眼馋，动了指头呢？那就好啦。等到当家的回来，生米已经煮成了熟粥，看他还能怎样。老鼠还有不偷油的？猫还有不贪腥的？人还有不爱财爱物的？

贾二立虽然十分乖巧，这一次却忽略这个计谋中的主要东西。或者对他说来，他个人的某种需要比这个经理的使命还更重要。他到他需要去的地方鬼混了半天，恰好在老铁在家的时候把东西送到老铁手里。

他现在恨透了宋老铁，一面驾着车子驰过空空无人的马路，一面用最恶毒的话把老铁骂了一遍又一遍。“天杀的，挨刀的，该死的，有朝一日，我把你送上黄泉路，还叫你不知道小鬼是在哪里套住了你的脖子！”他是不能不恨的，他原来指望办成这件事，又可以把花花绿绿的票子塞进自己的口袋。

汽车兜起来的风把路边的枯叶旋起来，在街灯的光里翩翩飞舞。

3

宋老铁坐在南下的列车上，正从宽大的窗子向外眺望着。今天早上车站欢送的场面，一直还在他的脑子里浮动着。纷扬的彩旗，鲜艳的花束，兴奋的笑脸，活泼的舞姿，像雪片一样飘落在身上的彩纸片儿，像浪潮一样的歌声、喊声和鼓乐声，都在他的记忆里融为一体。现在一幅幅变化着的秋景又迎面扑来。多么富饶啊！那纵一块、横一块平铺到山边的田地，那一排排立在那儿的红褐色的高粱椽子。老铁小时候在乡下生活过，从来没见过这么多的高粱椽子。远远地还看见农民在割高粱，看不见人，只见高粱穗子倒下去、倒下去。谷子还没有割，一大片，沉甸甸的谷穗耷拉着头。忽然一大片绿色扑过来，这是一片秋菜。在与铁路平行的公路上，有长串的装得满满的骡马大车，鞭子在空中要着花儿。我们的国家真富啊，真富啊！一个城镇的车站飞过去。汽笛发出长鸣。又轰隆轰隆地过大铁桥。桥头上有一个兵飞过去。老铁清清楚楚地看见他在立正。这是他生平第一次看见一个兵向旅客列车立正。多么英雄的一个兵啊！老铁用敞开的心胸装下了这一切。

他的脑子里也像这眼前的景物在一幅幅变化着。罗明立他们虽然给他吃了定心丸，他的心可是定不下来的。他好像忘下了好多事情。要问他究竟忘了什么，他又未必说得上来。高炉好比他亲生的儿子，刚刚从大病里好过来，是好下去，还是会有反复，他心里是拿不定的。改进冷却水管的事情怎样了，李段长能不能抓紧？一会儿又想起贾二立送东西，一想就气，气得手都哆嗦，什么玩意儿，想拿那些花花绿绿堵老铁的嘴！老铁的嘴是堵不住的！除非是不喘气了。他今早出发以前，天蒙蒙亮就去把罗明立堵在被窝里，把事情告诉了他。大罗一听，也气得捶着炕沿骂起来。“这好，有文章，”老铁说，“贼不打自招，这里面一定有问题。”大罗答应向向明汇报这个情况。

代表们坐的是软席包车。老铁的对面是一个小伙，是有名的新纪录创造者。从他一上车，就不断有人来，有慕名来访问的，也有熟人来聊天的，也有同车的先进人物来同他交换经验的。每次来人，老铁总要站起来，热情地让座。后来竟然挤满了一车厢。他为了给别人让坐，就走了出来，站在走廊上向外眺望。有个头上扎一条新白毛巾，胸前插一朵红花的人来到他的跟前。互相通了姓名以后，那人热情地握住他的手，原来他从儿子口里听过老铁的事情。他的儿子是县城里的一个翻砂工。这个人有四十开外，晒得红红的脸，是农村互助合作运动的第一代农民。他告诉老铁，村里四十多户，他和另外四户是第一个穷棒子初级社。富裕农民都想单干，瞧不起穷棒子们的新花样。得给他们一点颜色瞧瞧！今年年成好，每亩地能比去年多打六七十斤。“多出钢铁吧，”他拉着老铁的手说，“出多了就便宜啦。现在农民买一个锄头得半斗高粱米，买一个铧子就得一斗多。穷棒子买不起啊。”

这天夜里，老铁翻来覆去想着这个农民兄弟的话，后来就在列车的摇晃中沉沉地睡过去了。睡梦里听见噼噼啪啪的枪响。他一骨碌爬起来，揉揉眼睛，看见站台上挤满了人。正有一长挂鞭炮在爆裂，淡蓝色的烟飘在人头上。原来已经到了天津站，真想不到这么快！又是彩旗、花束，笑脸和喊声。直到列车慢慢开出车站，还听见锣鼓和铜管乐声。

过了一会儿，服务员送来一大盘苹果和梨子，说是天津市慰劳代表们的。

到了，到了，北京快到了。从这时起，老铁心里的弦就绷紧起来。

北京站是怎么出来的，老铁完全不知道。他生平第一次看见这么红火的场面，他醉了。

他心里的弦绷得紧紧的，他要完满地完成工人和家属给他的任务，把一切都记下来，可恨眼睛、耳朵和脑子都太不够用了。

大汽车经过景山的时候，老铁看见朱红的高墙，金灿灿的琉璃瓦，红墙下面翠生生的柳树，壕堑里平平的水，燕子打着旋儿从水面飞过去。高耸在红墙上的，他看见玲珑剔透的亭子。他想这里面一定是毛主席办公的地方吧？他问邻座，那人很抱歉，不清楚却也很想知道。后来，汽车经过一座拱形的有白玉栏杆的大桥。车里有人大声给介绍了。这里就是中南海，是党中央所在地。啊，原来是在这里！人们都从窗子向外张望，老铁更是把头探出去。他看见平平的湖水，看见湖边浓密的翠柳，有点点的金瓦掩映在树荫里，树梢头露出飞檐。好，很好，这地方静，空气也好，毛主席办公累了在外面散散步也好。老铁美滋滋地想着，放心了。这时一个思想猛然来到他的心头，到北京第一件最重要的事是要有一张毛主席的像。

到了招待所，吃过晚饭以后，不管别人怎样劝他休息，他只是要上街。同来的四个人只得陪他一起到了王府井。他走了七家大小书店，但是一张毛主席像也没得到。他在最后一家书店里转着磨磨，问什么时候能有。柜台里一个扎辫的姑娘问明白他是来开群英会的，笑着对他说，全国来开会的这么多，画像准备的不够啦，要他留下地址姓名，答应晚上一定送到。老工人心里轻松了，出了书店门口，对四个同伴说：

“你们乐意到哪儿都行，我奉陪。”

但是回到招待所的时候，老铁心里又紧张起来了。大会秘书处的同志通知他，大会上有他的发言。

“罢呀，”他拉起这个同志的手，恳求说，“我肚子里没有一滴墨水，拙嘴笨舌，我怎么能出这一角啊！”

“也不用你的墨水，也不用你的口才。你上台一站，报上一个姓名，就说：‘高炉出铁啦，铁水淌得哗哗的。’我敢保一片掌声欢迎你。”

老铁可不这么想。讲不好，不是给钢铁工人丢人吗？听说还有外国的客人，传出去，说中国的老炉前工连话都不会说，这不等于给全世界的工人兄弟丢人吗？

别人有上街散步的，有在休息室喝茶的，有坐在院子大花坛旁边闲谈的。只有他一个人低着头，在院子的角落转磨磨，急了一头大汗。

他又把四个同伴拉到一起，说：

“我在这里老牛大憋气，越想越乱，抽不出一个头来。怎么办？我一个人的事好说，裤裆蒙着脸也能过得去，可这是代表钢铁工人讲话啊。杜工程师，数你文化最高，你帮我想个法吧。”

这位姓杜的是电气工程师，技术经验很丰富，绰号“马达医生”。电机出了毛病，他耳朵贴上去听一会儿，就能诊断出病情。这两年经过他的手，复活了一百多台大小马达，所以全市工人推选他出席全国群英会。

“嗨，我这点墨水你还不清楚？”杜工程师说，“我也是葫芦锯了把儿，没嘴的。这么着吧。你练练吧，俺们四个当听众。可以帮你提提意见，大伙儿凑一凑。”

他们来到食堂。这里一个人都没有，只有红漆的大圆桌在电灯下放光。五个人在圆桌旁边坐下，四个人面对着一个。

“好，准备好，就像正式开会一样，”杜工程师说，“现在请特等劳动模范、老炉前工人宋启良发言，大家欢迎。”

响起四个人的掌声。

老铁站起来，他的嘴唇也同时哆嗦起来。

杜工程师拍拍桌子。“嗐，这是练习嘛，讲好讲坏都不要紧，你紧张个啥！”

“你说像正式开会一样嘛，我心里也觉得是正式开大会一样嘛。”

是的，宋老铁是不能装的，是不能装样和扮演的。他一切只能是真的，实在的，确确凿凿的。

“这样吧，”杜工程师又说，“别拉架子表演啦，你坐下说吧，就像谈心一样好啦。”说着，从裤袋里掏出一条手绢，隔桌子扔给老铁，“把你脸上的汗擦擦。出铁口爆炸你也没哆嗦一下嘛。稳住神儿。”

老铁坐下。谈心行，他是最能掏心的。

他想了想，说：“主席，各位首长，各位同志，朋友！我叫宋启良，是一个老炉前工。我现在向大家汇报，高炉出铁啦，出铁啦！”他直盯着杜工程师，见他微微笑着点头，心里平稳多了，又说：“铁水哗哗地淌。俺们钢铁工人就是要把铁水钢水浇到美帝国主义头上去！他想霸占台湾？中国工人阶级不答应！他打朝鲜，想走日本的老路，叫他来试试！”他停了一下，想想，又说：“同志们，铁水出的可也不易啊。日本人，国民党，把高炉、平炉、轧钢机都破坏啦，好东西都偷走啦。工厂里一片乱草啊，到处是破钢烂铁。东洋大工程师说过：‘你们想修复高炉、平炉？算啦！至少也得二十年。不及扒了种高粱。’还说：‘支那大大的好，十年、二十年，我们定规地还要回来。’你听，他瞧不起中国人，他还不死心呐。”老铁说到这里，把衬衣敞开，好像是要放出满腔的怒火。他提高了声音：“怎么样？不出两年，咱们高炉出铁啦，平炉出钢啦，钢水铁水照的满天通红啊！自力更生，克服困难，是毛主席的号召，老铁到死也不能忘。俺们工人阶级有这个志气！（他平伸出两只大手）就凭老铁这两只手，俺们没有的就要叫它有！”

他说到这里，一面用手绢擦额头，一面担心地问：

“怎么样，行不行啊？”

四个人同时向他拍起手来。

“行，蛮好！”杜工程师放心地笑着说。他原来也是担心老铁一紧张就说不出话来。

老铁像一个打了胜仗的兵，挺着脖子走出了食堂。从这以后，他心里就一遍一遍叨念这几句话，准备用最高的声音讲出来。他一想到毛主席也能听见他的声音，心里就乐得没有边儿。

他回到房间，刚刚想躺下休息一会儿，外面有人喊，说有人找他。

他心里纳闷，他在北京没有熟人呐。他急忙走出门口，来到院子里。在昏黄的灯光里，一个女同志迎面走过来，手里拿着一个纸卷。啊，原来是书店的辫子姑娘，给他送毛主席画像来了。

她跟老铁来到房间，展开纸卷。这是一张彩色的毛主席画像，不是老铁平常见的半身的，而是一张全身的，穿着淡灰色衣服，背景是万顷碧波，一层浪花赶着一层浪花的大海。海平线上正吐出红光，红光正映在毛主席微笑的脸上。

老铁高兴极了，满意极了。这正是他要的毛主席像。他一连说了好几声谢谢，更没想到这个姑娘还带了图钉来。她站在屋子当中，向度了全室的方位，最后还是选中了迎门的墙，踩着凳子端端正正地把画像挂了起来。老铁感动极了。这样服务到家的服务员哪里找去？这是首都啊，是近在毛主席身边啊。

他请这女同志坐一会儿，可是她说还有事。他好像送高贵的客人一样一直送到大门口，又像是送一个近亲一样，恋恋不舍地站在门外，眼看她的背影，远了，远了，一直看她走到街口，转过街角，不见了。

他猛地想起来，在满心高兴中，竟然忘记问这个女同志的姓名。这脑瓜！他用自己的大拳头敲了一下。

原来在这里，在北京，有这许多不通姓名的朋友，不知身世的知己，没有血缘关系的近亲呐。

4

老铁是按分按秒盼到开大会这一天的。

他仍然记不清是怎样到的会场。他听说大会会场是在中南海的怀仁堂。毛主席和党中央就是在中南海办公啊！老铁就在毛主席的身边了，多么近啊！兴奋、感动、狂喜等等字眼已经不能形容这个老工人的心情和感情。心血管专家会在他的身上发现一种奇特的生理现象：他的心脏眨眼间好像停止跳动了，眨眼间又猛烈地跳动起来。外界这些图形、色彩、光影、声响，人们的活动、谈论、欢笑，好像不能作用于他的感官了。他记不清这一天是阴是晴，是冷是暖。他已经知道毛主席要在大会上讲话。他的心安定了却又是极端地不安定。他在按分按秒地盼着这一刻的到来。

他坐在第二排位子里，按对着主席台的方位讲，是稍稍偏左一些。他目不转睛地看着主席台上一排排空位子。位子后面是像火焰一样的红旗。静极了。他耳朵里什么声音也没有。不知不觉的汗水已经湿透了衬衣，贴在背上了。四外的门窗虽然都开着，但是灯光、人体散发的热，加上天气的温和，却使得大会场里很蒸人。他看见人们的眼光都射向主席台左面的门。这道门不太宽也不太高，是一道平常的门，没有值得特别注意的地方。他猛然醒悟了：毛主席一定是要从这道门进入大会场的。他觉得这道门特别明亮耀眼，好像门外有一个太阳，不知道电影摄影师是否正把上万支灯光照射在这一带地方。

会场里静极了。老铁竭力让自己平静下来，平静下来。他眼巴巴地等着，好像停止了呼吸。

忽然从门外进来几个人，胸前都挂一条红绸片儿。这是大会的工作人员。他们的到来带来一个信息。老铁全心全意期待着的这一刻就要到了。

靠门那边的代表们站起来，向前探头。他们一定是看见了。像一阵风吹过了全会场，全体代表都站起来了。忽然响起了海潮一般的掌声。老铁也用力拍手，同时眼睛一眨也不眨地向门望去。

老铁看见了许多认得和不认得的中央首长，像在电影上看见的一模一样，不过现在是实实在在的，是近在眼前的。他们都笑着，有的拍手回礼，有的向全场的人招手。

毛主席高大的身影出现在门口，在雪亮的光环里稍稍停了一下。欢呼声达到了高潮，大地都被震动了。代表们都没有移动，但是都尽力向前探出身子，踮起脚尖，想靠得更近些。老铁看清楚了，看真切了。浓密的头发，宽大的前额闪出慈祥的光辉，眼仁儿里笑着，眼光落到了全会场。老铁觉得他已经看见了自己，他后来用非常地确信向人们讲到这一点。眨眼间老铁觉得身上冷极了，他的心脏停止了跳动，忽然周身又热起来，连手指尖都好像在冒火。他不明白为什么会这样，只是清清楚楚地记得是这样的。他的眼睛有些蒙蒙眬眬了，但是他清清楚楚地看见毛主席稳稳地向前走来，抬起一只手向大家招呼。像海潮一样的欢呼继续着。

老铁这时完全忘记了自己，他已经化成大海里的一滴水，正翻腾在滚滚的浪花里，一层追逐着一层，向一个方向澎湃激荡。

现在老铁安心了，他同所有的代表一起坐下，安定了。从这时起，他的眼光一直没有离开毛主席。他猛然想起来，要把一切都详细地记下来，带回去。他四下看看。映入他的眼睛的人们也都像他一样，眼光都向上望着一个地方。

毛主席讲话的时候，他一字一字听得真切，觉得字字都是从自己心里说出来的。毛主席知道老工人老铁的心！三个作用：模范作用，先锋作用，桥梁作用，这评价可太高啦，这要求也真高啊。老铁一辈子到死也不能忘的。他还没有听够，可是毛主席讲完了。

他又一次像海水一样翻腾在激荡的浪花里。

听代表们发言的时候，老铁听得很认真，可又是断断续续的。他们的话把老铁心里的话都引出来了。他同意着，感叹着，发生着共鸣，评论着。“是啊，是啊，一点不错。工人不干活干啥呀！可是干活和干活不一样。老铁懂得当奴隶是怎么回事，也懂得当主人是怎么回事。给自己干活就是使不完的劲儿。”“着啊，老铁赞成！你煤炭工人在地球里面开战，我们钢铁工人在地面上配合。向着大生产进军吧！”“嘿，这个小女孩讲的多么中听！看她在一根线上为国家创造了多少财富。老铁这大年纪的时候懂得个啥？只知道像小驴崽拉磨一样，昏天黑地地替大肚子卖力。”

他猛然又想起来，最重要的是把毛主席的健康情况带回去。工人和家属最关心的是这个。他全神凝定地仔细地看，看得清清楚楚，毛主席的脸色红润，看不见皱纹，为这么大的国家、这么多的人操心，看不出操劳过度的痕迹。他正微微地笑着，头偏向左边，在同一位首长讲着什么。那位首长也笑着频频地点头。讲的啥？听不见。反正不外是国家大事呗，是世界大事呗。

忽然又想起来，自己还要在大会上发言呐!

从这时起，他又在心里一遍遍念叨想好了的那几句话。

他不知道自己是怎样走上的主席台。据杜工程师他们后来讲，他走得轻快极了，好像一步步踩在云朵上。他现在站在银亮的话筒后面了。他看见这么多素不相识可又是这么亲爱的人。一片红绋绋的脸色，都笑开了花。两千只眼睛都亲切地望着他，这眼光深极了，亮极了。

他想起了许多话，是深埋在肚子里几十年没讲的话。那时候没人听，现在有人听了。他要告诉这些兄弟姐妹，土老财怎样揭了他家的锅，他一家怎样离开了故土。哪里是什么故土难舍？天下的穷人哪里有一把土是自己的故土？一个担儿挑起了全家，走吧，天涯海角，越远越好。天下哪里有不吃人肉的财主？怎样快要饿断气的时候，一把骨头卖上了窑锅炉当小工。从那时候起，一滴血，一滴汗给中国老财、给日本老财干了三十多年，压扁了，榨干了，熬枯了！怎样在满天乌云里亮起了闪电。翻身了，站起来了。为什么心里每时每刻都在唱歌，为什么快到五十了还觉得自己是一个小伙子？这混混沌沌的脑瓜是谁打开的？这新生命是谁给的？是谁让老树开了花？是毛主席，是党！知道了无产阶级是怎么一回事啦。知道无产阶级要打断自己脖子上的铁链，要得到全世界。知道共产党是怎么一回事啦。现在自己就是一个光荣的共产党员。老铁站在这里，老铁不配。干得太少啦，不过是大海里的一滴水。荣誉太大啦，太大啦。只有扛上一桶炸药，到前方去，到台湾去，轰，炸死敌人，自己也把生命贡献出来……

但是他准备要讲的却都忘了。他现在要讲的太多，话一股脑儿都拥挤在嗓眼里，堵住了。

他看见全会场的眼睛都殷切地望着自己，他知道他们想的也正是他现在想的。他特别看见了少数民族座位上的一片眼光。他只认得发辫盘在头顶、露一只胳臂在外面的是藏族；头上戴小白圆帽的是回族；偏襟长衫、袖管瘦瘦的是蒙古族；短短的上衣、长裙子一直扎到胸脯的是朝鲜族。还有头上缠一块布的，绣花的帽子上插一根五彩翎毛的，前额上垂着银色的珠帘的，腰上扎着绣花围裙的，胸前一长串小圆镜子闪闪放光的，他都不知道是什么民族。老铁这个汉族工人是第一次同这些兄弟姐妹见面，不，是久别重逢。反动派把咱们一家人分裂开了，现在咱们又团聚在毛主席身边了。

老铁全心全意地拥抱了全体，和全体的脉搏跳动在一起了。他要把一肚子话向兄弟姐妹倒出来，可是一下子堵塞在喉头了。

"中国共产党万岁！毛主席万岁！"他用全身的气力喊出了这一声。

全会场里响起回声，像山鸣谷应一样震荡着。

响起了又一阵欢呼。

老铁看见所有的眼光都向他笑着。

所有的各族兄弟姐妹用排山倒海一样的欢呼接受了，同意了，批准了老铁的发言。

他感动极了，眼睛给泪水蒙住了。在他眼前是一个和谐一致的，心心相通的，伟大的整体。

5

在国庆前夕的国宴上，宋老铁又体验了一次如醉如痴的兴奋心情。这辉煌的处处都在放光的大厅，这馥郁氤氲、欢乐融融的气氛，这一台一台雪白的长桌子，桌子上一堆堆的鲜花，大圆盘里的山珍海味，叫不出名目，可是看那颜色就知道正在散出香味，这熙熙攘攘的中国来宾和外国来宾，都是一脸喜气，都在向四面八方招呼着，酬答着，这一切都在老铁的脑子里成为红火的一团。刚才进门的时候，他已经和中央的几位首长一一握手了。这时他看见人们每人拿了一个盘子，正用发亮的叉子、刀子、筷子向满桌的食物进攻。欢乐的交谈声，碰杯的叮当声在他的身边响着。老铁什么也没有吃，他觉得什么也吃不下，他正拿眼光在人空子里寻找着，他想再一次看到亲敬的毛主席。

他听说各地的劳模正分批向中央首长敬酒，唯独钢铁工人是按行业的。这种光荣的事情老铁是不会争着向前的，所以他一直向后退。但是按年龄，按同钢铁打交道的资历，人们都推他向前。他同三个老同行走在最前面，别人都随后跟着。

各种玻璃器皿的反光，这姹紫嫣红的鲜花，早就迷乱了老铁的眼睛，但是在碰杯的清脆叮当声中，他还是看清了毛主席的面容。这一次更贴近毛主席的身边，更证实了他上一次的印象。毛主席一脸红光，实在是很健康啊！他觉得幸福极了。老铁也把杯子送到唇边。他幸福极了，他忘记了喝酒，可是酒杯也干了。正当他向上看着毛主席，在这一分钟里眼睛一眨也不眨，幸福涨满他胸膛的时候，他的酒杯歪了，琥珀色的酒顺着他的手腕流进了袖管。他当时根本不知道，后来觉得袖子是湿的，闻闻有酒味，细细一想，才想出来是怎么一回事。

同伴们也都像他一样地觉得幸福极了。幸福的时刻是欢饮的时刻。都擎起斟得满满的酒，走来同老铁碰杯。碰吧，开怀畅饮吧！欢笑声，喁喁的谈话声，悠扬的音乐，叮叮当当的碰杯声，充满了宴会大厅。老铁不知道这甜丝丝的酒竟然有这大的劲。他灌下了五杯，觉得头有些旋转了，连忙找一个角落，在一张沙发上坐下。很想眯一会儿，可又不好意思闭上眼睛。有一个人大概也想躲清静，来到他的跟前。

“你有点醉啦？”那人说。

老铁微微一笑：“还好。”

但是悠悠忽忽的眼神说明他的确有了几分醉意。

“吃点水果解解就好啦。”那人又说。

是啊，老铁正觉得口里发干。他来到大长桌子跟前，看见高脚的大玻璃盘里有紫盈盈的葡萄、黄灿灿的梨子、红艳艳的苹果。他想梨子最解渴，拿了一个，回到角落里，吃完了。梨核往那里扔呢？看看这提花的大地毯，这铺了绣花白台布的台子，扔上去不弄脏了吗？不能造成浪费啊！他悄悄地把梨核放进了上衣的口袋。后来有两年多，一批一批的红领巾请他讲参加群英会的经过，当他们听到他怕弄脏地毯和台布，把梨核放进自己口袋的时候，每次都发出清朗的笑声。

这天晚上，他回到招待所，见到服务员，第一句话就问有没有信。没有。他不由得心里骂梁端端：“这丫头，看着挺好，不想也是个讲空话的!”同伴们看他不高兴，问明了情由，笑他太心急了。出来才五天，截头去尾，有信也还到不了啊。他们以为他是等家信，却不知道他最放心不下的还是他的高炉。

这一晚上，代表们都体验了像老铁一样的兴奋心情，快十一点了都还不想睡。有坐在院子里的，有在大屋子里的，有靠在走廊柱子上的，三三五五，都在讲自己的感受。老铁坐在走廊的矮栏杆上，听着，心里呼应着，可是啥也没说。他知道要是一开口，话还是会堵在嗓眼里的。后来经各组组长一再催促，才各个回了房间。

老铁躺在床上，翻一个身，睡不着，再翻一个身，更是清醒。他的心里太满了。这两天他见到的听到的，一件件出现在他的眼前，比当时还更清楚。外面街上，一阵阵地鼓乐声和歌声像旋风一样地刮过去，有雄壮的男声，也有嘹亮的女声。这是四面八方汇向天安门广场的人群，他们要在那里跳舞，唱歌，彻夜地狂欢。老铁瞪大眼睛，从大玻璃窗望出去。有几十道蓝色的长剑从地面一直插入高空，交叉着，移动着，劈开了夜幕。在东边的天上，从方位上猜度，大概正是天安门的上空，紫盈盈的光，橘红色的光，黄澄澄的光，互相辉映，好像是从天安门城楼上升起的彩霞。好辉煌灿烂的天空呐!

和老铁住同屋的是一位太原的代表，他也在不住地翻腾。

“老宋师傅，睡不着吗?”老西说。

“嗯，睡不着。”

“心里发热?”

“嗯，热。”

“你是喝醉了吧?我带的有山西老醋，喝一口解酒最好，我拿给你。”老西说着就要起来。

“不用。我是有点醉了，可不是喝多了酒。”

“这是怎么说?”

“我是高兴的醉啦，感动的醉啦。”

“就是，就是，一点不错。”老西大有同感。

老铁又一次讲了他心底的那句话:“干了这么一丁点，得到这大的荣誉，不配啊。今后得怎么干啊？怎么干也达不到党的要求。只有扛一桶炸药，到前方，到朝鲜，轰，炸死敌人，自己也牺牲在那里。”

“就是，就是，一点不错。”老西说。

老铁怕影响人家，不翻身了。老西以为他睡着了，怕惊醒他，也就一动也不动了。

可是老铁没有一丝睡意，他瞪眼望着外面辉煌的天空，和毛主席谈心整整谈了一夜。

毛主席，毛主席，老铁思前想后，心里就是一句话：不配啊。没想到有今天，更没想到今天是这个样子。解放以前，只知道天下有穷人，有富人。穷人为啥穷，富人为啥富，可就不清楚了。从记事的那天起，眼里见的，耳朵听的，没一件让人舒心的事。奶奶活着的时候，常说：“吃糠咽菜生就的命，骑马坐轿修来的福。”爸爸不服，说：“有钱的王八坐上席。”又说：“杀不得穷人致不得富。”究竟谁说的对，我那时也弄不清楚。

我家是河北，离开古长城是六十里，离开海边也是六十里。我从小算起，死三次都没死得了。俺们村里一共是七十六户，贫雇农就占六十八户，这里面有十八家是拖讨饭棍子的，十八根讨饭棍子里就有我家的一根。我爸给人家苦干一年，挣的粮食不够一家人吃三个月的。大雪封地的时候，娘只好拖着棍子出去。不知道走多少家，才能要到一点点残汤剩饭。从人家的柴草垛上抽一根高粱秆，一折为二当筷子，从破瓢里扒两口，想想家里还有一大仨小，咽不下了。我和两个小妹妹偎在炕上，出不了屋，为的是没有裤子穿。在窗纸上捅一个窟窿，一次次向外瞅。娘一进屋，俺们都像小燕子一样张开嘴，从破瓢里抓起冰块块就往嘴里塞。娘说：“等一等，我生把火热一热。”饿狠了，哪管是冷是热。

爹求人说情，送我到魏老财家去放牛。那时我九岁，站起来刚有牛耳朵高。六条牛，外加两条驴。牛脾气和驴脾气，那能合得来吗？我看住牛，驴跑了，找到驴，牛又没影了。满山都是石子，石砾子里长出棘刺。我可腿可脚拉的都是血口子。魏老财的小儿子也是九岁，在镇上念书，每天有一辆马车去送他。车上有脚铃。每次碰见我，他故意把脚铃踩得山响。看我急忙躲到一边，他就嘻嘻哈哈地笑。有一天他忽然到山上找我，要我帮他捉蛐蛐。我替他找到一个全须全腿的，他高高兴兴地去了。可是我的驴呢？我前山后山，直到太阳落山，才找到一头驴。我把六头牛和一头驴赶回家去，又回到山里。天黑了，梢林里一片呜呜叫的声音，吓得我头发根都竖起来。我不敢上山，坐在石砾子上整整哭到天傍亮。长工李大叔找到我，把我藏在长工屋。这天傍晌，李大叔说驴找到了，可是在石崖子下面摔断了腿。又说大伙正向老财求情，求下来是我的造化，求不下来就悄悄溜回家去算啦。九岁的孩子懂得什么，只觉得闷得慌。听见外面闹闹嚷嚷，从土墙的小窗向外一探。一群小孩围着一条躺在地上的驴子在瞧热闹。我也没想这就是那条摔断了腿的驴子，只想看看怎样给它开膛破肚。

我自己也不知道怎么就凑到跟前去了。老财的大儿子刚从城里回来，戴着大盖帽，两手插在裤兜里，也在看热闹。忽然看见了我，龇出牙说："我宰了你!"他从厨子的手里抓了尖刀，明晃晃照我就来了。我扭头就跑，听见后面有人叫："快跑，快跑，赶上啦!"

我没命地往前跑，听见大皮鞋在后边扑通扑通地响。只差一步，这把尖刀就要从我的背后攮进来。忽然从半截土墙里蹦出一个人，大叫一声："刀下留人!"我听这声音是李大叔，还是没命地往前跑，不知道给什么绊了一跤。我一头栽出去有一丈远，眼前一阵发黑了。

我醒过来的时候是在长工屋的炕上。要不是李大叔，我这条小命早完了。我干了一年零两个月没得到一文钱，我的工夫顶了老财的驴价钱。我相信了爹爹的话："杀不得穷人致不得富。"这是我第一次没有死得了。

第二次是在我十二岁的时候。我天天盼，快长吧、快长吧。长大一点，好帮爹娘多出力。可又怕长，长高了没衣服穿。我家有两间小土屋，是祖辈留下来的。一个财主要盖油房，看中了这地方。这里正好在山脚下面，有一条小河。他贪图用水方便，说要买我家的小屋。我爹说不舍得扔开祖业，不管多少钱都不想出让。过了几天，来了人，说我爷爷欠他的债没还。爷爷早死了，父债要子还，一算，两间土屋作价还不够他的。没有钱，好，揭锅，封门。这明明是讹诈。爹气得没法，要到衙门里告他。告状得请师爷写呈子。把剩下的破衣烂被、破铜烂铁全都变卖了，凑了一点钱，求师爷给递上一张呈子。过了好久，没信儿。去问师爷。说再递一张吧。还是没有信儿。又递了第三张。好，下来两个穿黑长袍的人，传我爹去过堂。我要跟去，挨了我爹一脚，可我还是跟去了。大门口有两个石狮子向我瞪眼。石狮子我不怕，我怕那两个背了大刀的兵。爹跟穿长袍的进了大门，两个兵一瞪眼，把我瞪在大门外面了。

等了不知多久，两个穿黑长袍的揪出一个人。一出大门，这人就一头栽倒了。是我爹。他挨了四十板子，罪名是："刁民讹诈，咆哮公堂。"到底是谁讹诈谁？这人世间还有讲理的地方吗？

没有房子，只好住破庙。爹整整躺了一个多月。娘起早贪黑，去给人家烧饭、洗衣、拉磨。两个妹妹得了瘟疫，死了。我也不知是生了啥病，只觉身上发热，一抬头是一片金星，瘦的像一根烤煳的烧火棍子。眼见得是出气多，进气少了。幸亏一个走方郎中给了两包草药，吃下去有了转机。慢慢好了。

爹说："生处不嫌地面苦，这地方生了我，可不养我。走吧，远走高飞，哪里还埋不下这一把骨头？"一条扁担三尺三，挑起了一家三口的命，走啊，走啊。过了古长城，往哪里投奔是活路呢？那时候，天上飞的有巢，地上跑的有洞，可是穷人没有立足的地方。

我十四岁上了窑锅炉，拾大铁。那时候，铁水是出在沙床里，不等凉了就得起出来。工人穿的是聒打板，一不留神就把脚烧坏。大铁没有压死我，我还是长大了。就在我二十八岁那年，小日本鬼子黑田欺负我，我也没轻宥他。为这个，我进了局子，辣椒水灌了个够，老虎凳坐了个够。两百个鸡蛋滚进了局子门，换回了我一条命。

一声霹雳，翻过来啦！我进了第一期工人学习班。在一百多号人里，我是最大的一个。我听着什么都入耳，有些话不太懂，可道理是懂的。这才懂得了穷人为什么穷，富人为什么富。什么是压迫，什么是剥削。我亲身受了大半辈子，怎么能不懂？给资本主义当掘墓人，我满腔子怒火，怎么能不懂。自在的阶级，自为的阶级，这话我不懂，经向明一解释，也就懂啦。说起向明，毛主席，他是您教导出来的好干部。他懂得工人的心，工人也懂得他的心，中间没有隔儿。俺们厂里样样事情，收集零件啦，废铁翻身啦，冬季修炉啦，创新纪录啦，搞新试验啦，都和他分不开。在学习班里，除了上课，还有小组讨论。我本来不会讲话，刚要开口，一肚子话堵在嗓眼里，脸憋得通红，可是说不出来。我第一首歌就是学的《东方红》。这首歌是从我的心里唱出来的，可是我自己不能唱。一唱，我心里满极了，声音就卡住了。

现在我一心无挂，只想高炉、平炉多出钢铁。造厂房，修桥梁，铺铁路，造轮船，造大炮、飞机、坦克、拖拉机，小到一根针，都离不了它。不多出钢铁，国家不能富强，就得受帝国主义的气。美帝打咱们，我想报名到朝鲜去。我只有扛上一桶炸药，轰，把敌人炸死，也献出自己的一切，才能回答你老人家对俺们工人的关怀。现在去不了，我也只好安下心来。开了这个隆重的大会，我心里有章程啦。这章程是您给的：模范作用、骨干作用、桥梁作用。今后我一定泼上命照您的指示干。现在我可是很不够，很不够啊。这大的荣誉，我不配！我一定要干出新的成绩，向您汇报。

6

在国庆观礼台上，宋老铁第三次看见毛主席。这一次他心里比较平静，不那么失神忘魄的了。他抬头向上，远远看见毛主席正站在天安门正中，穿的是淡灰色制服，一手扶在栏杆上，一手高高地抬起来，向下面一片红色的海洋招手。他的身后是大红圆柱，还有闪闪灼灼的点点的金光，看不清是什么。这片红色的海洋里是欢乐的笑脸，是翻飞飘拂的旗帜，是一浪赶一浪的欢呼和歌声。老铁微微眯起眼睛，仔细向上看着，想把毛主席身边的人一个个都记清楚。

远处滚起了响雷，这是礼炮的轰鸣。老铁觉得大地在颤动。红色的海洋里静下来了。划破长空的嗡嗡声把他的眼光引到晴蓝的天上。飞机排开整齐的队形掠空过去，大概有一百多架，很像是平展开翅膀的银色的鹰，可是鹰哪能飞的这么快。还没看够呐，已经没有了，只是耳朵里还留下嗡嗡声。这时武装部队又引起老铁的注意。那轰轰隆隆的坦克，坦克上像火把一样的小红旗，那瞪起大眼睛的装甲车，那挺长脖子的大炮，还有火箭炮，高射炮，山炮，那像闪光的森林在移动的刺刀。啊！钢铁！这里面有老铁和他的伙伴们亲手炼过的吗？有，一定有！自豪感涨满了他的胸膛。行，不错，有一点啦。还不够吧？肯定是不够。越多越好，越多越好。震天动地的轧轧声淹没在疾风骤雨一样的欢呼里。

老铁不由得歪头看看不远地方的外宾。他们也是满脸含笑，在鼓掌欢呼。他微微点头，心里说："好同志，好弟兄，是自家人。"忽然又看见人空子里有几个穿着笔挺的西装的，脸上愣愣地，紧闭着嘴唇，也不拍手，也不欢呼。老铁心里犯了嘀咕："啊，原来在这里也有冷冷淡淡的，这一定不是和咱们一条心的。"

随后的游行队伍在老铁眼前刮起一阵又一阵的旋风。

散会以后，他回到招待所，一进门第一句话就问有没有来信。服务员告诉他，邮局今天不送信。

晚上在天安门广场还有狂欢舞会。老铁没有去，因为没有接到信，他心里稳不住神了。

在随后的两天里，是各地劳模交流经验。和少数人在一起，又都是工人，老铁心里不再紧张得说不出话来，倒是谈笑风生了。

他急于要走，但是接到通知，还要到大学和中学去和青年们见面。第三天，这已经是离开高炉的第十天了，吃罢早饭，他从服务员手里接到两封信。他欢腾腾地刚要拆信，忽然来了一个中学校的女校长，告诉他学生已经等在礼堂，汽车已经等在招待所门口。这还有什么说的，走呗。

在汽车上，女校长热心地向他介绍学校的情况。他点头听着，心里却在想，不知端端的信上讲的是吉是凶。

他在学校的大门口一下汽车，马上被学生们包围了。孩子们的笑脸很像是一朵朵刚刚开放的葵花。他们又笑又跳，里三层外三层地争着向他伸出手来。老铁心里乐开了花，恨不能长出几十丈长的胳臂，那就能一下子把所有的孩子们都揽到自己怀里。他暂时忘记了使他挂心的事。孩子们簇拥着他走进了礼堂。

当他讲到抢救出铁口的时候，他接到好几个条子，都是问他当时怕不怕。

老铁嘿嘿笑了一声。“怕不怕啊？对不起，当时根本没想。只有一个心眼，要赶快找到出事的地方，保住高炉。越快越好。要是晚一分钟，不知道还要出什么事。打一个比方：你的房子起火了，你光想着里面还有箱子、有衣服、被盖。你冲进火里去，只想把东西抢救出来，根本没想能不能给火烧着。当然啦，高炉不是我家里的，是国家的。这个家可大啦。你们说，有多大？”

“九百六十万平方公里！”孩子们一片喊声，声音一个高过一个。

“好，好！你看，你们比我知道的多。我光知道这个家大得很，可说不明白。这个家是谁的？是我的，是你们的，是我们大家的。好好学习吧。学好本领，以后靠你们当这个大家啦，一定比老一辈的当的还好。”

孩子们用雷鸣一样的欢呼响应了他。

回到招待所的时候，已经中午，老铁顾不上吃午饭，先回了房间，从口袋里掏出两封信，先打开了从高炉寄来的。

下面是梁端端的信：

宋师傅：

你走了一个星期了，我该给你写信了。你们的大会开的可真红火啊！我们已经从报纸上看到了。我们都说，宋师傅见到了毛主席，是他的幸福，也是俺们大家的幸福。毛主席在大会上的讲话，我们都认真地学习了。大罗说：这三个作用，乖乖，别看只是十二个字，没有起码的觉悟肯定连边也沾不上。我看啊，做不到也要努力做，何况咱们高炉上就有一个活榜样！

我先告诉你一个大好消息！是真正的好消息，不是你住院那阵的报喜不报忧。

高炉的生产已经达到出铁口爆炸以前的水平了！自从加大了出铁口的深度，每次出铁可平稳啦。铁水流出来，像没风没浪的小河淌水一样。你要是看见啊，宋师傅，该高兴得把下巴笑掉啦。说老实话，质量还不行，一级品老是在百分之八十五左右晃荡。从炼钢厂来的压力还是压得咱们喘不过气来。还时常有悬料的现象，不过没有发生过恶性棚吊，风口也没有灌渣。大罗说，捧着个炉子，真比捧着自己的宝贝儿子还提心吊胆，又怕他受凉，又怕他受热，又怕他吃少了饿肚子，又怕他吃多了不消化。乖乖！大伙都笑他，儿芽子也没有呐，说这话也不觉得牙碜！

老铁师傅，你看，好的坏的我都端给你啦。你要是再胡思乱想，可是对不起我啊！

小牟和王占河现在成了好朋友，两个人干活总是形影不离。王占河的事，我现在才弄清楚其中的根根梢梢。老王说他现在想起来真觉得后怕。要不是党史部抓得紧，抓得快，他陷下去就爬不上来了。听说有人告到市里去了。那辆大车已经被扣押起来。目前正在调查偷伐山林的事呐。

唐景秀让我告诉你，简易住宅的调查小组已经到那边开过两次炕头会。又出了两起顶棚掉泥的事故。那边的人吃过亏，都是日夜留神，所以幸好没有打伤人。大新那方面放出空气，说是因为冬季施工和雨季施工。又说因为工程进度催得太紧，只好招用新工人，技术不熟练。真是叫人又好气又好笑！咱们高炉一个冬季施工还没吵吵清楚，他那里又来一个。可真是夜猫子哭丧，一个调儿！

这一星期我有两次到山下村。你家里都好，请放心。宋婶让我告诉你，你只管安心办你的事，家里大小事都有唐景秀帮忙。小四儿胖多啦，很招人爱。在她那小胖脸上戳一下就是一个坑，好像发面饽饽。

我，还有大伙拜托你的事儿，你一定忘不了。

我们在殷切地等着你呐！

敬祝

安好

梁端端　1950 年 9 月 30 日

老铁一路看一路心里在呼应，看到末尾，笑了。这个姑娘可真会逗人乐啊。端端怕老铁看不清楚，特别用楷书把字写得有指头顶那么大。有些字老铁不认得，但是意思还是懂了。他不知道惊叹号的妙用，他想凡是划了黑粗杠又加一个圆点的，一定是端端要他注意的地方。

他把端端的信放在口袋里，又拆开第二封信。这封信的字迹写得很潦草，七扭八歪的。他看了一遍，没有看懂。看看末尾，却又没有签名，也没有日期。他又从头看了一遍，啊，懂了。他不由得跳起来，心里狠狠地骂了一句狗崽子。这原来是一封黑信，一封恐吓信，里边有这样的话："……你别油蒙了心肝，睁开眼看看，共产党的天下，看着是铁打的江山，实话告诉你，锈得漏底啦。美国人从北边来，国军从南边来，两面一夹，你往哪里跑？别瞧他们人多，一颗原子弹下来都成了灰。三月的桃花，红不了几天啦。你放聪明些，为你自己和你的儿女留一条后路。如若执迷不悟，有朝一日，叫你哭都哭不上调调，叫你滚进自己挖的坑里，还不知道小鬼在哪里套住你的脖子……"

老铁用气得哆嗦着的手把这张纸揉皱，刚刚要把它撕个粉碎，转念一想，得留下它。这是一个证据，一条线索。他把纸团紧紧地捏在手里，急忙向外走，要去找老杜和同伴们，和他们商量对策。

"裤裆里的跳蚤还想兴风作浪？好嘛，你跳出来，看我不两个指甲捏死你！"他心里气哼哼地说。

他找到同伴们，商量的结果是先把恐吓信寄回保卫科，等回厂再详细研究。

第十七章

1

林婉如的手很巧。她精于剪裁和缝纫，也精于家事和烹调。她剪裁的衣服可以和最好的服装师相比，她的彩绣、十字绣和绒绣也可以和苏杭的名手比美。常常有工人家属拿了花布，请她为她们自己或小孩剪裁。她很高兴有机会显示自己的技巧，所以是来者不拒的。只要你提出要求，不论是什么格式和花样，她都有本事让你满意。她也得到工人家属的很多帮助，日常的柴米油盐菜，常常有人帮她购买。她在山下村成了名人，也成了一个特殊人物。妇女们看她那么娇娇嫩嫩，风一吹就倒的样子，所有的扫街、填坑、清除杂草等义务劳动都不叫她参加。自从成立了互助组，沈佩兰差不多隔天就来一次，帮她清扫和洗刷，有时带一本书，请她讲解里面的词句。两个人不知不觉有了一种亲密的关系。林婉如喜欢这些姐妹们，同这些开朗纯朴的人儿在一起，用不着眉眼高低的一套。不像她从小长大的生活环境，在那里，抬一下眼皮，紧一下鼻子都可能引起误会。

从表面看，林婉如过得又丰满又消闲，很舒心也并不孤单。实际上，她心里很是寂寞。没有一个知心的人，没有一个可以剖心而谈的伴儿。她安排一个小家的愿望落了空，出外工作的事也一直没有谈成。近处的中学没有空位子，远的在郊区附近，来回得走二十里，她又嫌太远。近两个月，江有声更像一个住店的，她自然更像一个客店的老板娘了。

按林婉如的才能，安排家务用不了多少时间。剩下的大好时光怎样打发呢？她订了一份报纸，可是不喜欢看，就听广播。不爱听大块文章，就听音乐节目，听儿童歌曲和儿童故事。后来有一个女播音员的声音引起她的兴趣，这个人恰好播送时事。她是为听声音才听时事的。正如一个人吃惯了苦茶就爱苦茶一样，她渐渐爱听时事了。对于当前国内国际的大事，她知道的倒比江有声还多些。九月三十日，周总理在政协庆祝首届国庆干部大会上的讲话，她留神地听了。“中国人民决不能容忍外国侵略，也不能听任帝国主义者对自己的邻人肆行侵略而置之不理!”这震惊了全球的话也震惊了林婉如。啊，这不是要打吗？她从小在大城市生活，那里有洋人，也有洋人的高楼大厦和别墅。她从小就学会了躲开这些人和这些地方。“惹不起还躲不起吗?”这是她的妈妈、她的姑妈们、姨妈们一脉相承的哲学。现在竟然敢去碰美国人吗？江南解放之前，她听到一种传言，说三个原子弹就能把中国炸平。三个原子弹没有落下来，可是全中国解放了。现在周总理的话讲得这么有骨气，有胆量，看来这个国家是像站起来的样子了。她开始恨美国人，因为她精心安排的小家又一次受到了威胁。她最怕物价飞涨，那可是一个家庭主妇没法应付的啊!

她对于江有声的不满，差不多到了失望的地步。她心里总有这么一句话：你把鱼从它习惯了的水里捞出来，它还不能活呐，何况是人，是有感情的人！她觉得自己已经退到最后一道防线，是退无可退了。刚到的时候，她完全有理由希望丈夫同自己合力安排一个安乐的家，落空了。她退，只希望他帮着操劳一些家务，又落空了。她再退，只希望这个住店的能对老板娘说一两句温暖的体贴话，又落空了。她怎么能不失望！可是看看他神不守舍、一天天更加消瘦的样子，又怕他病倒，她只好含辛茹苦地克尽一个妻子的职责就是了。

江有声这一面也是一步步更加失望。谁应当适应谁？是她放弃那些不必要的操心，更关心一些客观世界的变化，还是他退回家来，帮她处理柴米油盐酱醋茶？他原来希望她投入沸腾的社会生活，做一番有益的事业，不成。看她一天天陷入家庭生活的小圈子，就希望她哪怕找一个职业也好，又不成。后来又希望她对于他的工作，对于他经受的困难，能有一些关心，能听他讲一讲，能说几句鼓励的话，还是不成。他有时候试着讲讲高炉的情况，林婉如总是坐不住，一会儿拿起抹布，擦去桌子上看不见的灰尘，一会儿拢拢她那光滑得早已站不住蝇子的头发，有时候就打哈欠，有一次居然靠在墙上睡过去了。林婉如看见丈夫皱眉头，知道他心里不高兴。但是有什么办法？什么矽呀、碳呀、硫呀、合格率呀、一级品率呀、利用系数呀，她实在没有一点兴趣。她看见江有声皱眉头，有时候倒觉得称心。这也算是给他的一种惩罚。

这一对好夫妻的关系实在是相当紧张了，好像是两个电线头，一碰就会起火星。

江有声要梁端端向老铁报告的情况是实在的。这两个多月，他的神经一直很紧张。高炉坏的时候当然紧张，好的时候也并不松快，因为怕它又坏下来。江有声心里清楚，没有向明这根主心骨，他自己是挺不了这么长久的。就在他同梁端端商量给老铁写信的时候，两个人都坦白地透露了自己的思想活动。梁端端说她总觉得有不少眼睛盯在背后，总觉得有人在背后戳指头。她说她的姑夫正在翻阅大批的资料，可是什么也不说。是不是像外国成语说的“沉默就是极大反对”呢？江有声说是向明的坚持性和明确性感染了他、支持了他。他说这个人虽然也在努力钻研业务，但是总不能说已经成了内行。是政治气度给了他远见和毅力。

他跟向明一起走访了各个配合单位以后，各方面的支援是很明显地可以感觉到的了。从选矿厂运来的烧结矿，粒度和铁分也有些提高。动力部门怕一台鼓风机偶尔发生故障，影响送风，特别动员了老师傅们，把一台死鼓风机复活了。本厂的修理部门也正在全力地准备备品和零件，力争缩短修理的时间。他在值班室的时候，时常接到总调度的电话，问有什么问题和困难。他开始懂得社会主义企业是什么意思。

十月二十一日的这天下午四点钟，林婉如开着收音机在切白菜。当她听到美国人侵占了平壤，正向我国东北边境推进的时候，她心里一震，身子也一震，也许是指头碰了菜刀，也许是菜刀碰了指头，总之是割开一个小小的口子。啊哈！她竟然为朝鲜战争流了一滴鲜红的血。她好比是一个给狗咬过的，听到狗叫也胆战心惊。危险就在眉头，怎么办？她包扎起指头，胡乱切完了白菜。她希望江有声能早些回来。有必要同他谈谈。她好比小鸟在巢里，阴上来了，远处响起了雷声，眼看是一场暴风雨。怎么办？

也正是在这一天，江有声得到向明的同意，要把烧结矿加到百分之八十。他把梁端端和罗明立都找到值班室，向他们作了技术交底。照他的说明，要在风温和焦铁比不变的条件下把烧结矿增多，观察炉内的反应，找出数据。估计可能出悬料事故，要做好必要的准备。罗明立的意见是一竿子插到底，让全炉的人都知道这个措施，一来提高大家的警惕性，二来也叫那些吹冷风的找不到借口。江有声同意了。这一天，江、罗、梁三个人几乎没有离开风口，中饭都没顾上吃。果然不出所料，炉子出了悬料事故。这时天已经黑下来了。

正当江有声在值班室和高炉之间奔跑着的时候，忽然来了北京的长途电话。

对方没有说明身份，只是要求江有声如实地讲明试验的情况，不许报喜不报忧。

江有声听口气是个大干部，可能是局长，也许就是部长本人。他如实地报告了，当然也包括眼前的事故。对方听了，表示满意，又说："生产上的革命也和社会革命一样，没有曲折一次成功的事是没有的。总要失败了再来。每一次失败里都包含成功的因素，看能不能把它总结出来，当作新的起点。失败了十次，还敢不敢再来十一次？失败了一百次，还敢不敢再来一百零一次？敢不敢？革命和不革命的区别就在这里。"

他接完电话，想马上向全炉传达，又想马上报告给向明，可是一时心潮起伏，激动得不知怎样才好。背后是一种怎样的力量！不是一个高炉，不是一个厂，而是国家规模的。他第一次体验到个人劳动和国家的息息相关。成功了国家得到好处，失败了国家受到损失。这利害关系是极大的。

林婉如越是希望他早回来，他可是越不回来。她把饭菜热了一次又一次，每一次都增加一分火气。她哪里知道，这时江有声正向全炉的人员报告北京的电话。当他提问：失败一百零一次还敢不敢来一百零二次的时候，回答他的是一个声音：“敢!”

她听外面有动静，就挣起耳朵，听听不是熟悉的脚步声，火气也增加一分。

傍十二点的时候，江有声带着满头满身瓦斯灰回来了。筋疲骨痛可是满心的兴奋。看见婉如直挺挺地坐在桌子前面，他劈头就说：

“这么晚啦，你为啥还不休息?”

这问的多蹊跷！她说：

“你还知道早晚!”

江有声看她紧闭着嘴唇，耷拉下眼皮，眉梢可向上扬起来，知道是生气了。他本来想告诉她试验的挫折和从北京来的巨大的鼓舞，转念一想，她听了说不定更不高兴，就悄悄到了外间，拿来给他留的饭菜。

林婉如离开桌子，坐在床沿上，见他把一碗菜饭放在桌子上，大口吃起来。

哼，可真像个住店的咧!

林婉如看他半夜才吃饭，那么大口地吞着，一定是饿狠了，又觉得十分不忍。过了一会儿，她淡淡地说：

“你听广播了吗?”

“有什么大事吗?”

“什么大事也压不过你的高炉啊!”

江有声避开她的话锋，问道：“你是不是指的平壤失陷?”见她不讲什么，又说：“现在大家都关心时事，有空就读报。美国人快打到边境来啦。”

“你看怎么样?”林婉如只是淡淡的。

“看样子他们要大干。”

“大干又怎么样？”

“就干呗，周总理的声明里不讲得明明白白了吗？”

听，这多简单！花了这么多心血的这个家，这个舒适的小窝怎么办呢？可见连想也没想。可恼！

江有声见她不吭声，又说：“今天厂里讲到防空的问题。他们要是大干，很可能利用他的空中优势，扰乱我们的后方，破坏我们的军事潜力。要找轰炸目标，这个钢铁重镇是排到头前的。我考虑你是不是回南方去？”

一句话戳伤了林婉如的心。听他说得多么轻巧！回南方去？难道不是为了他，她才忍心抛开孤苦伶仃的老妈妈？难道不是为了他，她才决心离开温暖的南方，衣食住行都方便的南方，来到这个寒冷的地方，这人地两生的地方？难道不是为了他，她才挖空心思安排这个小家，这个变成了他的客店的小家！现在倒好，一句话，小店关门，老板娘远飞！也不想想，当妻子的就放心，在这漫天乌云的时候，就能忍心抛开丈夫，一个人躲到安全的地方？这个人的心肝哪里去了！

“你把我看成一个什么人啦！”林婉如只说了这一句，就再也忍不住了，种种委屈、恼恨和伤心化成了一泡泡眼泪，而这种咸水本来是贮备了很久的。

她完全是借题发挥。郁积着的水一放开闸门就泛滥起来。在这夜深人静的时候，她抽泣的声音实在是很刺耳的。

在这样的形势下，江有声唯一的办法是赔小心，说好话。他说这一阵子对她的确关心得不够，家务事都落在她一个人肩上啦，请她谅解。他没有讲高炉上的试验，也没有讲他精神上感受到的压力，唯恐一提这个又引起她的反感。他知道按照婉如的想法，工作归工作，家庭生活归家庭生活，是两码事，是不应当互相干扰的。

经过江有声半小时的努力，林婉如的火平息下来了。火焰下去了可是火种还没有扑灭，还有冒烟和起火的可能。

2

旧历的中秋节过后，正是添衣换季的时候。范存宇的上衣和裤子都瘦了，可见他发福了。他虽然不得志，生活上可是很安定。由于全国对这个钢铁重镇的支援，物质供应是很好的。鱼、肉、蛋品、海味、干货、糖食、水果、酒类，可以说是应有尽有，而且物价又极稳定。他在坐享清福，怎么能不发福？梁静宜很满意丈夫的好胃口，当然也很满意他的发福。看着丈夫渐渐圆起来的肚子，她有时候用嘲讽的口吻表达这种满意的心情。“看你，好像个大老板啦，什么衣服都瘦啦，小啦，得修改或者重做啦。”

范存宇接受了冬季施工的教训，关于高炉上的试用烧结矿和冶炼低矽铁，他什么也不讲了。开始的时候，向明还常常问他。他只是含糊其辞，不做肯定或否定的回答。古人和洋人都发明了很多腾挪躲闪的辞藻，这个大工程师也有足够的知识来运用这些辞藻。向明原想推动他早些离开旁观者的地位，投身到实际战斗中来，看他脚步那么迟重，觉得求之过急也不行，只好等事实本身来教育他了。

正像梁端端看到的，范存宇在暗中使劲。试验的屡屡失败对他的观点有利，他越看越觉得不行。他以为向明是闭着眼睛不看事实，因为是厂长首先提议要做这种试验的，为了维护自己的威信，他这厂长想蛮干到底。试验已经给国家造成了很大的损失，继续下去还要造成更大的损失。范存宇忽然变成一个爱国者，以维护国家利益为己任了。

十月下旬的一天，市委召开了一个老工程技术人员的座谈会。各厂矿的主要负责人也应邀参加了。向明看见钢厂的刘朴，问他为什么郁文宗不来开会。刘朴说老郁的情绪总是不很正常，总以为党委没有很好地配合和保障行政工作，还出难题整他。刘朴同时也透露一种心情：要是实在搞不好，就向市委要求调换一个岗位。向明听了，心里很生郁文宗的气。党配合行政？这不是把党摆在附庸地位了吗？荒唐！真不知老郁见于何经何传！

他劝刘朴不要一走了事，要把是非问题搞清楚。有七届二中全会的报告这本真经嘛。当歪嘴和尚是不行的。他同时也向刘朴介绍了郁文宗的为人。这个人的特点是能苦干，能深钻。相伴而来的也有个弱点；要是钻了牛角尖，就很不好回头。当前党内通晓业务的还很少，应当花力气把他拉到正道上来。刘朴接受了向明的意见。

市委书记在会上讲了当前的形势，意思是安定人心，清除“恐美病”，坚守岗位，更好地发挥作用。会上还安排了一个典型发言，发言的是刚刚从群英会回来的杜工程师。据他说，还有不少工厂和学校要请宋老铁去讲话，老铁最早月底才能回来。

杜工程师讲得很朴实。他说在北京每天都过的是欣欣向荣的春天，感受最深的是上上下下都有一种革命的朝气。代表们无分男女老幼，都说自己做得很不够，也都有信心，以后能干的更好，因为毛主席指出了明确的方向，就是要起三个作用：模范作用，骨干作用，桥梁作用。杜工程师关于自己讲的不多，倒是详细地介绍了老铁在京的情况。工人不分老少，学生不分大中小，没有不爱听他讲话的。是他讲的动听？不是。他无非是讲怎样收集零件，怎样白黑守着高炉，怎样抢救出铁口，翻来覆去离不开一个中心，就是自力更生和爱惜一草一木。没有高调，没有虚比浮辞，也没有丰功伟业。杜工程师说他开始不能理解这一点，后来慢慢想通了。老铁的最大特点是没有私心，他讲的全是自己的事，却没有一丝宣扬自己的意味，总是说干的这些事都是因为有党的教育和支持，有别人的启发和帮助。原来大家心目中是有一个是非和好恶的标准的，从老铁身上看见了一个活样子。正是在这一点上彼此有一种精神上的融合。

中间休息的时候，大家都来到后院。吸烟的，散步的，找熟人闲谈的，各行其是。这里已经清除了杂草，满地铺上了黄沙，有几棵槐树已经脱光了叶子，几棵柳树也已经有一些秃黄了，唯独几棵耐寒的杉松还向上撑开尖尖的绿伞。向明看见范存宇独个儿倚着一棵柳树，在低着头吸烟，就来到他的跟前，问他听了杜工程师的发言有什么感想。

“很好，”范存宇抬头看着向明，吸一口烟，又说，“很好。”

向明知道他这是遁词，是不肯把真实的想法吐露出来的。

“对，是很好，”向明说，也靠在柳树上，“我听了也很受启发。什么是人的真正价值？看这个人为人民做了哪些有益的事。大家就是拿这一个标准衡量宋老铁的。这是最合理的天平。可惜这简单的真理几千年都被掩盖了。有些大学者、大哲学家用了毕生的精力，制造了像洪水一样多的谎言，来淹没这个真理。什么都不是实在的，只有这一点最实在：你是为人民服务，还是为别的什么人服务？服务得怎么样？”

范存宇点头听着，没有说什么。向明心里明白，他是为了礼貌的关系才这么频频点头的。

座谈会整整开了一天。范存宇回家的时候，外间坐着一个不相识的青年。青年见了他，连忙站起来，满脸赔笑，说：

“是范总工程师吧？”

一面掏出一个大信封。这原来是一封介绍信，说明来人是《冶金学报》的编辑，是前来约稿的。范存宇简直不敢相信自己的眼睛。这种约稿的事是好久以来没有的了。

据这位编辑说明，《冶金学报》刚刚创办，暂时还是不定期的。为了能打响，需要几篇有分量的文章。范存宇问主编是谁。原来是一个老熟人。他不由得又惊又喜。这个年轻的编辑很会讲话，懂得这个大工程师喜欢听的是什么；也很能活动，已经做了范夫人的内线工作。梁静宜原来在里面洗米，听见丈夫回来，也出来了，在一旁敲边鼓。

“没有文章，刊物怎么能办成？主编既然是老朋友，怎么好不帮忙？那不等于是拆台吗？”

“是啊，是啊。”范存宇沉沉吟吟地说。文章他是想写的，只不过心里很矛盾。他怕捅出娄子不好弥补。但是又有编辑的恳求，又有妻子的怂恿，还有老朋友的情面，他只好下决心冒险。他答应了。

编辑高高兴兴地去了。

梁静宜也高高兴兴地进里面去准备晚饭了。

范存宇独个儿来到门外，进了他的小园圃。

天短多了。这时太阳已经落下，有了一些凉意。在远远近近薄暗的树丛里，正有归巢的鸟雀在呼唤。范存宇在园圃里花的心血换来了好收成。苞米的穗子已经掰完，只剩下一根根杆子还立在地里。架上的扁豆正盛开着紫色、白色的小花。吊在半空的大葫芦已经绿里带黄了。在一片大叶子中间垂下一条条长丝瓜。在篱笆的一边是一片花卉。西番莲和波斯菊已经败了，耐寒的步步高、江西腊和雏菊正经历最后的繁荣。范存宇动手清理他的园圃，把一根根苞米杆拔出来，用脚踢去根球上的土块。随着筋肉的活动，他的脑子也在活动。有形的动作和无声的言语是在有机的互相配合。

“人的价值？呸！我无权无势，只能受你们的颐指气使，看你们的眉眼高低，还有啥价值？（狠狠地照土块踢了一脚。）我为什么不应当争取民主的权利？（狠踢。）我为什么不应当争取发言权？（狠踢。）应当讲啦，是啊，应当讲啦。我要讲，要讲，应当有我范存宇的讲坛！（他狠踢，狠踢，狠踢……）”

正当范存宇一脚一脚踢着想象中的目标的时候，梁静宜正喜滋滋地打开一罐鸡罐头。从前丈夫每次写文章，她总要为他煮一只肥母鸡。如果是长文章，母鸡的数目自然也就加多。她大概很懂得物质变精神的道理：肚里满了，脑子灵活了，笔头子自然也就滑溜了。今天没有买下肥母鸡，幸好有贮备的鸡罐头。

梁静宜把晚饭准备好，隔窗子叫了丈夫一声。

敌忾甚高的范存宇没有听见。

梁静宜走出门口，来到丈夫跟前。

“哎呀，你怎么把篱笆棍子也拔出来啦？”

范存宇一惊，这才看清楚，果然把篱笆棍子拔出了两根。在他的出神状态中，一切立在地里的东西都成了他打击的目标。

这天晚上，范存宇从书架上抽出十多本硬皮金字的书，又翻出几个笔记本，都摊在写字台上，开了台灯，又为自己泡上一杯酽酽的龙井茶。这些书和笔记本里包含了他的心血、感情和度过的光阴。每本书的页子上都有他划的记号，有他的眉批和边注，每个笔记本上都有他写的蓝色和红色的字。这些都是他生命的一部分。他头上那块没有毛的地方就是给这些东西磨光的。他为它们消耗了生命，本来是要使它们为生命增光的。可惜生命已经消耗，却一直是黯淡无光。现在机会来了，要发光了。他觉得自己身上有了一股劲儿。是因为鸡肉？因为苦茶？因为他发自内心的那种敌忾？这可不清楚。

梁静宜整理好房间，拿一件薄毛衣轻轻披在丈夫的肩上，自己也披上了一件，坐在沙发上，一面打她的毛线，一面一次一次抬眼看看丈夫。

她从前常常是这样，这是她在生活中的一种快乐。她是希望丈夫发光的，这种光亮自然也会照在她的身上，让她也亮起来。她看见的正好是丈夫的侧面，从绿灯罩下面透出的光把他的秃脑门映得绿莹莹的。在梁静宜看来，这秃顶不是相貌的缺陷，倒是聪明和刻苦用功的象征。她好像又在经历一次恋爱，忘记了当初选定这个对象的时候是多么勉强。

大约九点多钟的时候，端端回来了。这个带响的人大声地推开门，又猛一下把它关上。

砰！范存宇吓了一跳。

“端端，轻点，你总是这么带响儿！”姑妈斥责她。

“有风。”

端端笑着，一面踩着很重的步子走进来，在这需要安静的时刻觉得特别刺耳。

“有什么风，你就是一阵风！”姑妈瞅她一眼。

“对，我是黑旋风。”

端端来到姑妈跟前，笑着，两手捧起她的脸，看见她的额头上耸起了两道皱纹。

“别烦恼，别烦恼，烦恼多了人变老。”

姑妈是没有办法认真同端端生气的，她绷不住，也笑了。

“端端别闹，姑夫在写文章。”

“写文章？”端端觉得奇怪。

“不对，我是在读、读文章。”范存宇连忙辩解，头也不回过来。

端端不再问了，心想，管你是写文章读文章呐。

姑妈问她为什么又回来得这么晚，看见邢桐了没有。

“哪天不见？”端端说。

为了避开这个话题，她很快回了自己的小屋，开了灯，一歪身子仰在床上，把床架子震得响了一下。她已经很累。为了处理高炉的悬料，她和罗明立、江有声连续干了十多个小时。一次危机过去了，她心上的石头也搬开了。她现在一心无挂，两手抄在脑后，眼睛望着天花板，很想脱衣服睡下，可是又懒得动弹。

端端走了以后，梁静宜叫丈夫休息。范存宇说脑子里刚刚有一点缝，要她先进去。静宜收拾起毛线团，到里间去了。

端端躺在床上，听见外屋地板上有脚步声。她知道这是姑夫在踱步。这脚步声快一阵又慢一阵，每次踩到那块坏了的地板总要吱吜地响一下。端端刚有一些睡意，地板吱吜一声又把她闹醒了。

范存宇在地板上踱了很久、很久。他第一次觉得这个屋子的天地太小了。他觉得自己好像是被囚禁在笼子里的猛兽，急转弯慢转弯，总还是撞在铁栅栏上。他要露出牙齿，他要狂吼！

3

范存宇觉得自己是一个单枪匹马的勇士，冲杀在平沙漠漠的战场上。他每天照常上班，晚饭后在小园圃里活动一下筋骨，然后就坐在写字台前，向他设定的目标大张挞伐。每晚十一点以前，谁要是经过这一带，准能从秃秃的枝丫里看见窗子上的灯光。

梁静宜的后勤工作是出色的。除了滋补的鸡汤和桂圆汤、开胃的广柑和桔汁，每晚九点以后，还有一杯提神的咖啡，当然是加了牛奶的。要想马儿好，就得多加料。这是至理嘛。

半个月以后，范存宇的论文发表了。哪怕只像响了一个爆竹，也在工程技术界引起了一次震动。这一期《冶金学报》很快就售光了。同意的、反对的、怀疑的，都要看一看，都有了一个具体的目标。

范存宇觉得一些熟人都用另一种眼光看他，其中有一些见了面比以往要亲热些。这些人的眼光里有一种赞许和默契，好像是说：好，你把我们心里要讲的话讲出来了。有的就把这种赞许用语言表达出来，说是好文章，论据充分。又有的说科学论文写得这么引人入胜，一点也不枯燥，好像是一篇散文，可见是大手笔。还有的说，妙在没有一点火药味，可又像钢骨水泥工事，是攻不破的。有一个人打来电话，报了一个陌生的名字，正当范存宇回想是否认得这个人的时候，电话里说没有别的事，没有别的意思，因为读了他的论文，特地向他致意。

范存宇接到一个老朋友的信，说文章是应时而鸣，很得到一些老相识的赞许，要他一定寄三份《冶金学报》来。他读了信，满心激动地来到书店，店员告诉他已经全部卖光了。完全没想到一篇文章引起这大的兴趣，他心里感动极了。

整整有一个星期，范存宇的头上好像有了一圈光。他虽然因为文章引起的共鸣有些陶醉，心里可还是有些惴惴不安。他还不清楚“对方”是什么态度，这个“对方”是有权有势的。可见光有学问不行，秀才不如兵。

星期天的下午，范家的座上客满了。都是念过洋书和大书的，有工程师也有技术员，其中自然少不了邢桐。

邢桐因为范存宇没有告诉他就写了文章，心里很有点不是滋味，可见老师对待这个门生还有些生分。这种不是滋味的时间并不长。他的脑子很会绕圈子，一绕，觉得不知道更好，出了问题也沾不了泥水。他从文章发表后的反应里窥探了形势，觉得范存宇这一派人现在虽然不行时，在工程技术界可还是有根基的，有影响的。这证明他拜在范的门下是不错的，今后还得为范存宇抬轿子。老师的光亮也会照在门生的身上。

梁静宜很高兴有这些座上客。这融融乐乐的气氛，这喁喁嗡嗡的谈话声，这时起时落的笑声，是她期待已久的了。她又有了一个机会来表演她待客的才能。除了香烟、好茶，还有刚刚上市的苹果和梨子。不过客人们好像约好了，都没有直接触到范存宇的文章，似乎文章的成功是不言而喻的了。这使梁静宜有一些失望，她是很希望用她的殷勤款待换来一片颂扬声的。她虽然在这一个小家里是一个权威，却不了解这些念大书的人此时此地的心理状态。他们虽然因为范存宇打响了第一枪而跃跃欲试，但是谁也不肯在这么多人面前公开地表明态度。他们还要观望。

就是在这一天，范存宇接到《冶金学报》主编一封热情的信，约请他再写一篇，并且以广大读者的名义恳请他不要拒绝。

是啊，是不应当拒绝的。既然打响了第一枪，贮备了很久的子弹就应当全部发射出去。

客人散了以后，范存宇帮着梁静宜清理好房间。他换了一杯新茶，在房间里转了两圈，站在书架跟前，想找出他手头要用的参考书。除了他上次动用的几本，这大批的书都是他好久没碰的了。正像范存宇本人好久默默无闻一样，这些书也好久埋没在书架里，书顶上落了一层灰尘，有的还结上了细细的蛛网。他抽出两本，抹去灰尘和蛛丝，翻阅了一下。每一本上都有他划的记号和做的批注。每一本书都是他人生经历的一部分，现在回想起来是很不平静的。

有谁出身于一个破落的家庭，没有可资利用的基业，却又不甘心与世浮沉的？是他范存宇。有谁承受了父辈的理想，立志爬上科学的高塔，却又两手空空，在操心自己的心灵的同时还要操心自己的肚子？是他范存宇。有谁知道一个有志的穷学生的道路是多么艰难曲折？有谁知道要仔细地计算每一分钱的用处，反复推敲而又不露痕迹？有谁懂得关死房门自己缝补破袜子，又怕别人闯进来的忐忑心情？只有范存宇自己知道。他瞧不起同学中的那些纨绔子弟，他们也瞧不起他。那时候他很喜欢两句古诗："欲取鸣琴弹，恨无知音赏。"结果他只有自我欣赏。他常常想，要是羡慕那些青云直上的同学，羡慕他们的车轻马肥、裘软酒香，他本来也可以找一个梯子，一步步攀登上去，弄一两个纱帽翅儿。他宁愿寒素，不以布衣为耻，他要死抱住科学不放。这是他一向引为骄傲的，也正是他自我欣赏的东西。没有富贵，在科学界可是有了一个名声；没有家业，在书架里可是装满了书，厚的、薄的、布面的、皮脊的、烫着不同形体的金字，成了他一生经历的证物。只有范存宇自己知道，他怎样省吃俭用，用换来的外汇买下了这些书。在战火纷飞的年代，他操了多少心，才把它们从南方运到这里。没有想到在灰尘和蛛网里埋没了这么久，如今又在眼前闪闪发光了。这些书终归要为他砌成一级级台阶，让他爬上科学的高塔。他为自己的回忆所感动，眼睛里蒙上泪花了。

梁端端还是九点多才回来，还是带着一阵风和稀里哗啦的响声。

范存宇回头，看见的不是平常那飞起的眉梢和笑开的嘴，却是一张拉长的脸和紧锁的眉头。

“姑妈呢?”端端低着头，冷冷地问。

“刚才来了些朋友。她累啦，早休息啦。”范存宇冷冷地回答。

这个女孩是他和静宜从小带大的，他和静宜一样地爱她，为她操的心绝不少于他那些宝贝的书。现在却有些嫌她，也有些怕她。从小娇生惯养，把她宠坏了。女大不贴心。她那种独立不羁的性格已经发展到讨嫌的程度了。他知道她是靠近向明的，同向明的红人江有声是沆瀣一气的，又有她的青年团关系，这些方面又使姑夫对侄女怀有戒心。

端端径自走到沙发跟前，从盘子里抓一个苹果，像男孩子那样大口地啃起来。

“姑夫，请你坐下，咱们谈谈。”

范存宇放下手里的书，并不坐下，只是远远地靠书架站着。

“好吧，你说。”

“现在有些人在你面前甜言蜜语，我希望你当心。”

“好话坏话我能分清。”

端端心想，分得清才怪呢！不妨当场试试。她说：

“你的文章引起什么反应，你知道吗?”

范存宇不正面回答，嘴角浮上一个冷笑。

“我没有可能研究一切人的反应。”

“你写了文章，为什么不给领导看看，就拿去发表?”

范存宇要说“我自己负责”，但是话到嘴边改成了：“我没有这个习惯。”

“不是习惯问题，我看哪，是思想问题。”

“什么思想?”范存宇心里发恼了，可是并不表露出来。

“什么思想还用我说吗?你自己还不清楚吗?我看反正不是无产阶级思想。”

范存宇更恼了。他最讨厌把什么事都往政治思想上拉。他砰一声关上书架的门。可恨小的倒教训起老的来啦!他提高声音说:

“我有发表意见的权利。言论自由是写在《共同纲领》里的。”

“你没有权利破坏生产。”端端急不择言地说出这句话。

范存宇的胸膛里烧起来了，血液来到他的脸上。

“欲加之罪何患无辞!幸亏你还没有掌权，否则就把我打成反革命啦!”他很怀疑这个“半官方”人士的话是来自“官方”，是仗势凌人，是难于忍受的。在他看来，这个从小喂养大的女孩是忘恩负义。他觉得他的胸膛好像要爆炸，他大声地说出了上面的话。

已经躺下的梁静宜听见了吵声，急忙来到外间，穿着她的花条睡衣，头上罩着发网。

“你们俩半夜里吵吵嚷嚷，不怕人家听了笑话!”她低声但是威严地说。说的是两个人，眼睛却火辣辣的盯在端端的脸上。

“姑夫写文章，谁也不告诉。现在不管是谁，见了我都要问一句。我拿什么回答人家?多被动!”端端委屈地说。

“怎么谁也没告诉?我就知道。想必是告诉了你才不被动，是不是?”

“就是!”范存宇听妻子站在自己一边，很有些气壮了。“她说没通过领导，必定是没有通过她!”

范存宇的话堵住了端端。她两眼盯住站在一起的姑妈和姑夫。啊，什么亲啊爱啊，原来他们是站在一条线上。如果平时还不分明，有一点风吹草动就分得清清楚楚的了。

端端咽下一个疙瘩，从沙发上跳起来，带着响声进了她的小屋，砰一声关了门。她开了灯，坐在床边上，难受地自己拧着手指头。她相信姑妈一定会来。她做好了精神准备，要耐着性子听姑妈的责备，也可以承认对姑夫不够尊重，但是一定要向她讲讲清楚，在当前的时机，这篇文章已经发生了很坏的影响。是对刻苦地做试验的人泼冷水，是为“反对派”张目。这就必然影响领导上对他的器重，也加深了他同一些技术人员之间的鸿沟。

可是姑妈没有来。

端端难受极了。这个从小被娇宠惯了的姑娘没有受过这样的冷淡。她仰面倒在床上，圆圆的瞪起两个眼睛，两手按在胸膛上，觉得里面有什么东西要炸裂。

她听见外面地板上的脚步声，每次走到那个失修的地方就咯吱一声。这脚步声响了很久。

第二天下午，不顾姑妈的眼泪，她提起一个小行李卷，搬到单身女宿舍去了。

这个不成熟的共青团员用任性代替政策，为自己造成了一个僵局。

4

江有声收到《冶金学报》的时候正在值班。他正在焦头烂额的时候，连题目也没顾上看就塞进了挎包。这天晚上，他仍然是十点以后才回家。两夫妻的矛盾，由于双方都从接触点后退了一步，已经缓和了。他等婉如睡下，用一张报纸遮住灯光，从挎包里抽出杂志，在目录里一眼就看到范存宇的名字。看那题目是《可能的和不可能的》。他心想，嗬，老工程师写起哲学论文来啦？他从头看下去，看完了两页，才知道他是讲的烧结矿和低矽铁的问题。文章拉了一个很大的架子，讲了黑色冶金的发展史，又引用了大量的美国、日本和德国的资料，证明此地的矿石品位太低，含有大量的矽酸铁，在炉内不容易还原，要想炼成直接投入平炉而不经过预备精炼阶段的低矽铁，几乎是不可能的。而烧结矿虽然成本比团矿低一半，但是容易造成悬料事故，因之是得不偿失的。文章竭力保持纯科学论文的样子，对于当前高炉上的试验是小心地避开了，只是时而弹几下弦外之音。

江有声越看越冒火，看到“如果把主观的幻想当成理想，虽曰有志竟成，实乃缘木求鱼，新中国将于无形中蒙受极大的损失……”这几句，实在忍不住了，用力拍一下桌子，把茶碗都震得跳起来。

“这还能干吗？这纯粹是破坏！”

林婉如从蒙眬中惊醒过来。

“什么？是怎么回事？”

“一边是火烧眉毛，是热锅里熬油；一边是隔岸观火，幸灾乐祸！”江有声恨恨地从牙缝里说。

林婉如坐起来，披上衣服，下了床。她看江有声气得涨红了脸，心里老大的不忍。她要江有声具体地谈谈，她第一次不打瞌睡地耐心地听了丈夫的说明。

丈夫总是丈夫。这个丈夫白黑操劳，她是亲眼看见的，这个丈夫累得两腮成了两个坑坑，不管她精心的烹调，这两个坑坑一直没有填平过。现在竟然有人给丈夫下绊马索，而且来自那么一个鼎鼎有名的权威，她是不能不同丈夫站在一起的。

这天夜里，江有声睡得很坏，这么多年这还是第一次。这篇文章在他心中引起的震动比别人大。范存宇的论据他是知道的，其中没有什么新的东西，可是他现在没有充分的理由来驳倒对方。从理论的分野上看，他暂时还处于劣势，从这一点出发，他过高地估计了这篇文章的作用。对于范存宇，他是从尊敬到轻视到反感，现在又到了反感的极点。“绊脚石，拦路狗，不搬开踢开是什么也干不成的！”他心里说。他的确觉得没法干下去了，非听听向明的意见不可。

向明又到市委开会去了。市委遵照七届二中全会的精神，根据老工程师座谈会上提出的问题，又在开统战工作的会议。

第三天一早七点钟，江有声来到向明的办公室。他从小韩那里知道向明已经开完了会。

七点半钟，向明推开办公室的门。江有声从沙发上站起来迎着他，劈头就问：

“厂长，范工程师的文章你看过吗?”

“拜读过啦。”向明抬眼看着江有声，意思是要他讲下去。

“怎么办？试验更没法进行啦。”

“为什么？市委和厂党委并没有做出停止试验的决定。”

江有声从这一句话里听出向明的坚定性，很为自己的脆弱性觉得羞愧，脸上不由得发红了。

向明见他有些发窘，微微一笑，问道：

“罗明立他们有什么意见?”

“他们看不懂这种文章，又是公式，又是数据，又是术语，又是外国人名。”

“应当讲给他们听听，看他们有什么反应。”

梁端端进来，看见江有声在这里，知道他们正在谈文章的事。她脸上绷得紧紧的，平常那种爽朗劲儿不知哪去了。姑夫的一篇煌煌大文压住了她那种活泼的天机。

向明转脸，看见了她的变化。

“你来得正好，我正要叫小韩去找你呐。”指指一张沙发，要她坐下。“你对范工程师的论文是什么看法?”

“他说了上千句话，列出了上百个数据和公式，实际上只说了一个字：不!”端端气哼哼地说。

向明开心地笑了。“他可是你的姑夫啊。”

“糟就糟在这里!”

“是，一点不错，很糟心!”江有声接上说。

“我搬出来啦，搬到独身宿舍啦。”

“小娃娃!”向明说，“我们很想通过你做些工作，你搬出来有啥好处?”

“省得人家看不清。说不定还有人说我是同谋呐。”

“这么说，你不是从工作的利益，是从个人的角度考虑啦。”

端端的脸上一热，没有答话。她没有什么可辩解的。

“我看你最好还是搬回去。”向明又说。

“那不是投降吗?”

“投降不投降，不看形式嘛。”向明拉一把椅子，坐在端端的对面。“你姑夫有一些敌对的思想，人不是敌人。你以为这个思想上谁战胜谁的问题能很快解决？不可能。他有脓能不出吗？出了他才舒服嘛。哪里出脓就在哪里消毒不完啦?”

江有声听向明说得这么轻松，心里一时转不过弯来。

“难道就这么放过去?”

“不放过去怎么办？捉起来，判罪?”

“至少也得有所处理!”

“杀鸡给猴看？用不着。”向明从开水瓶里倒了三杯水，自己拿起一杯，啜了两口。“当然，是非问题要弄清楚。科学本来应当证明什么是可以的，他可只是证明什么是不可以的，从纯科学的见地看也是保守的。现在好像只有他一个人最爱护高炉，又最爱国。那么我就成了高炉的后爹啦，成了国家的罪人啦！高炉究竟听谁的？我看还是走着瞧吧。”

向明说完，问江有声有什么具体的对策。

“很多人本来就信心不足，这一来等于是破坏!”

向明又笑了。“你变成一个法官啦，怎么对别人的罪状这么有兴趣？咱们今天不研究法律问题，还是谈生产吧。”

“还继续试验下去吗?”

“我问的是你。”

“我……”江有声犹疑起来。

向明感慨地点点头，说：“工厂果然是同战场一样。要是一个人打了胜仗不冲昏头脑，不迷失前进的方向，打了败仗不垂头丧气，能在迷雾中找到前进的道路，这个人就是一个了不起的人。你说咱们现在是胜是败?”

“是胜负未分。”

“不对!”向明斩钉截铁地说，“我说是在节节胜利。当然，胜利的进军也难免有曲折。”

这时进来一个人，高个子，满腮胡。他是保卫科长，名叫张冲。人们说他像戏台上的张飞，叫开了，他的本名倒湮没无闻了。他一进来，眼光就扫在江有声和梁端端身上。

“你有啥就说吧，不背他们两个。”向明说。

张科长的满腮胡笑着，可是不说什么。

向明微微一笑，向江、梁两个说：“好吧！张冲的原则性压倒我的灵活性啦，你们先去吧，过后咱们再谈。”

江有声和梁端端出去以后，保卫科长从口袋里掏出一张纸，递给向明。向明接在手里，一眼看清楚是三句反动标语。

“这东西是从哪来的？”

“从铸铁车间的后墙上抄下来的。原件已经取下，交到市公安局去啦。”

“有没有什么线索？”

“可疑的痕迹是有一些，线索还说不上。市局要派人来，帮助我们一起查。”

“要小心，别上了敌人的当。弄几条反标吸引我们的注意，他却去干更大的勾当。”

“对，”科长点头，又说，“范存宇的文章你看了吗？”

“你们也注意啦？”

“是啊。可恨他工作干得不多，麻烦惹得不少。”

向明微笑着点点头，表示同意，又说：

“党的政策既然把资产阶级知识分子放在统战的范围里，咱们也就不要怕麻烦。麻烦是少不了的。”

5

第二天上午，向明召开了一次党委会。他在会上做了大意如下的开场白。

没下请帖，美国人带着飞机大炮来了。怎么办？顶回去！这些日子，谣言、反动标语都出来了。还有许多事情是我们眼前还不知道的。你以为反动党团登记完了就天下太平？没有这么回事。死心塌地又没有露出尾巴的反革命，是绝对不会上门来登记的。不早不晚，范存宇的文章也出来了。要说他有意同美国人配合，是冤枉他。他客观上起了这么个作用。正当我们最困难的时候，他不来雪中送炭，却来釜底抽薪。这一阵子是这么个气候，牛头马面都要出来跳舞。这叫作阶级斗争不以人的意志为转移。好嘛，大家开开眼界也好嘛。咱们要稳住阵脚，这最重要。范存宇的文章一出来，像江有声这样的好人都有些灰溜溜的。不奇怪。没见过大世面嘛。范存宇有胆量出来挑战，咱们难道是胆小鬼？谁胜谁败，现在还不必下结论。但是党要表明自己的态度。共产党如果不支持新生事物，如果掉下几个树叶就怕打碎脑瓜，这块牌子可以不挂了。当前范总工程师能讲出一百个理由说不，咱们这方面还不能讲出一百零一个理由说是。试验还正在进行，曲折还不可避免，论据还不够充分。他是看准了这个形势才破门而出的。

党委讨论的结果，大家都同意立即开展技术的辩论。

“就叫技术座谈会吧，”向明笑着说，“咱们人多势众，把人家吓回去也不好。共产党人不隐瞒自己的观点。别人不隐瞒，咱们也欢迎。全都亮出来比憋在肚子里好。叫人家憋的肚子痛是不道德的。咱们创造条件，让他全部亮出来。下棋也得有个好对手嘛。你同一个三岁小娃娃对阵，算个什么英雄？棋逢敌手，下起来才有味道嘛。”

向明说他关于技术辩论曾经有过两种考虑：一种是你刮你的风，我走我的路，暂时不理会那些蝈蝈叫；另一种就是把自己的队伍立刻拉上阵，免得人家以为是示弱。既然大家都主张马上接火，他也同意。

技术座谈会整整开了一天。

范存宇回家的时候，梁静宜还是满面春风地迎着丈夫，好像迎接一个凯旋的将军，却不知道他丢盔弃甲，一颗心好像刚刚从油锅里捞出来。

“你回来啦？好，呐，给你竹盘，快去摘扁豆。呐，接着啊！说不定还有人来看你。”梁静宜抑扬顿挫地说着，好像在唱歌。

“什么扁豆，圆豆，我要全部拔掉!”

“拔掉?”梁静宜这才注意到丈夫的脸色。啊，不对，有些发灰发白，不像早晨出门的时候那么红里透亮。“为啥?”她问，心里有些茫茫然了。

“咱们走!”

“走？到哪儿?”

“天涯……天涯!”他要说“天涯海角，无处不可以栖身”，可惜激动得舌头不会打弯了，竟然没有说出这句浪漫气味很浓的话。

“什么填鸡填鸭的，你怎么啦？有话说明白，别叫人打闷葫芦。”

范存宇不理她，不接她的竹盘，也不接她的话茬儿，径自走到沙发跟前，重重地坐下去，好像倒了一块碑石。

梁静宜看出丈夫的神气不正常，担心起来了。

“你是不是不舒服啦?”

“我从今以后要彻底舒服，我要辞啦!”

“你辞啦!”

范存宇忽然又跳起来，摊开两手，向妻子一字一字地大声说：

“我说的是要辞，你耳朵哪儿去啦!”

他从来没有这么歇斯底里过。这个一向尊重女性的人也从来没有对妻子这么粗暴过。

梁静宜相信丈夫的确是病了。她拉住他的手，要他坐下，探手摸摸他的前额，并没有发烧的征候。

范存宇经过这一阵爆发，好像一个撒了气的皮球，软瘫在沙发上了。

“没有我说话的地位啦，他们表态啦，群起而攻之啦!”他有气无力地说，声音苍凉极了，也颓丧极了。

当天晚上，范存宇抱着确定的决心，写了一封辞职书。他花了整整三个小时。这不像写技术论文，用词造句都是煞费斟酌的。他不敢冒犯共产党，却又不甘心示弱，难就难在这里。写完，用一个大信封装好，上写“向书记亲启”。他不写“厂长”，而是写“书记”，就是有那么一点向共产党示威的意思。

第二天一早，向明还没上班的时候，范存宇把信亲自送到办公室，端端正正地放在向明的写字台上，退后一步，端详了一下，觉得很得体，也很满意自己的这个行动。不管怎样，总是用这个方式显示了一点骨气。他范存宇不是那种一碰就颓废的人。他回到自己的办公室，在写字台旁边坐下去，把头一天的报纸铺开在台子上。他看，可是看见的是一片白纸，上面好像一个字也没有。

他继续看这看不见字的报纸，不知过了多久，忽然有一个清朗的女孩声叫：

“范工程师。”

他猛地一惊，站起来，看见进来的是小韩，圆圆的脸上笑着，交给他一个大信封，像来的时候一样轻轻地去了。这是他自己的那个大信封。怎么，退回来啦，他慌忙打开，抽出里面的信。这是他自己的那封辞职书，只在信尾有向明写的几个字：

“缓议。　向　1950 年 10 月 21 日。”

这不是他希望的又正是他希望的。他的内心深处是希望被挽留的，这样可以挽回一些面子。可惜向明的这两个字太简单了。他琢磨不透这究竟是挽留还是缓办的意思。

这一天没有一个人到他的办公室来。他看了一天看不见字的报纸。

这一天的晚饭前后，也没有人到他家里来。他和静宜对面坐在沙发上，听见外面的枯叶沙沙地掉下来，好像是落小雨。夜里他睡得很坏。

第二天还是这样。他很想到炉子上看看，可又没有这种勇气。

他觉得一会儿发冷，一会儿发热。他右边的牙齿痛起来，牙龈发肿，连带的右脸腮也肿起来了。

他下班回家，晚饭也吃不下。他要静宜给他去买牛黄清心丸。

他怕人家见他脸肿好笑，就连续吃了三丸。半夜时候，牙痛好些了，可是肚子泄了，到天亮一共行动了五遍，泄得两腿发软了。

“老啦，老啦!”他心里说，很想有一根拐杖才好。

第三天晚上，他躺在沙发上，肚子上敷着一个热水袋。梁静宜坐在对面打毛线。很静。清清楚楚听见树叶子落地的响声。毛线随着静宜心里那条线一起乱了。她返了好几次针。

“哼，都是你挑的好人，这时候连门都不上啦!”范存宇忽然说出了这么一句。

静宜知道他指的是邢桐。她说：

“他也许有事。”

“他感冒啦，他避风!”

静宜没有听出这是一句挖苦话。她说：

“人家有病，还能怪人家吗?”

“哼!”范存宇要说她是木头脑瓜，由于尊重女性的习惯没有说出来。其实老师是错怪了门生。邢桐不是避风，他正在为时局的变化提心吊胆，很怕不定啥时候从天上掉下炸弹或原子弹来。据他的分析和判断，这几乎是不可免的。

两夫妻对面坐到九点多，各人吞着自己酿造的苦水。范存宇这两天好像悬在半空里，心里只是不托底，不知向明这么装聋作哑，准备怎样处治他。降职降薪之类的事他是不怕的。合则留，不合则去。他最怕的是开这么多人的座谈会，那些像锥子一样扎在脸上的眼光实在不好受。梁静宜很希望有人来同范存宇谈谈，解解闷也好，没想到正是需要朋友的时候却没有一个人上门。她心里早把世道人心骂了上百遍。真可惜了她的好茶、好烟、好酒、糖果、点心，还有她亲手烹调的好菜好饭。这两天她讲什么都同丈夫对不上碴口，只好闷嗗嘟地一言不发。外面的枯叶一阵阵落下来，这细碎的寒声更使她的心里发凉。她起来，从衣架上拿一件衣服给丈夫披上，她自己也披上了一件外衣。

外面忽然响起脚步声，走得很急，在这静悄悄的夜里听的格外清楚。门咕咚一声开了。两夫妻同时一惊。

在长方形的门框中间，站着梁端端。屋里的电灯照亮了她的前身。

白帆布工作服，夜风刺红了她的脸，鸭舌帽压在她那向后拢去的头发上，帽舌头向天上翘着，咧开嘴笑着，露出一排齐齐的白牙齿，眼光亮晶晶的好似两个电珠。

“姑妈，姑夫，我回来啦。”

两夫妻这才看清楚，她手里还提着她的小行李卷。

梁静宜的眼睛里蒙上了泪花。她带响的回来啦，这是出乎她的意料的。她站起来，迎上去，要接端端手里的行李卷。

“不用，不用。”端端说着，把行李卷往门旁边一扔，哐啷一声关了门，拉起姑妈的一只手，同她一起来到范存宇跟前。

“姑夫，你知道是谁叫我回来的?”这个急性的姑娘不等对方回答，又说：“是向明。”

“我估计就是他。”范存宇说。这个一向标榜不说谎的人现在说了谎。他其实是没有估计到的。

这一点向明本来是不要端端讲的，但她讲了倒也有好处。范存宇心里对向明的对立情绪下降了好几度。

梁端端摘下帽子，随手一扔，坐在沙发上，像男孩子那样岔开两条长腿。

“姑妈，我五点吃的饭，现在又饿啦。”

“你吃饼干好不好?”

“甜腻腻的!”

“那好，你陪姑夫说说话，我去煮挂面，一会儿就好。”

静宜走了以后，端端两眼盯在姑夫的脸上。

“姑夫，你这两天瘦啦。”

“嗯，还好，还好。”

“你估计向明叫我回来干啥?”

“还不是敲打一顿又给一块糖吃。”

端端一撇嘴：“这么说呀，正应了一句古语。”

“什么古语，你痛痛快快说好啦。”

“燕雀安知鸿鹄之志。”

梁静宜正好进来取开水瓶，听了这话，怕引得丈夫发火，急忙向侄女发警号，

“端端!”

端端已经看见姑夫脸上一红，知道这话说硬了，心想，果然是大知识分子的架子没放下，这么一句话都受不了。

“你去吧，”范存宇向妻子一摆手，“现在的年轻人讲话都要压人一头的。”又转脸向着端端：“叫你来干啥?无非是动员我，要我承认错误，不该写论文。”

“你讲话总讲不到点子上。谁能禁止你写论文。既然有意见，就可以讲。不管什么意见都可以讲，只要不是恶意攻击。”

范存宇心里紧张起来了。“我攻击啦?”

“差不多!”

“笑话，你试试，你找出一个攻击的字眼。我没有一句话离开科学论文的规范，没有叫，也没有骂。有目共睹嘛。”

梁端端笑了。“真理和谬误，谁是谁非，谁胜谁败，不靠叫骂，不靠吵吵嚷嚷，还得靠实干。真理总是在荆棘中开辟前进的道路。不管是刀枪剑戟，火刑水牢，飞机坦克，真理从来没有屈服过。这次高炉上的试验，少数人有信心，很大一部分人是半信半疑，反对的也是少数。你想想，你这篇文章同哪些人是一致的，起了什么作用?”

“难道我没有发言的自由?”

梁端端拉长了脸，做出一个苦笑。

“‘自由,自由,世间多少罪恶借汝之名以行’，美国人侵占平壤还说是拯救朝鲜的自由呐!他要是把飞机、坦克开到中国来，也会说是为了中国人民的自由。你想没想，你干扰了人家搞试验的自由?”

梁静宜端来一碗热气腾腾的挂面，上面插一双筷子，放在沙发跟前的小台子上，听见了侄女的话，还是很怕她冒犯丈夫。

“端端，你快吃，吃完了快休息，不早啦。”

“姑妈，你别担心，我说错了我赔不是，给姑夫下跪也行。”说着，拿筷子扒了一大口，烫得卷起舌头，在嘴里直呼噜。

“你慢点，慢点，”静宜说。

“好吧，你一面吃，一面说，说下去吧。”范存宇说。

“我还是这句话，你想没想干扰了人家试验的自由？”

“干扰？笑话，我哪里有这么大的权力。”

端端现在不敢大口吞了，只是一小口一小口地吃着。

“你要是站在自由主义的立场，你要是抱一个对集体不负责的态度，咱们俩一辈子也谈不拢。正当人家需要加油的时候，你不去加油，倒向人家头上大浇冷水，还说这是你的自由。你哪怕暂时守中立也好嘛，你哪怕观望一阵子也好嘛。为什么征求你的意见的时候，你不说什么？咱们也不用争论，姑夫你自己想想，你这个总工程师这样做没有一点问题吗？”

梁端端前前后后差不多是逐句讲了向明的话，不过没有说出这是向明的意思。她这样做是做对了。

“所以我要辞职。”范存宇逃避地说。

“问题本身你能辞得了吗？造成的影响你能辞得了吗？”

范存宇一时不知道怎样回答。端端趁这当儿告诉他，向明要找时间亲自同他谈谈。

“我坐了三天冷板凳啦！”范存宇愤愤不平地说。

“姑夫你从自己的角度看事情，总是看不对头。是一个工厂重要，还是你这一个工程师重要？你客观一点好不好？”

梁静宜唯恐他们谈崩。她既不愿意丈夫生气，也不希望侄女撒娇。她催他们立刻休息。

第四个晚上的八点多钟，出乎范存宇的意料，向明同端端来了。这更是出乎梁静宜的意料。她慌慌张张，里里外外，又沏茶，又敬烟，似乎这样可以给人一种好印象，因而对丈夫有利。端端叫姑妈来到她的小屋，因为担心姑妈在场不便于向明谈话。

向明和范存宇对面坐在沙发上。

“早就想来，聊聊天，总有事打搅。”

范存宇见了向明，脸上热了一阵子，心里也有些紧张，听他说的这么随便，提防着的心松开了些，为了掩饰自己的尴尬，就恭恭敬敬让向明吃糖果。

向明平常不爱吃糖。在这里，为了表示不见外，也就一块块放进口里。

“老规矩是腊月二十三给灶王爷供糖，要他上天讲好话。老范啊，我吃了糖，嘴可不一定变甜呐。”

姑妈在端端的小屋里，听向明开玩笑，瞄了侄女一眼，小声说：

“这人倒没有首长架子。”

端端一心想听向明和姑夫的谈话，只点点头，没说什么。她巴不得向明狠狠把姑夫撸一顿，才解恨呐。这时听向明在外面喊。

“端端呢？来啊，戏台上没有你这个刀马旦怎么行啊。”

端端和静宜都忍不住笑了。她来到外间，在写字台旁的椅子上坐下。梁静宜心里那条绷紧的弦也松开了。为了表现主妇的才能，到后面烧开水、洗水果去了。

向明问了范存宇这几天的起居，接着就正面对着他那微微肿胀的脸，说自己到工厂快两年了，始终还吃不透大工业的规律性。落后就要挨打，这是斯大林的话，那么好，跑吧，赶吧！沿什么路线跑呢？照老章程办事，别说炼低矽铁，就是炉膛里的大铁砣也还拿不出来。新章程呢？对不起，还没有完整的一套。等着挨打又不甘心。那就探索前进吧。不光用烧结矿炼低矽铁是一种探索，所有党的工作、行政工作、技术工作，从大范围里讲都是在探索、在试验。细心观察，厂里当前有三种人：一种是像宋老铁、罗明立这样的，心里有一团永不熄灭的火，好像活火山，一劲地向外喷放热。这样的人还不够多。他们是代表社会主义方向的人，是先锋。另一种人也在动，不过很像那个挂钟，得有人给他上弦他才动，弦松了又得帮他拧拧紧。这样的人很多。第三种好比是失修的机器，基本上是在那里怠工。这样的也不多。当然还有暗藏的敌人，先不去说他。第三种人在不知不觉干着敌人高兴的事。

范存宇一面听，一面随口答应，听到这里，放开的心又收缩起来。他最怕的是和敌人二字沾边。

“我就算第三种人吧。”他吞吞吐吐地说。

还不等向明答话，端端插进来：

“姑夫你先别为自己划杠杠。”

范存宇心里发火了，脸一下红到脖子。“怎么，你还要把我划到敌人一边去！”这是他心里的话，如果向明不在面前，是会冲口而出的。

向明猜中了他的心情，微微一笑，向端端说：

“如果范总确实承认自己和第三种人站在一起，做的某些事情是敌人高兴的，我认为是一大进步。”

范存宇和梁端端心里都咯噔一下，眼神里都划出问号。这两辈人虽然政治思想不同，但是都受到形式逻辑的熏陶，所以很难把“敌人高兴”和“一大进步”联系到一起。梁静宜刚刚从后面捧出一大盘红苹果，刚好听到敌人高兴这一句，差一点失手把盘子掉在地上。

三个人的反应都没有逃过向明的眼睛。他多吃了几块糖，一时觉得胃里发酸。静宜刚把高脚玻璃盘放在小台上，他就抓起一个苹果，咬一大口。好，崩脆，一兜水。

“我这话自相矛盾，是不是？我来解释。”

他伸出手，一个个掰着指头，说范存宇当初没有扯裙子角飞走，是一个进步；原来的变天思想逐渐消除了，是第二个进步，现在敢于承认自己干的某些事是敌人高兴的，是第三个进步。其实向明心里也明白，范存宇是迫于形势才这么说，心里是未必承认的。

“这样的分析你同意吗？”向明抬眼看看端端。

端端大眼珠一转，明白了向明的意思，一是解除老工程师的顾虑，二是要严肃地进行批评，连忙说：

“同意，同意。”

向明微微一笑，转向范存宇。

“老范，我向你交底，我不是来问罪，是来谈心。问罪容易，下一道命令就行了。谈心可不简单，话不投机半句多。要投机，得有共同语言才行。我们之间有没有？有。都希望中国工业化，都反对美国侵略朝鲜，对不对？可惜在许多问题上，不但没有共同语言，还是尖锐对立的。”

端端听的对心思了，情不自禁地插上说：

“一点不错。”

“端端，你别插嘴！”梁静宜挖了侄女一眼。她正在为客人送茶。

向明知道这位太太的用意，心里暗暗一笑，仍然严肃地说下去。

“我不把人看成一个个孤立的人，人身上都有阶级的烙印。人，不管他承认不承认，他的一言一行都不是超阶级的。不看挂的什么招牌，看实际行动对谁有利。你，老范，看招牌是社会主义企业的总工程师；看行动，你的论文对工人阶级有利吗？”

范存宇听向明讲阶级烙印，心里说：“紧上来啦，紧上来啦。”脊背上不由得冒汗了。听这么一问，他只得支支吾吾地说：

“啊，不利，不利……”

“那么对谁有利？”向明紧追一句。

“这……”范存宇吧嗒着嘴唇，不知怎样回答才得体。

向明不等他回答，又说：“不要求你一个晚上同意我的观点。那个大高炉，在你看来不过是按蓝图堆砌起来的耐火砖和钢板。在老铁、罗明立、牟云开他们的心里可不一样。那大高炉里有他们的血泪史，有他们的希望和心愿。不一样啊，老范。思想感情不一样。勉强不得，也装不得假。你和他们之间的分歧是两种世界观、两种阶级立场、两种办企业路线的分歧。我不把你的论文看成孤立的个人行为，所以不想用行政手段解决问题。又正因为看到你的论文后面有一股势力，所以开了技术座谈会。这个会，照我看，表面是技术之争，骨子里是企业路线之争。你要是把这个会看成针对你个人，那就看浅了。这一股势力推举你当头雁，你也就应时而鸣。”

“不不，”范存宇早已浑身冒汗，头皮发紧，“没有人推举我，是我自己干的，我个人负责。”

这一句话他倒是说得确确凿凿，毫不含糊。范存宇自视是有骨气的呐。

“姑夫，你没有理解厂长的话。”端端又插进来。

“啊，是吗?”大工程师心里老大的不痛快，不过绝不露出来。

向明看这大名鼎鼎的人物竟然这么稚气，不免心里暗暗叹气。资本主义为它的发展造就一大批专家，可恨半殖民地的资产阶级连像样的专家也培养不出多少，这倒也是合乎规律的。

“推举，我不是从形式上说的。没有推举的推举倒更深刻些。你是没有委任状地代表了这一股势力。在这一点上你很有自觉性，有主动性。我再问你，老范，你写论文的目的是什么?”

“是纯科学论文。目的？没有别的目的。”范存宇一本正经地说，一点也不觉得这话的荒唐可笑。

向明和端端同时笑了。向明是开朗的笑，端端却是一肚子别扭的笑。看这么大的一个人，一会儿说自己负责，一会儿又说行为没有目的，她不免为姑夫觉得羞愧。

向明眨眼间想了好多。颠倒了的世界观再颠倒过来，要经过怎样的过程？可真不易啊！没有目的的话从大学者口里讲出来，不是可惊的吗？但这毕竟是现实，就是要在这个基础上推他向前。这时已经九点多。周围很静。秋虫在忙乱地唧唧。他觉得有点凉意，就起来活动一下，一面继续说着。平常都说，不要求技术人员都成为共产主义者，只要爱国就好。现在看来，要做一点补充：这个国家是社会主义的，如果思想感情和这个国家格格不入，怎么爱得起来？可见思想的社会主义改造是必要的。有的人很怕听改造两个字。其实他每天吃啊，喝啊，食不厌精，烩不厌细，不就是要全身的细胞新陈代谢吗？你请他赴宴，他眉开眼笑，一筷子一筷子往口里送，也不怕麻烦。你说要改造思想，他眼珠一转，瞅机会就溜号。

他的比喻把一家三口都招笑了。向明倒不觉得好笑，因为这是一个严肃的问题。他伸出两个指头，对范存宇说：

“对你可以有两种态度。一种是敷敷衍衍，好好好，始终拿你当客人。另一种是拿你当自己人，那就不客气，有啥说啥。你说我该怎么办?”

范存宇听着向明幽默的谈吐，收缩的心又放开了，汗也收了。向明不是来问罪的，这一点他确信无疑了，同时也听出来，他向自己提出了新的要求。

“自己人，自己人，当然，有啥说啥。”

“那好，说老实话。正当需要鼓舞士气的时候，你这个总工程师却来泄气。我当时看了论文，气得头发根都竖起来。后来一转念头，觉得这也很好，你把所有不利因素系统地摆出来了。我已经对江有声他们讲过，要重视你从反面提出的问题。有针对性地把这些不利因素去掉，不就成功在握了吗？可见我脑子里的辩证法也不多，也还是需要改造。”

他说到这里的时候，正好一步踩到地板失修的地方。那咯吱一声在这夜深人静时候是很刺耳的。他转身面向梁端端。

“端端，这是你的责任，你早就应当请木工来修修。”

端端的大眼珠闪亮，龇出整齐的白牙笑着。

“好，明天一定修。”她是很乐于接受这个批评的。

6

一家三口送向明到树墙外面，看他的身影迷失在苍茫的夜色里。忙乱的秋虫声更衬托出夜深人静。明亮的银河横泻过淡淡的天空。

回到屋里，范存宇和静宜坐在沙发上，端端靠写字台站着。老少三人是三种不同的心绪。人家没有指鼻子骂，听口气也不要辞退丈夫，这在静宜是求之不得的。这些年来南北东西，她受够了搬动的苦。如今已经布置起安乐的小家园，不动最好。范存宇当然不再想什么天涯海角，但是从向明的谈话里，他知道照老样子下去不行了。得重新迈步，可怎么个迈法？座谈会上那子弹一般的眼珠子，回想起来不免心有余悸。向明一脸坦率的笑还没有完全湮没这一片眼珠子。端端随手抓一个大苹果，大口地啃着。向明那坦坦荡荡的态度，深入浅出的谈话，都适合她的性格。她的心里这时没有一丝褶皱，正如她绸片一样舒展的额头。沉默了一会儿之后，还是她先开了口。

“姑夫，听了向明的谈话，你有什么想法？”

“这……不大好说。”

“同意就同意，不同意就不同意，有什么不好说。”

“你也得让姑夫考虑一下嘛。”静宜在一边帮腔了。

“这样好不好，端端，你先讲讲你的感受。”范存宇说着，站起来，背起手，慢慢踱着。

端端提起刚坐过的椅子，放在地板失修的地方。

“姑夫你别踩这里，我明天一定找人来修。从这件小事，看出两种不同的生活态度。得过且过是一种，认真对待是另一种。照我看，向明对你是认真对待的。他触到了问题的核心，担心你一下子接受不了，也就适可而止。”

“什么是问题的核心？”范存宇站定，看着端端的眼睛。

“世界观问题。”

“嗯，嗯，愿闻其详。”

“工人都看得明明白白的，你费那大的劲还转不过弯，这说明什么？纯科学啊，没有目的啊。姑夫，我听了真替你害羞。”

“端端！”姑妈发出警号。

范存宇一皱眉头，向妻子摆摆手，意思是不要她干涉。

“向明说得清楚嘛，他考虑的不只是你一个人的问题。有一股势力，客气点说，是保守势力，说穿了，是反对派。这也不行，那也不行，就是他们行，忘了国民党最张狂的时候，全国一年也没出到十万吨铁。我们这一个厂呐，不行不行，今年再不济也出它六十万。才只开了两个炉子嘛。事实摆在面前，还闭眼不看，什么问题嘛！用烧结矿，为什么用百分之六十就没问题，用百分之八十就出问题？明明是在逐步掌握规律嘛。事实摆在面前，就是闭眼不看，什么问题嘛！”

她越说越快，越快口齿越清楚；越说声音越高，眉毛也挑的越高，满腔的郁积恨不能一口喷射出来。

“端端，你慢点。不怕噎住气啊！”姑妈又插进来。

“我不会慢，噎死拉倒。”端端忍不住笑了，但是马上又收住笑，直问到范存宇的头上。“姑夫，你先说说，我讲的合不合乎实际情况。”

“嗯，合，合乎。”范存宇沉吟地说。他知道，在侄女的逼问下，是无法躲闪的。

“姑夫，我真高兴，在这一点上咱们有了共同语言。”

“好，好，你说下去。”

“我说完啦，该你啦，说呀!”她扑扇着大眼珠直盯在范存宇的脸上。瞧，宽宽的脑门，微秃的头顶，真像个大学教授，肚子里装满洋装书，还会三国外文，可惜的是不懂马列主义 ABC。

“你知道两句话吗?”范存宇说。

“说呀。”

“千人之诺诺，不若一士之谔谔。”

“知道，国文课学过，是《商君列传》里的话。”

“对，我发表一得之见，不过一士之谔谔嘛。想不到引起轩然大波。向明说是不问罪，可我觉得是活剥皮一样。”

端端的脸拉长了，不是因为生气，倒是因为听出这是老工程师的真心话。

“姑夫，你提到这两句古话，很好。你一篇论文出来，诺诺的人有没有一千，反正不少就是了。我现在就当这个谔谔的一士，把话说破，你别发火砍我的头，好不?”

“好，一言为定。”

“姑夫，幸亏在向明面前，你没有多讲话。你开不得口，知道不知道?一开口，个人主义、自由主义的气味就冲人的鼻子。(要不是姑妈在旁，她会说臭的。)我不妨替你说，你要是住在美国，发表这么篇文章，一定不会引起一片责难声，对不对?‘言论自由’嘛。《资本论》都摆在书店的架子上。‘学术自由’嘛。哈哈，飞机大炮机关枪，杀掉上千万中国人，拯救中国的自由嘛。”说到这里，她用手指指几个书架。“那些大书，你早念的滚瓜烂熟啦。不管里面有多少有用的，你暂且放放，不过落上一层灰。你该抽时间学点政治啦。向明讲世界观，不是逼你上绞刑架，是寄希望于你的，难道你连这一点都听不出来?”

“我怎么能听不出来。”

“好，姑夫，好，”端端绷紧的脸笑开了。“和工人阶级有共同语言，不是鹦鹉学舌，得自己花点心血。毛主席在七届二中全会上的报告，你该看过吧？”

“发表的时候看过，早忘啦。”

“你要知道，向明的一言一行，都是照毛主席的教导，当前主要是根据这篇报告的精神。”

“啊啊，是吗？”范存宇听来很新鲜。“你能举例说明吗？”

“你等等。”

端端飞回她的小屋，踩得地板咕咚咚响，在一堆报刊里翻出一本小册子，又飞到姑夫跟前。

“你们还想不想睡？”家庭权威发话了。

“你先睡，别管我们！”范存宇说，可是没有看她一眼。

梁静宜叹一口气。家庭权威失去了威权，她怎么能不慨叹。她一个人回到卧室，躺在床上，却瞪眼听着外面的谈话。听见端端沙沙地翻书页子，又听她说：

“你先看这一段话。”

范存宇看见的是划了红线的一段：“我们必须全心全意地依靠工人阶级，团结其他劳动群众，争取知识分子，争取尽可能多的能够同我们合作的民族资产阶级分子及其代表人物站在我们方面，或者使他们保持中立，以便向帝国主义者、国民党、官僚资产阶级作坚决的斗争，一步一步地去战胜这些敌人。”看完，默默地点着头，眼神却茫茫然看着端端。理论指示和向明的实际行动，他还找不出其间的联系。端端猜中了这一点，就又在“争取知识分子”的争取二字下面，用指甲用力划一道深印。

“呐，姑夫，向明一早七点半到厂，忙了一整天，晚上又跑到咱们家来。要是从他个人着想，他何必？和他的小亭亭下下跳棋，听听音乐，洗个热水澡，床上一躺不好吗？何苦来磨舌头？还得察言观色，浅了不好，深了也不好。何必？不就是为了在你身上实现毛主席的指示吗？他常常说，要从别人一辈子着想。姑夫，今后几十年，你怎么走？

向明今天指出你的病根，可没有开药方。他让你自己思考。药方我替你开吧。到实践中去，到工人中去，出一身汗，滚一身瓦斯灰。这很简单，可也不容易。首先得放下架子。姑夫，你能放下吗?”

“看你说的，我哪天不到厂，不下现场?”

“姑夫，你得把指头伸到火里啊!”

侄女这一番热情的话，像急风，像骤雨，倒真的敲中了老工程师心上的某一条弦。

“该休息啦，”范存宇向里间一努嘴，意思是不言自明的。“你先去吧，让我自己看看，想想。”

他把小册子拿在手里。

端端回到她的小屋，躺在床上，眼仁儿里笑着，很高兴过了一个有意义的晚上。听姑夫又在地板上踱步，这位姑夫她今晚上破天荒叫了这么多遍。“向明的话，我的话，能在他身上起作用吗?”她带着这个问题进入了梦乡。

第十八章

1

十月末下了五〇年的第一场雪。北风卷着雪粒子，把整个城市淹没在茫茫的白色里。雪下一天就停了，但是阴云一直不散。天气骤然变冷了。因为气压低，每天一早，冷雾和烟气都凝聚在地面上。在灰蒙蒙的云雾缭绕中，各种大建筑物倒更显得神奇和雄伟。

傍午时分，有一列火车开入车站。

宋老铁早就站在车门口，他的背后站着一长串等着下车的旅客。车还没停稳，老铁就要下车。站在车门口的女服务员伸一只胳臂拦住他。车停稳以后，服务员看老铁年纪不小，伸手要扶他。老铁甩开她的手，三步两步下到站台上。他还年轻得很，是不用人照扶的。他穿着一套新的蓝布棉衣，是公家临时发给他的。他的脸色红润润的，看来身体好多了，的确是一身的劲儿。

他先到市总工会报了到。工会的负责人要他先回家休息两天。他口里答应着，一出总工会的大门，就径直向双桥洞的方向走去。沿路每一棵树（尽管现在脱落了叶子），每一根电线杆都是熟悉的、可亲的。他心里喜滋滋的，马上就要登上想念了这许多日子的高炉了。

他踩上铁梯子的时候，觉得两腿有劲，乐呵呵地想道：看样子再为党干二十年不成问题。

他想罗明立可能在值班，就先来到值班室，巧不巧值班的却是邢桐，正伏在台子上写字。

老铁不像从前那样嫌恶他了。在北京的这些日子，老铁不知不觉地提高了政治眼光。这培养好了也是国家的一份力量嘛。

“邢技术员你好啊，辛苦啦。”

邢桐抬头，见是老铁，连忙站起来向他伸出手，显得很亲热的样子。在邢桐看来，老铁现在已经不是普通工人，而是一个有名望、有地位的人，理当对他表示尊重。

“好说，好说，”邢桐不着边际的回答着，“中央的首长们都见到了吧？”

“都见啦。”老铁不由得笑容满面。

“你行啦。”这一句话里包含了许多意思。

但是老铁不能领会他的意思，他说：

“我行什么，党的培养罢咧。试验搞得怎么样？全国都关心这件事。碰到同行，没有不问的。我现在才明白，咱们国家当前是贫矿多，富矿少，试验成了可是件大事，不光咱们一个厂好，对全国也好。”

邢桐的脸色忽然阴了。“同你走的时候差不多。费了九牛二虎之力，还是只能用到百分之六十，百分之八十都不行。”

“有了百分之六十就不愁百分之八十，对不对？”

“试成了又能怎样？”

“不是说能降低成本一半吗？一年下来是多少，你算算！”

邢桐冷冷地笑了。“不行也长不了，行也长不了。”

“为啥？”

邢桐走到门口旁边，把一个开关拨了一下。墙上的扩音喇叭立刻传出一个女人的声音：

“……紧急警报一响，所有纠察队员须立即走上指定的岗位，所有值班人员须坚守岗位，非经防空指挥部同意，不得擅离职守。第四条：紧急警报响后，所有火车轨道上、贮矿槽及各处通路上，一概断绝行人。倘有违犯者，纠察队员有权制止，必要时可扭送防空指挥部处理……”

“这不是梁端端的声音吗?”老铁说。

“就是她。”

“是开什么会吧?”

“你到休息室去看看就知道啦。”

老铁顾不上再说别的，扭头就往休息室走。

他走到休息室门前的平台上，迎头碰见牟云开。小伙正揪下帽子，往自己脸上扇着，一见老铁，咧开大嘴迎上来，把帽子扣在头上，双手拉住老铁的手。

“宋师傅你可回来啦，大伙天天盼，盼坏啦。你气色挺好啊，身板结实啦。”

老铁顾不上和他谈家常，劈头就问：

“里边开啥会?”

“正在讨论防空条例。完了还要动员疏散家属。老幼病残先走一步，投亲也行，到公家安排的地方也行。宋师傅你怎么打算?”

“我服从组织，这时候最重要的是服从组织，不能一人一个心眼。”

“对着咧。宋师傅你快进屋，和大伙见见面。”小牟忙着从背后推着老铁往前走。

罗明立正在主持会，正面向门口坐着，第一个看见了老铁，一下子像发条一样地跳起来，叫了一声：

“宋师傅回来啦!”

响起一片掌声。

老铁一进门口，身上热烘烘的，心里也热烘烘的。亲爱的弟兄，亲爱的面孔，亲爱的眼光！他举起两只手，用力摇着。

“好啦，好啦，同志们，别叫老铁站不住啊。老铁走了一个月，回来成了客人啦?”

掌声停下来。

“宋师傅回来的正好，把北京的情况给大伙讲讲吧。”说话的是梁端端，她正站在罗明立身旁，给大家宣读防空条例。

全场同意。

“你到前边来吧。”罗明立说。

小牟在老铁背后推他。

“你别，你别。”老铁说着，可是身不由己，一面打着趔趄一面被小牟推向前来了。

大伙用嘻嘻哈哈的笑声送着他。今天正好在试暖气，暖气管子咝咝地响着，有的地方吱吱地漏出白汽。所有的窗子都打开了，还是很热。

老铁终于被推到前面，站在罗明立和梁端端当中。看着这许多眼睛都是这么亲爱地盯着他，他心里甜极了。“我的好兄弟、好兄弟，咱们又在一块啦！”他心里说。

“静一静，静一静，好，宋师傅你讲吧。”罗明立说。

老铁向前探出身子，好像一下子要把全场的人揽到自己怀里。他说：

“我先向大家报告一个最重要的消息。”

大伙屏住呼吸，眼瞪瞪地听他讲下去。

“毛主席身体好极啦，他老人家非常健康。”

响起一阵鼓掌欢呼声。

老铁心里热极了，等了一会儿，摆摆手要大家静下来。

“别的，另外找时间向大伙汇报，好不好？不能把今天的会打乱啊。”

“不同意，不同意！”

罗明立用拳头敲敲桌子。“同志们，听我说一句。在理就算数，不在理另说。咱们还是让老铁师傅到炉子上看看吧。要是在这里圈他半天，肯定能把他圈出一场病来。”

老铁从心底里笑了，大罗知道他的心！

他先到了二号炉炉前。这里刚出完一炉铁，工人们正在清扫平台，看见老铁，都扔下手里的工具，把他包围了，拉了他的手，热烘烘地问长问短，好像向他开了排炮。

“看见毛主席、看见中央首长了吗?”

“北京城有多大，都走遍了吧?”

“国庆节看阅兵式了吗?”

“听说你到大学校去做报告，可不简单呐!”

“逛紫禁城了没有。是个什么样，有多少金子?”

“北京大饭店里一住，还想不想家啊?”

老铁怕耽误大家干活，只三言两语地回答着。

“嘻，哪有个不想家的理? 老婆孩子想是想，可是挺放心。过的是蜜糖一样的日子，没啥好牵挂的。就是高炉心里放不下。梁端端去了信，可是看信总是隔一层。”他说着，就地捞起一把大竹扫帚，就要干活。

一个工人从他手里抢去扫帚。

“得啦，你刚回来得休息两天。”工人们同声说。

“我在北京等于是天天休息。”

“那也不行。你不休息两天俺们心里过不去。俺们不留你，你请便吧。过两天得详详细细给俺们讲讲。”

老铁只得含笑离开，刚走出平台，迎面碰见康老二。

“啊，老二，你好，是哪阵风把你吹上了炉子?”老铁这样说是因为很少看见他上高炉。

穿一身破工作服的康老二给老铁行了个举手礼。“老宋师傅你好。我听说你回来啦，特地来受你检阅。”

老铁顾不上和他说笑，忙说：“不开玩笑，咱们两便吧。”说着，急忙往前走，来到梯子口。他在这里犹豫了一下，是先到三号炉的施工现场，还是先到修理车间?

“老铁师傅，”康老二叫他，“你今天啥时候回家，我去看你?”

“不敢当，我回家没有时候。”老铁说着，下了梯子。他牵挂着节约用水的试验，想先到修理车间去。

他在修理车间没有找到李文库。听一个配管工说，试验停下来了。

“为啥?”老铁很觉得奇怪。

“说啦，要打仗啦，试不试意思不大啦。”

“是谁说的?”老铁心里一炸。

“李师傅呗。”

“糊涂！越是打仗越要把后方的工作搞好嘛。”

他低着头走出了修理车间的大铁棚子，心里很气恼。老李这人本来是靠得住的，动身去北京以前本来是和他丁是丁、卯是卯讲好的，怎么眼错不及就变了卦?

厂里找不到他，晚上到他家去，一定狠狠地批评他一顿。

正当他低着头生闷气的时候，听见有人叫他，抬头见是保卫科长和一个不认得的大个儿。

“老铁师傅，你回来啦?”张科长和他打了招呼，给他介绍这个大个儿。是市公安局的同志。

“老铁师傅，你回来的正好，”科长在他的背上轻轻地拍了一下，“向明常说你是三只眼睛，你帮我们好好看看吧。”他看看周围没有人，又说：“朝鲜那边美国兵一打下平壤，咱们这边敌人也闹腾得欢啦。谣言，反动标语，哧哧溜溜，都冒尖啦。还有更严重的，这里讲不方便，以后我同你细谈。凡是行动可疑的你眼睛都不要放过。平常不说话的为啥话多啦，平常不东串西串的为啥串起来啦，平常不接近的人怎么忽然接近啦，凡是同平常表现不一样都可以注意。”

“行，”老铁挺直身子说，“你有什么任务只管给我。”

科长告诉老铁，那封黑信早收到了，研究过，从笔迹上没有发现线索。局里很重视这件事，已经备案，继续追查。说完就和大个儿走了。

老铁看两个人去远了，还在当地站了一会儿，想着：唏，三只眼睛？三百只眼睛能够用吗？得赶快动员人、联络人。他生出一个念头，想搬进厂里来住，这样才能白黑不离开高炉。

2

傍天亮的时候，唐景秀醒来了。听见窗上有窸窸窣窣的响声，她欠起身子，划开玻璃上的霜花，向外看看。外面是看不清楚的白茫茫的一片，正落下了交冬的第二场雪。她轻轻披上棉衣，悄没声地下了炕，弯下腰找鞋子。她要早起来，去动员妇女扫雪，免得工人走路不方便，免得小学生上学的时候滑倒。

陈宝田也醒了，怪她起来的这么早。

“哎，你可不知道，”唐景秀一面穿着棉鞋，一面说，“事儿都堆到一块，支架不开啦。这雪不扫行吗？太阳出来一晒，化的到处是泥水，大人孩子怎么走路？家家户户都去领了面粉，要炒，是供应前方的。火大了糊，火不够黏，志愿军怎么吃？挨家挨户都得去检查一下。要是雪停了，被服厂八成还要送棉军衣来，压边、锁扣眼、钉扣子。不得按组按户地向下分发吗？”

她穿好衣服和鞋子，拿一条毛围巾包在头上，又弯下腰，凑在丈夫的耳边说：

“昨天保卫科长和市公安局的人来了，打听咱们这一带有什么可疑的人没有，要把治保工作抓紧。你说这不都是事儿吗？”

“唏，看你说的，比总理都忙啦。”

唐景秀剜了他一眼。“不帮人还挖苦人！”

陈宝田嘿嘿一笑，欠身子要起来。

“你要干啥？”

“我帮你扫扫也行，省得你拿眼珠子挖我。”

唐景秀嘻嘻地笑了，按住丈夫的肩膀，不要他起来。

“得啦，祖宗，你歇着吧，省着劲用在生产上吧。只要你在厂子不拉后，我累断腰也甘心。”

“行，这是啥时候，我能不拼命地干啊。我这一支电焊枪就好比是一挺机关枪，还是重机枪呐。”陈宝田歪着身子点起了他的小烟斗。

“你在厂里可别这么吹啊。”

“我傻啦?”

“还当了自己挺聪明呐!”唐景秀又嘻嘻地笑了。她很满意丈夫的态度，心里甜丝丝的。

“你说的治保的事，我早知道啦。昨天下午厂党委开了个治保工作的会，要老工人都参加了。”

“是吗?这你可是光荣啊。你听了能记住吗?”

“你怎么就是门缝里瞧我?要大家擦亮眼睛，凡是可疑的人都得注意他。平常不活动的活动了，平常不出门的出门了，平常家里不来客的来客了，平常手头紧的忽然指头缝松了，九九归一，凡是和平常不一样的都得拿眼珠子盯住他。”

唐景秀开心地笑了。“行，好，今后我跟你学。”说着，伸手给丈夫和宝娃掖掖被子，急忙向外走，顺手提起一把竹扫帚。

外边是一片白茫茫，雾蒙蒙，也分不清哪是天、哪是地。街灯还亮着，好像是发亮的绒球。在这条街的远处，唐景秀看见有几个人影子在晃，可是看不清面目，猜想是于秀枝、沈佩兰、盛玉华她们。唐景秀每次见了这情景，心里都很感动。什么是觉悟?这就是觉悟。大冷天一大早，谁不知道热炕头热被窝舒服?没人赶，没人催，这些好姐妹自动自觉地就出来了。唐景秀急步向前走了一段，看清了果然是她们三个，都在弯着腰扫雪。她们听见脚步声，都直起腰来，都冻成了红鼻子尖和红脸腮，眉毛上和鬓角上都黏着白绒一样的霜花。

“光靠咱们几个不行，还得动员大伙出来。”唐景秀说。

“咱们先干一会儿吧。”沈佩兰把两只手放在嘴上哈着，“这时候一喊，不把工友都吵醒吗?”

唐景秀同意，并且提议先把通向厂区的这条路扫出来。

过了一会儿，解静文和杜奎芝也来了，都扛着一把大竹扫帚。

“咱们副主任可真会纳福啊，”于秀枝气鼓鼓地说。

“她走啦，串亲戚去啦。”唐景秀说。

正当她们动手扫雪的时候，听见远处有脚步声。

“这么早是谁?”于秀枝说。

“一定是老铁叔。”盛玉华说。

从白雾蒙蒙中间晃出一个人影子，走到近前，果然是老铁。他的皮帽檐上、眉毛上、下巴上，都挂上了白绒。他是这一天去工厂的最早一个工人。

五个姐妹都笑了。

“老铁叔，这几天总看不见你。简易住宅的事我得向你汇报一下啊。”唐景秀说，嘴里喷出白汽。

“唏，别提，我这几天不自由，各厂叫去讲群英会的情况，推也推不开。等我抽空找你好吧?”

“对啦，还没给俺们妇女讲呐，漏下了可不答应你。”唐景秀说。

“行，我随叫随到。”老铁看看这五个头上挂满了白霜、脸冻得通红的妇女，又说:“山下村的妇女可真不得了啊，好，好，得好好向你们学啊。”说着就要向前走。

“老铁叔你可留神脚下啊。”沈佩兰说。

老铁嘿嘿一笑。“不怕,”他抬起一只脚跺了两下，“你看，我现在有劲，一脚能踹一个窝儿。”他露出牙根，像天真的小孩那么笑着，向前走去。

五个姐妹看着老铁微微有些驼背的后影，又感动地互相看看。

“老的都这样，咱们该怎么干?来!”唐景秀说。

五个姐妹一股子热劲，抡起了大竹扫帚。

雪粉飞扬起来。

这天傍午时分，山下村飘起了炒面粉的香气。太阳早就出来了，化得满街都是水。这里那里，一堆堆积雪射出刺眼的光。唐景秀和五个家属委员，踩着扑哧扑哧的雪水，挨家挨户检查炒面的火候。

唐景秀来到夏玉芹家，看见她正弯腰在锅上，手里的铲刀在翻动着。小珠正蹲在灶坑里烧火，说，

“唐姨来啦。”

“我说你炒完这一锅就算了吧,”唐景秀凑到夏玉芹跟前，抓一把

炒面看看，又在手里攥了一下，“有得是人，也不差你这一把手。”

“你怕我看不见火候，是不是?”夏玉芹不停地翻动着铲刀，面香一阵阵飘浮起来，“你放心，有我的鼻子，加上小珠的眼睛，保险没错。再有七八分钟，这锅准好，不信你尝一口。”她说着，用铲刀的尖挑起一点，送给唐景秀。

唐景秀把铲刀接在手里，可是并不尝，却弯腰帮她炒起来。

“小珠，火越慢越好，炒生了好办，炒煳了就报废啦。”

“嗯呐。”小珠答应着。

“听说还有做棉衣的任务?”夏玉芹挨在唐景秀身边，小声说。

“是有啊。你还能缝棉衣?”

“不能缝，钉几个扣子也是这个心嘛。唐姐，你不分配给我，我可有意见。”

“好吧，什么都依你还不行吗?”唐景秀心里很感动。“小珠，这一锅好啦。撤火，拿盆来。”

小珠连忙答应着，站起来，从旁边抱来一个大瓦盆，放在锅台上。唐景秀拿起面瓢，一面往盆里盛，一面和夏玉芹谈着。

“贾二立这几天着家了没有?”

夏玉芹的脸上一阴。“还提他干啥？全当他死了。”

“看你说的。这个社会，他就没有回心转意的一天?”

“难！大前天半夜里，来啦。不知把什么放在那箱子里，一阵风又走啦。”

唐景秀心里一动。“你不好让小珠看看?”

“钥匙在他手里。早晚有一天，我把他那些肮脏东西一股脑儿抱在灶坑里，一把火烧了干净!”夏玉芹恨得从牙缝里说。

唐景秀帮她盛好面粉，告诉小珠，凉一凉再往袋子里装。

她离开夏玉芹，又走了几家，后来走进一个门洞，仰面看见一个妇女从楼梯上走下来。是林婉如，一条米色的缅毛围巾里露出粉嫩的脸，身上是深灰色带驼绒领子的短大衣，脚上是半高跟的鹿皮鞋。唐景秀每次看见她，总要细细地端详她，觉得她和自己不是一样的人，可是也还不讨人嫌。

林婉如一面往下走，一面说："啊，妇女主任，炒面你怎么不分给我？别的我干不好，这个还行。"

"你一个人，灶也不好烧，呛得擦鼻涕抹眼泪的，算啦。"忽然又想起来："碰见你正好，我正要求你一件事呐。"

"凡是我能办到的。"

"你一定能办到。这阵子妇女们听读报、听广播，都挺热心。可是心里又明白，又糊涂。美国人到底是从哪往哪儿打？占了多大的地盘？志愿军过江是从哪里过的？什么仁川啦、平壤啦，到底是在哪一块？离咱们多远？心里一满不清楚。想请你抽个空，给大伙讲讲。"

这事正好碰到林婉如的心坎上了。她一口答应下来，想了想，又说：

"这里那里，空口白牙也讲不清楚，我得画一张大地图；最好先给家属委员和各组组长讲讲，你们觉得行了再给别的姐妹讲，好不好啊？"

"好敢情好，那不太麻烦你了吗？画个地图得几天？"

林婉如笑了。"地图画详细了反而看不清，只画个大概，半天也用不了。你要是同意，今儿晚上就讲。"

唐景秀没想到她答应得这么痛快，高兴极了，约好晚上七点半到林婉如家来。

这天晚上，江有声回家的时候大概是九点左右。刚走到外门跟前，听见林婉如提高了的声音，正不知道她费这么大的力气同谁讲话。推开门，隔着外间，看见里间门里黑鸦鸦地挤满了一屋子妇女。正冲着里间门的墙上，挂起了一张大纸画的朝鲜简图。林婉如正站在地图前面，拿一支竹筷子，在地图上一面指点，一面大声讲解着。江有声轻轻地关了外间门，踮着脚尖来到里屋门口，这才看清楚，床沿上坐着几个人，是唐景秀、沈佩兰、杜奎芝，于秀枝和盛玉华盘腿坐在床上，整个地板上也都坐满了人，都仰脸看着婉如，安安静静地在听她讲，听得很入神。婉如正脸向着地图，也正讲得起劲，没有看见江有声，也没有听见他的动静。她正指点着一道带箭头的黑线，说明美国人从仁川登陆以后，向着平壤和新义州进攻的路线，然后又解释周总理那句有名的话："中国人民决不能容忍外国侵略，也不能听任帝国主义者对自己的邻人肆行侵略而置之不理。"

妻子从这方面为妇女们服务，江有声是出乎意料的，也就从心底里高兴。听她讲得这么热情，口齿又这么清楚，战争进程的时间和整个形势又讲得这么准确，真不知道她从哪里学来的这些时事知识，实在是一个出色的时事宣讲员，他不免又是惊奇又是佩服。他靠在外边的门框上，脸上笑着，眼睛盯着婉如在地图上移动的手，很有兴味地听着。

唐景秀最先看见了他，招手要他进里屋来。妇女们看见唐景秀的动作，也都回头。房间里起了一阵移动座位的声响。林婉如回头，看见了江有声，脸上微微一红，不好意思地笑了。

"你进来吧，我快说完啦。"

"讲吧，讲吧，我就在这里很好。我好久没顾上好好看报纸啦，听听正好。"他巴不得婉如多讲讲，似乎妻子讲得越多，丈夫脸上也越光彩。

当小两口送走了众妇女，回到里屋的时候，江有声拉起婉如的两只手，热切的眼光盯在她的脸上。

"很好，讲得很好，好极啦。"

"秃子没毛将就材料罢咧。"婉如倒给丈夫说得脸红了。

"不，是真好。我真不知道你从哪里得来的这些时事材料。"

"天天听广播嘛，天长日久，不知不觉就记住一点点。"

江有声拉着婉如，让她坐在床上，自己却站在她的身边。

"很好，很好，"他感叹地说，"一个人只要诚心诚意为大家服务，不管从哪个方面都行。我说婉如，你一定得去教书，我今天才知道，你很有讲授的才能。"

"我都不好意思再提啦。"

"有啥不好意思？工作嘛。"

这么长久的时间以来，林婉如第一次感受到丈夫的体贴、关心和对自己的看重，她心里高兴得好像要化掉。

正当他们准备要休息的时候，外面忽然响起急促的敲门声。两个人都吓了一跳。这么晚了，是谁？

江有声急忙往外走，林婉如跟在后面。

“是谁？”江有声隔着外门的门板问。

一个冻得发哑的声音回答：“加急电报！”

江有声急忙拉开门，在一张单子上签了名字。在这同时，林婉如接了电报，手哆哆嗦嗦地急忙拆开。

江有声关了外门，转身从婉如手里看见了简单的电文：“母病速归。”

林婉如身上一软，靠在丈夫身上。

江有声扶她来到里屋，扶她坐在床上。

婉如定了定神。“前些日子来信还没有什么，怎么忽然就病啦？”

“上年纪啦……”下面的话他没讲，“别让她老人家心急，明天就动身好不好？”

“我怎么能放心？”她看着江有声脸腮上的两个坑坑，的确是很不放心的。

“我这里你尽管放心，你走了我索性不起火，就在食堂里吃饭好啦。”

在当前的形势下，也只好这样了。小两口商量好，买明天南下的车票。好在这边没什么东西好带，而南方又暖和得多，只带上足够的钱和随身衣服就行了。婉如要丈夫先睡，她要把东西清理一下。江有声知道，在这种场合，最明智的行为是乖乖地服从。

这天夜里，山下村家家户户的妇女都睡得很晚。军棉衣已经分到各家各户。她们要连夜赶，不能让爬冰卧雪的人受冻。她们习惯了在灯下做针线活，这时间心静手快。从前在灯下一针针一线线，是为丈夫或儿女缝补破衣烂衫，现在是为前方不知姓名的亲人，是为了一个伟大的事业。

夏玉芹家里也一直亮着灯，不过她不用灯光。她手指的触觉是很灵敏的。她稳稳地坐在睡着了的小珠身旁，看不见的眼珠定定地看着前面，手指摸摸索索地抽针引线，钉好一个纽扣，然后放在嘴边，咬一下，试试钉牢了没有。

冬夜是多么冷，姐妹们的心却又是多么热啊！

3

没有人要求妇女们夜间巡逻。保卫科和妇女们开会的时候，只讲了提高警惕，注意形迹可疑的人，随时报告。六个家属委员碰头商量了一下（辛玉婷恰好串门去了），决定夜里出来巡查。只是委员们和几个可靠的组长和积极分子轮流，并不动员妇女们，免得张扬出去。

按照唐景秀他们的分析，现在天冷，天黑的也早，但是前半夜外面还是不断的有人。上白班的在厂里下午四点交班，洗沐完了，开完了会，回到山下村的时候总在六七点左右。上大夜班的应当半夜十二点换班，这些人夏天多半是在十点、十一点之间离开家，现在有不少人提前走，八点或九点出发，到工厂休息室去，那里有暖气，可以舒舒服服地睡一觉。总之，晚上从八点以后到十一点以前，街上是不断有人的。最值得注意的是半夜十二点以后、天亮之前的三四个钟头。这时家家户户的工友走的走了，回的回了，睡的也睡沉了，就是有人放火也不知道。在她们的心目中，偷盗和放火就是大罪，比这更严重的她们按经历和善良的心地都想象不出来。

按她们排定的次序，这天夜里是于秀枝和盛玉华巡逻。于秀枝感冒发烧，唐景秀头晚上说好了要替她。

唐景秀白天累狠了，不知不觉地睡过了头。挂钟打两点的响声惊醒了她。她一骨碌爬起来，也顾不上筋骨发疲，急忙借着外面的路灯光，悄悄地穿上衣服，悄悄地下了炕。看丈夫和宝娃都正睡得香甜，就踮起脚尖悄悄地走到外间，从门边摸起一根茶杯口粗的棍子，轻轻地出了外门，急急地走出门洞，来到街上。这正是夜里最冷的时候，她不由得打了一个寒噤。她穿得是里表三新的棉衣棉裤，头上紧紧地裹着毛围巾，还觉得冷气直扎骨头。她心想，穿得这么厚实，从生下还是第一次，却还这么冷。难道人解放啦，身板骨也高贵啦？不行！走走走！走暖和就好啦。

山下村有两条主要的通路，一条是方位不太正的东西路，往东有一条偏北一点的岔路通到英灵山，偏南一点的岔路通到东郊的田野，过了田野是一片丘陵地带，再过去就是莲花峰，往西通到双桥洞，过了双桥洞，不远就是工厂区。另一条是南北路，往北是市郊的田野，往南是向阳村，往西南有一条大马路通到广场，再往前走就是火车站。再往西南是市场，再往前过了一大片开阔地和林圃，就是简易住宅区。就以这两条交错的马路的十字口为中心，雁翎一样摆开几十栋房子，房子周围都有空场，有踩出来的人行小道。现在，凡是通到马路的人行道上的雪都扫除了，积雪一堆堆摆在道路两边，在路灯光下发出蓝宝石一样的光亮。别的地方都还铺满了很厚的白雪。这时候冷雾很浓，远处的街灯很像一个个黄色的绒球。有一点风，电线发出嘤嘤声。除此以外，寒冷把一切都冻僵了。

唐景秀拄着棍子，一步步来到向东西的马路上。她想盛玉华这人警醒，一定早就出来了，这时候不知正走到哪里了，又不好大声叫喊。她向工厂区那边望望，只见白茫茫的一片，什么也看不见。在这夜深人静的时候，工厂那像海潮一样的响声听得更清楚。忽然腾起一片红光，把灰蒙蒙的天空也映红了，眨眼工夫又暗了，淡了。她知道这是炼焦炉出焦。又看见一闪一闪的淡淡的蓝光。第三号炉的冬季施工就是在这么冷的深夜也没有停。唐景秀知道，这种电焊多半是高空作业，风里雪里，不是革命的硬骨头是坚持不下来的。想到这里，就觉得在这平地上，又有楼房挡风，这冷就提不起来了。她再往东看看，一个人影也没有，只看见英灵山的深灰色的轮廓。

她来到十字路口，向南走了十几步，忽然看见远处有，一个人影一晃，眨眼又不见了。雾蒙蒙中间看不清楚，只觉得腿脚很麻利。唐景秀心里一动，暗暗地笑了，好啊，看这麻利劲儿，一定是盛玉华，想藏起来试试我的胆量。这人，总觉得自己经得多，见得多，胆子大。你可知道唐景秀经得、见得也不少，也不是一个孬种。好吧，我也避开，也试试你。

唐景秀急忙抽身，隐蔽在一栋房子的阴影里，绕到房后，想急走一段路，抄到盛玉华的头前去。她急急地蹑手蹑脚地向前走，一面尖起眼睛，挣起耳朵。除了电线的嘤嘤声和工厂区的海潮声以外，她什么也听不见。她走过了四栋楼房，回头看看，猛然看见远处电灯柱的黑影里，有一个影子向屋角的暗处一跳，弯着腰像猫儿一样。唐景秀心里更笑了：更好，学起猫跳来啦。到底是年轻，手脚灵便，竟然抄到我身后那么远啦。好吧，我就在这个屋角等着，等你一过来，冷不丁跳出去，看你怕不怕。

她靠墙根站住，刚才走得一身热气很快就消散了。这里正好有背阴处的回旋风，冷得刹脱。她等了好一阵子，不见有什么动静。她又煞下性子，缩着肩膀等了一会儿，很觉得不耐烦了。从屋角探头看看，什么也看不见。她又来到十字路口，向东西南北都望望。没有影子。怪呀，这小媳妇叫鬼抓去啦？她有点犯疑，又向东走，走，走，突然响起一声：

“站住！”

房影里跳出一个人，高高地举起了棍子。

“啊，是你？”影子看清了唐景秀，放下了棍子。

“啊，是你！”唐景秀也看清了影子。是盛玉华。

唐景秀笑了。“你可真会藏猫猫玩儿，几岁啦？”

盛玉华脸上可是一本正经。“你看见一个影子没有？”

“不就是你吗？一会儿在我前面，一会儿又在我后面。”

盛玉华拉起唐景秀的手。“不对，唐姐，我是一点钟出来的，没看见你，我想你是累狠啦，睡过头啦，也不想去惊动你。我转了一圈，就站在这里，一直没动。”她小声说。

唐景秀觉得盛玉华的手冰凉，还有些发抖。

“我明明看见你从那边的灯柱子一跳，活像一只猫儿。”

“更不对，唐姐，我压根就没到灯柱子下面。”盛玉华说着，手更抖得厉害了。又说："我看见的影子不像个女的。"

"不像个女的像啥？"

"糊涂，不像个女的不就是个男的吗？"

"这么说，你没看见我？"唐景秀也压低了声音。

"没有，是真的。"

"那你藏在这里干啥？"

"我想猫在这里，等他走过来就跳出去，不对就搂头先给他一杠子。反正家家都有人，一叫都能出来。"

"这么说，是真有什么人来啦？"

"是。"

"是个什么人？"

"你看见的那个影子一定是他！"

"是个不太高的人。"

"是不太高。"

"看不清面目。"

"对，看不清。"

"这么深更半夜，鬼鬼祟祟，一定不是个好人！"

"对！"

唐景秀的手也发凉了，也有些抖了。这个自以为大胆的妇女现在打了一个寒噤，身上起了一层鸡皮疙瘩。倒不完全是因为害怕，她的神经紧张起来了。

两个人在一起，又有两根棍子，究竟是壮胆的。她们商量了一下，决定按两个人刚才的路线再共同踏看一遍。

冷雾更浓了。电线的嘤嘤声，工厂区的海潮声，在一片白色中发黑的马路，弯弯曲曲的人行小径，蓝莹莹的积雪，除了这些别的什么都没有。

一个不是女人的人影，是真的吗？

唐景秀带着盛玉华，来到她看见影子的那根电灯柱子跟前。两姐妹弯下腰，借着上面路灯的光，细细地察看着。

正在灯柱子附近的积雪上，清清楚楚地摆着几个乱脚印，测度那大小，的确是男人的而不是女人的。

这是谁?

两个妇女直起腰，面对面盯着，都觉得冷极了。

两姐妹又乍起胆子前前后后转了一圈，还是什么都没看见。这时候大约已经是傍亮天的四点钟。有的窗子上的灯已经亮了，这是家属起来为工友和学生准备早饭。

她们分手了。

盛玉华急急地回到家里，看高庆和还稳稳地睡在炕上。

“你醒醒，醒醒!”她推丈夫。

老高醒过来，揉揉眼睛。

“你醒啦?”

“醒啦，醒啦。”

盛玉华转脸看看周围，似乎还怕有人听见，弯下腰悄悄对老高说:

“我今天看见一个人!”

“人? 什么人?”

“雾蒙蒙的，没看清楚。”

“啊。”

“只远远地晃了一下，后来就没有啦。”

“不是看花了眼?”

“不是，唐景秀也看见啦，还看见他往阴影里一跳呐。”

“是真格的?”高庆和欠起身子，做势要起来。

“你用不着起来啦，早不知道溜到哪里去啦。”

“八成不是个好人!”

“一晃的工夫，我看他有些像那个坏蛋。”

“哪个坏蛋?”

“要害我们娘俩的那个恶霸呗。”

高庆和躺下。“唏，这么多年啦，他怎么能到这里来?”

“不清楚。”

“你老想这件事，一时看花了眼吧?”

“也许。”盛玉华想了想，又说，“可是那个头儿，那身影儿，那脚步，都有点像!”

“那你以后别夜里出去啦。”

“为什么?”

“别再吃他的亏。到保卫科报告一下好啦。”

“报告是要报告。我为啥不出去?现在我啥都不怕。山下村几百口子，怕他?是他更好，我亲手撕碎他的肉也不解恨!”

高庆和要她躺下再休息一会儿。她上了炕，躺下，拉上被子，两个眼睛瞪得圆圆的，看着房顶。炕上暖烘烘的，可是她冷极了。不是真的寒冷，是想起了那个折磨她的野兽，恨得心都收缩起来了。

4

正当唐景秀和盛玉华碰到一起的时候，有一个人像猫一样弓着腰来到康老二家的窗下，转脸看看没有人，就在窗玻璃上轻轻地敲了三下，又两下，又三下。停了一会儿，窗里边的窗帘拉开了，指甲把霜花划开，一个眼睛贴在窗上向外看了一下。像猫一样的人看见里边的人已经起来，连忙钻进门洞，来到左边的门前，耳朵贴在门板上。听见门里有脚步声，来到门前了。

“谁?”里面问。

“五姨夫。”外面答。

里边停了一下，又问:

“五姨也来啦?”

“五姨忙，离不开。”

门轻轻地开了一道缝，暖烘烘的气息飘出来。外面的人插进一条腿，用手推门。一道电筒的光在他的脸上照了一下。在这一闪中间，康老二看见了压在鸭舌帽下面的一张干皱的冬瓜脸。这个人用手遮一下电筒的闪光，咕噜着骂了一句，进来了，可是不习惯屋里的黑暗，又小声骂了一句。

“请等一下,”康老二低声说着,急忙来到里间,把电灯上的防空黑布罩拉下来,开了灯。这时房间的四边是暗的,只有布罩下面的开口处是亮的。

来的人一进里屋,马上拉张凳子,靠炕边坐下,脱下沾满了霜雪的棉鞋,用力揉搓他的脚。

“你可来啦!”康老二说。

“怎么,不是时候?”

康老二看这人四十岁出头,皱巴的脸皮包着大颧骨,开口露出一排黑牙根,眼光像锥子一样地托人。

“不,不,正是时候。”他连忙说。

“你为啥不爽溜地开门?”

“对不起,你错过时间啦。我一直不敢睡,等在这里。”

来的人又骂了一句,说:“碰上有人,磨蹭了一会儿。”说着,打量这个房间。红漆发亮的大柜,三屉桌上有座钟、花瓶、茶壶茶碗,墙上有描花的玻璃镜,镜角上挂下彩纸的欢喜球。“小日子过得不错啊!”口气却是嘲弄的,说着,两排黑牙根张开,打了一个呵欠。“老婆呢?”

“串门去啦。”康老二觉得来人一身子冷气,不由得打了一个寒噤。

“成家立业啦,忘了反共复国的大业啦,是不是?”

康老二的心悬起来,不知道来的人究竟是什么身份,有多大的权力,只可赔小心就是了,不过同时心里也很恼火。“什么玩意儿,一下马就抡杀威棒!花多大心血才立住脚,才垒成一个窝,你知道吗?”这是他心里的话。

“女的是自己人?”黑牙根又问,又打一个呵欠,眼泪都打出来了。

“还不是。”

“靠得住?”

康老二点头。

“你保证不会隔墙有耳吧?”

康老二点头,忽然想起还没有敬烟,连忙掏出香烟,递上一支。

这人接了烟，先不吸，却从口袋里摸出一个小纸包，打开，用小指甲挑起一点白面面，放在烟头上，擦火，仰起脖梗用力吸另一头，大吸一口，喷出一口浓烟。

他眯缝着的眼睛忽然睁开，发亮了，皱巴的脸皮也好像松开了一点。

“好日子在后头，你可别迷了眼睛。”他说。

“我应当怎样称呼你？”康老二把话岔开。

“是你的五姨夫嘛，姓曲，名子锋。我要像尖刀一样插进他们的五脏六腑。老弟，我实话告诉你，你这联络点的工作，上面不满意。正是你报效党国的时候，你可别迷了眼睛，错打了算盘。”

“我不敢，不敢。”康老二装出恭恭敬敬的样子，可是心里在骂，“好小子，口气可不小，可别是过了寒露的螃蟹，没有黄子，净空壳儿。”他知道这人说的是一个假名字，但是也不便多问。

“为啥工厂里的高炮位置一直没报上来？”

“难啊，看得紧啊，不好办啊。”

“你是孤家寡人？你为啥不拉人？”

“我没有发展组织的任务。”

黑牙根鼻子里嗤了一声。“三个月以前是什么时机？现在是什么时机！就怕你不下网。三条腿的没有，两条腿的不多的是吗？你有啥吃的没有？我两天没好好吃东西啦，全猪全羊我也能吞下去。”说着，又恶狠狠地骂了一句。

康老二这才明白，他这么气儿不顺，是因为肚里空了，虚火上升呀。

“我找找。”

康老二急忙到了灶间，过了一会儿，拿进来一个鱼罐头，半小瓶白酒，一包碎饼干，放在三屉桌上。曲子锋拖着凳子来到桌子跟前，抓一把饼干就塞到嘴里。

“大新的情况怎么样？”

“不错，抱住一个干部的腿，赚了大钱啦。”

“光划拉钱有啥用?刀把子在人家手里!中国银行,交通银行,钱多不多?如今在哪里?”

“有钱能使鬼推磨嘛。”康老二做出一个苦笑。

冬瓜脸吞下一杯白酒,伸出一个巴掌。

“拿来我看看,你有几个鬼?牛头马面也好,判官土地也好,你有几个?”

康老二耸耸肩膀,摊开两只空手。

“这不结啦?你划拉起五百,你就是一个营长;划拉起一万,我保你是个师长。没有一万,五千也行。你是什么衔?”

“上尉。”

“我保举你当中校,闹好了上校也不难。”

康老二行了一个立正礼,表示对于这种栽培的感谢。现在冬瓜脸上不是那么一层冷霜了,康老二提着的心也放下来了。两个人近乎起来。

曲子锋一摆手,要康老二坐下。

康老二觉得是讲体己话的时候了,把头凑过去说,

“老美真能打过来吗?”

曲子锋抬头,嘴里嚼着罐头鱼,眼光的锥子扎在康老二的脸上。康老二觉得这问题问得太莽撞了。

“你看?”

“我听说这边的人过江啦,开始反攻啦。”康老二吞吞吐吐地说。

“就凭那几支破枪啊?我看你的脑瓜洗得差不多啦,很相信他们的宣传,是不是?这么着,你那个脑瓜可就危险啦。”

康老二的脸皮发紧了,这个平常伶牙俐齿的人现在哑巴了。

“来定啦!”冬瓜脸拿拳头在桌子上擂了一下,“私孩子要掐死就得带着胞衣掐,等长大了就碍手啦。”

“是,是,一点不错!”康老二的眼睛也发亮了。

“你知道老蒋为啥退到台湾?”

“不清楚。”

“老美当时没下决心，没直接插手。舍不得车马炮，将士相也没保住。”

“嗯。”

“现在插手啦，直接干起来啦。他看清楚啦，不插手私孩子要长大啦。共产党的人再多有啥用？耗子多是喂猫的。三个原子弹一扔，不全完吗？”

“老这么说，可他一个也没扔。”

“你不信？”

“我信，我信。”

康老二这个善于要花腔的人被震慑住了。狐狸和狗本来是同科，所以康老二很会从狐狸变成狗，同时又不失去狐性。他请五姨夫向他交代任务。

“你等我吃完。空肚子唱不出好听的曲子。”

他吃完罐头鱼，喝干最后一滴酒，把饼干的碎末也倒在掌心里，用舌头舐了，意思还不足。他点起一支香烟，往桌子上一靠，眯细眼睛看定康老二，且不讲什么任务，却问道：

“你们这半拉，女人怎么样？”

“女人就是女人呗。”

“有没有……”冬瓜脸上做出一个邪气的鬼脸。

“这，倒还不清楚。”

“怎么半夜还有在街上串的？”

“啊，这些臭娘们，吃迷魂汤啦，可积极啦。”

“刚才看见一个女的，看那走路的样子，很像在哪里见过的。”

“你见过的一定不少啦，”康老二的一只眼睛挤了一下。

冬瓜脸笑皱了。“我啊，宁吃鲜桃一口，不吃烂杏半筐。吐！到我嘴里的多半是烂杏。这些臭娘们，属喜鹊的，专拣高枝飞。”

“你看见的这个女的是什么样？”

“有雾，我也不敢探出身子，没看清。只看她不太高。”

“不太高的可多啦。”康老二想了想，又说，“这好办，明天打听一下就清楚啦。”

“你现在是什么干部?”

“工会会计。”

“算哪一级的干部?”

“屁也不算。”

他又要康老二详细地介绍大新的情况,听完了,气哼哼地骂道:

“该死,笨蛋,轻重缓急都不知道!拿大新作掩护,多拉拢人是上策。光图划拉钱,他们深追下去,那不露马脚吗?真该把你们的脑瓜敲碎。没有人,干个卵子!你说的那个姓贾的,拉进来啦?”

“还没有。”

“废物疙瘩!”

“这人太滑。”

“滑?卡住脖子,看他滑到哪里去!你明天带我到大新去!要拉人,不惜工本,老婆赔上也行。过几天你占了公安局就是局长,你占了银行就是行长,你占了钢铁厂就是厂长,你什么不占,就什么不是。懂不懂?任务就是要准备占领城市,配合盟军。”

“枪从哪里来?”

“从天上来。”

康老二心花怒放了,“啊,空投?”

“伞兵!”

“啊!”康老二高兴得灵魂出壳了。

“限三天,干部和党员的名单交上来。”

“早已经交上一份啦。”

“你别管,你的天职是服从。”

“下边小干部的也要?”

“要,统统要,党员,团员,积极分子,男的、女的,一网打尽,斩草除根!”

“是!”

黑牙根又连连打了两个呵欠,眼泪也滚下来,他又上瘾了,又掏出白面面，点上一支香烟，仰脖子一口气吸下去。这时，康老二心里想，倒霉，他有海洛因提神，今儿夜里别想睡啦。

5

老铁的心气顺不顺，是同高炉的顺不顺相关的。十一月上旬这些日子，高炉一直比较稳定，老铁的心里也就一直比较安定。按照向明的意见，试验采取了稳步前进的方针。据他说："咱们的耳朵里要准备吹进各种风。说咱们的试验是盲目冒险也好，说咱们的试验进程太慢太保守也好，咱们就是一条；看准方向，稳扎稳打。这符合毛主席关于战略上蔑视困难、战术上重视困难的教导。"

老铁自从听了保卫科长的话，这几天一直是处处留神。有一个人引起他的注意。这个人从前很少在炉台上露面，这些日子却常常在高炉的跟前晃，有时候晚上还在。他出出溜溜地要干啥呀？除了康老二，这种反常的人还有没有？老铁下了决心，一定要搬进厂里来住。

这天下午四点多钟的时候，他提前回到山下村。这时候妇女们都在忙晚饭，又加天冷，外面简直没有什么人。老铁走进门洞，推自家的门却推不动，原来门上挂着一把大锁。"嘻，真糊涂！"老铁自己笑了。原来宋婶带着三个女儿下乡去了，云花也暂时搬进了独身宿舍。他本来都是知道的，到头却又忘了。

他走出门洞，想去找唐景秀，因为他事先和宋婶讲好，走的时候把钥匙交给妇女主任。有厂里的大卡车送，有家属互助组帮着搬东西，所以宋婶走的时候老铁没回家。他走了几步，迎面看见唐景秀走过来，怀里抱着一捆棉军衣。

"啊，老铁，你回来啦？"唐景秀看见他，急步迎上前来，"我给你钥匙。"说着，腾出一只手，从口袋里掏出一个大铜钥匙，放在老铁的大手里。

她跟老铁一起来到宋家，把棉衣放在炕上，立刻觉得屋子里的寒气。

“一天不生火，就这么凉森森的。”她说，“老铁你还是每天回来吧。姐妹们手多，保证你暖屋热炕，热饭热菜，好不好?”

“我心领啦。我还是去厂里住几天吧。有个好处，省得深更半夜的来回走。你怎么不带上宝娃下乡？啊，对啦，家属工作离不开。”

“我不老不小不病不残，工作离得开也不走。”唐景秀接着告诉他，天气一冷，简易住宅再没出什么事故。开春化冻的时候，地基会不会下沉，还难说。大新已经认了包赔，出毛病的地方都修补。

老铁点头听着，觉得这问题暂时也只好这样。

“我打听一下，康老二和他老婆是什么样的人?”

“别提！辛玉婷阴阳怪气，没少和我怄气。听说老二和大新打得火热，是不是从里面找外快，也还摸不清楚。”

“你多多注意吧。要打仗啦，你怕不怕啊?”

“怕？怕顶啥！有他没我，有我没他!”

说话之间，老铁从炕上抽一条被子，一条褥子，捆成一个小行李卷，又到了灶间，提起一个粮食口袋，掂了掂，大约有十多斤。他又和唐景秀一起出了门，锁好，仍然把钥匙交给她。

老铁一路上想着唐景秀的话。“有他没我，有我没他!”这话说得好，有骨气。家属都这么坚决，工人该怎么样才够呢？这么想着，只觉得浑身是劲，行李卷都没有换肩就进了厂门。

这时天早黑了，冷雾蒙蒙的谁也没看见他。他开了原先那个废品仓库的门，开了灯，把行李卷和粮米袋先放在架子上。这个小仓库已经完成了它的历史使命，三个高炉一修，工人们收集起来的零件差不多用光了。他腾出一个架子的最下面一层，把木板扫扫干净，铺上行李，就很像是轮船上的铺位。又到门外取了碎焦炭，这些焦炭也是他平时从矿槽的铁轨两边收拢来的。大块的能进高炉的早都送到矿槽里了，剩下的碎块都是不能入高炉的。他生起炉子，眨眼间红光映满了小仓库，暖起来了。

他是到哪儿就建设到哪儿。照他的心思，工人不论到哪个角落，必得叫这个地方变变样儿，有一番新气象。他忙手忙脚，清扫了所有的架子，把地上也打扫干净，把剩下的零件又重新分类摆好。弄完了，站在中间四下看看，点点头，心里满意了。又来到门外，把门前的积雪也清扫了。没有大竹扫帚，他只得弯着腰用小笤帚扫，扫完了，腰痛得直不起来。他进了门，气哼哼地把笤帚扔在一边。“唏，这腰也高贵起来啦？”他气哼哼地倒背着胳臂，狠狠地用拳头在自己的腰上擂了一阵，接着就关了灯，锁了门，径直向一号高炉走去。

两天以后，小韩知道了这事，告诉了向明。午休的时候，向明来了。

“嗬，挺暖和啊，”说着，拉下他的棉帽子，坐在炉子跟前的长凳上，紧挨着老铁。

炉子的红火上正煮着一饭盒高粱米，炉架上正烤着一条小干鱼。米香里混合着咸鱼的气味，飘满一屋子。

“算啦，老铁，别在这里住啦。到办公室去吧，要是嫌小，会议室也行。大沙发上一躺，又软又暖，多好啊。”

“不，我哪里也不去，”老铁用一个小勺子在饭盒里搅着，“这地方离高炉近，离修理车间也近，有啥事两头都够得上。坏人头上又不贴条儿，怎么办？只有白黑多操点心呗。”

向明点点头，知道老铁打定了主意，也就不再勉强他了。又说：

“我本来想，你家不下去也行，也好对你有个照应。”

“老工人的家不下，叫别人下？这多不好。”

“就说的是。每星期六下午，到矿区的火车加一班，可以轮流去探亲。过几天你也去看看吧。”

“领导想得真周到啊！”老铁感叹地说。

向明临去的时候，问老铁有什么需要。老铁说有张报纸才好。从这时起，小韩每天送来一张本市的日报。

老铁眼花，又没有眼镜，把拿报纸的手平伸出老远，才能看见大标题，也还有不认得的字。

一些青年工人都爱到小仓库来，坐一会儿，暖一暖，也常常把午饭带来，围着炉子，一面吃一面说笑和议论。老铁立下一条规矩，凡是来的，都得读一段报纸，他也讲一点从前的故事。每天中午，火红的炉子周围都要挤下一圈子人，嘤嘤嗡嗡，好像是一个大蜂房。老铁留神看看，这些小伙子都是水里的鲜鱼，欢蹦乱跳，留神听听，他们关心的事情可很不一样。有几个人好像是百货公司的广告员，今天说：来了短皮夹克啦，天津的、上海的，价钱多少、值不值；明天说：来了一批自行车，钻石牌的、蓝鹰牌的，好是好，可惜太贵，干一年超额也买不起，等等。又有几个主张“表富不如里富”的，“狗不理”的包子，“老边”的饺子，都是一咬一兜油，还有新迁来的无锡饭店的“咕咾肉”，好口味，等等。大部分小伙都还是关心时事，一见面就互相探问听到了什么新消息。

有一天，关于美国人究竟能不能打过鸭绿江、能不能到后方扔炸弹，争论起来。

老铁听了，脖子一梗，气哼哼地说，

“他能不能来？问的怪！他啥时候不想来？你顶住他，他想来也来不了，顶不住，你怕他来他也得来。就是这么回事！扔不扔炸弹也两说着，你防空防不好，他为啥不扔？防好了，他想扔也扔不成，就算他漏下几个来，也没啥了不起。”

小伙们没的说了，又议论起生和死的问题。一个说：

“炸弹掉下来，炸死了倒痛快，就怕炸掉一条腿或是一条胳臂，才糟心呐。”

梁端端恰好来了，像个小伙一样挤在人堆里，听了，笑了一声。

“照你那么说，最好是炸掉一个小指头，又是光荣负伤，又不碍大体。”

“那何必一个小指头？”又一个小伙接上说，“大小都是残废嘛，最好是碰破一点皮，又是光荣流血，又没啥损失。”

“那留下一个疤找不到对象怎么办？”

“哈哈哈……”人圈子开心地笑了。

小青年们是开玩笑，实心实意的老铁可是听得认真。他忍不住说：

“志愿军要是这么合计，是炸掉鼻子好，还是炸掉耳朵好，他能打仗吗？听听咱们妇女主任是怎么说的：有他没我，有我没他！你听听，这是什么思想、什么气魄。你是这个想法，就啥也不怕。”

星期六下午下班以后，天已经擦黑了。老铁正在炉子跟前洗米。这时，嘻嘻哈哈进来一帮小伙，把老铁团团地围在核心。

“宋师傅，五点半有大汽车下乡，快去看看老伴吧。”

“老夫老妻，有啥好看？”老铁开心地说。

“南瓜是越老越甜嘛。”一个小伙打趣说。

“这话不假。”老铁笑了。

小伙子们好像事先商量好了，一个调地起哄，非要听老铁讲他和宋婶的恋爱经过不可。

“什么是恋，什么是爱，那时谁懂得这些，把男的女的硬捏到一块罢咧。哪儿像你们现在搞对象，挑过来，拣过去，挑定了，又得压马路，培养感情，手续可多咧！”

“你们是怎么捏到一块的？就是要听这个！”大伙齐声哄起来。

老铁被缠得撕脱不开，只得讲了一个秃尾巴小辫的故事。这个故事后来一传十，十传百，传遍了全厂。加油加醋的都不算，下面才是原汤原汁的：

“从头讲嘛，太长啦。”老铁把洗好的米放在饭盒里，把饭盒放在火上。

“不怕长。”

“你们不怕我怕。提起那些心里不好受。”

“你爱怎么讲就怎么讲好啦。”

“我从二十七岁那年讲起吧。”

小伙们静下来，团团地围着炉子，听老铁讲下去。

“那时候我爹早死啦，娘老生病，常常掉泪，说，‘娘往六十上数啦，土埋到脖梗啦，不见你成家，娘死也闭不上眼。’我三姨来啦，要给我保媒，说是下梨树屯的，是正经庄户人家，好姑娘，又老实，又勤快，年纪还小，要不是穷得揭不开锅，也舍不得往外发送。货郎的腿，媒婆的嘴，她能不说出一枝花吗？我妈给三姨说活了心，说的我也活了心。”

“对，回家来也有个说说笑笑的人儿。”一个小伙儿说。

“别打岔!”另一个说。

“那一阵还有说说笑笑的心肠?不哭出眼珠子算硬汉啦。娘见我活了心，高兴啦，把养的一只老母鸡，攒下的半筐子鸡蛋拿去卖了，换回来八尺花洋布，两包油糕。三姨非逼我剃头洗衣服不可。到了相亲那一天，我干干净净地跟三姨下屯子。我愣头愣脑，也不会讲话，任凭三姨摆布就是啦。叫我问大娘好我就问大娘好，叫我坐我就坐。

“那家的屋子给烟熏得像个锅底，除了一铺炕四堵墙，啥也没有，打拳也不怕碰倒瓶瓶罐罐。那位大娘说：‘没想到今天来，啥也没准备啊。’我心想：除了西北风是现成的，你有啥准备的。门口来了一个八九岁的小男孩，都入秋好几天啦，还光着膀儿，腰上吊着半条裤子。那位大姨走出去，我听她小声对小孩说，要他去叫姐姐，姐姐问什么事，就说不知道，只千万别说来了人。小孩不走篱笆门，却从半截土墙跳出去了。大娘回来对三姨说：‘穷人家孩子，见不得人，回头见了别笑话。’我心里跳起来，脸上大概也红啦。我自己就是见不得人的嘛。”

小伙们笑起来。正在这时，饭盒里的米汤扑出来，老铁连忙揭开盖子，拿一个小勺搅搅。一个小伙把勺子抢去，说：

“你只管说你的，我帮你看好。”

老铁等笑声静下来，又说：

“过了好一会子，一个小女孩，个儿比铁锹把子高不了多少，肘弯里挎一个破筐子，进了篱笆门，抬头看见屋里有人，大概也看见了我这个愣头青，筐子一扔，撒了满地树叶子，一扭头就跑，不走篱笆门，却攀着那半截土墙，跳过去，没影啦。只打了这么一个照面，我没有看明白她的面目，只看她像个土豆子，只看清了她后面有一条秃尾巴小辫子，翻墙的时候那么一甩，还不及耗子的尾巴长。”

小伙子们笑炸了。

“你们还笑!我当时哭都哭不出来。这就是给我说的媳妇，就是你们现在讲的对象?我宁可打一辈子光棍，也不能要这么一个疤疤瘌瘌的土豆子啊。我二话没说，跳起来就走。我听三姨扑腾扑腾的脚步声跟在后面。‘你这个小驴崽子，怎么尥蹶子啦？你等等！’我不理她，只顾走我的。她见硬的不好使，又来软的。‘你慢点走好不好呀，三姨跑岔气啦。’我放慢脚步，她跟上来。‘你是嫌人家丑？’‘我也不俊！’‘你是嫌人家穷？’‘我也不富！’‘那你是为啥，你说呀。’‘我啥也不为，不说媳妇啦，养不起，我要打一辈子光棍！’

“妈妈知道了，拍着炕沿就哭。她是哭她那八尺花布，两包油糕。也不是哭这个，是哭她的一只老母鸡，半筐子鸡蛋。那只老母鸡是她从一个小绒球那么点喂大的，天天省下两口饭喂它，喂大了不易啊。

“过了两个月，我二姑又来了，把我拉到一边，拿好话劝我。我又说打一辈子光棍。她说：‘傻孩子，人一辈子能有几个妈？你再那么别扭，你妈哭瞎了眼，你心里能过得去？’我说：‘好，你给我找，我也不用相看啦。工人迎风臭四十里，好的能到工人手里？我不挑，是个女的，不是瞎子不是瘸子就行。瞎子瘸子我养活不起啊。’

“就这么着，定下来啦。一切由我妈，我二姑，我三姨摆布。三个老太婆不知怎的求亲告友，给我置办了一件蓝布长衫，一双新袜，一双新鞋。我剃了头，洗了澡，尽等办喜事啦。到了那一天，亲戚朋友，老的少的，来了二十多口子。我心想：好我的天，这一天下来，我两个月的血汗挣不够！那时候都还是老规矩，兴拜天地。我也不明白怎样拜。有人按我的脖子，我就顺着呗。等到新娘子进了洞房——可真是一个洞呐——要我拿秤杆把盖头的红布挑下来。”

“用红布盖头是啥意思。”一个小伙问。

明白的说：“这你还不知道？这叫憋性。担心媳妇性气不好，闷一闷、憋一憋，就服服帖帖啦。”

“好啦，好啦，听老铁师傅讲。”

“我当着这么多人，拿起秤杆心里直跳，手也哆嗦。心想，瞎猫碰死耗子，能碰上个啥样的？我也不求一枝花，可也别是一个疤瘌碴啊。那一阵我心里真像是十五个吊桶打水，七上八下。我哆哆嗦嗦地用秤杆挑着红布的角，我怕不小心戳着人家的眼睛，那多不好。第一次挑滑了，没挑下来。又挑第二次。蒙头布一挑开，啊呀，我吓了一大跳!”

又响起一片爆炸的笑声。

“是个大马猴?”一个小伙捧着肚子说。

“唏，唏!”响起一片要求安静的呼声。

老铁动动身子，舒一口气。

“不是一个马猴，可也差不离。你猜是什么人?”

这时仓库里静下来，几十只眼睛盯在老铁给炉火映红的脸上。

“猜不出，你说吧。”

“不是别个，正好还是那个带秃尾巴小辫的土豆子！不过小辫子挽成一个鬏啦。”

小伙子们哄笑起来，笑得前仰后张。只听扑通一声，一个人从长凳上滑下去了。

“静，静！头一晚上怎么过的，还没说呐。”

“这怎么好讲!”

“有什么不好讲的?”老铁任凭别人笑，脸上只是纹丝不动。“我一口气跑到小河边，仰面倒在于草地上。我二姑和三姨都来啦。‘你不是说不挑吗?’我不吱声。‘你要一枝花往那里插?会过日子就是好人呗。’凭她们说破天，我只是不吱声。两个老太太一左一右拉起我，把我拉回来啦。这天晚上，我倒在炕上，紧贴着炕头的墙根，一合眼就睡过去啦。醒了，天还不太亮。我看她还坐在那里，扑簌簌地掉泪。我心里好像扎进了一把刀子。不管怎么说，是穷人家的姐妹。让人家整整坐一夜，这算什么！我说：‘你怎么不睡?睡一会儿吧。’她说不困。‘好说，还能不困呐。’她两手捂住脸，眼泪像小河一样流下来。‘你别难过，好日子没有你过的，凭我这两个膀子两只手，挣一碗饭咱们劈成两半。你愿意留就留，不愿留你走人。我不难为你。’她听我这么说，不哭啦，说：‘看你说的，我活是你家人，死是你家鬼啦。嫁鸡随鸡，嫁狗随狗嘛。’唏，没想到讨一个老婆，我倒成了鸡和狗啦。”

老师傅的真挚的感情，他的纯朴的阶级同情心是这么打动人心，小伙子们都定定地、呆呆地坐在那里，眼睛看着眼睛，没有一个人说话，也没有一个人笑。

倒是老铁自己嘿嘿地笑了一声。“真没想到，后来出挑得可好啦。见了的都夸。人也俊，手也巧，又勤快，就是太老实，锥子也扎不出一声。你们不是都见过我家云花么娘俩活脱是一个模子印出来的。”

没有人说话，都还在回味老铁刚才的话。

突然响起汽笛的尖叫。

“警报！”

小伙子们跳起来，纷纷乱乱地扑向门口和窗口。

“别慌张！”老铁大喊一声，“是灯火管制的演习，上午通知过啦。忘啦？”

小伙子们安定下来，顺次序挤出门外去了。

老铁急忙把煮好了的米饭放在炉边，把炉盖压在通红的火苗上，关了电灯，从架子旁边摸起他早就准备下的一根铁管，安闲地走出门口，四下看看。

所有的灯光都熄了。周围是一片黑暗。这里那里有星星点点的光亮。他知道这是手电筒的光，是防空纠察队在走上各自的岗位。高炉、热风炉、瓦斯洗涤塔，都像黑黝黝的小山，漂浮在地面的冷雾上。寒冷无云的高天上满是星星。

6

两天以后果然有一次空袭。

老铁自从搬进厂来，真好像鱼在水里撒欢儿。除了他自己的班，不管哪一班有事他都来帮一手。有空还到处串。要说从前还怕人多心，还得编几句遮面子的话儿，现在不用了。不管他走到哪里都受欢迎，有问题也都喜欢同他讲。有一次他到三号炉的现场，没戴柳条帽，就有一个安全员给他送来一顶。他懂得工友的心，工友也都懂得他的心。是一个心，要干得多一点，快一点，好一点。冷言冷语的俏皮话他当面听不见了。

究竟他是五十岁靠边的人，身子不由自主。在北京的一个月，忙是忙，可是等于休息，吃的也好。积下的一点身子的本钱现在又倒腾光了。天气一冷，他又有点咳嗽。他同自己怄气，不吃药，用两个指头使劲揪脖子，似乎是要把病揪出来。说也奇怪，居然好一些。

空袭的前一晚，他正好值的大夜班。按常规他是可以睡一个上午的。上午九点半，响起第一次警报。他一骨碌爬起来，衣服是现成的，因为这些日子他常常不脱衣服。起得太猛，他觉得眼前有金星乱晃。闭着眼睛在床跟前摸到鞋子，急忙蹬上，床头摸到他那根一米长的粗铁管。站起来的时候有些打晃，竭力稳了稳，急忙拉开小仓库的门，用铁管子戳在地上，支撑起自己。扎骨头的风一吹，力量又来到他的身上。

警报的汽笛还在响。这慢悠悠的长声倒造成了紧张的气氛。一群一伙的人，身子向前探着，都在向铸铁车间的方向跑。那里有防空洞和掩蔽壕。有的人没来得及戴帽子，有的只穿一件毛衣，脸色都是紧张的。听见纠察队的喊声：

“稳住神儿，快跑，小心脚底下！”

有一个人边跑边喊：“宋师傅，快进防空洞！”

老铁没有回答，他顾不上。心里说：“我的岗位不在那里。”

他向人们奔跑的相反方向跑去，手里提着他的铁管子。

汽笛忽然停了，这更给人们一种威胁的感觉，似乎飞机马上会出现在头顶上。刚才被汽笛压下去的热风炉的轰鸣又响起来。老铁跑过调度室的门前，从二号炉和一号炉之间的铁梯子上了栈桥，先到了二号炉的值班室，看见值班的是宫之奇。小伙的脸上黄黄的，好像害冷，瞪大了眼睛向外探望。

“拉风啦？”老铁问。

宫之奇点点头。

这时响起了紧急警报。

“怕不怕？”

“怕顶啥，不怕。”宫之奇说。

“好，好样的。”

老铁急忙抽身，绕过平台，来到一号炉。值班的是大罗。

“你在这里，我放心啦。”老铁说着，抽身想走。

大罗从桌子旁边跳起来：“老铁叔，你躲一躲吧，有我一个人在这里行啦。”

“你干你的，别管我！”

老铁急忙抽身，又来到两个高炉之间的平台上。这地方是老铁早就测度好，选定的了。向东，看见从办公室来的通路；向西，看见通往修理车间和铸铁车间的路，向南，在贮矿槽前面的是桥式起重机和上下电车道，这时起重机和电车都静静地停在那里；向北，从一排热风炉的空隙中看见绕过炼钢厂的铁轨和马路。站在这个位子，周围有什么动静都不会漏过老铁的眼睛。最主要的，高炉冷却水的总水门就离这儿不到两丈远。在这里，只要扼住铁梯子口，把住这道关口，你就破坏不了高炉的冷却系统，高炉就断不了水，高炉就不会烧穿，你扔下几个大炸弹也不怕。

下面忽然有脚步声。老铁探头，看见康老二正跑到铁梯子跟前，仰脖子向上探望。

听见纠察队的人喊：“老二，你怎么还在外面！”

“我有事绊住啦。”

“快跑，到掩蔽壕！”

康老二转脸向前后左右看了一下，弯着腰向西跑去了。

老铁心里动了一下。

从二号炉那边的走桥上过来两个人。向明在前，保卫科长在后，两人手里都提着短枪。

“你在？”向明说。

“嗯呐。”

“好，我放心。这里谁也不让他上来！”

老铁点头。“除了你们两个，亲爹来我也不叫他上。谁要是强上，我就……”他高举起铁管，做了一个狠狠地打下来的姿势。

向明和保卫科长笑了。

“好，一人当关，万人莫开。”向明说。

“你看见康老二了吗?”老铁问科长。

“你对他?”

“这些日子，几次见他出出溜溜。他从前也不沾高炉的边呀。”

张科长微微一笑。“不怪厂长说你三只眼睛。对，这个人是不地道。”

“你注意他好啦，先说到这里。”向明说。

两个人离开老铁，一前一后，急忙向三号炉的方向去了。

这是一次真正的防空。这些日子虽然演习过两次，假的和真的究竟不一样。

人们来到防空洞，很不习惯里面的昏暗和潮湿。吸烟的更不习惯在这最想吸烟的时候禁烟。有的人一声不吭，闷咄咄地蹲着或站着；有的人舌头比平常更活泼，没完没了在叽喳；有的人觉得洞口还不够安全，尽力挤到里面来，过了一会儿，又觉得里面太闷，又挤到洞口来。

有一个人压不住烟瘾，点上一支烟。

旁边一个人大叫一声：“不许吸!”原来是邢桐。

他是一听见警报声第一个跑的，虽然不是短跑运动员，这一次跑的成绩最好，第一个跑到防空洞，第一个在最里面。他现在是一不说话，二不吸烟，三不乱串的模范。他一动不动地靠在木柱子支架上，脑子里的活动自然是一秒钟都没有停止。

那人熄了烟，又和旁边的人攀谈起来。

“你是哪年入厂?”

“我算算。”

“还得算?”

“我只记得旧历，要说公历，可不得现算……对啦，是一九四二年。”

“那么美国飞机来轰炸是哪一年?”

“是一九四四年吧。”

“你见过?”

“那还用说。”

“几次?”

“两次。”

“炸的凶?”

“不轻。”

“炸坏了哪里?”

“斜桥炸歪了。要不是歪了，修复的时候还用费那大劲吗?西边空地上炸了两个大坑，后来成了水坑，还生了鱼呐。”

“没炸死人吗?”

“怎么没炸死。卷扬机室上面飞过去一条腿，是日本人的。”

“那怎么能知道。”

“穿着皮靴子嘛。中国人哪有穿这玩意的。有一个日本鬼子又叫、又跳、又转，好像是个陀螺。原来是一个耳朵给弹片削掉了，再偏一点，他的脑瓜就报销啦，那可就妙啦。”

“不说话行不行?”邢桐又来维持纪律了。

“你管的可真宽!”

“你听，飞机!”

说话的人收起舌头。细细一听，是热风炉的呼啸声，撇着嘴笑了。

“你吓蒙了吧?”

周围的人哄笑起来。

“笑啥?”远处的人同声问。

回答他们的是远处的几响高射炮声。听得清清楚楚。

寂静。

听得最清楚的是邢桐，他觉得这炮声是在自己头顶上炸开的。这里这么潮湿，这么死静，他觉得是进了坟墓一样。

又响起高射炮和高射机枪的炸声。

正当前一阵防空洞里发生了纠葛的时候，老铁正像一个把关的将军，挺着胸脯，手里提着他的钢管，威风凛凛地站在他的岗位上。抬头望望天空，天空亮蓝亮蓝的没有一丝云。太阳给高炉顶和热风炉顶镀上一层金。热风炉身子的阴影正好隐蔽住老铁，这样，他看亮地方看得一清二楚，亮地方看他却是看不见的。在高大的斜桥上，正有两个送料的大罐慢悠悠地向上爬，一会儿露在太阳里，一会儿又进入阴影里。眼看不见的电、风、水、气都没有停，眼睛看见的除了料运系统，别的都停了。在三号炉那边，脚手架上没有人了，远看好像是个大笼子。皮带输送机也停了，上面还有走在半腰的耐火砖。

老铁看着这一切，心里仇恨极了。就是因为你，高炉拉风，基建停工，工人扔开手里的活儿！这眼睛看见的和眼睛看不见的，是多大的损失！这笔账怎么算？往谁身上算？你，老美，帝国主义豺狼！他咬紧牙。“你来吧，来吧！老铁在，高炉在，高炉不在，老铁也不在！”他高高地抬起头，仰望着亮蓝的天空。干干净净的天上一个黑点也没有。解放了的天，解放了的地，解放了的人民过着美好生活。俺们汗一把，水一把，一榔头，一钳子，弯着腰，累的骨头咯崩咯崩响，就是要建设我们的国家，自己的国家。我老铁惹你啦？我有没有闯到你那里，拔你一根草？你看俺们过好啦，你眼红啦？你要来？来吧！来吧！

老铁一直仰着脖子，目光射向天空。他等在这里，咬着牙，恨极了。他定定地向上瞅着，只要飞机一露影子，老铁就要跳起来，跳到天上去，抓住它，把它撕个粉碎，不这样解不得心头之恨！

正在这时，远处响起高射炮声，紧接着又是机关枪声。

“打得好，好！狠狠地揍，狠狠地揍！”老铁紧紧地咬着牙说。

7

高射炮火赶跑了一架美国侦察机。

敌机没能扰乱我们的后方，却扰乱了邢桐的灵魂。

邢桐一向标榜自己胸无城府，有什么都和盘托出，其实他的心灵深处有许多隐秘的、不能告人的东西，胆怯就是其中之一。越为自己想得多的人越空虚。看不见什么力量，胆怯自然是合乎逻辑的结果。在防空洞里的时候，邢桐虽然有些歇斯底里，究竟还没有出大格。警报解除以后，他也装得好像没有什么，其实是吓得神不守舍了。这一夜他睡的很坏，床上好像有针扎。另外两个同屋的人在匀称地打鼾，这使他气愤。在这大动荡的时代竟然能睡死，实在是太没有头脑！防空洞里两个人的谈话还黏在邢桐的脑子里。他不想削去一个耳朵，更不想舍掉一条腿。针扎一下都难受，何况是一耳、一腿。但是他想得最多的还是原子弹，想到广岛和长崎，想起当时看的报道和后来看到的照片。厂里的防空等于儿戏！那么一个土洞洞，连重型炸弹都经不住，更何况原子弹。从日本本土，美国的导弹随时都能打来，不出两分钟，轰隆，毁灭。

他对这地方完全失望了。他的三种欲望都没能实现。在他看来，欲望是推动人生、推动社会的动力。人而没有欲望，等于汽车没有上油、钟表没有上弦。有好的欲望，有坏的欲望，好的战胜坏的，人才能成为一个高等的人。邢桐自己就是这么一个高等的人。他是一个善良、清高的知识分子，是没有什么坏欲望的，这正是他自负的地方。他觉得自己没有权势欲，没有贪婪欲，也没有损人利己欲。他有三种正当和纯洁的欲望，可惜在这地方已经没有实现的可能。第一是工作上的，他觉得当前是三憋气。做一个非党非政非工非团的圈外人，本来是不想让人牵鼻子走的，不成想更不自由，更憋气。当这么一个小小的技术员，下面受工人的气，上面受党政工团的气。第二，生活上的欲望也到了绝望的地步。他喜欢梁端端那尖尖的眉梢，那挥洒的风度，那爽朗的笑声，可就是她那一股子冷气叫人受不了。开口思想，闭口思想，跟共产党的干部学了这一套。是找一个老婆嘛，又不是找一个政治指导员。在她身上花了这么多工夫，还是摄氏零度！第三是科学研究上的，他以为这是全部的关键所在。不搞出点名堂，成不了气候，工作上只好听人摆布，颜如玉也绝不会送上寒门。名堂，气候，有了这个，共产党就不能不另眼看待，说不定还会敦请入党呐。

这地方真冷呀，人也真冷呀。没有什么可留恋的，但是怎么办？

他翻腾了不知多久，觉得身上燥热极了。忽然看见窗子上发红。抬头一看，原来是梁端端，穿一件大红毛衣，向他招手儿，要他快出来。他一骨碌爬起来，推开窗子就跳出去了。端端拉起他的手飞跑，他觉得脚底下软绵绵的，没有一点力气，身子可是很轻，像一阵风似地跟端端跑呀，跑呀。啊，眼前发红的不是端端的毛衣，却是高炉的铁水。原来高炉被炸穿了，火红的铁水在咆哮，在奔流。工人都向四处跑。他也想跑开。可恨端端在后面下死劲推他。他向后打趔趄，可是被推着更加靠近了烈火。烤得热极了，出了一身汗。忽然看见宋老铁拿一个水龙头。瀑布一样的水不是喷向高炉，却倾泻到他的身上了。他大叫，可是没有叫出声音，嗓眼里堵住了。凉呀，冷极了。

他猛地醒过来，却是蜷缩在床上，心里蹦蹦地跳。被子被他蹬到床下去了。看看表，是下半夜三点，离天亮还早得很。他盖好被子，火红的铁水还在他的眼前奔流。是的，是的，在这里待下去，前途只有一个：与高炉同归于尽。

第二天一早，他的鼻息很重，头也痛，身上也烧。他不折不扣是病了。同屋的人帮他打电话请了假，又给他找来几片 APC。早饭他没吃，中饭只吃了半碗米饭。舌苔厚的像剪毛绒。他觉得身上和心里都痛苦极了。人要是没有脑神经该多好啊。

不幸他有一个脑神经，这时正猛烈地活动着。是的，应当离开这冷地、这险地。他生下来是为了享受生活的，不是为了担惊受怕，甚或至于舍掉耳朵、腿、乃至于性命的。求生的欲望是人生第一个善良的欲望。谁要是愿意死，是他的自由，但是邢桐不愿意牺牲趋向安全的自由。这是合乎逻辑的，也就是合乎理性的。可是怎样离开呢？请假？辞职？他们一定不会同意。可是合乎理性的思想要导致合乎逻辑的行动，这是不言而喻的。在当前这种情势下，不辞而别是合乎逻辑的行动。可是端端呢？她会怎样想？可是邢桐不是为端端活着的。他只能为自己活着，这是合乎理性的。他下决心了。

晚上九点多钟，邢桐离开了宿舍。同屋的两个人都在看书，都没有注意他的行动。这个平时出门都要梳理头发、整顿衣服的人，第一次免除了这些程序。他临出门时间着自己，这好吗？又自己回答：有什么不好！

他很怕碰见熟人，只得拐弯抹角，专走背着路灯的黑暗地方。会不会有人拿他当梁上或者下了梁的君子呢？其实他不必担心，这时地面上正浮起冷雾。他没有经过城市中心的广场，他估计在那里不容易躲过上大夜班的工人。他绕了一个大圈，从通到市场那边的斜马路拐过来。他急急地走着，眼珠子一会儿向左，一会儿向右。抄着手，弯着腰，缩起肩膀，也不知道他是心里冷还是身上冷。他走到车站前面的广场边，明晃晃的灯光使他吓了一跳。广场里可恨没有阴影，可宝贵的阴影。有几根电灯柱和枯树干，有一点阴影可是太小。他忽然想起来，灯底下反而是好藏身的。他急走几步，来到一根灯柱的背光一面。阴影和安全感在他的心里有了合乎逻辑的联系。向售票室那边望望，人们正在进进出出，远远地听见说笑声。讨厌，有啥好笑的？

他起初决定，等到开车前三五分钟再买票，那时候买票的人就寥寥无几了。转念一想，不妥，人少最容易被人认出来。应当现在就挤到人群里去。他下了不顾一切地决心，把帽舌头尽力往下拉拉，很后悔没有带一个口罩。

售票口前面排队的人很长。如果能比所有的人都矮一头有多好啊。他尽力缩身子，可是总觉得自己的头露在别人的头上。碰巧有一个卖报纸的小孩走过来。他买了一张，一大张纸足够为自己的脸造成一个阴影了。

他顺利地买到了车票。

他顺利地通过检票口，没有碰上熟人。

他顺利地走过了天桥。

他藏在天桥下面的阴影里，有了完全的安全感。

这好吗？这有什么不好。他又一次自问自答。

但是火车还没有来。他心里又紧张起来。如果火车晚点呢？如果出什么事故呢？

等火车的人们晃动起来。听见了远方的汽笛声。

轰轰隆隆的声音近了，近了，进站了。

他离开阴影，抢上前来。

一只铁路员工的胳臂拦住他。“靠后，靠后！”

他的心跳起来。

火车飞驰过去。脚下哆嗦起来，气浪差一点把他卷走。

他不知怎样挤上了车，一眼看见靠窗有一个空位子。他扑过来，沉重地坐下去，两个肘弯架在小台子上，头埋在里面，他现在觉得彻底安全了。

他伏在那里，身子一动也不动，可是脑子里出现了许多面孔：梁端端、范存宇、梁静宜、江有声、宫之奇、宋老铁、罗明立……

这不就是逃跑吗？他的身子往一起蜷缩着。听说抓回来的逃兵是要被枪毙的。他的身上冷极了。不，地无分南北，都是祖国的大地，邢桐在安全的地方更能好好地利用青春年华。他一会儿把自己推上被告席，一会儿又站上辩护律师的位子。

正当他的脑子分成两半，在认真地玩着一切知识分子都会玩的把戏时，火车的轮子正不停地向南滚转着。这是不能更改的现实了，而据说，一切现实的都是合理的。这是邢桐眼前最愿意死抓住不放的逻辑。

第十九章

1

在厂门里面，在办公楼前面，立着几个像影壁一样的大牌子，有的公布每天的生产数字，有的就贴厂部的公告和布告。志愿军开过鸭绿江以后，党委宣传部又立起一个新牌子，每天用彩色粉笔写出抗美援朝的大事，有时候还有时事漫画和快板诗，形式活泼，内容泼辣，很能引起人们的注意。

就在十一月中旬的一天，天刚蒙蒙亮，有三个姑娘在这些牌子跟前忙活着，冻得唏唏呵呵，鬓角和眉毛上都结了霜花，一会儿就得把冻得发木的手放在嘴边呵呵。这三个姑娘一个是厂部秘书小韩，一个是党委宣传干事小黄，一个是广播员大徐。

一早上班的时候，在这几个牌子跟前陆陆续续挤下了一堆人。人们看见几个碗口大的红字："全国一致怒吼！"下面一行是："全国风起云涌掀起志愿抗美援朝的热潮！"再一行是："厂党委批准第一批志愿赴朝的光荣国际主义战士。"下面简略地记述了报名和批准的经过。在并立着的布告牌上，也已经贴上了一张大红纸，上面写的是被批准的名单，一共是八个人。

人们议论着：

“为啥批准的都是架工和钳工?”

“这你还不明白?桥梁炸坏了,不论是铁桥还是公路桥,修的时候没有架工行吗?”

“那钳工呢?”

“万能工嘛。机车、炮车、迫击炮、机关枪哪一样不得修理呀?钳工用处可多咧。”

“早知这样,当初不如学架工、钳工。”

“好吧,等我两个儿子长大,一个学架工,一个学钳工。”

“哈哈哈!”

“这么说,高炉工就去不了前方啦?”

“你乖乖地待在炉子上吧。前方打仗离不了钢铁。别人都走,你也不能走。”

“听说前方非常需要司机。”

“这不就是司机吗?老贾,你报名啦?”

“啊,我……”贾二立好像丢了舌头,只喷出一口白气。他才不想报名呐,他没有兴趣提着脑瓜到外国去,可是当着这么多人说不报名又说不出口。

但是有人救了他的驾。“二立,有你的电话!”

贾二立回头,见是康老二,就跟他一起挤出了人堆,进了办公楼,在楼下的走廊里拐一个弯,走进了工会会计办公的小屋。窗上的光线正好被大食堂的墙挡了,屋子里很暗。康老二把贾二立推到一张椅子上,塞给他一支香烟。

“你为啥不报名?”

“我才不去呐。”

“报名是一码事,去不去是另一码事。”

贾二立转着眼珠子,不明白康老二是啥意思。

“不报名,派到你头上,你去不去?”康老二喷出一口烟。

“我经历过啦,我不去卖命,”贾二立猛吸一口烟。他好久没有想到死里逃生那一幕了,眨眼间那个被打得血迹模糊的壮丁又出现在他的眼前。

“挺机灵的脑瓜，怎么变成木头疙瘩啦!”康老二又喷一口烟。“这里谈话不方便。你今天是什么班?”

“下半夜该我值班。”

“那好，晚上七点我在香雅饭馆等你。”

贾二立一整天心里恍恍惚惚，猜不透康老二要同他谈些啥。幸亏没有出车，要不就很可能出交通事故。好久以来，他就怀疑康老二不单是工会会计。他的手指头缝那么宽，他的行动那么叫人捉摸不定，他不能没有另一种身份，不能没有后台。机灵的贾二立猜到了一点点，只是不肯把这张纸戳破。彼此都玩影子戏才好呐。贾二立的哲学是花最小的力气，得到最大的好处。他只想假戏假唱，不愿意把假戏演真了。

下午下班以后，贾二立脱去紧身棉袄，换上一件黑皮夹克，擦亮了皮鞋，离开了车库。他过了铁路西，先到他常去的地方鬼混了一阵子，傍到七点的时候，急急忙忙来到香雅饭馆。

康老二正站在柜台前面，两个肘弯架在台子上，手里夹一支香烟，和柜台里面一个穿白罩衫的胖女人说笑，回头看见贾二立，向他一点头，向里面的窄楼梯走去。贾二立跟他上了楼，进了门上挂着白布帘的一小间雅座。原来老二早已点好了菜，他们刚刚坐下，热气腾腾的菜就送上来了。一盘香酥鸡，一盘糖醋黄花鱼，一盘云片肝，一盘椒盐里脊，外带一瓶竹叶青。美味引起贾二立的食欲，也引起他的思虑，“常言道，筷子头打人最狠，这个老二要用筷子头在我身上敲个什么点子?且等着瞧吧。”

康老二只是殷勤地劝酒，五杯下肚，却还不说什么。贾二立心想，越是包得紧的炮仗越响。他的肠子里热了，更想知道康老二包着的是啥，先是拿眼珠在康老二的脸上滚来滚去，后来实在忍不住了。

“老二，你有啥说的怎么不说呀?”

康老二并不回答，却又满满地斟上两杯酒，要贾二立同他一起干了。

“二立!”康老二抹一下嘴巴子，发红的眼珠子盯在贾二立的脸上。

“说吧。”

“你先说，老二够不够朋友?”

贾二立心想，够不够你心里明白。为人不得三分利，谁肯替别人起个早五更?可是他嘴上却说：

“天知地知你知我知，我心里全有啦。”

“你今后怎么打算?”

“今朝有酒今朝醉呗。”

“不开玩笑！是时候啦，鱼鳖虾蟹得分分清楚啦。”

“不明白。”

“你别装猪八戒。这你还看不清楚吗?他们是三月里的桃花，红不了多久啦。”康老二压低声音。

“平壤不是解放啦?”

“你看见啦?你就相信那些宣传?为啥要把工人一批批送到前方去?”

“为啥?”

“当炮灰。”

“那你还要我报名?”

“报名在大伙眼睛里买个好印象嘛。你当会派你去?

别往自己脸上贴金啦。谁不知道你在国民党军队里混过。”

“我是被他们捉去的啊，我跑啦。”

“谁给你证明?”

贾二立没话可答。

“要是有人说你枪毙过八路的探子，又有谁给你证明没有这件事。”

“我自己有嘴!”

“人家就单单相信你?”

贾二立没话可答，只觉得心里打一个寒噤，背上起了一层鸡皮疙瘩。机灵的贾二立现在明白，他的死活是攥在康老二的手心里了。都说越喝酒脸越白的人难斗。这个康老二正是这样，脸煞白，两道八字眉下面是两个发红的眼珠。贾二立想起那年看提灯游行时老二说的一句话：

“谣言重复十遍就成了事实。”是的，康老二什么都干得出来，他一定会血口喷人。

贾二立给自己倒满一杯酒，吞下去。走着瞧吧，姓贾的也不是洋蜡捏就的枪头子。

“你要我干啥，说吧。”

康老二压低声音：“隔墙有耳，这里不是说话的地方。大新许经理想见见你。”

九点左右，他们下了楼梯。康老二在柜台前面付了钱，临出门的时候，没有忘记向那个胖女人飞了一眼。

天又阴上来。冷得结实，只是没有风。市场一带早已没有人影，书场也早散了。过了市场就是那片开阔地，远远望见简易住宅那零零落落的灯光。眼前很黑，只有两个香烟头的红点照亮他们的鼻子。

“二立，我问你。”康老二看看周围没人，开口了。

“嗯。”

“你最恨谁？”

贾二立想了想：“唐景秀。”

“恨那个小娘们有啥意思？”

“要不是他和我作对，我早把那个瞎包袱甩开啦。”

康老二咯咯地笑了一声：“这么说，你还想打姓宋的、姓陈的主意？”

“管他姓宋姓陈，百家姓上的姓儿，我看中了就行。可惜……”

“怎么？”

“画上的大虾，看着眼馋到不了嘴里。”

“为啥？”

“不是说过吗？我有个甩不开的包袱，包袱。”

“唏，看你有没有地位。”

“啊哈，地位？方向盘后面有我的地位。”

“二立，咱们可是一个锅里抡勺子的人呐。”

“怎么样？”

“又想过河，又怕脱裤子；又想吃热羊肉，又怕烫手，又想抓大头鱼，又怕风浪险。”

“你直截了当地说吧。”

“姓唐的小娘们不值一小指头，要干干大的。”

“谁?”

“你小汽车常常拉的是谁?”

“向明。”

“怎么样?”

“你和他有仇?”

“所有共产党的干部，我都和他有仇。”

贾二立不说什么，只是用力咂他的香烟。他心里在打哆嗦。

“嗯?”康老二等的不耐烦了。

“不不，我没有这本领。”

“简单，你只把汽车开到指定的地点，别的没有你的事。”

“不不不，这一阵子他带小枪。”

“笨蛋!”

“是，我笨蛋。”

康老二不说什么了。四只脚踩得雪地沙沙地响。

过了一会儿。

“好吧，这事咱们哪里说完哪里了，”康老二说，“你给弄一桶汽油吧。”

“整桶?”

“整桶。”

贾二立心想，整桶汽油怎么向外弄呢?这时他觉得康老二的手向他的裤袋里捅了一下。这是一笔合算的生意。

“我是够朋友的。”康老二说。

贾二立听出了他的话外音，要是你不够朋友，那么……

“好吧，我想办法。”他说。

这天夜里贾二立值班，一直没有人要车。他乐得躺在铺了草垫、棉毯和两件老羊皮袄的床上，点起一支香烟。他瞪眼向上，在回味着大新经理的话。像这个许志凡，这才算得一个人，不枉在世一辈子，过的才算是生活。外边是破门脸，里面可是大院落和大瓦房。外面看是老旧的房子，里面可是一色的新陈设，沙发、靠垫、弹簧椅子、长条几、写字台、真是应有尽有。烟是“三炮台”烟，茶是叫不出名目的香茶。女人……可惜她只在眼前打了一个胡旋，留下一阵扑鼻子的粉香，就进里屋去了。看她上舞场也不过是普通打扮，在家里可是穿戴一新，起花缎的窄裉小皮袄衬出她嫩藕似的脸。谁能想到一家私营建筑公司的经理能有这样的排场。不显山，不露水，这才是手腕，是计谋。贾二立要学就得学这样的。

“干吧，老贾，有好处的。”许经理的谈吐也是不显山，不露水。这话又实在，又不确定，妙处就在这里。“有好处的!”你自己去咂摸这几个字的滋味吧。

“老贾啊，你抬眼往上看看，茅厕板子做的牌位，有正经材料吗?美国人这次来得好！久旱的甘雨，三伏天的凉风，来得好，来得好。美国人从北边，国军从南边，两下里一挤，啊哈，在劫难逃啊。老贾，要洗澡就得跳进水里去，蘸一个小指头能行吗?”

贾二立现在很后悔，当时没有表示一个明确的态度。给酒烧热了的肠子早在路上冻凉了，当时他觉得心里直哆嗦。他怕，这可是提着脑袋瓜子玩票啊。他在老羊皮大衣上打一个骨碌，手伸进裤袋摸烟，碰到了康老二塞给他的那一卷东西。

对，想吃大头鱼不能怕风浪险，干!

他一骨碌爬起来，披上一件老羊皮，走出值班室的小屋，穿过一个小夹道，进了半明半暗的汽车库。在车库的后墙角，立着十多个汽油桶，有空的也有满的，弄出一桶人们是不会注意的。康老二早就同他讲好，只要他把一桶汽油弄到车库的后墙外面，那里有一些废汽油桶，第二天夜里神不知鬼不觉，这桶油就能转移到它应当去的地方。

贾二立让老羊皮从肩膀上滑下去，动手试了试油桶的分量，要把它轻轻地转出去是不费什么力气的。可是一桶汽油能值几何，他们为啥巴巴的要这么绕弯子?他的心里猛地有了一个问号。

2

第一批名单公布的这一天,厂党委又收到一批志愿赴朝的申请书。这天晚上,小韩和宣传干事小黄又自动加班,往大红纸上抄本市《保卫和平反对美帝侵略分会》的文告,准备明天一早贴出去。两个姑娘抄完,懒得大冷天走夜路,就在办公室的大椅子上睡了。天刚亮,就有人来推门。小韩先醒了,开门,见是大罗。

“啊,你来得这么早?”

“早了肯定能赶上热馒头,”罗明立张开大嘴笑嘻嘻地说。

小黄听见了,也连忙起来,和小韩把写好铺在地上的大红纸收起来,然后忙着梳小辫,整理屋子。

一会儿宋老铁和王占河也来了,后面又陆陆续续来了二十多个人。沙发和椅子上都坐满了,有的就靠墙蹲着。

“开会还早着呐,”小韩纳闷说。

“啥会?”有人问。

“党政工团干部和老工人代表的会呀,研究市委关于开展爱国主义劳动竞赛的指示。定的是八点,你们这么早来干啥?”

“我不是来开会的。”大罗说。

“干啥?”

“等厂长,报名。”

“哎呀,要是都报名走了,生产谁管啊?”

“别人留下,我走。”

老铁鼻子里嗤了一声:“这就奇怪啦。”

“我整个和你说了吧,老叔,我报名不是一股子热血,我前前后后都想到啦。我有五大理由:第一,家里人少,没有拖累,老婆也同意啦,没有人拖后腿。第二,身强力壮年纪轻,吃苦耐劳,爬冰卧雪肯定没问题。有一年我整个冬天就是用雪洗脸。”

有人打断他："那阵子你几天洗一次脸？"

"想起来就洗呗。"

人们嘻嘻哈哈笑起来。

"别打断我！"罗明立又说，"第三，高炉上离得开，有没有我这块肉都能过年。"

"照我看呀，别人都能走，唯独你不能走。"又有人打断他。

"为啥？"大罗深眼窝里的眼睛瞪圆了。

"你是开天辟地高炉上第一个工人出身的值班技术员嘛。"

"那是聋子的耳朵，摆设罢咧。"罗明立伸出一只胳臂，用力摇着，"我求求你们，别打岔行不行？第四个条件很重要，我小时候在山里开过石头，到朝鲜去凿山开洞少不了我。第五条更重要，我热爱党，热爱毛主席，热爱祖国，热爱朝鲜的兄弟姐妹。"

王占河插进来："第五条重要是重要，可是不能算一条。就是你一个人热爱？谁不热爱党、热爱毛主席……"

"着啊！"

"对着咧！"

不等王占河说完，满屋子都哄起来了。

"别吵，别吵！"老铁向大家摆手，一面离开他坐的沙发，来到大罗跟前，满脸的皱纹都笑着，"你讲的好，我都同意，等会儿厂长来了，你代表我一起讲吧。"

"得啦，我肯定不干。老叔你就在后方待着吧。那么大年纪，腿脚也不灵便，凑啥热闹啊。"

老铁一听就火了。"什么，你说什么？你站起来，咱们两个当场比试比试！"

但是罗明立并不应战，只在他坐的椅子上一缩身子。

老铁见挑不动他，更生气，转眼看看满屋子的人，都在向他笑咧。

"笑啥，谁不服就来试试！"老铁说着，解开棉衣扣子，脱下来，只穿着贴身的衬衣，两手搬着刚才坐过的沙发的靠背，把它翻一个个儿，说声"起！"就把沙发高高地举过了头顶。衬衣的袖子往下落，露出他那满是栗子肉的胳臂。这个老工人虽然几十年熬病了，但身体的底子是好的。

正在这时，向明夹着他的文件袋进来了。

“嗬，老铁师傅今天高兴，给大伙表演杂技啊。”

一句话招得满屋子都笑了。

老铁扑哧一声松了气，砰一声把沙发放下，从地板上拉起棉衣。

在满屋子的笑声里响起小韩的尖嗓子：

“向明同志，一早来了这么多人。他们都是要报名到朝鲜去，你看怎么办？”

“是吗？”向明用感动的眼光望着大伙。

满屋子的人同时都要讲出自己的理由，结果是嗡嗡地谁的话也听不清。

“咱们一个一个地说！”罗明立大声叫，他显然是很相信自己五大理由的说服力。

“不用说啦，”向明说，“我都明白啦，咱们都是一根肠子拴在一起的。我谢谢大伙，你们给了我很好的教育。”

他的诚恳的眼神和语调感染了满屋子的人。老铁忍不住干咳了两声。罗明立在他身边小声说：“老叔，受凉了吧？”老铁斜了他一眼，意思是不许他讲话。

“这么说，厂长，你同意啦？”一个人说。

向明的眼睛里忽然一亮，脸上笑开了。

“咱们现在就排好四路纵队，到市委去，见市委书记，说：请批准我们到朝鲜去吧。要是市委书记问，高炉怎么办？同志们，我该拿什么话答对？”

“对，一定会这么问的。”小韩说。

“我这么回答行不行？就说：炉子好办……”

“怎么办？”小韩猴急地问，好像她成了市委书记。

“让它停下来吧！”向明故意说。

一碰高炉就碰了老铁的心了。他说：

“炉子怎么能停？”

向明笑吟吟地说：“怎么不能停？打蒋介石的时候也没有这个高炉嘛。”

“那还能倒回去啊？多出一吨钢铁，是多少发炮弹？”

“对，老铁师傅说的对，高炉离不了老铁。”

老铁脸上一红，知道掉进了向明的扣里，不说什么了。罗明立看他那样儿，刚要笑，怕他生气，赶忙又咽下去了。

“好吧，咱们不说笑话，说正经的。现在全国上下，这一股子热乎劲真正是空前的。咱们五万万人，都要去。金日成首相一定说：欢迎欢迎。可打仗总得拉开架势啊。人去多了，拉不开架势，怎么打仗？别忘了毛主席的话，一个拳头顶住美国佬，一个拳头还得搞建设。前方后方是一条战线。当前最重要的是服从党，服从组织的统一安排。越是紧急的时候，越要有一个统一的意志。咱们钢铁工人是国家建设的脊梁骨，中心骨，咱们在这方面也得做出榜样。你们说对不对？”

向明站在他的写字台旁边，说了这一段话，看看大家都听得入耳，又说：“昨天市委和本市抗美援朝分会的同志们开了会，要马上开展爱国主义劳动竞赛，支援中国人民志愿军。等一会儿，咱们也要开会，把这件事情好好讨论一下。我看你们都还没吃早饭吧？快到食堂去，回头凡是不值班的都来开会。”

大伙听了向明的话，心里都很激动，一时没什么好说。

罗明立第一个开了口：“肯定啦，没说的，走！”

向明和小韩、小黄站在当地，目送着拥拥挤挤的后影。

“小韩、小黄！”

“嗯。”

“你们看这是些什么人？”

“工人呗。”小韩扑闪着眼睛，不明白向明的问题。

“不错，是什么样的工人？”

“钢铁工人呗。”小黄说。

向明笑了：“你们知道吗？这是全国解放后的第一代工人。”

两个姑娘互相看看，都不懂向明是什么意思。

向明在长桌子的一头坐下，指指旁边的椅子，要两个姑娘都坐下，又说：

“你们都上过中学，都学过现代革命史，是不是？”

“学是学过，囫囵吞枣罢咧。”小韩说。

向明微微一笑。“要是从中国工人运动的历史看，那么解放以后的这一代应该排到第三代。第一代是第一次大革命前后的工人。他们是先驱，其中有不少已经成了烈士。光辉党史的第一页是他们用鲜血写的。‘二七’大罢工有他们，省港大罢工和广州起义有他们，上海的武装起义有他们，把红旗插上井冈山的有他们。这一代我没有赶上。你们呢？那时候世界上还没有你们呐。第二代我总算赶上了，这时候你们大概正在妈妈怀里吃奶。第二代跟上第一代，率领全国人民，打日本，打老蒋，打得好艰苦哟，到底打胜了，建立了中华人民共和国。第三代就是现在的，你们赶上了。你们都是工人的女儿，要记住，你们虽然年轻，是属于第三代的。这一代很重要，要打败美帝，要建设社会主义，要保住印把子。担子可不轻啊。对啦，你们还没吃早饭吧？”

“俺们不饿。向明同志你多讲点吧。真好听。”两个姑娘差不多同时说。

“愿意听呐，咱们以后再讲。快去吃饭，还要开会。”

小韩和小黄互相看看，不知道为什么开心地笑了，连忙拿起她们写好的大红纸，并膀儿向外走，一出门正好和梁端端撞了个满怀。走廊里传来她们欢乐的笑声，引得向明也笑了。

端端进来，手里拿着一张信纸。

“向明同志，我托我的朋友打听清楚啦，邢桐这家伙果然是跑回家啦。可耻！”端端气得嗓子眼里都发沙了。

“不出我们所料，”向明说，拿指头在桌子上敲了一下。

“该怎么对待这家伙？”

向明站起来，手扶在椅子背上，看着端端因为气恼而发暗的眼睛。

“你可以去信。就说：我们这里不枪毙逃兵，但是不能不批评这种行为。马上回来，还可以归队。认识了错误，改了，还可以受到信任。”

3

这天上午，正当亲人们在厂里开会，讨论开展爱国主义竞赛的时候，山下村的姐妹们正成群结伙，参观“美帝侵朝暴行图片展览会”。

自从下了第一场雪，英灵山裹上了很厚的白绒。每天一早，整个城市还隐没在灰蒙蒙的云雾里，英灵塔的尖上就染上一抹金光。随后，云开雾散，一轮太阳从莲花山的绛云里跳出来，小山的通体上下也就放出耀眼的光。展览会设在山下不远的地方，门口的上方悬着红布大横幅，墨写的大字是：“打败美帝野心狼，血债必须血来偿!”展览会实际是由两个部分组成的：一部分是美帝罪行，另一部分是朝鲜人民军和中国人民志愿军的辉煌战绩。筹备者的意思是让人们不只是仇恨和愤怒，还要化悲愤为力量，转入到斗争和胜利，印在脑子里的不只是一些悲惨的景象，更强烈的是被打毁的美国坦克和大炮，拖着大黑尾巴从天上栽下来的敌机，被踩在泥里的星条旗，还有长串的美国俘虏。

沈佩兰看得特别仔细。姐妹们听说明员讲完一部分，往前去了，她还拉着唐景秀的手，一张张照片细端详，一面念着图片下面的文字说明。这个平日少言少语的妇女今天的话多了。入门的一部分是关于朝鲜的概况介绍，明媚秀丽的大同江，峰峦叠翠的金刚山，被钢花映红了脸的炼钢工人，白衣白帽站在一长排纺锭前面的女工，被风吹成金浪的香稻。沈佩兰一面看一面不住嘴地惊叹。进入到暴行的部分，她不说话了，她上牙紧咬着下嘴唇，决意不哭出来。墙倒屋塌的城市废墟，冒着浓烟的油库大火，燃烧着的村庄，在机枪的扫射下倒在地上的男女老少，看着这些，她还能忍得住。唯独看到一幅的时候，她心里痛得好像要裂开。房子被炸塌了，茅草顶正在燃烧，在倒了半截的土墙下面，躺着一个妇女，看样子最多有三十岁，她的白衣白裙上满是黑点，这是血。她的胸膛上趴着一个小娃娃。小娃娃不明白妈妈已经死了，正哭着在扒妈妈的胸衣，他要吃奶。

佩兰用力咬了一下嘴唇，咬出一个血印，可是再也忍不住了，眼泪直流下来。她觉得唐景秀抽回了手，抬头一看，唐姐也抹下了一把眼泪。

“真可恨，真可恨!”佩兰从牙缝里说。

夏玉芹扶着小珠，也来看展览会，要小珠讲给她听，这时正好走到跟前，听见佩兰的声音，说，

“什么可恨，讲给我听听。”

“你看不见倒好，省得气得浑身哆嗦。比狼还狠，比蛇还毒啊!”沈佩兰拉起唐景秀的手，又说，“妇女惹他啦，小孩惹他啦，下这样的毒手！种田的惹他啦，织布的惹他啦？唐姐，我算看清啦。你说的对，有他没我，有我没他。今天一早，大罗进厂报名啦。要是不批准他，我去。我用牙咬也咬死他几个!”

仇恨，恼怒，悲痛，打总儿绞在沈佩兰的心上，让她整天都不得安宁，只觉得胸口里培得紧紧的。她的眼前总是有这个影像，不懂事的小娃娃正在扒死妈妈的胸衣。午饭她没有吃，晚饭做好了也不觉得饿。她把饭菜都温在锅里，想等明立回来一起吃。

罗明立每次下班都回来得很晚，这在佩兰是早就习惯的了。可是今晚上她等得不耐烦了。过了半天，看看墙上的老破钟，还只走了两分。等到八点过一刻，罗明立回来了。这是少有的早回。

“批准啦?”佩兰不等丈夫脱下外衣就问。

“你猜。”

“我猜啊，九成不行。”

“那你还问。”

“不批准你，我去!”

平常丈夫一进门，佩兰总要先打一盆洗脸水来的，今天可忘了。她接了明立的外衣，站在炕边，拧紧两条细眉毛，讲她看展览会的情况。

“我心里对自己说，不能哭，不能哭，哭顶啥用，得咬紧牙根和他

拚!”说到这里，她忍不住又掉下了泪珠。

“看你，靠眼泪把美国兵淹死啊，唏!”明立拉起佩兰的手，要她坐在炕沿上。“咱全国人口是五万万，老的小的弱的算他一半，抛掉，还有两亿五千万，都开到朝鲜去也碍事啊。拉不开架势，能打仗吗?”他说出向明的话，又告诉她，在这最紧急的时刻，人人都要服从统一的部署，全国一个意志，他美国要来试试，就来吧。又说：“我听了向明的话，想了想，通啦。一声号令，我就走。不走，就把高炉搞好。现在各单位都在开展爱国主义竞赛，订爱国公约。”

“叫你这么一说，我也通啦。”佩兰的眉心舒展了。“就这么办。市妇联号召家家户户都订爱国公约，咱们也订一个不好吗?”

说到这里，佩兰想起来，还没有吃饭。连忙把温在锅里的饭菜端来，放在桌子上，又放下两双筷子。

小两口吃完饭，收拾好碗筷，面对面坐在电灯下面。罗明立的深眼窝和两腮的坑坑是佩兰看惯的，她心里着急，却也明白，在试验搞成以前是休想填起来的了。佩兰的脸色倒还是像平常一样滋润，因为刚才说得兴奋了，两腮更有些潮红。

罗明立仔细地端详着佩兰。“那么，你就先说吧。你提什么条件?”

“不，”佩兰一拧脖子，抿起嘴唇说，“家属压工友，没有这个理，还是你先说。”

“行。”

罗明立讲了三条，讲一条佩兰点头同意一条，他讲完了，她也同意完了，高兴得龇出两排细牙笑了。

“你得写下来呀，别忘啦。”

“放心，肯定不能忘，等一会儿和你的一起写。”

他的三条是：第一，把用烧结矿炼低矽铁的试验进行到底，越是困难越要干，不怕冷言冷语和讽刺打击。第二，和全炉的工友团结好，别炉别单位有困难，一定全力支援。第三，继续跟江有声学会高炉冶炼的理论和实际操作。在讲第一条的时候，罗明立特别解释了一下，中国的铁矿是“贫矿”多，“富矿”少，用“烧结矿”比用“团矿”的成本低一半，所以是关系到全国的大事。其实这些话佩兰早听过好几遍了。

他讲完，盯着佩兰："好啦，该你啦。"

佩兰一手托起脸腮，歪着头想了想。"我啊，第一条是把家属委员会的工作做好，在互助组里起带头作用，更好地帮助困难户。第二条是照顾好工友，让他没有后顾之忧，全心全意冲杀在生产第一线。让他三天衣服换一换，隔天不吃重样饭……"

"不同意，"罗明立打断她，"你把一个工人捧得那么高干啥？"

"你等我说完，再评论行不行？"佩兰把嘴唇一噘，"我这是为你一个人吗？我上不了第一线，不靠你多加一把力吗？不让你保养好，你一个人能使出两个人的劲吗？这不也是为了我吗？你呀，我呀，你分的那么清楚，我可没分开！不说的是要像一个人一样吗？"说着，又剜了丈夫一眼。这个平常少言少语的妇女今天就是话多。

罗明立听了，心里感动，像捣蒜那样连连点头，说：

"是是是，肯定，你再说第三条吧。"

佩兰的第三条是一切家务事都不要工友分心，一应的柴米油盐、门里门外的事都由她一个人承担。

明立觉得第三条和第二条有些重复，要帮她想想，又试探着说：

"你第二条那三天怎么样，隔天怎么样，不要行不行？"

"不行，不行，肯定不行！"佩兰大声喊起来。

话音未落，有人砰砰地敲门。罗明立去开了门。

唐景秀从背后推着陈宝田，一起走进里屋。罗明立在后面关了门，跟进来。

唐景秀一面往里走，一面说：

"你这个山东老倔杠头，我算拿你没法！让大罗、佩兰评评好啦。"

"怎么回事？"佩兰很觉得奇怪。唐景秀平日是很少把自己的事嚷到别人跟前的。

陈宝田不哭不笑，脸上绷得紧紧的没有一丝表情，一进门就靠门边坐在炕沿上，摸出他的小烟斗，装满，点火，嗞嗞地吸起来，好像没事人似的。

“你说呀，说呀，别装没事儿呀!”唐景秀挖了丈夫一眼，又转向明立和佩兰。“人家不同意写在纸上，说写在纸上的没用，要干出实在的来才算数。你说呀，说呀，别光顾吸烟呀!”唐景秀看丈夫没有反应，更急了。“你们看这个人，牛皮筋似的，咬一口咬不动，咬一口咬不动!”

“谁叫你咬来，你不好不咬!”陈宝田终于开口了，慢腾腾地说着，平平静静地喷出一口烟。

“谁叫我跟了你啦，认命罢咧！这是订家庭爱国公约呀，不写出来怎么互相推动?”

陈宝田浓浓地喷一口烟，来火了。

“啥都还没干呐，就先嚷，嚷得普天下都知道。俺们工人不搞这一套!”

大罗看他犟着脖子的那股劲儿，不由得笑了。

“老陈，这你可不对。公约公约嘛，就是要写出来，大伙互相监督，互相促进，互相帮助嘛。是家庭爱国公约，可不是一家一户的事。群众运动嘛。”

“对，大罗说的在理，”佩兰接上说，“写出来，对自己也是一个鞭策。”

陈宝田的眼珠从明立转到佩兰，又转到唐景秀，看她两个又秀气又恼火的眼睛正盯着自己。

“好吧，我一条舌头能斗过你们三条舌头？我少数服从多数。”陈宝田有原则地妥协了。

他的话音刚落，又响起敲门声。

“今天是怎么啦？又是哪一家谈崩了吧?”罗明立说着，急忙去开了门。

进来的是盛玉华，手里拿一张纸，刚刚一只脚踩进门槛就嚷：

“唐姐，我去找你，看你锁着门，猜你到这里来啦。俺们订完啦，你们看看对路不对路。”

“肯定是对路的。”罗明立看她没遮拦的样儿，咧开大嘴笑了。“不过你先说说，是老高服从你，还是你服从老高?”

盛玉华一鼓眼珠子。“他干吗服从我，我干吗服从他?”

“那你们怎么订的?”

“我提的他同意了，他提的我同意了，就算约好了呗。”盛玉华说着，拉平手里的纸，要念给大家听。

“你先别念，”沈佩兰说，“先说说你是哪几个条件?”

“我啊，我第一条订的是，努力做好街道工作，帮助家委会，事事干到头前，决不拉后。第二……我自己心里算了一笔细账，我这人平常指头缝宽，月月光还常常不够。指头缝紧一紧，一个月省下五元七元不算什么，就用这钱支援志愿军不好吗?”

唐景秀双手一拍，沈佩兰也拍一下自己的手。

“好，你想得好!”

“你跑到头前去啦，一定得跟你学啦!”

“得啦，得啦，不拿我打牙行不行?”

忽然又有人敲门。

罗明立一愣。“邪门!”连忙跑去开门。

小珠背着睡了的宝娃进来，夏玉芹扯着女儿的衣服角跟在后面。

“唐婶，猜你在这里，果不其然是在这里。”小珠说着，轻轻把宝娃放在炕上。

佩兰连忙拿起明立的外衣，给小孩盖上，轻轻拍了两下。这个没有小孩的妇女特别爱别人的小孩。

“你们在干啥?”夏玉芹觉出屋子里有不少的人。

“俺们在讲究订家庭爱国公约。”

夏玉芹脸上一阴。“哎，家家户户都订，可我和谁订?”

“你这心情姐妹们都知道。”唐景秀连忙安慰她，拉她的手，让她坐在炕上。“订不订都是一样，你能干多少就干多少。炒面粉，钉棉衣扣子，哪一样也没少了你。”

“唐姐，你不用宽我的心。”夏玉芹眼皮扑闪一下，可是竭力忍住了眼泪。“我今天叫小珠给我讲啦，像看见了一样。真是狼心狗肺，狼心狗肺！得和他干！我和小珠说啦，人家订夫妻的，咱们订妈妈和女儿的。”

夏玉芹的话勾起盛玉华一肚子火，她跳起来说：

“我说啊，你爽性同姓贾的离了算啦，没的受他那个气！”

唐景秀连忙向盛玉华摆摆手，意思是不要她提这件事。

“怕啥？”

“哎，你想想，”唐景秀看压不下盛玉华的火气，只得说了，“要不是她那两个眼睛，离就离。咱们几次和贾二立说啦，你一定要离，行，娘俩不能像豆叶一样随风飘了。你一个月至少出三十元，到小珠念出书来，有了工作为止。再不就让法院判，怎么判你怎么领。他合计没有他的好处，他不干。”

盛玉华听了点头，又说：“不就是差两个眼睛吗？要不，干什么还养活不了自己，还用靠那个没有人心的。医院不是给你检查过啦？”

“检查了两次啦。说得开刀，可也没有十成把握。要开刀的人有十多个，得一个一个挨号。”夏玉芹停了一下，又说，“我啊，哪怕只亮一道缝，只亮一分钟，让我看看毛主席他老人家是什么样儿，我也心满意足啦。”

三个姐妹和两个工人听了，又感动又为夏玉芹难过，一时都说不出话来。

这一夜冷的煞脱。晴朗的天空里满是星斗，映出山下村各家各户房顶上蓝莹莹的雪。这一夜，家家户户过半夜都没有熄灯。在这些平静的房顶下面，男男女女正在议论着，争辩着，互相鼓励着，要使无限的热力化为具体的行动，奔向一个伟大的目标。

4

罗明立只觉得眼皮发黏，好像抹上了胶水。这里不是打瞌睡的地方，他想竭力睁开。要抬起沉重的眼皮，真好像比掀起一块钢板还难咧。从竭力睁开的一道缝里，他看见舞台上照的通亮，上面正有男声齐唱，唱的是“打败美帝野心狼……”

台下的观众也随声唱起来，先是小声，后来渐渐高了。音乐指挥索性转身对着观众席，用大动作抡开他的胳臂。雄壮的歌声震动着整个演出大厅。罗明立也随声唱着，兴奋起来，不觉得瞌睡了。

这是欢送志愿赴朝人员的大会。第一批一共一百三十多人，都是年轻力壮的，有技术的，包括钳工、焊工、架工和汽车司机。还有十多个女同志，都是医务工作者，有医生也有护士。这些人在开大会的时候都在胸前挂了大红花，这时都坐在最前排的位子上。

这些日子，罗明立觉得是从来没有的疲劳。他的疲劳不是因为用力，而是因为用脑。沈佩兰的加倍爱护，并没有减轻他的疲劳。罗明立觉得用体力的劳累是比较容易恢复的。你躺下去，像死了一样地睡一大觉，睁开两眼又是一身的劲儿。用脑力的劳累可不一样。你躺下去，闭上眼睛，脑子里却还在演电影，那些公式、符号、数字都好像陀螺一样在转个不停。睡着了脑子也不宁静，醒过来也还是迷迷糊糊，身上发软。他想，莫非是患神经衰弱啦？又觉得可笑。神经衰弱呀，又是什么神经官能症呀，都是知识分子的毛病。工人哪有患这种病的？他的疲劳对谁都不敢说，怕像对待老铁那样强迫他入院，只是不敢再偷偷地熬到下半夜了。

齐唱完了，是跳舞。那一会儿是后脑勺一会儿是笑脸的打转儿，那风吹浪动一般的花裙子，那迷离斑斓的色彩，那变幻出虹彩的灯光，都使罗明立的眼睛发花。他闭闭眼，不知不觉地就睡过去了，心里却还在说：这多不好，这多不好。

他再睁开眼皮的时候，台上正演《白毛女》的片段，是山洞的一场。喜儿在唱：“我要活，我要活……”

这时罗明立看见一个穿警察服的人，踮着脚尖可是走得很急，从通路走到前排位子，弯下腰同一个什么人小声讲话。台上亮，台下暗，看不清楚那人是谁。过了两分钟，那个穿警察服的人在前，一个穿干部服的人在后，都踮起脚尖，急急忙忙向外走。走到跟前的时候，罗明立看清了是公安局长。他心里一动："出啥事啦?"这时剧场里都在关心喜儿的命运，没有注意这两个人的行动。

罗明立心想，眼皮发黏，是因为剧场里热，又加上坐着不动。他想到外面走走，一定会好些，就轻轻地站起来，离开了位子。

大门外边灯光通亮，可是静悄悄的没有人。前面的马路是黑色的，马路两边立着一堆堆发光的雪。冷风吹醒了他，他抬头望望天空，天空正有一片红光。在这个钢铁的城市，天空的红光是夜夜都有的，并不引人注意。但是罗明立看那方位不对。不像是在工厂区，而是在工厂偏南的地方。从这个大门口说，就是东边偏北。测度那方位，是在火车站一带地方。听见有汽车的尖啸，这一定是消防车，很远，可是在这夜深人静的时候听得很清楚。"肯定，是哪里失火啦!"他想到公安局长那么悄没声地走开，是不愿意惊动欢送的演出。

罗明立不想回剧场了，他跳下宽大的台阶，跑上在夜里发出黑光的马路。冷风吹进了他的领子，吹进他的嘴里，可是他一会儿就跑热了。他放慢脚步，掐下外衣，又跑起来。跑到市中心的广场，已经能看清楚，他测度的方位不错，是在火车站的东面。又听见消防车的嘶叫，声音更清楚、更刺耳。他不由得打一个冷战。那个方位正好是火车运输的堆栈。钢锭和钢材是烧不起来的，但是像一座座小山一样的木材和煤炭都是易燃品。再往东，是水泥、白灰、石灰石一类的东西，是不怕火的，可是再过去是粮库，这可是……

他上气不接下气地向前飞跑，似乎只要跑到现场，就能用他的整个身子把一场大火压灭。这时红光有些发暗了，有像云雾一样的白色气体凝聚在寒冷的天空。

明亮的车站广场就在眼前了。一种烧煳了什么的气味从东面飘浮过来，这更加证实了他测度的方位。"不好，是粮库!"他更加没命地向前奔去。

前面出现一伙隐隐约约的人影子，一会儿从黑暗里走到路灯下面。看清楚他们有扛铁锹和铁叉的，有提着水桶和洗脸盆的。罗明立跑过他们身边的时候，顺手拉住一个人，问道：

“怎么样？为啥回来啦?”

“火扑灭啦。公安人员封锁了现场，不许靠近前啦。”那人说完，急忙赶他的伙伴去了。

罗明立冷丁站住。不到黄河心不甘，不到现场看个究竟，这心是放不下啊。他就又往前走。

木材和煤炭的堆栈都没有事。再往前，水泥和白灰当然也都没有事。烧煳了的气味这时冲鼻子了，这证明失火的地方的确是粮库。罗明立觉得他的头发根竖起来了。

又有一伙拿着各种救火工具的人走过来，听他们边走边议论着。

“幸亏动作快，要不就难说啦。”

“好处是没刮风，又下过雪不几天。”

“到底是怎么回事？打更的睡着啦？得追查责任!”

这一伙人从罗明立的身边走过去，带着一股子烟火的气味。

罗明立终于走到粮库附近，只见前面是一道挤挤攘攘的黑鸦鸦的人墙，都在向一个方向探脖子。在一根很高的水泥柱上，雪亮的投光灯正撒下清冷的光。他侧起身子，挤到人空子里，一步步挨到前面来，这才看见，在露天粮仓的铁丝网外面，站着警察部队，隔十多步就是一个，肩上的刺刀闪出银亮的光。铁丝网里面，有规则地排列着一个个圆形的粮仓，上面用芦席旋成尖帽。这是临时的仓库。近前的一排仓库都还完好无损，这一排的后面却看不见了。只见里面有一块地方在冒烟。煳锅巴的气味一阵阵扑鼻子。有人影子跑来跑去。

罗明立又向前挨了几步，凑到一个扛枪的警察身边。

“同志，火是怎么烧起来的，知道吗?”

警察上下打量他一眼。“你是哪里的?”

“高炉上的。”

“正在查呐，还没听说是怎么回事。”警察说完，又仰起脖子大声喊道，“同志们，快回家吧，这里没啥戏好看!”

人群里动起来，慢慢散开了。

他刚才跑了一身大汗，站了这一阵子，又觉得扎骨头的冷了。他把夹在肘弯里的棉外衣披在肩上，慢慢向山下村的方向走着。又走过灯光通亮的车站广场，在直通英灵山的大马路上走了一段，然后向北拐弯，走到斜通到山下村的马路上。

前面又影影绰绰地走来一伙人，走得似乎很急。看那细碎的步子，觉得不像工人走路，可又夜雾蒙蒙地看不清楚。及至走近些了，才看见是一伙娘子军，提着水桶，脸盆，显然是跑来救火的。走到跟前，原来打头的是唐景秀、盛玉华、沈佩兰等姐妹，随后还有二三十个妇女。

沈佩兰在这里碰见丈夫，很觉得奇怪。

“你不是开会吗？怎么到这里来啦？”

罗明立先不回答她，却对唐景秀说：

“你们这是要救火？”

“是啊，听见信就往这里赶，可不知道能不能赶得上？”

罗明立乐了，龇出两排白牙。

“肯定能赶上。刚出笼的肉包子，可惜凉啦。”

“人家心里像熬油，你还说风凉话！”沈佩兰生气了。

罗明立一缩脖子，摊开两只手。

“得啦，请回吧！”

他告诉她们，火早就扑灭了，现场周围有警察看起来，不许靠近前了。

“我整个告诉你们，是怎么烧起来的，我也没打听明白。”

妇女们都愣在当地，不动了。

“发什么愣啊，回呗！”唐景秀说。

姐妹们向后转，叽叽呱呱地说笑起来。

现在唐景秀、沈佩兰是殿军了。走在最后，抄着手，弓着背的是罗明立。他走了一段，忽然一屁股坐在马路沿上。

沈佩兰看见，吃了一惊，急忙来到跟前，弯下腰看看丈夫。

“你这是怎么啦？病啦？”

罗明立的深眼窝里笑着，脸色在路灯下面显得煞白。

“我刚才跑狠啦，腿软啦，髁膝盖好像脱环子啦。”

唐景秀也过来了。“来，俺们两个架着你走吧。”

两个妇女不管罗明立反对，就一左一右把他架了起来。

第二天，罗明立仍然一股子乐劲来到高炉值班室。正当他在写配料通知单的时候，梁端端跑来，把一张报纸塞到他的鼻子下面，要他看第二版的一则消息。消息是这样写的：

昨晚九点多，露天粮仓突然起火，幸发现及时，随即采取消防措施，很快将火扑灭。在这场保护国家财产的战斗中，消防人员和警卫人员动作快，配合好，奋不顾身。附近的工人和居民，不分男女老幼，也都赶来助战，表现出崇高的革命主动精神。正当美帝在朝鲜挑起罪恶的侵略战争，国内阶级敌人也在蠢动。粮仓的火是坏事，也是好事。它为我们敲起警钟。我们必须牢记毛主席的谆谆告诫：“在拿枪的敌人被消灭以后，不拿枪的敌人依然存在，他们必然地要和我们作拼死的斗争，我们决不可以轻视这些敌人。”

第二十章

1

在城市的北面一百里开外，有一个矿区。周围是高低起伏的山峦，如今都盖上了厚厚的白绒。山岭上和山坳里，远远近近，有大大小小的矮松林，远远望去，映衬着白雪都变成了黑色。一阵阵呼啸的风好像是从这些松林里刮出来的。在山谷里的平川地方，有稀稀落落的矿山工人住宅，也有农民的小屯子，都深深地埋在雪里了。从矿区有一条通到城里的专用铁路线，每天把红褐色的铁矿石送出去，又运回矿山用的各种器材，还有粮食和形形色色的日用品。离开矿区的办公部门约有一里地，有停车的站台，有红墙的小站房。这里成了矿工小孩和农民小孩的玩乐场。每当远处响起汽笛，车轮的轰隆声由远而近的时候，热心的小观众就跑到站台上来了，也不怕冻，有的还不戴帽子，竖起红耳朵，伸出红鼻子尖，吸着鼻涕，指点着，议论着，说笑着，给这偏僻的山区添上欢乐的气氛。

每星期六都有钢铁工人回来探亲，这时小站台上就更热闹了。那些疏散到这里的家属和孩子们都来迎接亲人。工人们多半带来一些吃的和别的用品。接到亲人的都欢天喜地，说说笑笑地走了。这时四外的雪山也响起欢乐的回声，连松树林也在为他们唱歌。

宋婶也常常把小花放在房东家里，带着云先和云洁来接老铁。娘儿仨明明知道会扑空，可总是要来一下。有了精神准备，也还不太觉得失望，只是宋婶心里有些放不下，怕他闹病，又担心他不会照顾自己。问问回来探亲的，也只能得到简单的回答“很好”，或者“宋师傅过得美，天天吃小锅呐”。

旧历腊八以后的一个星期六，正是一年里最冷的时候，天黑的也早。漫阴天。月光掩在薄薄的云层里，清光还是滤下来，洒在白皑皑的山头上。小火车带着呼啸的风进站了，站台上响起了喧腾的人声。宋婶娘儿仨，六只眼睛紧盯着每一个从车门下来的人。下光了，站台上的人也渐渐走光了。最后下来一个扶单拐的。云先连忙上去扶他。这人道了谢。

“没人啦?”云先问。

“没人啦。”这人用木拐点着地，慢慢走了。

云先好像不相信，跳上铁梯子，站在车门口向里看看。在黄澄澄的灯光下是一排排空椅子。她下了车。失望使她生气了。

“好吧，我以后再也不来啦。”

“你不来我来。”云洁说。

宋婶上一次下农村，正碰上土地改革。农民们拿步弓量地，在地里插木牌，分浮财，搬房子，拉牛拉马，一片热气腾腾的，一片笑脸和歌声。这一次下乡，是办初级合作社的第一年。娘儿仨住的是两小间东厢房，房东是一个军属，他的儿子这时正在全国最热的地方。房东住的是三间正房，墙上挂着儿子的照片，全身军装，背景是椰子林。当家的正好是合作社的组长，这一年每亩地多打了四十多斤粮，正和老伴儿喜气洋洋地忙着办年货。

这个组长听宋婶娘儿仨回来了，连忙从上房里迎出来，看见还是没接回来，长叹一声说：

“不愧是一个先进人物，真正是以厂为家啦。”

“他哪里是以厂为家?他没有这个家，他是有厂无家!”宋婶说出这句气话，不是由于不满意，而是由于没法排解的牵挂。

房东大娘把小花送了出来，放在宋婶怀里。小花搂住妈妈的脖子，把小脸贴上去，又赶快躲开。

“冷，冷，妈……”

一顿晚饭宋婶吃得无情无绪。吃罢饭，收拾好碗筷，一家四口围着小炕桌坐下。宋婶怕小花抓油灯，把她紧紧搂在怀里。云洁从练习本上撕下两张纸，催着姐姐给爸爸写信。

云先拿笔写了“爸爸”二字，好久不能落笔。

“写呀，你怎么不写？”云洁问她。

“你别催我好不好，一催我心里更乱啦。”云先想了一会儿，自言自语地说，“怎么写呐？要说这里什么都好，爸爸放心，一定不能来啦。要说有事吧，可又没有什么事。也没有啥困难。就是冷，可冬天哪里不冷？这也不算个啥理由。”

“就说妈妈想他，”云洁说。

“可别这么说，”宋婶干笑起来，“我才不想他呐。”

娘儿仨讨论了一番，结果是说一家子都想他，小女孩天天叫爸呀，爸呀。

这天夜里有满月。宋婶睡得很不宁静，半夜里醒来，看见窗外月光映着雪光，照得彻亮。听见有沙沙沙沙的响声，起初以为是刮风，细细一听，又好像是脚步踩在雪上的声音。谁？她的心揪起来了，耳朵更挣起来了。过了一会儿，这沙沙的响声更清楚，更近了。忽然窗上有了一个影子，有头，有肩膀。分明是一个人，可是一个什么人？她的心跳到嗓子眼里了。想叫云先，又怕把她吓着。这时影子又淡了，沙沙的响声也远了。宋婶乍起胆子，披上棉衣，悄悄地下了炕，踮起脚尖蹭到窗户跟前，轻轻划开玻璃上的霜花，把眼睛贴上去。外面银光彻亮，雪地上果然是一个人。看不清面目，只见他头上是个大皮帽子，身上是棉大衣，肩膀上的刺刀给月亮照得好像是一根冰棍。原来是一个兵。他半夜里在雪地上走来走去，要干啥？正当这个兵一转身的时候，宋婶看清楚帽子上的红五星。这实实在在是一个解放军。宋婶放心了，可又纳闷起来。他莫非是找住的地方没找到吧？

宋婶穿好棉衣棉裤，轻轻拉开门栓，来到门外。从热屋子一出来，觉得冷气直扎骨头。这个兵听见有人出来，转身站定了。

“同志，你是不是要找地方住呀?”

“不，大娘。”他说着，走到宋婶跟前，一面跺着脚取暖。

“冻坏了吧?”

“不冷。”

“这数九寒天，大雪铺地，还不冷?”

“前方比这里还冷呐。”

“这深更半夜，在外边干啥?”

“放哨。”

“什么?”

“就说是巡逻吧。上级给的任务，保护这一带的安全。”

“是保护俺们这些人呐?”

这个兵笑着点点头。

“进来暖一会儿吧，我给你烧把火烤烤。”

“不，大娘，你快回去睡吧。”

“你进来暖一暖再出来也好嘛。”

“不，大娘，不能犯纪律。”

“嗐，谁能知道?”

“我自己知道。大娘你快关门睡吧，你的心情我领啦。”

宋婶着实不过意，很舍不得这个好小伙儿。

“家在哪儿?”

“远着呐。”

“想不想家?”

“闲下来也想，忙起来就不想啦。要是人人都顾自己那个小家，国家这个大家谁管呐?”

对，一点不错。宋婶回到屋里，和着衣服躺在炕上的时候，心里回味着这个小兵的话。他的沙沙的脚步声渐渐远了，听不见了，他的模样可更清楚地出现在宋婶的眼前。他顶多有二十岁，大皮帽子下面的脸蛋冻得通红，帽檐上和眉毛上都结了很厚的霜花，一开口喷出很浓的白汽。他一定是冻透骨头了，可也不找地方暖和一会儿。纪律，这到底是怎么一回事？她不太懂，可是着实佩服这个纪律。她想起解放以前，常常有半夜查户口的，倒拿着枪，人还没进屋，刺刀就先进来了。（这其实是警察，不过宋婶以为拿枪的都是兵。）哪里是查户口，见什么拿什么，纯粹是强盗。如今这个纪律好，一定是毛主席定下来的。没有人在跟前，也能自己管着自己。这么年纪小小都能离开爹娘，不顾他那个家，那么老铁这老工人守在炉子上，不顾自己的家，更是理所当然的喽。宋婶这么想着，牵念老铁和云花的心情好了一些，可是一直到天亮也没有睡好。她实在喜欢这个小兵，用一个妈妈的心肠牵挂着他。他到哪里去了，这一夜能不能冻坏，天亮的时候能不能有热饭热水吃下肚去？有这样的兵保护着老百姓，还有啥放不下的呢？

过了两天，接到了老铁的回信。云先拆开，云洁就姐姐手里看了一眼，就高兴得又跳又拍手。

“好啊，好啊，爸爸姐姐一起回来过年！”

宋婶从心里到脸上都笑了，连小花在妈妈怀里也一蹿一蹦的。

“等等，信后面还有字呐，”云先说着，念道：“‘宋婶请放心，到时候我一定催他回去。——罗’。啊，我知道啦，这信是大罗帮爸爸写的。”

从接到这封信，宋婶满心里乐得闭不上嘴，身上也好像平添了上百斤力气，带领两个女儿准备起来。打下了年糕，买了狍子肉和一对野鸡，渍了白菜，用黄豆换了粉丝，又请房东帮着磨了一板豆腐，此外花生、核桃、大红枣，也都应有尽有。又打下了半斤白酒。云先和云洁也合力去打柴，要把炕烧得热热的。

2

从过了旧历腊月二十三，宋婶天天盼晴天。这些日子，寒冷似乎在耍最后的威风。太阳刚照满周围的雪山，马上有大片的乌云飞驰过来，一会儿又有风声嘶叫，一会儿又撒下稀稀拉拉的雪粒子。除夕的前一天，房东家门口有村干部来挂光荣牌，贴红春联。宋婶松开了的心又揪起来，唯恐厂子里出什么事，那老铁就不能回来了。

到了除夕这一天，忽然放晴了，也暖了许多。房顶上的积雪化了，水顺着房檐上的冰溜滴下来。房东大爷到区上开军属联欢会去了，只有老太太一个人在家。云洁到小站上跑了一趟，听说今天小火车能来的早，急忙跑回家送信。过半晌，宋婶把小花交托给房东大娘，带着两个女儿来到站台上。她们是来的最早的一家。站上的工作人员知道是宋启良的家属，让她们到屋里坐，笑着说：

“今天没问题，一定能接到啦。”

“也不一定，”宋婶顺铁路向前探望着，“说不定厂里有事。”

“是啊，是啊，”工作人员点头赞叹，“宋师傅是一心为公。”

宋婶没有进屋，一者因为大太阳照得挺暖，二者她想亲眼看见从山脚那边跑过来的火车。来接亲人的人们渐渐多了，站台上响起一阵阵说笑声。那些冻成红鼻子尖的热心的小观众也都到场了。

小火车果然提前来到了。云先说爸爸一定是最后下车的。果然不错。

老铁从车门口下来，手里提了几个包包。云花跟在后面，也提了几个包包。两个妹妹见了，连忙接过他们手里的东西。宋婶扑闪着眼睛，看看老头再看看女儿，看看女儿又看看老头，见他们不但没有瘦，倒还有些胖了，乐得从心里到脸上都开了花。

老铁对一家人说：“我来看家，得感谢工友们，感谢江有声、罗明立他们。不仗着这些日子炉子顺，我是离不开的。”

回到家门，房东大娘抱着小花迎出来。小女孩还是对大姐姐印象深，一见面，就挣着身子扑到她的怀里，然后又拧过脖子，眼睛定定地看老铁，认准了，这才张开刚有两个小白牙的小嘴，叫了一声：“阿爸……”

老铁高兴得眼睛发潮了，伸出双手去抱她，可是她又扭转身子，把脸埋在姐姐的头发里。一家人都开心地笑了。房东大娘也为这一家人的融融乐乐满心欢喜，说：

“快进屋去歇歇吧。”

老铁一进屋就抽鼻子。“好香啊。这是啥味儿？我可是什么都没带，只带一张嘴，一个空肚子。”

“你这些大包、小包的是啥？”云先问。

“都是给别人家带的。”老铁说。

云先要领着爸爸和姐姐到房前房后看看，老铁一定要先把带来的东西挨家送去，把捎的口信也送去。他要云花和云先留在屋里帮妈妈忙家务，自己带上云洁，拿起那些包包，出门去了。

大约过了一个钟头，老铁和云洁回来了。云先正在切酸白菜，扔下刀，拉起爸爸的胳臂。

“爸，你冷不冷，累不累？”

“我啥也没干，累啥？我刚才走的都热啦。”

“那好，你先跟我出来看看好不好？天黑就看不见啦。”

老铁笑嘻嘻地跟女儿来到门外。这里离小站大约有二里地，前面有一个乱石嵯峨的山脚把视线剪断了。太阳已经落到山后了，正把红光抹上了周围的山头。云先带着爸爸来到房后，这里堆满大垛的烧柴，有干蒿草也有盘根草，有柞树枝也有松树枝。在向晚的寒气里，松脂放出清香味。在篱笆门里，在房东的正房前面，也有大垛的烧柴。

“这房前房后的柴草都是我和云洁打的，”云先指点着，向爸爸报功。“房东是军属，俺们这是优待军属。对不对，爸？”

老铁连连点头。“好，好！”看看里里外外这丰满富足的光景，又说：“这是什么生活，这是什么生活！”

他和女儿进了小屋，只觉得暖气扑脸，香味扑鼻子。云先说爸爸和姐姐现在都是客人，命令他们都上炕，坐下不许动。云花实际上啥也不能干，因为小妹妹搂着她的脖子，毛茸茸的头贴在她的脸上，只是不下怀。

老铁坐在热炕头上，转着眼珠子看看老伴，再一个个看看女儿。云花穿一件藏青色的新棉衣，乌黑的两条大辫子垂在麻绒领子上，冻得通红的两腮现在一热，越发红得像玫瑰的颜色。小女孩不让爸爸抱，却一次次从大姐姐怀里扭过身子，叫一声“阿爸，爸”，逗得老铁闭不上嘴。云先几天不见，又像拔节的高粱蹿高了不少，站在妈妈身旁比妈妈都高一头。她正撸起袖子在剁狍子肉，一面叽叽呱呱地说个不停。云洁也长高了一些，正蹲在灶坑里烧火。老铁歪着身子靠在墙上，这满屋子的暖气，这一辈子第一次看见的这丰满富足的光景，这一辈子第一次尝到的这全家团圆合乐的甜味，使他的心里醉了。他朦朦胧胧地闭闭眼睛，直到云先叫他才醒过来，揉揉眼睛，真觉得好像在做梦。直到云花叫他吃饭，他睁开眼睛，看见面前的炕桌上，热气腾腾地摆满一桌子，有蘑菇粉丝和红烧狍子肉，有过油豆腐和渍菜，有清炒土豆片和炖大白菜，有枣糕和豆包。炕桌当中点起了一枝红蜡烛。

一家人围桌子坐下。云花把小妹妹揽在怀里，塞一个豆包给她。

“这是什么生活，这是什么生活……”老铁连连地说，拿起筷子，满桌子上画了一个圈儿，却不知道从哪里下筷子好。

“开天辟地，工人啥时候过过这样的年？太多啦，太好啦。我看你先撤下两样吧。”他对宋婶说。

宋婶不肯，女儿们也不同意。

“你们不知道，”他放下筷子，“全国都望着工人，工人浪费一分，别人不得浪费十分吗？富日子也得当穷日子过才好呐。”

“看你说的，”宋婶一拧脖子，“都是公家给的，又没吃别人的，又没沾谁的便宜。”

“你不知道，干这么点活，受这么好的待遇，对不起啊。”

“你这也对不起，那也对不起，就没想想对不对得起老婆孩子。这不都是自己出力气挣的吗？”

老铁看宋婶拉长了脸，鼓起了嘴唇，不由得嘿嘿一笑。

“你想想上次下乡，忘啦？城里活不下去，下乡，人家给分了土地，怎么样？能养活自己了吗？光靠我这么个人，能有这样的生活？前方爬冰卧雪，咱们热气腾腾地摆满一桌子，你说能对得起？”

还是云先痛快，她说：

“妈呀，你再扭不过我爸，他说撤咱们就撤。爸，撤哪样，你说吧。”

老铁看全家都等他下筷子，赶忙让步了。

“好啦，好啦，不撤也行。快吃吧，省得凉啦。咱们说好，一口也不许浪费。”

他拿起筷子，娘儿四个也都拿起筷子。

一家人吃完了年夜饭，收拾好了，宋婶又摆上冻梨和榛子，看看老铁没说什么，又摆上了红枣和花生。

云先说要一夜不睡，云洁也这么说。小花乱抓了一气，一头扎在大姐姐怀里，睡了。云花把她轻轻地放在老铁怀里，说：

“爸，你喜欢喜欢吧。”

老铁接在手里，拿惯了铁块子的手只觉得好像捧了一团凉粉，唯恐从手指头缝里漏下来，就紧紧地把小女儿捧在怀里。宋婶和三个女儿看他那不得劲的笨样儿，都笑了。

“爸呀，你锻炼锻炼吧。”

老铁自己也笑了。他把带胡子楂的嘴巴在女儿的小脸上蹭一下，说：

“老爸爸对不起你。”

“这还差不多，”宋婶开心了，“从下生到今天，你抱过她几次?”

“是你的头功，我不和你争。”老铁笑眯眯地看着宋婶。

宋婶活了大半辈子，难得一家人这么和和乐乐地团聚在一起，心里连一点愁苦的渣儿也没有，她的脸上也是从没有过的这么舒展，这么光彩。老铁盯着老伴，不眨眼地看。

“下乡这一个多月，你倒胖了不少，也显得年轻啦。”

宋婶脸上一红。“没说的就歇着吧，别拿我磕牙。”

“妈，爸说得不错，是真格的。”云花说。

“去!”宋婶装着生气，眼睛却更亮了。

“哎，年轻有什么不好?”老铁说，“多活两年，多为这个社会出一把力气。你不知道，厂里的小年轻的要我讲故事，我把跳墙的故事也给他们讲啦。”

“啥，跳墙?”宋婶没有听懂。

“你忘啦，我第一次到你家，那时候你一进篱笆门，吱的一声从半截土墙跳出去，没影啦。”

宋婶想起来了，手捂在脸上，笑弯了腰。

“妈，啥事儿你那么乐?爸，讲给俺们听听。”

宋婶不许讲，但是老铁经不住三个女儿掰肩膀的，推身子的，再三求告，就又讲了秃尾巴小辫的故事。三个女儿听到妈妈年轻时候还能跳墙，也都笑弯了腰。

“你们别只听了好玩，”老铁板起脸说，“想想那时候男的女的多么不自由，想想那阵的日子有多么艰难!”

过了一会儿，云洁熬不住，一歪身子就睡过去了，手里还拿着一把带皮的花生。云先也打一个呵欠，在妹妹旁边躺下。她本来是不想睡的，可是一闭眼睛就过去了。

老铁隔着炕桌，看看大女儿。云花究竟大了几岁，还没有一丝睡意，端端庄庄地坐在那里，慢慢剥出几个榛子，放在妈妈跟前。真没想到她能活下来，能出挑得这么好啊。

“云花。”

“嗯呐，”云花抬眼看看爸爸。

“你想想，咱们过年要是这么美美地吃一顿，别的什么也不想啦，这同从前的大肚子有啥区别?”

“依你说，该怎么办?”

“我说啊，你在咱们家是最大的，处处得给她们小的做个榜样。你搬到独身宿舍也快两个月啦，这一段你干的怎么样，你给我和你妈妈讲讲，讲完了我也讲讲我的。”

“我心里边也是这么想，你不提我也得向你汇报。”

老铁听女儿和自己是一个心思，乐了。

“你用不着向我汇报，就算你是向党汇报吧，好不好?”

“好。这两个月啊，俺们那里可真是一台子好戏呐。”

云花接着讲了她们女工和男工展开爱国主义竞赛的故事。

3

“爸，你要是不困，我就从头讲起。

“一开头，我想得挺简单。谁不爱国，谁不恨美帝？竞赛还有啥问题？哪里想到正像石梅大姐说的，要想赛出干劲，赛出风格，从头到尾是一场斗争。石梅大姐是俺们女工组的组长。这时候，女工组已经有九个人，男工组有二十多人。

“照尤师傅的意见，男女两个组先自己酝酿竞赛条件，再合在一起讨论。有一些人的脑瓜里，轻视妇女的思想好比老榆树的根，扎的可深啦。这几个人鼓动他们，想提出条件来给俺们一个下马威。

“俺们组里的小章是一个鬼灵精，吃中饭的时候，在我耳朵旁边说：‘糟啦！’‘糟啥？’‘人家说啦，要是叫丫头片子赶到头前，还算得是男子汉么，怎么说也得压她们一头。’

“我告诉了石梅大姐。她悄没声地笑着说：‘别慌，到时候给他来个加一成，可是咱们得先开会统一思想。’

“我本来是想，俺们组一定能拧成一股绳。没想到在陈丽坤身上出了问题，可把我气炸啦。这陈丽坤是一个挺麻利的人儿，喜欢跳舞，跳啊，跳啊，差一点跳进贾二立挖的坑里去。……爸啊，你何必一听贾二立就气得瞪眼珠子。这家伙这么一个劲浑下去，我看早晚得掉进他自己挖的坑里。他骗陈丽坤，说他是一个科长，是没有家口的，挣的钱怎么花也花不了，是有好靠山的。这一层窗户纸我一指头给他戳穿啦。他恨死了我。可是陈丽坤和我好啦，也不下舞场啦，干活也好些啦。不成想在这节骨眼她又缩脖子。我和另外四个姐妹是同意石梅的意见的，丽坤就说尤师傅的心偏在男工那边，怎么着也赛不过他们，还拉两个小女工站在她一边。我劝她，她说我们拿多数压她。说穿了，她无非是怕累怕难，是老毛病又冒芽。

“爸，你没看见，男女两组在一起提条件的时候，那才热闹咧。他们憋足了劲要吓俺们一大跳。第一条，保证制作各种线轮超额百分之十五；第二条，出勤率达到百分之百，不迟到不早退；第三条，保证一级品百分之九十五，二级品百分之五。按平常的情况说，条件够高啦。讲完，一片眼珠子瞪着俺们，等俺们吓得大呼小叫。

“你猜怎么样？俺们九个人坐在两条长凳上，纹丝不动。石梅大姐稳稳当当地站起来，说：‘男工组的条件是充满了革命豪情的，给了我们很大的鼓舞和推动。我们想，男同志一定愿意和女同志并肩前进，一定不愿意我们拉在后面。女人拖累男人的时代已经一去不复返啦。男工组里的老工友多，一定愿意多多指导我们，帮助我们克服缺点。让我们同心协力，向美国侵略者发起冲锋吧！我们也是三条：一、保证超额百分之二十……’

“男工组的二十多人坐在四排长凳上，阵容可旺盛啦。起先还安安静静地听着，这时好像坐不稳了，眼珠子你滚我，我滚你。石梅还是有板有眼地说：‘二、出勤率保证百分之百，不迟到早退……’这时，他们当中有些人稳不住神啦，叽叽喳喳在说什么。尤师傅皱起眉头，向他们摆摆手。石梅紧接着又说：‘三、保证一级品百分之九十七，二级品压缩在百分之三以下。’

“石梅大姐的话音一落，我用肘弯用力捅一下旁边的章春丽，和她带头鼓起掌来。俺们这边掌声响成一片，他们那边愣了一下，跟着也一片声拍起来。

“就这样，爱国主义劳动竞赛开始啦。

“这天晚上下班，两个组的人都没有走。尤师傅说，光订出条件还不行，得订出切实可行的措施。男工组在现场，俺们女工就到了休息室。听他们那边呜啊哇啊，也听不清说的啥。俺们这边一开始就挨了陈丽坤一闷棍。她说：‘别的都还好说，这出勤率百分之百能保证吗？纯粹是起高调！我要是忽然有事怎么办？’‘有事可以利用业余时间，还有星期天嘛。出勤率百分之百是男工先提出来的，就是瞅准了咱们妇女家务事多。咱们难道没有这个志气？’石梅是和颜悦色地解释，陈丽坤可是一味地丧榜。‘我要是病倒了怎么办？’‘所以从现在起就得格外注意身体。’‘我说不定哪天就要结婚，让不让请假?’‘那我恭喜你啦。你可不可以和对象商量一下，把好日子定在新年?也不过个把月，等不得啦?’这位大姐可真老实。陈丽坤明明是在混搅嘛!

“第二天，我和石梅都早到了。尤师傅也来得挺早。七点五十分，男女两组的人都到齐了，只差一个陈丽坤。我的心揪起来。要是全组叫她一个人砸了，可怎么好!我不住地看表，表针走的可真快。不住地看门口，门口外面没有来人。我急出了一身汗。我问石梅，怎么办?石梅说，没有把思想工作做到头前，现在被动了。上班铃响起来。我心里说，糟啦，糟啊，第一天女工组就出洋相。男女两组都各就各位了。我不好意思抬头，觉得男工一片眼珠子都射到俺们身上。

“电铃一下子停了。陈丽坤刚好一只脚从门外踩进门里。这你能算她是迟到吗?她这是故意怄人，叫你哭不得，笑不得。

“这个月的任务有一批电闸线圈，要的很急。陈丽坤是天天踩着电铃上班，干活的时候和她身边的两个女工叽叽呱呱，有时还大声打呵欠。全组的情绪都受影响。有的说：‘叫她这么一搅和，女工组别说坐飞机，坐老牛车恐怕还是缺一个轮的。’一个星期过去，按超额百分之二十的指标一算，差的没影子呐。

“中午休息的时候，石梅大姐把我们几个拉到一边，商量对策。大家说全组只我一个还能和陈丽坤说上话，要我从头再向她做工作。我能推吗?硬起头皮接受任务呗。石梅知道我有困难，答应和我一起研究，可是脑子里没有缝，想不出好办法。陈丽坤对我冷冷的，休息的时候躲得老远，好像知道我正在她身上打主意。

“全厂各单位的竞赛成绩，每天都公布。在花团锦簇的牌子上，男工组的红线高出俺们一大截，看了心里像油炸一样。

“有一天下了班，我在广场那边迎头碰见陈丽坤的老妈妈，她要到商店给女儿买油糕去。从她嘴里，我才知道，这些日子陈丽坤又常常很晚才回家，回家也没有好气，还常常偷偷地抹眼泪。我听了纳闷。难道她又去跳舞，又给什么人缠上啦?

“我和石梅商量，下功夫摸摸底。啊，原来有一个轧钢厂的技术员看上了她，却又嫌她文化低，和她不即不离，害得她少心无肝的。这么说，她每天能踩着电铃上班，还是不小的功劳呐。我心想，这姑娘，贱！人家瞧不上，死乞白赖有啥意思！

“照石梅的想法，这样下去，只有越拖越坏。得开刀！下了班，她和我一起去看陈妈妈，把丽坤前前后后的情况都对她讲了。当然也留了分寸。陈妈妈很懂道理，说一向宠着这个独生女儿，把她宠坏了。她同意工厂和家里一起使劲儿。

“三天以后，我和石梅刚刚到厂，陈丽坤忽然也来了。我一下子心跳到嗓眼里，不明白是怎么回事。这一天，女工的眼珠子都不住地在陈丽坤身上滚，她却只是低头干活，谁也不理。小章在我耳边说：‘云花姐，真有你的，铁树开花啦。’我告诉她不知道是怎么一回事，她还不相信。

“后来才知道事情的根由。就在我们和陈妈妈谈话的时候，丽坤正到男宿舍去找那个小技术员。没找到他，却收到留给她的一封信，里面说两个人的文化水平、兴趣和爱好都差得很远，心里很矛盾，希望以后先不要见面了。这激恼了丽坤，回家把他写的几封信和送的手绢什么的，一把火统统烧了。第二天，她下班就回了家。陈妈妈端给她一碗饭。丽坤以为是什么新鲜口味，吃了一口，又苦又涩，连忙吐出来，又找水漱口。问是什么。妈妈告诉她是上等饭，是她做姑娘的时候常常吃的，说着，捧起碗，一口口吞下去。丽坤抢了碗，要倒掉。妈妈抓住她的胳臂，眼泪掉进了碗里。原来是妈妈从门前的榆树上刮的皮，捣碎了，用水煮过。因为加了两把苞米面，所以叫上等饭。她对女儿说：‘妈从小宠你，把你宠坏啦，忘记自己是什么根上的啦。哪里来的小崽子，他瞧不起工人？叫他远远地滚开吧！不是一个根上的藤，强扭到一起，能合得拢吗？’丽坤自己抹了好半天眼泪。后来泪干了，说：‘妈，你生我养我，直到今天还为我操心。你放心吧，你看我今后。’

“从丽坤的行动看，她这一次真的有了觉悟。姐妹们都替她高兴，组里真的齐心了。我们的竞赛红线一点点赶上了男工组。从前老听说士气，不懂。现在懂啦。俺们干活头都不抬，水也忘了喝，也不走动。眼看一个个线轮摆在工作台上，堆叠起来，耀眼生辉，心里说不出有多痛快。到了月底的二十八日，尤师傅当众宣布，女工组已经完成了百分之一百二十。俺们去向厂党委送了报捷信。

“这天下班，尤师傅和石梅把女工留下。尤师傅说：‘这一次我从心眼里服啦。妇女有了觉悟，一点也不比男的差。’他问大伙，明天是干下个月的任务，还是怎么样？石梅说：‘女工组、男工组，是整个线轮组里的两个部分，是分不开的。’她建议剩下的这两天，应当帮助男工组，也提到百分之二十，这才真正是并肩战斗。这说的是俺们心里的话。男工组那几个轻视妇女的刺儿头，从这以后，再也不唱他们的老调调了。听他们背后说：‘丫头片子的所作所为，使我们受到了教育。’

“这以后不久，厂团委的同志找我谈话，问我有啥意见没有。我说没有意见。回来对石梅大姐一说，她笑了，说：‘傻丫头，他是想听听你有没有入团的要求。你这个老工人的女儿怎么样？你自己不提出申请，人家还能请你啊。’过了两天，给了我一张入团申请书的表格。

“爸你怎么能怪我没告诉你。这一两个月你离开你那个炉子吗？你跟我照面了吗？你们厂门口那纠察队那么铁面无私，能答应我进门吗？再说，这你不就知道了吗？”

4

这是新中国成立以后的第二个春节。不在于吃几斤肉，喝几两酒，吃多少面粉和大米，难得的是满心欢畅，没有挂虑。二十岁左右的人也许不觉得怎么样。在他们看来，好日子好比铺好了的柏油马路，就是那么平平坦坦地展开在眼前了。三十岁以上的工人，特别是四十岁以上的，像老铁这样的，熬过了大苦难，如今回头一想，觉得真是从牛马变成了人，才能敞开心胸迎接今天的大欢乐。说什么枯树开花，这样的比喻远远不能比拟他们心里那一片灿烂的春天。

旧历大年初一，天还不亮的时候，远远近近的山坳里响起了紧密的鞭炮声，直到太阳从东山头上露面，响声才渐渐稀落了。老铁因为睡得太晚，太阳光照到窗纸上才醒过来，急忙一骨碌爬起来，连连说：

“晚啦，晚啦!”在这一眨眼之间，他忘了是在家里，却还以为是在他的小仓库里。宋婶明白他是怎么回事，不由得抿嘴一笑。她像往常一样是第一个下地的。

老铁定定神，看看四个女儿，都还并排着膀儿睡在炕上，都热成了两个红脸腮。小花的绒毛头埋在大姐姐肩膀上，红红的小嘴唇微微地在动。他长长地舒一口气，说：“这是什么生活，这是什么生活……”这一句话里包含了他四十多年的经历，也许只有他自己知道有多大的分量。

他穿好衣服，刚下炕，听见外面杂乱的脚步声，有人说说笑笑。开门出去，原来是村干部来给军属拜年。老铁向他们打招呼，问好，也跟他们一起到上房里坐了一会儿。听他们讲年景，讲收成，讲今年的打算，又是粪肥、种子等等。老铁是外行，可也感受到乡下也和城里一样，也是一盆火炭似的热气腾腾。

云先忽然跑来。“爸，你知道不？听说文工团要来演出。”

“对，说啦，”一个村干部说，“又是慰问矿山工人，又是工农联欢。在这荒山野外，这可是开天辟地头一回啊。”

上午十点多钟的时候，矿山的干部和工人代表，村干部和农民代表，都来到小站上迎接文工团。老铁和云先也来了。他万万没想到，向明下乡来了。原来是他带队来的。他同欢迎的人们握手致意，要文工团的负责人带上队伍先到招待所休息和准备，然后笑嘻嘻地拍一下老铁的肩膀。

“老铁啊，我得先看看咱们炼铁的家属，不怕他们说我本位主义。”

老铁满心欢喜地陪向明到各家走了一趟，最后才往自己家走。太阳正照在当头。周围是白花花的闪光耀眼。没有风。空气是又冷又清新。向明挺起胸脯，用力吸气。

“我得吸饱，把一肚子煤气都换出来。这地方好，打游击好极啦。要是美帝一定要来，那好，这地方足够埋他万儿八千的。”

“那高炉呢，不要啦?”老铁说。

“谁说不要。可他一定要来，你怎么办？先让给他，他欠下的债要加倍偿还的。”

向明离开农村两年多了，过去因为长期处在农村，对农村和农民是深有感情的。如今从烟雾沉沉、喧嚣沸腾的大工厂来到乡下，只觉得满眼爽朗，耳根清净。他四外看看，很可惜没有时间，要不一定得跑到山岗止的松林里去。他一面用力呼吸，一面神思飞扬地说：

“这里让我想起家乡，也是这么一层山套着一层山，不过没有这么多松树，有的是大竹林。这一阵正是挖冬笋的时候。也没有雪。有时飘下几个鹅毛片，眨眼工夫又化了。”

向明一进宋家的门，就向宋婶问好。宋婶见了这么个大干部，一时慌了手脚，又要烧开水，又叫云洁快到矿区的小店去买香烟。

“我不吸烟，”向明向她伸出手，证明指头上是干干净净的。又笑嘻嘻地对老铁说：“老伙计，今天咱们两个碰巧都有空，难得，我得和你美美地喝二两，好不好啊？我看你今年冬天身体不错，没有犯病。”

“我能一年比一年好，”老铁嘿嘿一笑，“这个社会，有活头，有奔头。你不知道我心里这股子劲儿，好像不吃五谷也能活下去。”

向明从云花手里接了小花，亲爱地摸摸她头上的绒毛，亲亲她的小脸。小花认生，挣着回到姐姐怀里，却又拧过脖子，两眼紧盯着向明。

宋婶看这光景，感动极了，眼皮扑簌扑簌，差一点掉下泪来。她的云花、云先、云洁，小时候好比是小猫小狗，见了的都说是赔钱货，恨不能一脚踢开。哪里有一个人这么摸一摸，亲一亲，更不要说是这么个大干部。这个干部怎么个大法，宋婶并不清楚。在她的心目里，毛主席下面就得是省长，省长下面就轮到向明这些人了。

向明好像到了自己家里，脱鞋上了炕，盘起腿，和老铁面对面隔炕桌坐着，眼睛满屋里看看，又抽鼻子吸气。

“好，好味道，日子过得不错啊。”

老铁的眼睛乐成一道缝了。“嘿，你没见，昨儿晚上我都没法下筷子。这日子欺祖啦！”

话音未落，门咕咚一声开了，进来七八个工友，为首的是卷扬机司机老秦，一手提着亮晶晶的一瓶酒，一手拿着一个大酒盅。

向明看这架势，心里说："不好，这一关难过啦!"

老秦来到炕跟前，开口了：

"向明同志，你工夫不多，俺们有心，也不好强你……"

"俺们要拉就把你拉零碎啦。"人空子里一个人说。

满屋子嘻嘻哈哈地笑了。

"这么着吧，厂长，"老秦等笑声落下去，又说，"俺们也不勉强，你也别推辞。公平合理，俺们每个人敬你一杯，你就在俺们手里干了，以后咱们就两便。同志们，你们说合理不合理啊?"

"合理!"小屋里嗡的一声。

向明知道他们是做好的扣儿，躲是躲不过去了，笑着，故意抬起两手，抱住自己的头。

"哎呀呀，那我就爬也爬不出这个门啦，我还得在演出前面叨咕几句呐。"又向老铁骨碌眼珠子，"宋师傅，你行行好，讲个情吧。"

老铁做好做歹，同大伙谈判定了，让向明在每人手里喝一口，就顶一盅的数。向明其实是有一些酒量的，不过是怕喝得像个戏台上的红关公。喝完，大伙满意了，嘻嘻哈哈地一阵风去了。

小屋里静下来。每个人想着刚才这一阵热乎劲儿，脸上都还是喜气洋洋地笑着。

"好不好，宋师傅?"向明问。

"好!"老铁在大腿上拍一下，又说："好!"

"好在哪儿?"

"难得的是上上下下一个心眼，一股子劲儿。"

向明点点头，过了一会儿，又说：

"对，好，好是主要的。可也还要看到有两条心的。美国一打朝鲜，这些人也像发了疯一样地向外冒啦。"

他压低声音告诉老铁，粮库失火的当时，有不少人闻到有汽油味，后来又发现汽车库里少了两桶汽油。这两件事有没有关系？莲花山附近的高压线路上，有五百多米铜丝被割去了，这是一般的偷盗还是有目的的破坏？再说,不是内行谁敢去碰高压线？大前天夜里,有人在铁路上拔道钉,想使火车出轨。铁路警察开了枪,可是夜里没有打准,他们跑掉了。

老铁听了，恨得咬着牙，在小桌上重重地擂了一拳。

“这些坏蛋，要是碰到我手里，不用褪毛我就生啃了他！厂里怎么样啊?”

“厂里看得紧些，还没出什么大事。关键部位都有民兵白黑监视。有一些有重大嫌疑的人，已经调出了重要的生产岗位。可是敌人脑门上不贴标签，你一眨巴眼，他就要伸手。”

“对着咧，就是得瞪起眼珠子!”老铁连连地点头。

文工团的演出是在下午两点多钟。矿区没有大礼堂，天地就成了剧场。在矿区办公处的前面，在两山之间的平川地上，搭起了临时的台子。蓝瓦瓦的晴朗的天空正是最好的天幕；火红当头的太阳是无与伦比的灯光；周围白皑皑的群山、郁郁苍苍的松林，是造化的天工铺设的布景。太阳的温暖还是压不过凛冽的寒气，可是人们都不怕冷。矿工和他们的家属，疏散来的家属和她们的工友，还有十里地以内的农民，男女老少，黑鸦鸦地挤满了平川地和山坡上。在这一带，这是空前的盛况。新中国成立虽然不过两年，人们不但能吃饱肚子，也能在新春正月换上一件新棉衣了。特别是妇女们，无论是矿工家属或是农村妇女，都能用一条花头巾包在头上。在妇女们集中的地方，远远地望去，一片花团锦簇，好像是在雪地里开出了姹紫嫣红的春花。

演出开始以前，向明代表总厂简单地讲了几句，先向矿工道了辛苦，对于他们的劳动评价极高，又向工人家属和农民兄弟姐妹表示了热情的慰问。他讲话中的一小段，后来矿工们议论了很久，每一次提起来都有一种自豪感。

向明说的是：“有这么一种论调，说在钢铁联合企业里炼钢是中心，什么都得服从它。照我看，联合企业是一条龙，矿山工人就是龙头。你不给我矿石，我高炉就得饿肚子。我这里饿肚子，他平炉也吃不饱。要是咱们的矿山工人说，你不是中心吗？那好，我不给你送矿石，看你这心脏究竟能跳几天？自己关死房门，把自己封成天下的中心，行吗？是不行的！我今天是讨饭来啦。过一阵子，第三个高炉要投入生产。老大哥们啊，可千万别叫这个小弟弟挨饿啊。”

“放心，叫你吃饱！”

“撑破你的肚子别叫痛！”

“一言为定！”

“哈哈哈……”

一片喊声，一片欢笑声，震撼了山谷，传到天边，又在那里响起连绵不断的回声。

向明满脸笑着，抱起两手，连连地向周围打拱，又连连地说：

“谢谢，谢谢！”

又是一片喊声、一片欢呼和连绵不断的回声。

这地方两千年前就发现有铁，有人抠出这种赤褐色的硬块，用小炉子烧炼。劳动人民用这东西造成大刀长矛，用来反抗压迫；统治者也用这东西造成刀锯斧钺，用来残杀劳动人民。从最早的矿工到现在传了多少代，没有人知道。在二十世纪的初年，日本势力打败了俄国沙皇，把开采权抓到手里。有多少中华儿女在这里流尽了血汗，暴尸在乱石岗上，或是活活地被投入狼狗圈，在这重重叠叠的山峦里究竟埋下了多少白骨，也没有人知道。从来没有一天，没有一个人，为矿工的辛苦向他们道谢，为他们的劳动做出这么高的评价。今天是第一天，是破天荒第一次。他们怎么能不欢呼，能不一遍一遍地议论，从心底里生出温暖，生出力量，生出宏伟的愿望。

宋老铁坐在台子下面的前排位子上。那慷慨雄浑的歌声也好，那变幻多姿的舞蹈也好，都似乎没有碰到他的耳膜和眼网。他出神了。向明关于敌人活动的话存在他的心里，他好像吃下了一个大铁砣，重重地压在胸口。

傍黑天的时候，向明和文工团走了。老铁跟大伙到小站送行。向明临上火车的时候，紧紧握一下他的手，说，

“老伙计，你安心在家里休息几天吧。厂里有我们大伙，你只管放心。”

可是老铁怎么能安心，又怎么能放心？

除夕的夜里他睡得很沉。他心里是少有的这么安宁，这么畅快。初一这个夜里他睡不着了，又翻身子又伸胳臂伸腿，很后悔没有跟向明一起回去。

窗户纸上刚刚有些发白，他就坐了起来。宋婶也醒了，问他要干啥？他说要跟第一班运矿石的货车回城。他怕宋婶拦他，小声在她耳朵边说：

“你没听见厂长说吗？妖魔鬼怪都张牙舞爪啦。我在家里一分钟也待不住啦。让云花陪你好好过年，等假期完了再回去。”

宋婶知道是扭不过的，只轻轻地叹了一口气，什么都没说，连忙下了炕，要给他做吃的。

老铁拦住她，怕惊动几个小的，又告诉她，这两天吃的胃里存住了食，一点也不饿。

天又阴上来，正落着小雪，稀稀拉拉的雪片在半空里飞舞着，好像很不情愿落下来。

宋婶送老铁来到山嘴。老铁站住，一定要她回去。

天还没有大亮，天地是一片混沌的白色。宋婶向回走了几步，转身站定，看着丈夫的背影。他正弯着腰，顶着扑头扑脸的雪花，急急忙忙向前走。宋婶第一次觉得丈夫老了，她的眼睛发黏了。

老铁正高高兴兴地顶着雪向前走。这个老青年听着自己脚踩雪地的响声，好像是听着进行曲。他现在想的是什么？也许想到了他的童年，那时候每隔一两天，得顶风冒雪走三十多里，到市镇上去，把打下的木柴、晒干了的蘑菇、扎的扫把，或者是妈妈熬夜做成的土布鞋，拿去换几个冰凉的铜板，就是那时候用的钱，又冒着风雪往回走。其实占满了他全心的是他的高炉。他是同高炉同命运，共生死的。高炉、云花、云先、云洁，还有他最亲的小女孩，还有千千万万工人的女孩和男孩，在他心里是融为一体的，是难分难解的。童年的时候，他的心里一团漆黑；现在，他的心里有了一个火红明亮的世界。他也正是为这个明亮的世界在往前奔的，寒冷和风雪又算得了什么。

第二十一章

1

天气暖多了。英灵山上的积雪已经化完，山下的小河沟里又有了淙淙的流水。每天夜里听见嘎嘎的雁鸣。塞北的寒风还常常吹来，带着细细的烟尘一样的黄沙。在这乍暖还寒的时候，人们都胡乱地穿衣服，中午穿上单衣，晚上又都披上棉袄。

林婉如去南方将近三个月了。临走的时候，虽然只有大半天时间，她还是奔奔忙忙，为丈夫做了精心的安排，吃的、用的、穿的都打点得很齐全。按她原来的估计，十天半月准能回来。可是妈妈的叹气和眼泪把她留住了，一拖就拖到现在。

在妻子刚刚离开的那些日子，江有声还显得像平常一样：日子一长，狼狈相就露出来了。他不知道单衣服放在哪里，又懒得翻箱倒柜，只好还穿着他那件前襟磨得发出油光，肘弯也隐隐地露出棉絮的破棉袄。没有妻子的督促，他头发也不剪，胡子也不剃，配上他那件棉衣，倒是九分像一个从旧世界来的囚犯。

这天中午，梁端端在食堂里吃完饭，一走一窜，扑扇着头上的两个小翅膀，来到值班室，看看江有声正伏在桌上写生产日报表，热得一脑门大汗。

“啊哈，瞧，你可真够样儿，”她一撇嘴唇，龇牙说，“这说明什么？说明你一离开老婆，就活像一个掉了毛的小鸡雏儿！”

江有声抬头看看端端，脸上一红，微微一笑。

“对不起，没有工夫。爱国主义劳动竞赛是鼓舞，也是压力。我看啊，不等试验成功，我岂但是掉几根毛，快要变成烤煳了的烧鸡啦。”

“唏，把你烤熟了也卖不出去。全是骨头，谁要？”

话是这么说，梁端端看他一心一意地在搞试验，费心机、搅脑汁，吃饭无定时，冷暖不介意，心里是很欣赏也很同情的。

这天晚上江有声回家，下决心要把自己整顿一番。他站在一叠箱子跟前，茫茫然不知道从哪里下手。妻子的这些万宝箱，他是不敢去探险的。观察了一阵子，看见网篮里有一个包包。打开一看，原来都是脏衣服，是婉如因为走得匆忙，没有来得及洗的。他的两件单衣正好混在里面。找到衣服，他觉得是一大胜利，急忙兜底一抄，抱起这一大包衣服，来到外间水槽的旁边，脱下棉衣，挽起衬衣的袖子。

正当他在一大盆肥皂泡里搓衣服的时候，梁端端来了。一进门，看看江有声那拙笨的动作，不由得笑了。

“得啦，你一边歇着，让我来洗。我这个工会小组长对你的生活关心不够，现在来将功折罪好啦。”

“不敢当，不敢当。”江有声挓挲开两只湿手，用肘弯推着梁端端，请她来到里间。“你来得正好，正好，你不来我也会去找你。请坐，请坐。”

端端坐在床边，抬眼看看这个房间，到处显出单身汉生活的凌乱。桌子上只有每天用袖子蹭的地方没有土，桌面上还摆着两个油碟子，不知什么时候吃完了东西没有洗刷。床上的被子团得像一个大棉球，一条床单也揉皱了。地上也有碎纸头，和七零八乱的东西。

“哎呀呀，可真够格啦！”端端皱起长长的眉毛，“你们山下村的家属互助是有名的，她们怎么也不帮你来清理清理？”

“不怪人家，不怪人家，”江有声随着端端的眼珠子转了一圈，自己也觉得这个房间太乱太脏了。“婉如在的时候，里里外外人家没少帮忙。现在我每天锁着门，回来又没有一定时间。”

他说着，拉抽斗，翻小柜，想找一点什么待客的东西。无奈林婉如买下的饼干、点心、罐头、干果，早都被他倒腾光了。有几个忘了吃的苹果也烂了，茶叶瓶也空了。

“你找我有什么事，不快说，可在那里乱翻个啥?”性急的梁端端等得不耐烦了。“别看人家说我像张飞的妹妹，其实我是粗中有细，缝缝连连，洗洗刷刷，这样的事我还是有两下子。”

她猜想江有声找她，无非是要她帮忙一些家务事，因为工作上的问题是都可以在厂里谈的。

江有声什么都没找到，只得替客人倒上一杯白开水。

“对不起，我现在是一贫如洗，只好清水待客啦。这才是君子之交淡如水呐。”

“得啦，别空嚼舌头。有什么要我帮你做的，别客气。”

“不，我什么也不能麻烦你。”

“那你还要找我?”

“我有一个重大问题，很想听听你的意见。”

“你直截了当，别故作惊人之笔行不行。”端端不等江有声说完，又打断了他。

“是关于我要求入党的问题。”江有声拉一张椅子，对面坐在端端跟前，说了这一句，不由得脸上一热，连他自己也说不清是为什么。

“是这问题?我的意见能顶什么。你应当同大罗、同宋师傅谈谈。”

“早同他们谈过啦。老铁师傅是一个劲地赞成。他爱护我的心情，我理解。大罗也同意，要做我的介绍人。对我只有一个意见，说我本来应当帮助支部做好范总工程师的工作，可是没有认真地做。我听了，当时心里不同意。过后一想，的确是拿感情代替了政策。刚来的时候，很尊敬他，想跟他学点什么，后来看他对于新事物总是很冷淡，我对他也就冷淡啦。”

“啊哟，这么说，我也是一样的拿感情代替了政策。”梁端端从床沿上站起来，靠在桌子上。“我对我这位姑夫实在失去了耐心。看他那么故作高深，心里就烦，不谈还好，一谈就崩。”

“你是小辈对长辈，话反而不好说。我可是不同。回想了一下，自从辩论烧结矿的问题以后，我再就没有理他。把别人看死了，当然也就不能同持不同意见的人一道工作。”

“可是这一点也并不能影响你入党啊。工人对你的印象都很好，这是主要的。”

“问题不在这里。”江有声也站起来，手扶着椅子背，正面盯着梁端端。有一个思想在他的脑子里闪了一下：要是婉如能像端端这样有多好，能剖心而谈，能谈得这么融洽。

“那么在哪儿?”

江有声把椅子推给端端，请她坐下，自己却站在她的跟前。

“这说起来话长，我曾经同向明谈过。照你想，他会抱什么态度?”

“我想他会赞成。”端端毫不犹疑地说。

“错啦。”

“怪，难道他能反对?”

“也不对。”

“更怪，不赞成，不反对，不成了骑墙派啦?”

江有声微微一笑：“你别那么着急，你听我说呀。”

他给端端换了一杯热开水，也给自己倒了一杯，呷了一口，接着就原原本本地说了他同向明的谈话。

正是在关于烧结矿的辩论以后，江有声的心里很激动。范存宇和他的一伙很使他反感，向明的坚定态度使他很感动。他心里一团火热，想着要干就得破釜沉舟地干。有一天晚上他值班，向明也在高炉上。他在同向明研究炉况的时候透露了想入党的意思。向明听了，很高兴也很深沉地说了下面一番话。

“你提出这个问题，我很高兴。你是到过解放区的，一定早就知道毛主席的名言：‘革命的或不革命的或反革命的知识分子的最后的分界，看其是否愿意并且实行和工农民众相结合。’在同工人相结合这一点上，你这一年多做的有成绩。根据这一点，我欢迎你入党。革命是多数人的事。党对于革命的工人、农民、知识分子，门总是开着的。革命的高潮时期，总有一大批人涌进党里来。历史证明，这些人大部分是好的，其中有许多人成了先烈，用鲜血为我们开辟了前进的路。也有不少人经不起风吹浪打，半路上跑了，变了，坏了。在革命低潮时期入党的就能经受起考验。你看鲁迅，正在白色恐怖最严重的时期，可以说，是屠刀在脖子上闪闪发光的时候，他接受了共产主义，接近了共产党。这是什么样的硬骨头！所以毛主席给了他极高的评价。社会地位决定了工人和农民是有根的树，知识分子是无根的草，是浮萍。美国的大炮远远地响了几声，炸弹还没掉下来呐，咱们这里不就有人吓跑了吗？知识分子也能扎根，那可要经历一番磨炼。我对于知识分子要求加入组织的，常常是劝他再三考虑一下。能不能经受惊涛骇浪，能不能在必要时牺牲自己的一切，包括一生只有一次的生命在内？要是还不能，慢一点参加也好。这个党没有什么私利可图。诚然，有人正是抱着钻营私利的目的入党的，这样的人左一手右一手，也可能爬的很高。规律只有一条，爬得越高，跌得越重。我现在就让小韩把入党申请书的表格送给你。在你下笔之前，我希望你再认真地想一想，好不好？党不要求入党的人是百分之百的马列主义者，但是在革命坚定性这一点上，自己对自己是不能马虎的。”

梁端端听着江有声转述向明的话，眼睛一眨也不眨。向明用这么严正的态度对待江有声，她万万没有想到。据她平日的观察，向明是信任江有声的。她心里咀嚼着向明的话，一时还不能理解，只有政治上的严格要求，才是对于一个人的政治生命的极大关心。她只是觉得，要是用向明的问题问着自己，她还不能眼睫毛一眨也不眨地做出正面的肯定的回答。

“有一个问题我不明白，”她说。

“你提出来好啦。”

“你在解放区很久，那时候为啥没有入党？”

“你正好问到点子上啦。”江有声说。

他告诉梁端端，有一个高中同学早就参加了革命。是奔他的关系到解放区去的。人家早就是干部了，自己却还什么都不是。处处和人家比：你政治上行，好，让你一头。技术业务上呢？这你可就没有根基啦。当时就想，向技术业务方面使劲，做一个非党的布尔什维克。可是那时候没有什么技术业务可搞，也还不懂得根本没有脱离政治的技术业务。只好在军分区干民运工作。有一次去找游击县委书记。远远来了一个人，挑着一担水，赤脚穿着草鞋，满腿的黄泥。旁边的小通讯员说，他就是县委书记。后来才知道，他和农民一起挖河泥，已经两夜没有睡觉了。什么是革命，什么是革命者，什么是共产党，什么是中国的方向，什么是青年的前途，渐渐懂得了一点，觉得原来的想法是幼稚可笑的了，可这时候也就到了百万雄师过大江的前夕。

“你看，我就是这么一个人，”江有声说，“脑子里本来没有革命的根。现在搞试验，同志们大概觉得我很有坚定性，是不是？可是拿眼睛向灵魂深处一探，这种坚定性还不是从自己思想里来的。要是没有向明和党支部的支持，我很可能早就灰心丧气啦。”

江有声的坦率、诚恳和严于律己的精神，很使梁端端感动。有一个思想在她的脑子里闪了一下，要是邢桐有这种思想品质的十分之一，他也不会做可耻的逃兵！想到这里，她的脸上不由得微微一红，心里连忙摇头，推开邢桐的影子。她抬起眼睛，正面盯着江有声。这个人的确被这次试验折磨瘦了，三角形的脸上是莲蓬乱乱的头发，眼睛因为常常熬夜也满是红丝。她自己虽然还不是共产党员，她可也相信，这样的青年，党是一定不会关在大门外面的。

“你坐下，听我说。”端端说。

江有声后退了两步，坐在床沿上。

“你对于自己的革命坚定性还有怀疑，是不是？”

“不是怀疑，是没有绝对的把握。”江有声沉吟地说。

“我觉得你把向明的话理解得过于机械啦。”

“请你解释。”

“他要是不同意你入党，能把入党申请书的表格送给你吗？”

“对，不错。”

“他作为党的负责人，难道不应当用高标准要求你？其实革命坚定性应当说是起码的标准，对不对?”

“对对。”

“针对知识分子的动摇性，坚定也就成了高标准。向明不是说么，不能要求入党的人是百分之百的马克思主义者。这意思不是说，入了党，还得更好的受教育受锻炼，是一个新的起点而不是终点吗?”

“对，不错。”

江有声的眼睛发亮了。他站起来，走到端端跟前，握住她的手。

“我真得谢谢你，我心里豁然开朗啦。”

梁端端从坐着的地位抬眼望着江有声。

“你入了党，希望更好地帮助我。我还是一个非党人士呐。”

“我现在也是非党人士嘛。”

两个人都开心地笑了。

九点多钟的时候，江有声送梁端端出来，一面谈着，一直送出了山下村。风早停了。在这静悄悄的夜晚，小河沟的流水更加欢乐地响着。天空只有淡淡的云。下弦月像一个金色的钩子高挂在英灵山上。

迎面扭扭袅袅地走来一个人。

“呀，是你们俩?”说话的是辛玉婷。

江有声随口应了一声。两个人正谈得投机，竟然忘了必要的礼节。

辛玉婷撒下一阵扑粉的香味，又扭扭袅袅地向前走了。她是很关心风化的。她走了几步，有意地站下，回头盯住两个渐渐走远的影子。好呀，老婆走了，半夜里和一个姑娘摽着膀儿……哼！她觉得舌头发痒了，而发痒的舌头是需要一个耳朵的。她想起胡太印的老婆。这个赵玉莲不但有一个耳朵，也还有一条善于发痒的舌头。“我告诉你一件事，可千万不能对别人讲啊!”“看你说的，我成了什么人啦!”正是这些什么人的舌头联合起来在世上掀起了风波。

2

一九五一年三月中旬的一天，向明召开了一次党支部的扩大会。会议的时间定在下白班后的五点半，地方在党委办公室。要是开一般的会，人们从各个生产岗位来，不免拖拖拉拉。一听说是开党的会，都提前来了。向明是正点回到办公室的，在炉台上蹭了满脸的灰，也没来得及洗。一进门，看见长桌子周围已经坐满了，很是高兴。他叫小韩把两个吊灯都打开，把写字台上的灯也打开，照得大伙的脸上亮堂堂的。

“我们这里平常只开一个灯。这是跟老铁师傅学的，浪费一滴水、一度电都心痛。”

“别提这个水，一提我一肚子气。”老铁正坐在罗明立身旁，在长桌子靠窗的一头。“要是早把水管改一下，能节约多少。我到北京的一个多月就没有动。勤俭，勤俭，我算明白啦。要俭，你就非勤不可。比如水管你不勤检查，出了事高炉休风，倒霉的是国家！”

他一来气，说话就呛，连连咳嗽了两声。

“对，说的好。”向明从写字台上拿起一个文件夹子，来到长桌子的一头，坐在梁端端的旁边，小声说，“你帮我读一段毛主席的话。照画了记号的地方读。我南腔北调，怕他们听不懂。”

他抽出一个小册子，翻开，向端端指一下划了记号的一段，又望着大伙说：“这一笔水账，咱们以后再算，现在先开会。今天除了党员，是我们点的将，各个岗位的代表人物都有啦。想研究一个方针性的问题。咱们先听听毛主席是怎么讲的。”

他向端端做一个手势，要她开始读。

这个平常喜笑颜开的姑娘现在绷起脸，倒显得脸太长了。她心里有些紧张，用带着南方尾音的北京腔读出下面的一段：

> 我们必须全心全意地依靠工人阶级，团结其他劳动群众，争取知识分子，争取尽可能多的能够同我们合作的民族资产阶级分

子及其代表人物站在我们方面，或者使他们保持中立，以便向帝国主义者、国民党、官僚资产阶级作坚决的斗争，一步一步地去战胜这些敌人。同时即开始着手我们的建设事业，一步一步地学会管理城市，恢复和发展城市中的生产事业。

她读完，松一口气，好像出完了大力，脸上的肌肉也松弛了。

向明拿起文件，指点着说："两年以前，读的时候好像懂了，可是体会不深。现在深一些啦。咱们工厂，叫作社会主义企业，天天出铁，生产逐步上升，这很好。往深里想想，谁战胜谁的斗争一时一刻也没有停止过。能不能恢复生产？能不能用社会主义方法办工厂？能不能引用先进技术，像冬季修炉之类？能不能打破日本统治时期的生产水平？工人能不能掌握科学技术？能不能使用烧结矿？能不能炼出含矽低于零点九的生铁？这样的问题大大小小可以讲出十几条。每前进一步都是一次斗争。阵地是一个一个夺取的，都是为了谁战胜谁这场大战争的。别瞧那黑不溜秋、疤疤砬碴的铁块子，可不简单，里面包含了两个世界、两个阶级的大搏斗。有这个思想，就觉得每一滴劳动的血汗都同这个大目标连在一起，没有这个思想，一有风吹草动，那就难说啦……对啦，邢桐这小伙子怎么样啦？"

他说着，歪头看看端端。

梁端端脸上微微一红，心想干吗问我啊，好像我同他有什么关系似的。可是她不能不回答：

"给范工程师来信啦，意思是有些后悔，可又说是不得已。"

"不得已三字何以服天下？"向明开朗地笑了。

坐在江有声旁边的小牟发话了："把他弄回来，斗他！"

"要说教育，别说斗，"向明笑吟吟地说，"资产阶级知识分子最怕这个斗字。其实他们没有一天不同咱们斗，要照他们的面目改造世界嘛。好吧，咱们书归正传。"

他说明当前是要全炉动员起来，组织进攻的战役。前一时期只是巩固阵地，现在有条件进攻了，目标是使用百分之八十烧结矿，生产合格率达到百分之九十五以上，接着就要江有声报告春节以后的生产情况。

按江有声的看法，这一时期产量和质量都比较好，主要应归功于各配合单位的努力。烧结矿的铁分和粒度一直比较稳定，焦炭的灰分也一直没有大的波动。这更加说明一个问题，客观条件没有什么变化，有的时候还很不错，为什么炉子还是有时候好些，有时候坏些？一定范围内的波动是不可避免的，但是为什么有时候波动又很大？可见说到底，还要从主观上，就是说从操作上找原因。

老铁一面听一面点头，咕咕噜噜地说：

“对着咧，对着咧。”

“肯定是这样，”罗明立接上说，“我举一个例子。有一天我从风口上看，焦炭不动啦。不妙！急忙跑到值班室，看风压表，风压比平常高了二分之一，风量可是小了，再看看热风温度计，指针正指着七百度。啊哟，这怎么得了！规定的风温是六百度，上下波动不得超过五十度。一下子上去一百度，能不悬料吗？赶快找了瓦斯工，减了风温，炉子慢慢顺了。幸亏及时发现，及时处理，要不然肯定是一次悬料事故。”

罗明立的例子很有说服力。问题摆得很清楚：万事俱备，只欠东风。这个东风不是别的，是各班操作的统一和高炉各部门的紧密配合。

“对，一点不错！”老铁站起来，攥紧一个拳头，说一句就往下砸一下，好像要把他的话钉在桌面上，“俺们炉前工保证放好渣，出好铁，维护好出铁口，和值班技术员配合好，做到出铁不放风。大伙对俺们有啥要求，尽管提出来。”

在这种场合，老铁总要提前发言。“带头作用”，这是毛主席亲口交代的任务嘛。反正他不先讲，别人也一定要促他。老工人用他的耿耿忠心在工友们心里占了个特殊的位子。

接着，料运的、卷扬的、热风炉的、看水的、维护修理的、调度的，各部门都提出了自己的保证。跟着一个接一个的发言。向明的眼光从一个面孔移到另一个面孔。因为是一下班就赶来开会，这些人都没有洗沐，这倒正好显出高炉工人的本色。在这明晃晃的灯光下面，他们的头上、身上、眉毛上，都撒满了瓦斯灰和闪闪发光的、像小鱼鳞片似的氧化铁屑。不同的面孔说出了同一的思想：要坚决进攻！

向明的脸上笑开了花，心里很感动。“是工人阶级，是工人阶级！”这么想着，却拿眼睛盯住江有声。

“你们怎么样？”

江有声应声站起来，激动得脸上一阵发红。

“我们死也要完成任务！”

“不对，”向明轻松地说，“你最好是完成了任务再死。不完成任务，没有死的权利。”

满屋子都笑了。

梁端端连忙摆手。她大概觉得，在这么庄严隆重的会上，是不可以放声大笑的。

“我保证什么？”向明收了笑，认真地说。

“你督阵就行啦，我整个和你说了吧！”罗明立说。

“哦，你们在前面冲杀，我在后面架上机关枪，督阵？这不变成国民党的将军啦？我不干，我还是给大家当小跑吧。哪里有问题，随叫随到，行不行？”

“行！”满屋子嗡的一声。

梁端端等声音静下来，说：

“向明同志，我有一个问题。”

“你说。”

“为什么我们的试验很有一些成绩啦，你总是不允许向外讲？为什么当初创纪录，一下子就嚷的全城都知道？”

“情况不同。一举打破日本统治时期的生产水平，当然可以宣传，能有好影响。现在虽然有了成绩，可是规律性的东西还讲不清楚。我明天就请人来，你讲讲好吧？”

“哎呀，哎呀，饶了我吧。”梁端端两只手都摆动起来。

满屋子又都笑了。

“你得做好精神准备，有朝一日，你得讲，大讲。全国一盘棋嘛。

同行业，不同行业，都得互相学习，取长补短。对啦，老铁，还有一个问题，第三号高炉不久要点火，要从两个炉子上抽人。舍得不舍得?”

“你点谁是谁，俺们保证高风格。”

“罗明立怎么样?”

老铁转着眼珠子，半晌没说出话来，末了嗞嗞啦啦地说：

“是真格的？真不舍得啊。”

人们又都笑了。

“大罗，”向明向罗明立点点头，“你到三号炉去挂帅怎么样?”

罗明立应声跳起来。“我的妈，可怕!”他揪起自己的头发。

“上面已经决定，要办工人夜大学。你是我们第一个工人学技术业务的，人家还要你去现身说法呐。”

“我的妈，更可怕!”

连梁端端也绷不住，笑了，连忙又用手捂住自己的嘴。

“还有，邢桐要是回来，往哪里放?”向明向大家说，却拿眼睛盯住江有声。

“我们要。”江有声说，明白了向明的意思。

“不要!”梁端端脱口而出，马上脸红到脖子。她很后悔，心想，该死，我何必这么着急。

“要，”老铁确凿地说，“包袱不能甩给别人，他变好了还是一个力量。”

会议的结果是出乎向明的预料的。他原来准备，会有争论，会有人单方面提出要求。这样和谐，这样圆满，这样严格地要求自己，是空前的。他心里暗暗地责怪自己：“总是常常把群众的觉悟估计不足，该打!”在当前的情况下，他觉得自己是乐滋滋地情愿挨打的。

支部扩大会散了，向明又把党员留下，讨论江有声入党的问题。大家都认为他同工人结合的好，能接受新事物，工作踏踏实实，没有知识分子那种狂热性，可是有软弱性的一面，还不够大胆。罗明立讲了关于对范存宇做工作的意见。

“这个意见对，”向明说，“可是也不能向他提出过高的要求。这个工作我也还没有做好嘛。”

在付表决的时候，全体一致举起了手。

开完了会，向明看看表，已经八点半了。他急忙把小韩放在写字台上的一堆文件塞进公文包，想回家吃完饭再看。

响起了电话铃声。

他拿起耳机，一听是文会的声音，问他什么时候回家。

“完啦完啦，我马上就回，有事吗?”他问。

“有事，回来谈吧，电话上不好讲。”

向明放下耳机，提起公文包，急急忙忙出了门，顺手关了电灯。心里猜测着，不知道是什么事。

他一进家门就问文会：“有什么要紧的事?”

“老郁出事啦。”

向明心里一震：“怎么，受伤?”

“比受伤还严重。”

“啊!”

“你稳住神，别那么慌慌张张。”

“好好，我不慌张。你快说。”

“市委通报批评啦。”

向明头上好像响了一声闷雷。

“为什么? 我怎么没看见通报?”

“厂矿的大概明天才能分送下去。”

“究竟是什么事?”

“打击老工人，拒绝工人的批评……一句话说不完。我这里有一份通报，你自己看吧。”文会说着，从挎包里取出几张纸。

向明接在手里，就地站在那里，认真地看下去。

“你还没吃饭是不是?”

“不不，我饱啦，饱啦?”他出神地说。

3

这个党内通报是市委章书记提议，经常委讨论决定的。在提这个意见以前，他曾作了详细的说明。

原来在七天以前，轧钢厂又修复了一台中型的轧钢机。书记去看试运转，在回来的路上，刚要穿过双桥洞的时候，看见一个人向汽车招手。这是一个老工人，面善，可是记不清他的名字。章书记以为他有紧急的事要搭车，让司机停在路边，推开车门。

“不不，我不上车，章书记，你不认得我了吧？”

“认得，你是炼钢护厂队的，可是名字记不准啦。”

“我叫孟长庚。你多咱有空，我想打搅你一下。”

“现在就有空！来来。”

书记拉了孟长庚的手，让他上了汽车，坐在自己的身边。老工人有些拘束，尽量把身子往一边靠，好像怕把工作服的灰沾在书记身上。其实书记只穿了一件黑布棉上衣，比他的工作服好不了多少。

“章书记，一晃两三年啦。你刚来的时候满地蒿草，乌鸦在大烟筒上垒了窝，车间里是一堆废铁。如今大烟筒冒烟啦，散热塔上面云雾腾腾啦，高炉平炉一片红啦，轧钢机轰轰隆隆地转啦，炼焦炉烧红半个天啦。”老工人像唱歌一样地说着，忽然打住，深深地叹了一口气，“俺们这一辈老工人该歇歇肩啦。”

“你今年……”

“五十三。”

“有病啦？”

“你瞧瞧我的牙齿，钢筋也能咬断它！”

“这好。老孟，老工人这两年立下了汗马功劳，还得加油干啊。不能有歇肩思想。你看，咱们国家刚刚有了一点头绪，美帝国主义就红眼啦。不给他一点颜色瞧瞧，他能老实吗？咱们这个钢铁联合工厂去年出了六十万吨钢，今年要争取翻一番。中央有个计划，要搞两期扩建工程，过几年要出到五六百万吨钢。你看，老工人不带头干能行吗?”

“你不说这些，我心里还好受些。不是我要歇肩，是人家看我不中用啦。”

“谁?”

老工人看一眼司机，没有回答。

章书记明白了老工人的意思，不再问了。他告诉司机不到市委机关，要直接开回家去。

书记也住在向阳村，这时家里空空的没有人。他请老工人坐在一张方桌跟前的椅子上，自己坐在他的对面，给他一支香烟，自己也点起一支。

“怎么样，老孟，这里谈行不行?”

老工人心里一阵发热，胸膛里涨满了，眼皮扑闪扑闪，眼珠也发潮了。

“像你这样对待老工人，我上刀山，下火海，都甘心。我的两眼是党给我擦亮的，看清这世界是怎么回事啦。护厂那阵，俺们六七个人赤手空拳，打退三十多个武装匪徒，胆量是党给的。修复平炉的时候，二十四小时连轴子转，也不知道累，干劲是党给的。创纪录，找窍门，百吨大吊车提前五十天修好，聪明是党给的。我心里有话不向党说向谁说，可我不能对俺们厂党委说。厂党委在郁厂长眼里是这样的。”他伸出一个小指头，晃了一下。“他把自己看成这样的。”又伸出大拇指，晃了一下。“和厂党委讲了也不管用。章书记，我好几天睡不着，像坐在小船上，忽上忽下。我有话得向党讲，下面不行我就向上讲。我在双桥洞下面等了好几天啦，那里是必经之地。我有三次看见你的汽车，想抬胳臂可是没有这胆量。从前有拦轿告状的，我这不成了拦车告状啦。”

“你何必费这大的事?市委有接待室。你去了，说我要见章某某，就行啦。或者，你直接给我来个电话也行。”

“接待室我去过。我后悔，不去还好些。”

“这是怎么说?”

“我还是从头讲吧。”

老工人接着讲了下面的情况：

去年开职工代表会，号召工人提意见。果真提了，说郁厂长初来的时候还好，见了老工人，拍拍肩膀问长问短。后来一天天把老工人扔在一边了，只重用能说会写、有文化和理论的。文化是哪里来的，是娘胎里带来的吗？只怪没投生到大肚子家里，说老工人没文化，口服心服，说老工人不中用，死也不服。钢厂那些管道，上上下下，都攥在手心里，闭着眼也能摸清楚。拿学生出身的来试试，他拿着图纸一下子也对不上号！在职工代表会上，厂长总算做了检讨，说没有重视发挥老工人的作用。认错，改了就好嘛。过了几天，车间里说老孟专爱挑毛病，同别人关系不好，调去打更。老孟心里憋气，好几天吃不下饭。这样对待老工人党能答应吗？不能！得向党讲。向厂党委讲不顶用，往上。到了市委接待室。接待的很热情。老孟舒心了。过了些日子，车间又有人找老孟谈话，说要是身体不好，精神不正常，退休也行，按工龄计算，能拿两千多元退职金。

老工人把香烟头狠狠地捻在烟碟里，然后又愤愤不平地说：

“这不是要把我赶走，还要拿钱封住我的嘴吗？我背地里拿耳朵一摸，啊，原来接待室把我的意见转回厂里来啦。‘好呀，你胆敢去告状？滚你的蛋！’不过这话不是郁厂长说的，是我揣摩他肚子里的话。听说他也是提着脑瓜，和敌人一刀一枪拼过来的。他这是怎么啦？为啥对俺们这些老工人这么凶？要只是我一个人，我咽下这口气也算啦。不，我得向党讲，俺们厂的老工人十个有九个是一肚子话。不过我要说明白，我告他，不是要把他告倒，是要把他告好。章书记你教训教训他，他改了就好。”

和孟长庚谈话的第二天，市委书记约钢厂的刘朴来谈了一次，这才知道，凡是有关行政干部的任用，郁文宗根本不听党委的意见。如果党委提出不同的意见，郁文宗就说不能以党代政。按郁文宗的看法，党委只能对行政工作起保证作用。如果党委反映工人的意见，就说是迁就落后，或者是说给行政上出难题。照郁文宗说，厂长是代表国家的，厂长的命令必须绝对服从。他正在陆续把生产岗位上的老工人撤下来，说他们不能接受新事物，把一些唯命是听的，能夸夸其谈的人换上去。目前生产情况还比较好，工人群众的干劲还是很高，因为抗美援朝的大好形势，爱国主义竞赛，都在起鼓舞作用。表面是一朵花，但是党的群众路线的根本受了损伤。这样，花是开不久的，危机潜伏着。

后来，市委书记又请了几位老工人座谈。他们的谈话证实了孟长庚的意见。

在市委常委讨论的时候，发生了意见分歧。有的人说郁文宗有能力，有作为，工作有成绩，应当爱护，批评一下，或者给一定处分，不必在党内通报。另一部分人说姑息不是爱护，应当严加处理。

按章书记的想法，是否严加处理，还要看本人的态度。如果只是他一个人的问题，也不必通报出去。要看到郁文宗的思想作风有代表性，借他给大家敲敲警钟有好处。郁文宗有一句没说出来的话：党不必也不应该管企业。离开党的领导，企业也好，军队也好，政权也好，还有灵魂吗？一九四九年三月，毛主席就预示了糖衣炮弹的危险性。如果仅仅理解为生活享受，金钱美女，争名夺利，那就浅了。为什么一进城，党的群众路线这个传统就似乎不时髦了，就可以像穿破了的草鞋一样扔开了？把这条根砍掉，我们还成其为共产党吗？如果党不能保证人民群众的基本民主权利，提个意见就得穿小鞋，走黑路，党还有什么存在的意义？依靠工人阶级，只是依靠他们炼出几吨钢吗？美国人用资本奴役的方法，炼的钢还比我们多得多呐！是不是把美国人和他们的一套请进来？要把工厂办成革命的堡垒，要团结教育知识分子，要在生产上闹革新，哪一件不得紧紧依靠工人阶级？扔开这一条，不是把党的性质都扔掉了吗？

章书记最后又引用了孟长庚的话：“老工人说要把他告好，不是要把他告倒。很好，我们就照老工人的原则办事。在通报里面，市委也要承担责任。”

会议的结果是意见一致了。

4

“这个老郁，真正是岂有此理！”向明站着看完通报，把几张纸砰一声放在桌子上，坐下，又从椅子上跳起来。“他要是不正视这个问题，没有一个正确的态度，要造成极坏的影响！”

“是啊，就是。”阮文会深沉地说。

向明的声音惊醒了亭亭，她从里间问：

“妈妈，什么响？”

“睡吧，没有事。”文会仰起脖子向里面说。

向明在屋子里转了一圈，拿起电话耳机，又放下，看了看表，已经快十点了。

“太晚啦，明天早上到他那里去吧。这个问题也怪我。”

“与你有啥关系？”

“你不记得我和他争论中心不中心的问题吗？那时我就觉得他有些思想苗头不对。当时给高炉闹得晕头转向，没顾上和他细细地交换意见。上次开职工代表会，他不就崩了吗？也只用了息事宁人的办法，把矛盾缓和了一下。也是因为忙，没顾上往深里挖一挖。也没有去市委好好谈谈。”向明说着，连连叹气，把帽子扔在桌子上，五个指头插进浓密的头发里，用力地搔着，又说：“总以为老郁不会出大格。哎，这脑瓜！事物总在发展嘛。”

文会很能体会丈夫对老朋友的焦灼心情，其实她自己也是一样，不过这当儿只能给他破解，不好给他加火了。她说：

“你要是明早去，那就早休息。心神不安、懊恨，都没有用。下功夫去周旋就是了。我估计啊，老郁能不能听你的还是问题。”

“听不听也得说。”向明向里间走去，一面脱着外衣。

第二天一早，他来到郁文宗家，推开外屋的门，看见老郁正坐在沙发上，拿一个枪探子插进双筒猎枪的管子里。郁文宗那秃光光的脑门好像更秃了，耳轮上面的两撮毛乱莲蓬的，眼圈儿发灰，没有刮的下巴像一把小刷子，穿一件对开的毛衣却敞开前怀，脚下穿着一双踩倒了后跟的布底鞋，样子很颓唐。他见进来的是向明，心里布起了警戒线，装出没事人的样子，随意地点点头。

“这是干啥?”向明在老郁对面的沙发上坐下，看他故作矜持的样子，觉得情况不妙。

“没看见吗？擦枪。”郁文宗不抬眼皮，只是抽动枪探子。

“擦枪干啥，要打猎?”

“打猎。”

“今天?”

“今天。你看，天气多好！要是打到野鸡，就炸八块。”郁文宗早已看见向明那种批判的眼光，故意用挑逗的口吻说。

向明看他像闯了祸还故意拧脖子的小孩，心里不免好笑。

“丁楠呢?”

“刚走，不是到你们那里去啦?”

“没碰见啊。”

“可能走两岔啦。嘘……丈夫栽跟头啦，老婆还能不去找好朋友叹气啊，掉泪啊，寻找同情啊。”郁文宗用挑战的眼光看一下向明，又说，“你不是来当说客的吗？就说吧。你不是老说自己是吃政治饭的吗？你的确不是一个好演员，别装蒜啦。你装不好的，还是唱吧。不过我不想买票。”

向明万万没想到郁文宗采取这种玩世不恭的态度，这比他预料的还糟。

“唱就唱，我还怕你把我赶出去啊。”他说。

“你当心，我未必不能把你赶出去!”

“得啦，我劝你收起些儿来吧，危险呐，老郁。有问题就正视，就解决嘛。你跟谁学的这一套故作清高?”

“我是无师自通，该不至于有杀头之罪吧?”

“要是一个脑瓜变得顽固不化了，砍下来也不值什么。”

“玩花舌子是你的本行，我甘拜下风。”

“听你这调调，你不觉得难受吗？我可是替你难受。你有擦枪的工夫，还是把脑瓜子里的油泥擦擦好。你想叫我扮一个隔岸观火的角色？对不起，我的确装不好。房檐上的乌鸦叫是不好听的，可是能把睡着的人叫醒。七届二中全会决议的墨迹还没干呐。你这个老党员是怎么执行的？你是不是在唱对台戏？”

“好大的帽子！你比市委还高明呐！”

“市委是留有余地，等待你的觉悟。这一点你都看不出来，你是怎么搞的？你可真叫我吃惊！”

郁文宗激动起来，满是胡子楂的两腮发红了。他把猎枪托子在地板上一顿，跳起来。

“对，我看不出来。我不会溜上边买好，也不会溜群众买好。就是这么一回事！说我不依靠工人阶级，好。谁是依靠得好的，站出来亮亮相，我三跪九叩，拜师傅。城市解放两三年啦，市委怎么不拿出一个样板来？典型示范不早讲烂了吗？为什么不下功夫培养典型？坐着说话不腰疼！拿我这么个反派角色来示众，这算啥本领？”

向明听了这些无原则的牢骚，也激动地从沙发上站起来，正面盯住郁文宗。

“你这是怎样对待党组织？你是个什么人？你把自己摆在什么地位？你老虎屁股摸不得？群众摸不得，党组织也摸不得？你发疯啦？你为啥乱咬？”

“对，我疯啦，你出去！”郁文宗怒气冲冲地指着门口，连脑门上发亮的地方都红了。

向明又坐在沙发上。“这房子是公家的，不是你的私有财产。”

两个老朋友互相用冒火的眼睛对峙着。

丁楠和阮文会一前一后进来，在外面门廊里就已经听见了两人的争吵声。

“你这是个什么样子？你冷静一点，你坐下！”丁楠严肃地说。

郁文宗看见阮文会，不好意思再发作了，就一屁股坐在沙发上，低下头，装着擦他的猎枪，可是手指头在哆哆嗦嗦。

丁楠看看丈夫的样子，心里又着急，又生气，又不好过分地严厉。她压着心里的不安，声音里带着责问的调子：

“这多不好。老方能对你有恶意吗？这么早，饭都没有吃就来了，不是老朋友的关心吗？你这么大叫小叫是什么意思？”

郁文宗低着头，不说什么，只是喘着粗气。

“你这是来干什么？”阮文会也用责问的口气对着向明，“又要帮助人，又没有耐心！你有什么好激动的？吵吵嚷嚷能解决问题吗？”

“对，我不应当激动，”向明说着，长舒了一口气，从小台子上的烟碟里拿起一支香烟，点着，因为不会吸，呛得咳嗽了两声。

丁楠看看两个男人都冷下来，说去弄点吃的，到灶间去了。

“老郁，”阮文会说，“我们两个昨晚就想来，看看太晚了，怕影响你们休息，就没有来，可是一直不放心。”她看郁文宗没有不好的反应，又小声地委委婉婉地说下去：“咱们几个人在一起这么多年，谁都能摸着对方的脾气。要是我说得不在理，你应当原谅。反正我没有一点恶意，我想你一定会相信这话。友谊，私人之间的感情，要是只能说说笑笑，或者是一起吃吃喝喝，不成了市侩主义的东西啦？老方这人你又不是不了解，是袖筒里揣棒槌，直来直去，不会绕弯儿。他的心情我是知道的，他为你着急，昨儿晚上他就没有好好睡，不住地嘟囔：老郁是怎么啦，老郁是怎么啦？”

“你讲这些有啥意思。”向明瞅了她一眼。

“你别打断我！”阮文会也翻了向明一眼，“老郁你应当知道，老朋友了嘛。要是你有了问题，我们躲得远远的，啥也不敢问，不敢说，只怕影响关系，或者是怕沾包，还有什么同志的情谊好说？你想想，别老是那么拧脖子好不好？”

阮文会的诚恳的态度和深沉的语调打动了郁文宗，他心里一阵发热，可是他的高傲的性格是不会轻易服软的。他用颓唐的眼神看看文会，长嘘了一口气。

“文会，你放心，我不怪老方。我们两个见了面常常吵，吵过去就完啦。我对谁都没有意见。”说着，又长嘘了一口气。“我不能干下去啦。（拍拍他发光的脑门）你看，干了一年多，毛都磨光啦。再干，眉毛也得磨光。身体也垮下来啦，名誉也垮下来啦。完不成计划还是找到我头上。这步棋我早看透啦，早晚得撤职，不如自动辞职好。我需要休息休息，我应当急流勇退。”

文会和向明都用惊奇的眼光盯着他。这个人果真是一夜之间老了许多，神色也颓丧了，声音也干涩了。

丁楠捧出一盘馒头片。阮文会连忙站起来，和她一起到了灶间。

“你说得狠着点，别留情。”丁楠在文会的耳边说。

文会微微笑着点头。“光乒乒乓乓地打也不是办法，也还是要帮他把扣子解开。”

两个女朋友捧出四碗稀粥，一盘咸小菜，一盘罐头鱼。两对夫妻坐在小圆台周围，吃着简单的早饭，都没有说什么。气氛缓和些了。

向明第一个吃完，用筷子夹起一条小鱼。

“这东西让我想起一件小事。那年咱们准备北上，老郁说应当想法吃一顿。到河沟里弄了几条鱼，有鲫鱼，有鲇鱼。想用洗脸盆烧鱼汤吃。刚开膛破肚，忽然听说有情况。远处有枪声。把一盆鱼往草地上一泼，拔脚就跑。鱼还在草地上乱蹦呐。”

“你讲这些干啥?”郁文宗脸色阴沉地说。他吃完，把筷子往小台子上一扔，又拿起他的猎枪，装作仔细地察看枪膛。

“这是我的自由嘛，”向明往沙发靠背上一歪，打了一个饱嗝，“那时候生活在一起，工作在一起，环境那么艰苦，可是整天那么乐呵呵的，彼此之间无话不说，心和心贴的近乎。能说那时候的觉悟比现在还高？当然不能这么说。现在都成了什么长啊，什么书记啊，又是什么主任啊，都带上纱帽翅啦。地位啊，资历啊，威信啊，反而在同志之间起了隔离作用，想想真没啥意思。要是我对一个同志有啥意见不能直截了当地讲出来，要这些地位、资历、威信有什么用？我宁可把纱帽翅扔在阴沟里！”

“我请你不用说这些！”郁文宗打断他，还是拉长了脸擦枪。他抬头向窗外看一眼，自言自语地说，“天气不错。”

天气果真是不错。大太阳已经照满了窗子，把窗桶的影子印在他们的身上和地板上。现在看得很清楚，郁文宗的秃脑门和眉毛之间深深地刻着几道皱纹。

“我为啥不说?”向明紧跟上说，“我这里还没说什么，你那里就一蹦三丈啦。本来是不如你的。在党校听课的时候，开头我记不下笔记，回来还得一字一句地抄你的。忘啦?要是比你差的多的人不能给你提意见，那不就取消了党的批评和自我批评了吗?”

“老方说的对，”丁楠插进来说。她看一眼郁文宗，很担心他会爆炸起来，就尽力把声音放柔和，“对待批评的态度首先要端正才好。下边批评不得，上边也批评不得，哪里有这种超党的党员?要是你有权力，你不要解散市委吗?昨晚上老刘来谈了很久，人家一开口先讲自己的缺点，说你的错误也反映出他工作的失职。这才像一个同志嘛。”

“你算啦，我懂得这一套!”郁文宗鼓起眼珠子，“谁不知道钓鱼得先下钓饵?”

阮文会微微摇头，说：“你听听，这话能拿到桌面上吗?你想想，组织上的批评能不经过慎重的考虑和讨论吗?你这个老党员为啥敢于抵抗?还不是因为自己觉得有资历啦，有资本啦?”

“就是这么回事!”丁楠附和着说。

郁文宗拿着猎枪站起来，眼珠子从上面滚到三个人的脸上。

“你们这是安排好了向我围攻啊!”

“你算了吧，”阮文会面带笑容地说着，从郁文宗手里拿了枪，“你今天别出去打猎啦。手那么哆哆嗦嗦的，一定打不中。”

郁文宗不好从文会手里夺枪，只得颓丧地坐下。

“好吧，你们说吧。”

“我不想同你纠缠一般的是非问题，”向明坐直身子，正正经经地说，“你可能在许多问题上对了，在另一些问题上错了。错了也没啥，不犯错误的只有死人。我要同你争论的只有一个问题；你究竟是从什么立场看待工人阶级，谁是工厂的真正主人?党派你去，是干什么的?要是只有你一个人是无上权威，那和资本家的厂长有什么两样?是不是我们的革命从农村到了城市，工厂就不是向旧世界进攻的堡垒啦？你是按什么性质办工厂的，社会主义企业的灵魂是什么？在你那里，是谁战胜谁？你朝哪个方向带领这支产业大军？咱们这些老党员，究竟在哪一点上是可贵的？在你那个厂里，你信任的是什么人，不信任的是什么人，摆出来比较一下不好吗？你这个厂长是不是党委会的成员之一？是谁要在行政和党委之间画线？这不是闹分家吗？是谁把自己凌驾于党委会之上，还说别人怎样怎样？你想想，好好想想，做出自己的回答不好吗？我相信你只要打开一个缺口，你就能一通百通。”

郁文宗灰暗的脸上涨红了，给太阳光一照，一根根胡子楂都像针刺一样竖在下巴上。向明的问题好像一拳一拳捅在他的胸口上。这个刚强的人这时候有些气馁，特别是向明的诚恳的语气使他受到感染，他一时不知道怎样回答。

向明还要说下去，听见外面有汽车声，接着是刹车声和车门的开闭声。

一个人的急促脚步声来到门前，开门进来。除了郁文宗，三个人都用高兴的眼光迎着进来的刘朴。

“哟，高朋满座啊。”刘朴说，很高兴向明和文会在这里。

向明和两个女同志站起来让座。

“不不，没工夫啦，”刘朴说，“老郁，我来向你传达章书记的电话。他要你先在党委会上做一个检查，时间定了通知他。他要亲自来参加会。我看最好就在今天下午，上午咱们两个先谈谈，怎么样？时间不等人啊。要做检查，我第一个先来。让上级党委为咱们分心，很不过意就是了。”

还不等郁文宗有什么反应，向明就两手拉住他的一只发潮的手，把他拉站起来。

“老郁，这是党对你的关心，你可千万要端正态度。”他满腔的热气喷到郁文宗的脸上。

郁文宗感受到老朋友的关切和热情，心里热了一下，但是耷拉下眼皮，避开向明的眼光。

"我去穿衣服。"他说着，从向明的手里抽出胳臂，向里间走去。

丁楠和阮文会的眼光跟着他的背影。

"得狠批!"向明小声对刘朴说，"得先打掉这股子傲气，让他匍匐在地，然后才能拉得起来。开会的结果，希望你用电话告诉我一下。哪里用得着我，你就抓我好啦。"

老刘微笑着点头。

5

这一天向明一心牵挂郁文宗，干什么都稳不住神儿。晚上八点多才回家，三口两口吞下一碗米饭，急忙给刘朴去电话，得到对方的同意，又急急奔到招待所，推开三角形小屋的门，没有任何寒暄，劈头就问老郁在会上的态度。

刘朴是一个稳稳当当、不慌不忙的人。他推开面前的《反杜林论》，站起来让客人坐在唯一的椅子上，又倒茶，然后退到床边坐下。

"我知道你为老朋友心急上火。这么着吧，老向（他不知向明姓方），我把开会的情况详细说说，希望你再出一臂之力。"

他点起一支烟，吸了几口，然后有板有眼地讲了下面的情况：

党委开会的时候，也请孟长庚和几个老工人列席了。章书记赞成这样做，说党员之间就是应当面对面，开诚布公，摊在桌面上谈。老孟的发言很诚恳，大家都受到触动。他说党培养了多年的老同志，真刀真枪拼过来的，工人从心眼里亲，只愿他干好，不愿他干坏，更不愿他出差错。出了差错，不是一个人的事，革命事业受损失。我老孟是实心实意往你身上靠啊，靠你带我们往前冲。为啥推开我？本来要和你心贴心，为啥把我打入冷宫？心里特别过不去。不是说爹亲娘亲不如阶级亲吗？为什么一个阶级的人对我这样？心里不好受，也想不通。

向明听了刘朴的转述，深沉地点头。是啊，是同志，是阶级弟兄，是同患难、共生死的嘛。怎么能把这种关系变成大老板和雇工的关系？

"老郁怎么样，有没有受触动？他的检查像样子吗？"

“同党的关系上，同工人的关系上，同兄弟厂矿的关系上，他都承认有错误。”

“你看他是真心？”

“他这人不说假话，这一点大家都了解。不过都觉得他罗列现象，蜻蜓点水，没有挖出灵魂深处的东西。”

向明眨眼间想起好多往事。个人的思想看来都有合乎规律的发展。从前几个好朋友在一起，事无大小，多半是听老郁的。甚至于在延河边散步，往往也是他说往南就往南，往北就往北。有时心里不同意，也迁就了。天长日久，都习惯了。那时就觉得他的个人意识强些，有时表现出个人英雄的气味。这好像是一代青年的通病，程度有所不同，也没有重视。四二年整风，都认真地检查了一番，不过那时都是新党员、小干部，没有独当一面，还看不出大的危害性。后来水涨船高，革命在全国胜利了，个人的地位高了，掌权了，特别像老郁，又是冶金方面的专家，有魄力，干出了成绩。新环境，新任务，又有这么一种气候，什么党政工团关系，谁说了算等等，个人的老病得到这种气候的滋养，对自己又盲目，还讳疾忌医，好，不闹大病才怪呐。

向明越说越激动，声音也越高。刘朴听着，连连点头，喷出浓浓的烟圈。

“章书记是怎么讲的？”向明又问。

“讲得很客观。”刘朴说，接着又转述了章书记的话。他说市委是否一步步都按毛主席的路线和政策走，不敢吹这个牛。企业党的领导是个新问题，不光厂矿干部有分歧，市委内部也不是完全一致的。按七届二中全会的报告，这个问题本来是很清楚的。下面有分歧，有摩擦，市委也知道，但是还没有做深入的调查研究，采取相应的措施，统一全市党员干部的认识和步调。又说郁文宗的错误是在特定的历史条件下犯的，从这一点说，党组织不追究个人责任，但是共产党人是以改造世界为己任的，不能往客观上一推了事。必须从思想根源上狠挖一番。不能光想过五关、斩六将，也得想想失荆州、走麦城。为什么当了资产阶级思想的俘虏？为什么在党的群众路线这个根本问题上犯了错误？章书记带来一份文件，是主席的《学习与时局》，要老郁着重读读“放下包袱和开动机器”这一节。

向明听到这里，不由得站起来，连连说：

“对、对，这说到家啦。看起来市委一方面严肃地对待老郁的错误，一方面寄希望于他。老郁要是不能体会党组织的苦心，真是白当了这么多年党员！”

“是啊，是啊，”刘朴说，“帮人帮到底。你再和他谈谈好吗？党委给了他几天时间，让他好好思考一下。”

“我一定和他谈，结果我向你汇报。”向明说。

当天晚上，向明找出《学习与时局》，认真地重读了一遍。第二天一早，他打电话给调度主任，问了生产情况，告诉他因事迟到两三小时，要是有紧急情况，就向郁文宗家里通电话。这时阮文会和小亭亭都走了。外面天阴上来。远处响起一年最早的雷声。他从衣架上取下雨衣，挎在肘弯上。

丁楠也已经上班。一支猎枪孤零零地竖在墙角，看来没有发挥它的作用。郁文宗只穿着衬衣，袖子挽到肘弯上，满下巴胡子刚刚刮掉，因为失手，刮破两道小口子，贴上了小纸片。他正低着头，在房间当中转磨磨。这就是向明进门时候看见的样子。

“你怎么不上班？”郁文宗抬头问。

“就算到你这里上班吧。”向明含笑说。

“哼！”

向明看他脸虽然阴着，可是眉宇间没有罩起烦躁的皱纹，心里说：“有乌云，可是不至于起风暴。”他把雨衣挂好，自己从开水瓶里倒一杯水，坐在沙发上，好像就在自己家里。

“开会的情况我听老刘说啦。”

“很好。”

“我想讲讲我的看法。”

“言论自由。”

“我不想拐弯抹角。”

“很好，白刀子进，红刀子出。”

向明听惯了郁文宗这种口吻，也不介意。

“你坐下好吗？”

“一样，我洗耳恭听。”

“我有一种猜想。”

“请！”

“对于市委的通报批评，你有不小的对立情绪。你是个老干部，工作有一定成绩，在冶金界有影响。出了问题，不先同你谈谈，就通报出去，这触犯了你的自尊心。这个包袱你不放下，机器是开动不了的。”

向明说着，看看郁文宗脸上红了，连刮得发青的地方都红了，知道这话戳到了痛处。

“我有理由不满意。”郁文宗躲闪地说。

“那么我问你，把企业看成特殊的王国，在这里，行政是主宰，党组织是陪臣，党领导一切的普遍原则不算数了；工人是群氓，只有听喝的份儿，牙崩半个不字，就被打到阴山背后，只有唯唯诺诺的人受重用……”

郁文宗站定，转身瞪着向明，打断他：

“好一副阴风凄凄的图画！你的想象力不坏，改行去当艺术家得啦。”

“把话说白了，就是这么一回事！我再问你，你对孟长庚的压制，是根据什么王国的法律？”

“我承认对他有错误，开完会我和他握了手。”

“这很好，不过还不能解决实质问题。我再问你，刘朴这个人怎么样？”

郁文宗停了一下，勉强说：“是个好同志。”

“只是个好同志吗？是不是个好党委书记？”

郁文宗不答。

“你承不承认，从党的关系上讲，是他领导你，不是你领导他。”

郁文宗又一次瞪着向明："笑话！一年级小学生的问题!"

向明忍不住跳起来，正面盯住郁文宗涨红的面孔。

"问题就在这里。我今天就是要帮你剥剥皮，要是谈崩了，证明咱们几十年的友谊是空虚的。你分析别人的问题常常是一针见血。轮到自己，为什么梗脖子转不过弯来？马列主义只照别人呐？党员越老，党的基本原则越不管用呐?"

向明越说越激动，但是意识到这样不行，马上坐回到沙发上，呷了几口开水，竭力使自己冷静下来。他转了话题，说他重读《学习与时局》的体会。看来接受历史经验是很不容易的。然后又照他和刘朴说过的，讲个人的思想发展都有其规律可循。当他说到水涨船高，个人被推上领导岗位，有一个问题要挖挖灵魂深处才能回答清楚，究竟谁是历史的创造者的时候，郁文宗也渐渐冷静下来，坐在沙发上，点起香烟，不声不响地听着。向明没有想到，回顾到一件往事，倒帮助他替郁文宗打开一个缺口。

那是一九四二年，向、阮、郁、丁两对夫妻都在党校学习，而且是同一个支部。支部书记是一个敌后游击区长，比他们四个都小一些，文化是参加革命后才学的。夏天的延河是天然游泳池，当时郁文宗是公认的游泳迷。有一次刚刚涨过水，水色还是浑黄色，可是善泅者最爱这汪洋一片。在郁文宗的倡导下，一批游泳迷顺流而下，忘记了时间。回头的时候郁文宗才想起下午两点开支部大会，穿着一身湿衣服就往回奔，但是会已经开过了。支书批评了他，他也在另一次支部会上作了检讨。那只是日常组织生活中的一个过失。现在呢，市委已经点出是路线政策上的错误。同一个人，入党不久倒懂得尊重党的领导人，服从党的原则和纪律；资历老了，倒觉得是可以超越这一切的，为什么?

郁文宗回想起来，那时在支书面前惶惶悚悚，因为的确承认自己错了。现在对于刘朴，啊，心灵深处的确没有把他放在平等的地位，更不要说尊重他作为党的领导人！他的内疚从这一点开始，他不能不低头。

谈话超过了预计的时间，向明不得不再打电话给调度主任，告诉他上午不能去了，同时也问问生产情况。傍中午的时候，丁楠回来了。她接到文会的电话，知道向明来谈，很担心郁文宗的态度，所以提前半小时离开医院。向明看她一身湿，这才知道外面正淅淅沥沥地下雨。

郁文宗站起来："你回来的正好。第一个攻心战役，以向明一方胜利，郁文宗一方缴械宣告结束。你设宴慰劳你的好朋友吧。"

这很出乎丁楠的意料。她圆圆的脸一下子涨得通红，眼睛登时蒙上泪花，情不自禁地向向明伸出手。向明紧紧握一下她的胖手，从她的眼光里感受到她心里的激动。他也没想到，老郁这倔强的骆驼终于穿过针眼，又这么挥洒淋漓地画下一个句点。郁文宗眨眼间恢复了他的豪爽气度，这是他性格里固有的，这一点也正是老朋友们热爱的。

第二十二章

1

只关心自己的人，他自己的心就是一个痛苦的渊薮。这样的人大有人在，邢桐就是一个。

他逃回家来快三个月了。离开了他认为最危险的地方，不幸他的心没有一天平安过。世界上如果有痛苦的人，邢桐觉得自己是最痛苦的一个。

三个月以前，就是空袭警报的第二天，他把自己变成逃犯，偷偷地挤上火车，一直伏在小台子上装睡。虽然自己制造了神经的紧张，他的消化系统和循环系统可还是很正常。除了渴和饿以外，他因为不敢抬头，不敢行动，把肚子都憋痛了。火车每到一站总要有一阵猛烈的颠簸，有一阵上下客人的闹闹嚷嚷。这样过了好多站以后，他觉得安全了，敢抬头和行动了。肚子里不憋了，肠子又不住地叫。他来到餐车，只有小包的饼干。当他嚼着饼干的时候，又有一种新的痛苦在折磨他。回家怎么讲呢？这是他逃跑以前没想到的。真情万万不能泄漏，这要引起人们的耻笑。那么怎样讲才好？说是请假回来的，为什么偏偏在这时候请假，请了多久？或者说出差，那么有何公干，是几天的期限？他有些后悔，又不后悔。不管怎么样，总是离开了那个又寒冷又危险的地方了。

他的家在城市的南边，火车站却偏偏在城市的北面。他出了车站，正是上午十点多。这已经是他逃跑的第三天上午了。大太阳正照满长长的南北马路。冬天还没有来到这个南方的城市，这特别从人们的服装能看出来。一些面颊红润的姑娘都还穿着花上衣，似乎温暖的秋天就留在她们的身上。邢桐穿着棉衣，头上直冒热气儿。他觉得自己很惹眼，似乎满街的眼光都落在他的身上。他走在闹闹嚷嚷的人群里，不像往常那样伸长脖子，却想把身子尽力往下缩。到家得换三次电车，这真是灾难啊。

他从车尾的门上了电车，马上转脸向着车尾的窗子，在叮叮当当的电车铃声中看着向后驶去的铁轨。偷眼看看那些乘客，他们都是舒坦，安详，有的就在说笑。听着这熟悉的乡音，却又觉得十分陌生。他觉得自己很不自由，很不自在，很羡慕这些自由自在的、脸上无牵无挂的幸运者。很后悔毕业分配的时候服从了统一的分配。要是坚持留下有多好。那不是不会造成这种不幸，不是反而会有所作为吗？这样想着的时候，他忘记了当时是扮演了一个忠于祖国的冒险英雄的角色。

他很庆幸一路上没有碰见一个熟人，也很满意自己的躲闪腾挪的工夫。终于走在从小走熟的小马路上了。两旁梧桐树的大叶子正在脱落，树干可还是青青的。那些熟悉的店铺仍然是老样子，只是都粉刷了门面。扩音喇叭里，“雄赳赳，气昂昂”代替了旧日的“毛毛雨”。他进了熟悉的弄堂，弄堂口的香烟亭子里还是那个老太太。他的心跳起来。啊，家！这两年看惯了巍巍耸天的工厂大建筑，只觉得这里的一切都这么矮小，这么拥挤。他走进了熟悉的黑漆小门，一切都没有什么变化。一眼就看见了妈妈，她正坐在堂屋里的一张木板椅上，在打毛线衣。她听见脚步声，抬头眯起发花的眼睛，不敢相信是儿子，却终于认出是儿子，脸上的线条抖动起来，扔下手里的毛线，站起来。

“你回来啦，妈妈做好梦啦。”

她上下打量着来到跟前的邢桐：“怎么这么黄瘦，水土不服是不是？”

“不不，原来顶胖，最近肚子不太好。”

“啊，是吗？看没看大夫？你吃饭啦？”

“早饭在火车上吃啦。”

“你是出差，是请假？”

“啊是……是……是出差。”他不经意地肯定了这一点，心里觉得松快多了。

“能住几天吗？”

“当然当然。”

“还到别处去？”

“哪里也不去。”

“好，好。”老太太安心了，高兴地笑了。

妈妈和儿子在方桌跟前对面坐下。她问他在那边忙不忙，累不累，吃什么，住的地方冷不冷，热不热，都得到了满意的回答。

“你好好休息，我去买菜。”

妈妈提一个竹篮子，出门去了。还是那个用旧了的竹篮子。

在方桌上，有妈妈的花镜压着几张报纸。邢桐不经意地拿起一张看看，头版头条的标题是：“我解放大军胜利向西藏挺进，解放重镇昌都，歼灭顽军四千。”

他心里一动，美国人都打到头上来了，还有力量向西藏进军？他觉得很难理解，可又没有心思来看消息的本文，就又拿起另一张。哟，好长的一篇文章，通栏的大标题是：“为什么我们对美国侵略朝鲜不能置之不理。”在这一版的右侧，是用花边框起来的一封信，是十多个工人联名要求参加抗美援朝的。这太刺激胃口，他不敢看下去，连忙扔开，抓起第三张。想不到这一张的大标题更刺眼：“中朝勇士并肩战斗，歼敌六千，收复八城，敌军狼狈逃过清川江。”

啊，这么说，是顶住啦？打退啦？已经远远地离开鸭绿江边啦？这么说，那个寒冷的地方已经不那么危险啦？这能是真的吗？共产党的军队刚刚经过四年的血战，如今台湾都还没有拿过来，他能有这大的力量去碰世界上第一的强国？这是不是共产党的宣传？

他脑子里有一个小范存宇，也以为宣传就是夸大其词或无中生有。

顶得住也好，顶不住也好，他都没有兴趣去追究。现在他心里的唯一问题是住下来，怎么办？

他在堂屋里转了一圈，看看各个角落，都还是老样子，没有变化。他走出堂屋的后门，走到后面的小亭子间里。这原来是他住过的小屋。看来他走后没有人住，室内的一切陈设也没有人动过。小书架上的旧教科书都落满了灰尘。一些美国电影画报还依旧堆在桌子上。丁字尺仍然斜挂在墙上。床头墙上那张彩色明星照片仍旧挂在那里，波曼小姐仍然咧开大红嘴唇在笑，只是蒙上了细蛛丝。他觉得惆怅、空虚，最主要的是不管看见什么，都没法压下心里的不安。

听见前面有脚步声，他连忙出来。是放了中午学的妹妹小慧。她一看是想不到的哥哥，眼睛都笑弯了，双手拉住哥哥的手，跳起来。她的红扑扑的脸，她的红领巾，她的欢乐，都给个老旧的屋子添了生气。她只有十三岁，正当儿童和少女之间，是天真和无邪的。

"哥哥，你怎么忽然回来啦？"她从肩膀上卸下书包，放在方桌上。

"出差。"邢桐肯定地说。

"啊，好极啦。你能住几天？"

"不一定，看吧。"

"你们那里有一个宋老铁，对不对？"

"你怎么知道？"

"课文里有啦。"

"啊，对。就在我们厂。"

"啊哟，好极啦！"小慧惊喜地叫起来，眼珠子瞪圆了，"这么说，你认得他？"

"当然。"邢桐微微笑了。小妹妹的天真和欢乐感染了他。

"他可真好啊！你和他熟吗？"

"就在一个高炉上，天天见面，怎么能不熟？他是我们的炉前组长。"

小慧的眼睛发光了。哥哥和这么一个全国知名的英雄人物在一起工作，有多么荣幸啊。哥哥在她的心目里忽然变得高大了，发光了。她又拉起哥哥的手，觉得自己有这么一个哥哥，真是幸福无比啊！

“哥哥，你和他是不是好朋友?”

“啊，嗯，是。他还送给我一个灯泡呐。”邢桐忽然想起这件早已忘记的小事，脱口说出来了。

“灯泡？为啥送你一个灯泡?”

小姑娘的好奇和追根究底，这可是邢桐没有防备的。

“我那里灯光暗。他送我一个大灯泡，晚上好看书。”

“啊哟，他可真好，真好，对谁都那么好。”

这件小事竟然在小女孩心里引起这么强烈的反应，也是邢桐没有想到的。

“哥哥，你得给我讲讲宋老铁。”

“好吧。”

“不，先别讲。我不能一个人听，我们小队都来听。”

邢桐后悔了，但是说出的话收不回来。关于宋老铁，他能讲些什么呢？除了名字是熟的，别的一切都不熟。他甚至于不知道他的本名宋启良，不知道他究竟有多大年纪，更不要说他的身世和经历。至于这个老工人的模范事迹，他只有耳边风听到的一点点，其实是全然不清楚的。

妈妈买菜回来，告诉小慧别老缠住哥哥，要哥哥好好休息。小慧乐于服从。哥哥在她的心目中要说还不够一个英雄，至少是一个不平凡的人。

邢桐怕妹妹缠问，马上回了他的小屋，躺在床上。小慧一会儿来送开水，一会儿来送糖果。

“我同妈妈讲好啦，在你这里看书，不闹你。”

她又拿来她的课本，找出讲宋老铁的一课，蹭到床边，给哥哥看。

“你看像不像?”她指着课本上的锌板像。

“像，啊，不太像。”

“哪儿不像?”

妈妈喊吃饭的声音救了邢桐。

吃完了饭，妈妈叫小慧到后面洗碗，可是她把洗碗盆捧到堂屋来。

“我听你们谈话，我保证不哗啦哗啦响。”

妈妈要邢桐明天抽空去看看姨妈和舅舅。她说：

“姨妈家里没有男孩，常常记挂着你。本来要给你介绍一个对象，那女孩子嫌地方太偏僻，不想离开这大城市。”

“哥哥才不要这样的呐，”小慧插进来，“怕冷怕苦，啥玩意儿！现在那边离前方近，她更不敢去啦。啥玩意儿！”

邢桐的脸红了。

“哎哟，哎哟，一提对象，哥哥难为情啦，脸红啦。”她嘻嘻哈哈笑起来，用一个湿手指头划自己的脸腮。

“小慧！”妈妈的声音是严厉的，可是眼睛里笑着。

小慧收住笑，亮晶晶的眼睛盯在哥哥的脸上。

邢桐本来是喜欢小妹妹的，现在可有些厌烦她。她那么精明，什么事都寻根问底。他的心里布起了警戒线。

2

温暖的太阳普照人间，也照在邢桐的身上。他是吃罢早饭就到街上来的，真好像是匆匆忙忙地出差，可是现在把自己差遣到哪里去呢？他又后悔出来得太早了。这一阵正是上班前最闹闹嚷嚷的时候。人行道上，吃食店门口，电车站台上，都挤满了人。他觉得已经很不习惯这大城市的喧嚣。他不想去挤电车，只得跟着人流向前走去。

他离开家乡的时候是刚刚解放不久。将近两年不见，变化似乎也不小。国民党遗留下来的那些街堡拆除了，大堆大堆的垃圾清扫了，一群群褴褛的乞丐，沿路捡香烟头的孩子群，都不见了。那些娇娇冶冶的可疑的女人也无影无踪了。已经看不见那种游游荡荡、失魂落魄的人。长长的马路是南北向的，东升的太阳正照亮马路西侧。他走在有阴影的一侧。他现在是很怕太阳的。人们急急忙忙地走着，眼神儿又平和又严肃，都在奔向各自的目的地。要说有一个失魂落魄、没有一定目的地的人，这就是邢桐自己。

不过他也有一个目的。他想买一件夹衣，好换下这件惹人注目的棉袄。他不敢到大百货商店，仍然是怕碰见熟人。到了两家小店，可又没有选中合身的。他又踌躇起来。现在到哪里去？到公园？不好，也很容易碰见熟人。他想起离开江边不远有一个游艺场，那里有连场放映的小电影院。买一张票进去，连续看一天也行。他目前最喜欢的是黑暗，而且越长就越好。不幸这游艺场太远，他只好冒险去搭电车。

他下了电车，远远看见一幅大宣传画，上面画的是高山大河、广阔的原野，远处是雪山和黑黝黝的森林，一排冒出青烟的大烟囱，还有奔驰在大铁桥上的火车。在这个背景上是几行鲜红的大字：“到前方去，到边疆去，到祖国最需要的地方去!”

到处是这些刺激人的东西，多可怕啊!

他来到游艺场的大门口，这才知道已经改成了工人文化宫。文化宫就文化宫。只要能找到一个角落，能躲开人群就好。一进门，变化更使他吃惊。原来那些用嘶哑的嗓子招徕顾客的小摊贩都没有了，这里成了明亮宽敞的大厅。不是休息日，也不是下班的时间，这时空荡荡的没有人。大厅的正中有一面泥金滚边的大光荣榜，在衬着红绒底子的一幅幅大照片中，有一个熟悉的面孔正龇着牙向他笑，好像是说：“啊，你来啦，欢迎!”这是宋老铁。邢桐不由得打一个冷战，觉得那一双笑出很深的皱纹的眼睛正在质问他。

他急忙转身，走出了文化宫。到哪里去？他眼神茫茫然看着川流不息的车辆和人群。

他想起了小时候常常去玩的江边码头。那里多半是扛扛抬抬的工人，是不会碰见熟人的。

码头上的变化更使他吃惊。小时候看见的景象全都没有了。那伛偻着腰，给大箱子压得像一张张弓的工人不见了。一处处破席棚子，披着破麻袋片，走进去打一针吗啡，又凄凄惶惶走出来的苦力也不见了。头戴盔形帽，手提一根白木棒，四下投出恶狠狠的眼光的人也不见了。

现在木栅栏油漆一新，栅栏里面是码头的堆栈，堆着小山一样的箱子和麻袋包。正有吊车的大抓抓起一个箱子，在晴明净蓝的天空里回旋着。大概是往轮船上装货。箱子的小山挡住了视线，看不见船身，只看见粗粗的烟筒，高高的桅杆上有小旗子像小红鸟在扑翅子。从大开着的栅栏门有电瓶车开出来，驾车的是一个女工，鸭舌帽下是一张通红的脸。邢桐傻愣愣地看着，忘了让路。女工把电瓶车灵巧地绕一个弯，同时用眼珠剜了一下这个穿着臃肿的棉袄的人。她大概在想，哪里来的这个呆子。邢桐看见了她那并不友好的眼神，急忙躲开。接着又有第二辆第三辆电瓶车开出来，都装得满满的，驾车的也都是鸭舌帽下一张红脸的女工。他很想到堆栈里面看看，看见门口有一个守卫人员，只好打消这个念头。

他沿着木栅栏向西走，木栅栏的尽头处原来是轮渡码头。刚刚有一条渡船离开码头，正走到江心。这时码头的平台上空荡荡的没有几个人。他小心地离开码头平台，又向西走了几十步，顺着碎石砌成的斜坡下到江边。黄澄澄的水喷出泡沫，撒着欢儿向东流去。这里有风，他穿着棉衣倒也不觉得太热了。江面上正有一条汽船在逆流前进，后面拖着很长的尾巴，是一字儿成串的六条木船。他看见船员在用大长拖把擦甲板，一面说笑着，像船头犁出的浪花一样抛散开欢乐。眼望这自由劳动的欢乐，邢桐是又嫉妒，又羡慕，又无可奈何。江对岸有淡淡的雾气。那江边像树林一样的木船桅杆，那码头上的仓库和堆栈，那一台台回旋着的吊车，都好像顺着江水在流动。他头晕眼花了。

他像一个游魂一样地过了一上午。中午在一家小馆里吃了一顿不知滋味的饭，又像游魂一样在挨时刻。太阳好像黏在那里了，总是在原地不动。真焦心呐！

傍晚时候他才回家，累得腿肚子都转筋了。等着他的是一桌子丰盛的晚餐。姨妈早来了。他不得不强颜欢笑。

“出差来啦？”姨妈第一句话就问。

“啊，嗯，出差。”他耷拉下眼皮。

吃饭的时候，小慧的眼睛盯着哥哥，说：

“妈，哥哥变得不爱说话啦。哥哥，你今天都到哪儿去啦?”

“去了好多地方。工作上的事你最好别问。”邢桐含混地说。

妈妈和姨妈已经替他买好了夹衣。吃完饭，两个老太太非要他换上新衣服不可。邢桐只得遵命，在一件新灯芯绒衣里更觉得拘得难受。

闲谈了一阵以后，姨妈问他：

“你是不是在那边有女朋友啦?”

这正好碰到了邢桐的痛处。

“没有，没有。”他的脸上烧起来了。

“看你，走南闯北，倒更腼腆啦。”姨妈笑了。

妈妈和妹妹也都笑了。

邢桐就这么像游魂一样地过了七八天。妹妹每天都给他买回当天的报纸。他对于抗美援朝的消息空前地关心起来，看的时候还常常对照朝鲜地图。从宣传上看，战局正向有利于北朝鲜方面发展。他即便不能相信这些宣传，却不能不想一想每天在游魂生活中看见的大太阳下面的事实。没有惊慌失措的人，没有动荡不宁的现象，物价一直稳定在原来的水平线上，没有排长队的抢购风。每天清早，川流不息的人群还是匆匆忙忙地奔向各自的目的地，既严肃、又安详。到处可以听到欢乐的笑声和歌声：“雄赳赳，气昂昂”、“我们工人有力量”、“解放区的天是明朗的天”大概也没有人像他一样逃到更南的地方。不幸的是这个客观外界越是安堵如常，他的心里就越不宁静，客观外界越是充满生气，他的心里就越丧气。矛盾啊!

这一天，他顺路搭上了电车，觉得不妥，过两站又下来了。这里正有一个菜市场。在一群扰扰攘攘的妇女中间，他看见一个眼熟的身影。苗条的身材，剪裁得极可身的蓝布女服，肘弯上挎一篮子青菜。这不是林婉如吗?不错!他急忙闪开，向前紧走了几十步。转念一想，又后悔起来。本来是可以向她探听一下那边的消息嘛。这不是当面错过一个可以用做跳板的人吗?他急忙转身，奔到菜市场跟前。扰扰攘攘的妇女们还在，可是林婉如没影了。

他抱着懊丧的心，游游荡荡，不知怎的到了江边的小公园。这里有一排半黄半绿的柳树，树上有蹦蹦跳跳的鸟儿，树下有长椅子。他觉得走不动了，一屁股坐在椅子上。正好有一个卖报的小孩走过来。他买了一张，不是为了看，却想拿它挡脸，但是一个标题引起他的注意：

“钢铁战线高歌猛进，爱国主义劳动竞赛热潮澎湃，钢、铁、钢材连续创高产纪录。”他拿眼溜一下正文，心里很不是滋味，刚要把它撕碎，忽然想起是派了用场的，就拿它蒙在脸上，一会儿迷迷糊糊地睡过去了。

忽然有人推他的肩膀，叫：

“哥哥，哥哥！”

他睁开眼皮，见是小慧和一帮同学，都系着红领巾。

“哥哥你怎么到这儿来啦？”

“啊，我，我路过这里，累啦，休息一会儿。”

“哥，我和小队说定啦，星期天上午请你讲。还有两天，行不行？”

“行吧。”

在随后的两天里，邢桐每天都到菜市场附近，瞪起眼珠子搜寻，可是没有找到林婉如。

他回家的时候，妈妈递给他一封信。

他接在手里，注意到信封上只写着“邢桐收”，没有通常的“同志”二字。他认出是梁端端的字迹，手不由得有些哆嗦了。

“谁的信？”妈妈问。

他要说“一个同志”，但说出来的是“一个熟人”。

3

来了十多个红领巾，带来了满屋子欢笑。扎小辫的和剪短发的，她们的面孔比头上的蝴蝶结子还更红。便是一肚子愁苦的邢桐，看着这一帮嘻嘻哈哈的小丫头，也禁不住破颜而笑。在这一天之前，他根本没想讲什么和怎么讲。一些小毛丫头还不好应付吗？现在看着这些清亮的眼珠子，邢桐心里有些发紧了。

小慧很重视这一次小队的活动，一早就清扫了屋子，迎门的墙上挂了队旗。又从东邻西舍借来了高凳子和矮凳子，把一张最好的椅子放在正中，这是给哥哥安排的。她也许是十多个小女孩中最高兴的一个，因为做报告的是她的亲哥哥。她相信哥哥一定能讲得比课文详细和生动十倍。

邢桐从他的椅子上看着一张张天真的小脸，他说，

“小朋友们，你们要我讲啥?”

“讲宋老铁!”一片声响。

“讲他的英雄事迹!”又有几个说。

“好，讲……”邢桐这时搜遍他的脑子的每一个角落，也没有搜出老铁的英雄事迹。像核桃一样的、带硬壳的小小心器里装不下伟大的东西。

但是总要讲啊。

“你们没见过高炉吧?”他慢条斯理地说。

“没见过。”

“宋老铁是一个高炉工人，他干得很好，可好啦。”

他看见小女孩们都仰着脸，等他讲下去。没有一个人动。屋子里很静。

“你们没见过高炉是不是?”

“没见过。”一片声回答。

听见一个小声说：“干吗老问这个啊?”

邢桐心里有些发慌了，连忙说：“高炉可大啦，有五层楼那么高。”

他接下来就讲高炉的构造分几部分，怎样装料，怎样出铁，日本统治时期最多出多少，现在最多出多少，已经突破他们当年的生产水平。在讲这些的时候，他心里不由得生出几分自豪感。这事业里原来也有他的一份功劳嘛。可是他清楚地看见，孩子们的眼神发暗了。响起了凳子摩擦地板的响声，有一个女孩还张大嘴打了一个呵欠，又连忙用小胖手捂住嘴。

她们没有兴趣听这些。邢桐心里乱了。

“还是你们提问题吧。”他勉强说。

“对!”小慧替哥哥帮腔了，“哥哥知道得太多，从哪里讲起？还是咱们提问题吧。”

“你讲讲他是个什么样儿?”一个说。

“什么样？两个眼睛，一个鼻子，同咱们一样。”

这句不经意的话引起一阵笑声。女孩们的眼睛又放光了。

“他的节约仓库是啥样儿?”又一个说。

“啊，仓库嘛……”他听说过这个节约仓库，可是没有亲眼见过。他想一定是码头上的堆栈一类的玩意儿。他说：“仓库可大啦，又高又大，火车都能开进去。”

“为什么课文里说是一个不太大的棚子?”

“棚子？棚子怎么能做仓库?”邢桐茫茫然说。

“还是听哥哥的吧。”小慧又替哥哥解围，不过她声音里也有了失望的调子。她两眼盯在哥哥的脸上。邢桐觉得是两个小锥子。

总算应付过去，熬过去了。孩子们也熬完了，没精打采地走出堂屋，一走到小院子里又唧唧咕咕说起来。

小慧拉起了哥哥的手。一手冷汗。

“啊，你是不是病啦?”

“啊，是，有点。”邢桐说。

“你怎么不早说，早说我们改期有多好?”

她相信改期哥哥一定能讲好。小姑娘用纯真的心开脱了哥哥，同时也蒙住了自己。

妈妈提着满满的菜篮回来了。

小慧迎出去：“妈妈，哥哥病啦!”

“没啥，没啥。我只是有点害冷，太阳地里走走散散就好啦。”

他宁愿躲出去，躲开妹妹的叮问和妈妈的关心。

终于有一天，邢桐照例到外面“出差”去了。妈妈和妹妹为他拆洗被褥。小慧在褥子下面看见一封信，是从“那边”寄来的。啊，是不是哥哥的女朋友？还保密呐！她压不住好奇心，抽出信纸，看看签名是梁端端，分不出是男是女。看了一遍信，可是不懂，又看了一遍，哦，明白了。

“妈！”她尖起嗓子叫，好像给蜈蚣咬了一口。

老太太从女儿手里接了信，戴上她的花镜。

信写的很短，除了批评邢桐的逃跑行为，还逐字逐句传达了向明的话：“我们的队伍一向不枪毙逃兵，但是要严加批评和教育。认识了，改好了，还是可以归队，可以受到信任的。”

泪水蒙住了她的镜片。

老太太高兴儿子离开那个寒冷危险的地方，高兴儿子在身边，可是没想到他是逃跑回来的。“这多丢人！”除此之外，老太太还不能从更大的意义上看待儿子的行为。她软在椅子上，泪珠儿打湿了她的前襟。

邢桐回来的比平日更晚一些。他看见妈妈和小慧的脸上发阴，不知是为什么。

妈妈从口袋里拿出信，用发愁的眼光看定儿子。

“这是怎么回事？”

邢桐看清楚是梁端端的信，觉得好像有一盆冷水浇在背上，浑身起了鸡皮，可是头上却冒汗了。

小慧用发火的眼睛盯住他，说了一句：“可耻！”

新的一代究竟比老太太有更明确的是非心。

邢桐沉重地坐在椅子上，好像倒了半面墙。他把头埋在两个肘弯里，禁不住唏唏嘘嘘地哭起来。是羞愧？是悔恨？是没有出路的悲痛？谁也不清楚。

对于这件不体面的事，同一个屋顶下面有三种不同的想法。妈妈以为既然木已成舟，只好将错就错，索性不回去，就地另找工作。她的私心里是不愿意儿子远走。当初她就怕儿子吃不了苦，很不甘心让他离开自己的翅膀，结果还是证明她有预见喽。邢桐从端端的信上知道，回去也不会受到什么惩罚，可是这脸！岂不是要蒙在裤裆里吗？可是不回去有什么出路？在这里，工作也许可以找到，可是，他为自己写的行状总不免暴露出来。任何单位都一定会要他的鉴定，而鉴定……那边能有什么好鉴定给他？“某某于情况紧急时畏惧潜逃。”只这么一句，不就把一生的前程全部葬送掉吗？只有小慧想的明确而且简单，只有一个字：“回！”

在这个家里，三个人都觉得尴尬。邢桐很怕妈妈的叹气，更怕妹妹的眼光。谁有病，谁就品味自己的痛苦。他很怕回家，更加愿意在外面当游魂。

四天以后的下午，妈妈接待了一个来访的小媳妇。她的头发烫了几个微微的波纹，细细的眉毛嵌在秀气的脸上，穿一套可身的女干部服。她自我介绍说姓林，说她的丈夫和邢桐在一个工厂工作。他来了信，要她回去的时候约邢桐一路走。

老太太高兴极了，很感激有人这么关心自己的儿子，给他铺了一个台阶。她像捧凤凰一样让林婉如坐，又敬烟，又献茶。

林婉如等了一个多小时，天快黑了邢桐还没回来。她说回去太晚老妈妈不放心，起身告辞了，留下了丈夫给邢桐的信，在信封的背面留下了自己的地址。她请邢桐一定到她那里，好一起商量行期。

老太太心里的石头放下了，她送林婉如一直出了弄堂口，站在那里，看着这个好人儿越走越远的影影绰绰的身影。

4

林婉如回来了。现在她的心里明确了，这个寒冷的地方是她的家，而那个温暖的南方城市已经不是她的家。

火车是上午十点多钟开到市郊的。从这时起，婉如一直把脸贴在车窗上，向外眺望着。漫阴天。在一派淡灰色的背景上，已经看见烟雾缭绕中的高炉。丈夫就在那里。她第一次觉得这工厂是与自己有关的了。在煤山上的龙门吊车，高耸的洗煤塔，黄烟升腾的炼焦炉，云雾蒸发的散热塔，还有许多她不知道名目的建筑物，飞快地向前扑来。火光、烟云、煤气味，她第一次觉得是亲切的东西。火车进站前的这几分钟她很觉得耐不住了，忘记了对面还坐着一个邢桐。

火车进站的时候，林婉如站在车门口，探出脖子，已经看见人群里的江有声。江有声也看见她了，笑着向她招手，在人群里很快地向前走。婉如看见他身旁还走着一个苗条的姑娘，认得是梁端端。邢桐正站在林婉如的身后，也看见了端端。他绝没有想到端端会到车站来，阴凄凄的脸上忽然放光。他觉得自己还是大有希望的。

江有声本来以为妻子会把半个百货公司搬回来，做好精神准备要给她扛箱子和篮子的。婉如一下车，他赶忙接了她手里的两个帆布提包。

“还有吗?”

“没有啦。”

江有声简直不敢相信自己的耳朵。这实在太出乎他的意料了。他看她胖了一些，脸色红润，一脸的喜气，他心里也乐滋滋的。正当这一对夫妻在交谈的时候，邢桐走到板着脸的端端跟前。

梁端端扑闪一下眼皮，说：“我是从工会的角度到车站来的。”

听着这种官派的“外交声明”，邢桐只得连连点头。“啊，啊……”他不知道说什么好，伸出手，握一下梁端端冰凉的手。他宁愿她不来倒好些。

林婉如回到家里，很满意屋子里的整洁。她不知道这花了江有声大半夜的工夫。

“哟，没想到，很好!”她说。

丈夫听了妻子的夸奖也很满意，只是抱歉他必须马上回厂去。

“去吧，去吧，你不说我也知道你要去的。试验搞得怎么样啊?”

“用百分之七十、八十烧结矿基本上可以啦。按向明的意见，有一个月的稳定就可以向外讲了。这可是一件大事啊，一定会在全国引起很大的反响。晚上我争取早点回来，再细谈。”

“你能早一点回来最好，回不来也别勉强。”

江有声走在回厂的路上，觉得婉如有很明显的变化，却不知道这变化是怎么来的。直到晚上回家，吃罢晚饭，灯下闲谈的时候才明白了。

林婉如是这么说的："我往南边走的时候，本来想，朝鲜战争一打起来，一定是人心惶惶，物价飞涨，比那几年和国民党打的时候还要乱得多。没想到从北到南，没有看见一点慌慌乱乱的景象。相隔着五六千里地，物价是一样的平稳，这可是历史上从来没有的。我心里这才松了一口气，家庭主妇不用为物价揪心啦。像邢桐那样吓跑的大概不多吧？"

江有声想起邢桐在端端面前那个尴尬样儿，不由得微微一笑。

"有是有，不多，万分之一吧。"

林婉如点点头，又说："我原来估计的不错，妈妈没有大病，就是想女儿了。"

"我还以为你信上说没有大病，是叫我宽心呐。"

"不，是实情。后来倒真的病了一场。要不早回来啦。那边吃的、用的，还是和从前一样方便，可是有点住不惯啦。那些姑妈们、姨妈们，整天还是叽叽喳喳，串门子，嚼舌头，闹茶杯里的风波。山下村的妇女整天奔忙，热气腾腾，又是互助组，又是宣传组，又关心工厂，为抗美援朝又缝棉衣，又炒面粉，又订爱国公约，有那么一种叱咤风云的气概。咱们那些老太太，半老太太，还有不老的太太，哎哟哟，忙着跑百货公司，玻璃柜台前面一站半天，看有什么，没有什么；提个菜篮子一出去又是半天，回来弄点吃的。几个熟人往一块一凑，净是鼻子底下的事儿。和她们在一起，真好像隔了一个世纪。她们成了我的镜子，照见了我自己。在那个环境里待久了，我还不是和她们一样，有什么资格笑人家。有声，我想好啦，我要到中学去，远一点也不怕。你同意吗？"

"早同意啦！"江有声眼仁儿里笑着说。如果不是因为急着回家，连满身红铁粉的劳作服还没换下来，他会情不自禁地拥抱她。激荡澎湃的时代浪潮终于唤醒了这个女人。他觉得她从来没有这样可爱过。

正当在这个屋顶下面，小两口儿第一次过着和谐美满的生活的时候，在另一个屋顶下面，梁静宜正撤去桌子上的碗筷和菜盘，换上了一壶清茶。梁端端在晚饭以前，已经用公事公办的口气告诉邢桐，要他准备在全炉工人面前做一次检查，接受大家的批评。如果检查得诚恳、深刻，大家会谅解，行政方面也会从宽处理。她希望他别爱面子，放下架子，有一个新的开端。吃饭的时候她一直低着头，一眼也没有看邢桐。吃罢饭，帮姑妈端走了餐具，马上回了她自己的小屋。当静宜在灶间里忙着洗刷的时候，前屋里剩下范存宇和邢桐面面相对。这一老一小，每人捧一杯茶，各自用习惯的方式回味经历过的苦恼。

人生的道路可真是坎坷不平咧。

两个人都想说点什么，可是一时都找不到第一句话。

沉默和寂静。

过了半晌，邢桐小声说："老师，我很对不起你。"

"没啥，没啥，回来就好。"

范存宇对于邢桐的逃跑，或者用他自己的说法——"不辞而别"，是很恼火的，只不过纯粹是从他个人的角度考虑的。都知道邢桐是他的私淑弟子，这种丢人的行为不正好是让他现眼吗？其实在他的心灵深处，深觉惆怅的是去了一个互相弹弹心曲的人。现在这个人回来了，又坐在面前了，他也就宽容了他。

又过了半晌，范存宇说：

"你知道我现在在干什么？向明给了我一个任务，要我总结半年试验用烧结矿冶炼低矽铁的成果。"

"这不等于是要你自己打耳光，自己否定自己吗？"邢桐吃惊地问，又说，"当然不是否定你整个的人，是否定你从前的论点。"

范存宇做出一个苦笑，轻轻地呷着茶。

"这正是向明的说法。他向我交代任务的时候，曾经说：真正的科学要证明什么是可能的，把可能的变成现实的。如果只证明什么是不可能的，这种科学还有什么价值。细细一想，这话也是不无道理的。你知道，我尊重事实。既然已经可以用到百分之八十的烧结，事实已经证明过去的结论，包括许多外国专家的结论，是站不住的。向明还说过一句话，是我完全没有想到的。他说，反面的意见如果认真对待，往往是有益的，正应了一句古话：‘他山之石，可以攻玉。’玉如果被攻破，恰好证明这玉不是真玉。他说，江有声的试验方案，有几个方面正是针对我说的不可能。据端端对我说，给我这个任务是表示对我的信任。”

范存宇放下茶杯，向邢桐探出身子，压低声音说：

“我是生平第一次栽大跟头，在人面前不好抬头。很想急流勇退，离开技术界，译几本书也算一种贡献。想不到向明找我谈话，很坦率，也很热情。看来这人不是那种说空话、搞名堂的人，是切切实实要作一番事业的。”

邢桐听着这一番表白，低头一声不响。心里的凄凄惶惶使他像一棵经了霜的草，蔫蔫的没有活气。按他自己的逻辑，他不能判断老师的话是出于本心，还是迫于形势。洗耳恭听，不加可否，他以为是最明智的态度。

“我倒是乐于接受向明安排给我的工作。”范存宇呷了几口茶，指指写字台上铁丝盘里的一大堆纸。“呐，那些都是江有声送给我的原始材料。据他说，这里面包含成功的喜悦，也包含失败的懊丧。操作记录和人的感情波动相联系，这听来倒也新鲜。这个人以前对我相当冷淡，现在忽然变得很热情，不明白这是为什么。”

江有声对他的热情，他猜想和端端不无关系，因为他们两个一向很接近，而且观点一致。老工程师当然不知道，江有声是在向明的指示下这样做的。

正当这一老一小在谈着的时候，姑妈已经清理好灶间，拉下保护头发的头巾，换上了衣服，轻轻地来到侄女的小屋。

端端正伏在桌子上写字，看见静宜进来，转身向她微微一笑，叫了一声“姑妈”。

姑妈也回她一笑，坐在矮矮的床上，两手抱起了膝头。

“人家还没走，你就一个人关进了小屋。”

“我给朋友写一封信，好久没得便啦。”

“人家回来，就是认错嘛。你是不是对人家太冷啦？”

“我还是像平常一样啊。”

“厂里究竟会对他怎么样?”

“我不是说过吗?看他的认识,看他的态度。”

“那么你呢?”

“我没有什么。”

“傻丫头,你不小啦,到年二十五啦。”

“对,你不提醒我,我也不会忘记自己的年龄。”

“姑娘大了,要是不打定主意,免不了风言风语。”

“姑妈,你说什么?”端端警惕起来,觉得姑妈有话外之音。

梁静宜叹了一口气。“端端,咱们可是清白人家啊。”

“姑妈,你这是什么意思?你有话直说好啦。我不喜欢这么藏头露尾的。”

“好,我说。姑妈要不是为了你……”

“你就说吧,用不着发表声明!”端端急了。

“也没有什么大不了的事,有人说你同那个姓江的很接近。”

梁端端笑了。“整天在一起工作,可不是很接近嘛。”

端端的开朗被姑妈误会成掩饰。她一本正经地说:

“你可别那么轻松,无风不起浪啊。”

“这风是哪里吹来的?”

“你也不用问。”

“那好,我告诉你,这个姓江的各方面都好,思想好,工作好,有作为。”

“你看,这不就明白啦!”姑妈当真吃惊了。

端端又爽朗地笑了。“明白了啥?”

“你对人家印象好嘛。”

“好就是好!”

“傻孩子,你别装糊涂好不好?人家是有妇之夫啊。”

“有妇之夫又怎么样?”

“那你……”姑妈说不出口,脸红了。

“你听着,姑妈,”端端收了笑,正眼盯住静宜,“比现在的姓江的再好上十倍、一百倍，我也不会从人家手里把他抢过来!”

“是真的?”

“我是你从小带大的，你应当了解我。”

姑妈从端端的清亮的眼神里相信了她。

静宜走了以后，端端觉得又好气又好笑，把刚刚开了个头的信纸撕碎，一骨碌倒在床上，拿被子蒙上头。她想，可恨，这风不知是从哪里吹到姑妈耳朵里的。她猜想一定是姑夫从工厂里带回来的流言，不过这一次她猜错了。老工程师对这些并不敏感，正如他当初没有敏感到静宜对他的若即若离是一样的。

5

四个月以前，梁端端听了向明和范存宇的一夕谈，觉得很受启发。噢，原来不以感情代替政策是这样。那么好，不从家庭关系，不从内侄女的地位，就用共青团员的身份对待范存宇吧。她暗暗下了决心，非拉上他前进不可，第一步先得帮他去掉大工程师的架子。高炉技术员的工作，也和炉前工人一样，是白中夜三班倒的。每逢她倒成白班，她总是催姑夫和她一起走。她用优生学的理论证明步行的好处，说服范存宇不搭班车。老工程师也乐得和她并肩走在上班的人流里，听她活泼的舌头不停地掰掰。

那时候，美国兵正向鸭绿江推进，一些吓掉了胆的人物，如邢桐，都“不辞而别”了。范存宇没有蹓，这给了工人一个好印象。

到了工厂，如果没有行政例会，端端一定拉他上高炉转一圈，先到炉前平台，问问出铁的情况，再到值班室，看看操作记录。在宋老铁、罗明立、牟云开这些决心和高炉共存亡的工人看来，这是一种明显的进步。他们并不要求老工程师在试验上出大力。只要他不吹冷风，承认当前试验的成果，他们也就心满意足了。这个时候，高炉的生产和试验不比寻常，是和抗美援朝的大浪潮息息相关的。范存宇感觉到工人对他的态度、语气和眼神的变化。人们见了他，不再像躲开瘟神一样急忙走开。对他的称呼也从范总工程师改成范老。向明有时候就叫他老范。同样两个字这么一颠倒，竟然能表示人和人的不同关系，老工程师是很有感触的。

不过这还都是表面的。真正突破自己的思想樊笼，真正看到工人阶级的英雄气概，是他经历一九五〇年末的苦战和一九五一年开门红的时候。

真好像向明讲的，老天爷也不喜欢共产党。它把零下三十度的严寒，把狂吼的北风，把铺天盖地的大雪降临人间。这银装世界可以唤起诗人的诗兴，对于冶金生产可是大灾难。铁路线被山丘一样的积雪淹没了。你可知道，运输线是这钢铁重镇的生命线。铁矿石、煤炭、石灰石等等，如果不能定时定量运到，烧结厂、焦化厂、高炉、平炉，所有联合企业的全系统，都要饿得嗷嗷叫。各厂之间的线路也一样要畅通，倘有堵塞，就好比人的血管里形成了血栓。为了消除线路的“血栓”，各厂都组织起抢修队。饶是这样，高炉有时也面临断炊的危险。

由于试验采取了稳扎稳打的方针，第四季的生产是稳步上升的。人们期待着年终的捷报和新年的开门红，不料就在十二月二十八的拂晓，大雪好像银山崩落，狂风又卷起银粉乱舞。天上地下是一片白色的混沌。在选矿厂和烧结厂之间的线路上，发生了脱轨事故。这时候，任凭调度主任呼天抢地，推挪挥揉，都无济于事。罗明立急得团团转，江有声不停地向外打电话，梁端端一次次跑上走桥，观察矿槽的贮量。少了、少了，到了二十九日，眼看要兜底朝天了。矿车如果不陆续来，那么准备好了的双喜临门报捷信就是一张废纸，而端端的那些惊叹号也发挥不了惊人的妙用。

焦灼的气氛压在全厂。范存宇第一次感染了这种气氛，下班以后没有离开办公室。在这种场合，当然不会有人想到他，他自己也觉得束手无策。厂部的广播通知能留的都留厂，等着抢卸矿石车。矿石车什么时候到，范存宇不清楚。他向窗外望望，除了一片迷蒙的白色，什么都看不见。都没有心吃饭。范存宇也是一样。他和全厂的人一样，在紧张的期待中过了三个多小时。晚上八点多的时候，忽然听见远处的汽笛，隐隐感到地面的颤动。果然有一列运输车开进厂来。是烧结矿还是焦炭？不清楚。他急忙跑出办公室，跑过空空无人的走廊，来到楼下，跨过两道铁轨，在扑朔迷离的风雪中登上铁梯子，小心翼翼地走上发滑的走桥。

眼前的景象使他瞠目张口，定定地不动了。来的果然是矿石车，这从扑脸的瓦斯味可以判断。走桥上满是晃动的人影，分不清个儿，只感觉是和谐地战斗着的整体。这种运输车本来是自动卸载的，可是刚刚离开烧结床的矿石蒙上厚厚的雪，一化一冻，都凝结成一体，只好用人力撬开，搬动，投入矿槽。老工程师经过片刻的犹疑，忽然心血来潮，走到劳动的人群里。

在狂飞乱舞的鹅毛中间，照明灯只有黯淡的光。他看不清别人的面目，别人也看不清他。他学别人的样，从车盘上搬起烧结矿，投入矿槽里。瓦斯味直扑鼻子，飞扬的矿粉迷人眼睛。他只觉手脚不灵，看看周围，却都生龙活虎一般，那么俯仰自如，那么进退灵活。这是临时组织的劳动，个个都奋力向前，热气腾腾。范存宇投了几下，不知是谁把他挤出了行列。他在旁边站了一会儿，有点不甘心，又挨上去投了几下，又被什么人挤出了行列。他亲眼看见了自觉的劳动，他在这奋发昂扬的阵容面前是跟不上趟的。

忽然有电筒的光在他的脸上一闪。听见一个姑娘的高腔：

"啊，姑夫，你来啦。"声音里是掩不住的惊喜。

"唉，挤不上……"声音里是真正的懊丧。

"来了就好，来了就好！"端端说了，又扬声大叫，"同志们注意，注意，厂工会通知，食堂为慰劳同志们，准备了丰盛的晚餐，大片猪肉炖白菜，每人一大碗，外加四个热气腾腾大馒头！"

她前前后后讲了三遍。这个通知的形式和内容招来一阵喧笑。

端端又来到姑夫身边，小声说：

"你也去！"

"啊，我，不！"

"一定去！"端端下了命令。

运输车的车头灯劈开狂飞乱舞的风雪，车皮响起空空的碰撞声，蜿蜒地去了。

范存宇由端端推着，来到大食堂，这里的欢乐气氛是他生平未见过的。一片因为兴奋而闪光的眼珠子，一片沾满瓦斯灰的面孔。嬉笑声、喧哗声，热气、烟气，一股脑升腾在空中。一张张方桌面前早已坐满了人。十多个白衣姑娘，捧着热气腾腾的菜盆的、抬着大笸箩的，在方桌之间穿花儿，把饭菜分给每一个人。分到了的就大口吞食着，没有分到的就伸长脖子等着，心急的就用筷子敲出进军的鼓点。在这个阵势前面，范存宇有点忸怩不安。端端眼尖，早看见向明、江有声、罗明立等人坐在一起，就推着姑夫来到跟前。江有声最先看见他，站起来让座。向明也看见了，拉他坐在自己身边。

“谁通知你留下的?”

“是我，我自己……”

“啊，很好很好。”

热气腾腾的大碗菜已经送来，大馒头一时间堵住了所有的嘴巴。

四个大白馒头堆在范存宇面前，这引起他一片愁思。一个就足够，多的三个怎么办？他不知道隔桌子射来一道眼光。大力士陈德元早“觊觎”上了，隔桌子叫一声端端，做了一个只有端端才明白的手势。端端把自己多余的两个、向明的两个、姑夫的三个，一个个隔桌子飞了过去。这引起一阵愉快的哄笑。

这一晚的经历是有益的。范存宇自己也觉得和工人之间的距离缩短了。

向明很高兴范存宇有这种进步。两个月以后，他同他谈到试验总结的问题，后来又要江有声把原始材料送给他。

就在邢桐来过的第二天晚上，江有声跟端端来了。这个人姑妈认得。两年前他用热诚的服役得过范太太的好感。不过从那以后他再没有登门。既然这个人和端端之间是纯正的友谊，姑妈的好感又加了一倍。这好感具体化为牛奶可可、果脯、干果和糖果。她看三个人翻阅着铁丝盘里的一堆纸张，谈着。她不懂什么矽呀、硫呀、风温呀、转鼓系数呀、焦比呀、合格率呀，不过从他们的音调和眼神判断，谈话是融洽的。她很满意自己的款待没有白费。客人走了，端端也回了小屋以后，她问丈夫谈得怎么样。

“有点意思。”范存宇含蓄地说了，要静宜先休息，他还要自己待一会儿，清清脑子。

端端在自己的小屋里，听姑夫又在地板上踱步，很庆幸那失修的地方已经修好了。她调皮地来到门边，轻轻地开一道缝，向外瞅一眼，看见姑夫一面轻轻走着，一面用拳头打在另一只手掌上，好像在为自己的思索打拍子。端端微微一笑，轻轻地关好门，倒在床上，用被子把自己裹紧。她的长睫毛扑闪扑闪，一丝甜意浮上心头。她第一次觉得这个小家不像原来那么讨嫌。沸腾的生活旋风吹进门缝来了，好呀！她一双大眼睛紧紧合在一起的时候，嘴唇上还浮着甜意的笑。

第二十三章

1

又是一年的春天，不过春天来的很慢。英灵山上的松树枝丫纠结着，好像是盘螭游龙。松针吸满水分，显出新绿的颜色。除此以外，还是一片枯黄。只是远远看去，柳树和杨树的梢头上有萌萌星星的绿意，近看却又没有了。太阳一晒，枯枝败叶和泥土的气味蒸发出来。在烈士纪念馆门前的草坪上，枯草冒出绿生生的尖儿。最早带来春信的是迎春花，金灿灿地爬满了屏架。常常太阳一出来就刮风，太阳落山才停息。今年的清明节，前来扫墓的人特别多。一队队中学生和小学生，一队队机关干部和人民解放军，让这整个冬天冷冷清清的小山充满了生命活跃的气氛。大概美帝国主义在国门外肆虐，晴朗的天空里还有乌云，更使人想起新中国缔造的艰难，想起烈士的功勋。纪念塔跟前，烈士馆门前，摆满了姹紫嫣红的花圈。再过二十几天左右，就是解放后的第四个五一节了。像往年一样，纪念馆正在粉刷墙壁，油漆廊柱。老燕子又在房檐下垒窝，新的生命正在催促它们，不久要孵出黄口的小燕子，呢呢喃喃地和孩子们的歌声相应和。

这一天早晨，唐景秀一觉醒来，看见宝娃坐在炕沿上啃饼干。

“爸呢?”

“走啦。”

“为啥不叫我？”

“爸爸说啦，叫你多睡一会儿。”

小宝娃已经四岁，很懂事了。

妈妈心里甜丝丝地笑了，定神一看，太阳已经照满了房间，连忙坐起来，披上衣服。“晚啦，晚啦！”

这几年唐景秀从来没起这么晚。昨儿夜里在外面巡逻，天傍亮才睡下。她急忙穿好衣服，下地鞡上鞋子，忙手忙脚地折被子，扫地，抹桌子和窗台。不把屋子弄得清清爽爽，她是不肯吃早饭的。

正当她里间外间奔忙的时候，听见外面有人吵吵嚷嚷的走上楼来。她心里纳闷，又是什么人舌头碰牙啦？门咕咚一声被推开，一前一后进来的却是于秀枝和沈佩兰一对好姐妹。

快嘴于一进来就问到唐景秀的脸上：“你听见没有？”

“我听见啥呀？”

“说啦，家属委员会净搞名堂，出风头，几个臭娘们儿，什么巡逻查夜，顶啥用？被窝里的跳蚤，能蹦到哪里去！还有更脏的话，呸！”

唐景秀警觉起来。“你这是听谁说的？”

“说的不是一个两个，都说是听别人说的。要是把这个人揪出来，我非抓破他的脸不可！”于秀枝咕嘟起高牙床的嘴唇，好像是一个喷气的开水壶嘴儿。

“你听了是怎么想的？”

“我啊，我说算啦，惹这份气！暖被窝里躺着不好吗？何必苍蝇飞进牛眼里找泪（累）吃。”

唐景秀看一眼一直抿着嘴唇不言不语的沈佩兰。“你呐，你怎么想？”

于秀枝抢着说：“得啦，快别问她。闷啃嘟的急死人。老牛筋咬也咬不动、嚼也嚼不烂，不知道大罗怎样和她过的。”

沈佩兰抿着嘴轻轻笑了一声，不紧不慢地说：“过得挺好嘛。”

唐景秀也笑了。“可不，谁像你这个尖嘴子，整天敲盆打碗一台子戏?”

“我知道你就是偏着她,护着她!”于秀枝挖了唐景秀一眼。

“那你还来?”

“好,我走!”

沈佩兰从后面一把拉住于秀枝的衣角。于秀枝走得急,打了个趔趄,站住脚跟,回头瞪着沈佩兰。

“什么都还没说明白,你能走吗?”

“看你这撅打撅打的样儿,开句玩笑也当真生气?”唐景秀也说。

“我不像辛玉婷,人家唱小戏的出身,会装。”

唐景秀拉着两姐妹的手,让她们在炕沿上坐下,给宝娃穿上鞋子,让他下地来玩。小男孩正瞪圆眼睛,看着妈妈和两个阿姨说话,听不明白,可是觉得吵吵嚷嚷地挺好玩。

唐景秀靠在桌子上,顺手拿起一把梳子拢头发。

“牙齿老咬舌头,舌头可不会咬牙齿,到头来可是牙齿先掉。你呀,你这个硬碰硬的碰见沈佩兰算没法儿。她和你软磨更厉害。”

于秀枝开心地笑了。“对,这还算是一句公道话。”

在这几个姐妹之间,一点芥蒂也没有。她们见了面,就是这么互相指斥、笑骂、开开玩笑,表达出一种特别亲密无间的感情。

唐景秀要听听沈佩兰的想法。佩兰慢吞吞地思量着说,

“这话是从哪里说出来的,总该有个根吧?这个根在哪里?能是一个好人吗?咱们不出去巡逻,他能有啥好处?我闭煞眼睛,把山下村的男男女女一个个琢磨一遍,我心里犯疑一个人。”

“是谁?”

“你猜。”

“八成是辛玉婷。”于秀枝抢着说。

沈佩兰瞅她一眼。“你不抢话能憋死啊!”

唐景秀嘿嘿一笑。“这个婆娘能干得出来!”她手托起脸腮,想了想,又说:“早先不是有张没头帖子,说云花怎样怎样吗?当时我怀疑盛玉华。后来她变好了,我问她。她说听辛玉婷讲过,不过不相信,因

为那天晚上她和云花一直在一起。”

“啊，前前后后一想，这个婆娘背后不知撮弄了多少！”沈佩兰说。

“她背后八成还有人。”于秀枝说。

“不摸底细也不好瞎猜，咱们以后得多多留心。”唐景秀说着，瞟一眼于秀枝。“别瞧那么一句话，可起了作用。于秀枝这样硬实的人都要打退堂鼓啦。”

于秀枝脸上一红。“我多咱打退堂鼓来？”

“咱们这些不拿工薪的干部靠的是自觉自愿，可别变成不干啊。”唐景秀眼光落在于秀枝的脸上。“咱们开个委员会吧，大伙碰碰头，看看还有什么风言风语。要不要夜里巡逻，也让大伙拿主意。”

“唐姐，我刚才说的可是气话啊。”于秀枝又急了。

“你会上说去。”沈佩兰眼仁儿里笑着，故意激她。

“啐！”于秀枝向佩兰一紧鼻子，“好啊，不说是扶我一把，还下脚踩我。你等着吧，你过河桥塌，搭船船沉，嗓眼里生疔，生个小孩不睁眼……”说着，自己忍不住，扑哧一声先笑了。

沈佩兰和唐景秀也笑了。

唐景秀要佩兰和于秀枝分头去告诉杜奎芝、解静文、金老太太、盛玉华等人，她自己要去和辛玉婷商量一下。

于秀枝一拧脖子。“叫我说，别费这苦心啦。就拿她当个檀香木菩萨，看是好看，灵就不灵。”

“檀香木菩萨灵是不灵，可也不坏事。她呀，我说她是一条臭鱼……”沈佩兰说到这里忽然打住了。

“怎么不往下说？”于秀枝说。

“你姓于，怕你多心。”沈佩兰抿起嘴唇。

“呸！你当我是什么人？唐姐，你看她是不是蔫坏？”

唐景秀只是抿着嘴笑。

于秀枝恨恨地咬着牙。“我就知道，你是不能说她一个坏字。”

三个姐妹都笑了。

“你们两个注意，对辛玉婷明里要像往常一样。千万别引起她的疑心。”唐景秀庄重地说。

十多分钟以后，唐景秀来到辛家，还在街上，就隔窗子叫一声辛玉婷。开门出来迎着她的是康老二，随手又把背后的门关上了。唐景秀闻到酒肉的气味，心里一动，早起还吃酒？康老二正向妇女主任摊开满脸的笑。在一件对开的黑毛衣上面，他的脸色更显得白里透黄。

“啊，主任，有失远迎。”

唐景秀没心思和他说笑，板着脸告诉他要和辛玉婷商量开会的事。康老二说辛玉婷早到街里买东西去了，回来告诉她。

这时辛玉婷正在门里，耳朵贴在门板上听着。

康老二眼看唐景秀走远了，回来关了门。

“我什么时候不受她的辖治！”辛玉婷从牙缝里说，一面拿梳子梳着烫了的头发。她黄蜡蜡的脸上是两个浮肿的眼泡，一件翠蓝色的毛衣披在肩上，看样子她是刚刚从床上爬起来。

“兔子尾巴长不了啦。”康老二拖着长腔说，走进里间。

“长不了，长不了，两三年啦！我从今不听你这些屁话。”辛玉婷跟进来。

“你可真是头发长，见识短。唐景秀这么一块小骨头都咽不下，还想吃全鸡全鸭。”又压低声音说，“今晚上五姨夫要来，你得准备下点吃的。上次冷丁来了，我啥也拿不出来。”

“上次没看见，这次非见见他不可。问问，等到啥时候是个头。”

“行行行，你见了他别恶心就行。”

“我又不啃他。”辛玉婷做了一个媚笑。

康老二头皮一紧，因为辛玉婷每逢这样一笑，跟着就得伸手要钱。他从裤袋里摸出两张票子，心里骂着，嘴上却说：

“好吧，待会儿你去开会，什么都同意，都拥护，能不能办到啊？”

“我不会你那一套，人面前一张脸，背后一张脸。”辛玉婷接了钱，看是两张五元的，满意地打情骂俏了。

“不凭这一套看家本领，能站得住吗？”

但是到了开会的时候，辛玉婷一时忘记了康老二的嘱咐。她挑剔惯了，不从鸡蛋里挑出骨头是不甘心的。她满屋子看看到会的人，说：

“怎么不请胡太印?”

“是关于治保方面的事，”唐景秀连忙解释，“我一早去和你商量，碰巧你出去啦。”

“那为啥没有保卫科的人?”

“不过是咱们这些人夜里巡逻的事。人家那么忙，何必去打搅人家。”

这时辛玉婷猛然想起康老二的话，连忙改口，说她不过问一下，自己的事原来是不必去麻烦厂里的干部的。心实的唐景秀看她改变了态度，倒满心里高兴。

会开得很顺利，都同意宁可受些劳累，还是不要放松警惕。粮库不就烧起来了吗？至今还没破案呐。但是谈到分工的时候，都不想和辛玉婷搭伙，都鼓着腮帮子不吭声。

于秀枝忍不住了，她说：“我看还是两个主任在一起吧。”

出乎她的意料，辛玉婷一口答应了。

“是你来约我，还是我去约你?”唐景秀问她。

“谁也别约谁，到时候自觉自愿出来，十字路口碰头。”辛玉婷说。

姐妹们看她答应得这么痛快，是从来少有的，都有些纳闷，却也猜不透是怎么回事。

晚上大约十点左右，唐景秀跑到辛玉婷的窗下，砰砰地敲窗子。辛玉婷打开小通气窗，伸出半个头。

唐景秀仰脸向她说：“尤三愣的老婆病重啦。老尤是夜班。三号高炉正到了结尾最紧的时候。入院的事还是咱们包了吧，你看好不好?”

辛玉婷说不出别的话。唐景秀又说，送病人她得亲自去，说不定还要签字啦，陪伴啦。已经约好了盛玉华，要她今儿夜里出来巡逻。

自从和盛玉华闹了别扭，辛玉婷是不满意她的，这时候可不好说不同意的话，只得点头答应了。

2

康老二把防空用的黑布罩罩在灯上，他喜欢阴影；在阴影里脑子更灵活。他走到炕沿边，点上一支烟，拉一个枕头，随意歪在炕上，眼瞪着天花板在盘算。他很不满意大新公司的许志凡。撑起那么一个工程公司的架子，本来是一个很好的掩护，可是他光顾了划拉钱，别的都放在脑后了。简易住宅工程质量的问题好歹糊弄过去了，幸亏没有闹大，要不岂不暴露了马脚。火烧仓库没有成功，更叫人切齿痛恨。幸亏撤得快，不然早就摸阎王爷的鼻子头去了。他也很不满意这个五姨夫，这家伙牛皮吹得不小，似乎他和美国人都有线，手头可是那么紧，别想从他身上刮下什么油水。夹在这个人和许志凡中间，简直是上了夹板一样，手脚也不得自由。他打定了主意，要是他这一次来了，再那么半阴半阳的，非同他拍桌子不可。

风早息了。外边响过一阵脚步声和说话声，也静下来了。这就是说，上大夜班的工人都走了。快到十二点的时候，他听见窗子上的暗号，急忙起来，轻轻地开了门，迎进来一个人。

这人头上是毡帽头，更生布的衣服拦腰扎一根草绳，腿上用麻袋片包扎，肩膀上搭着一个褡裢，里面露出斧子柄、手锯的齿、拐尺的把儿，活脱是一个走方的木匠。康老二看这样子，又见他进屋的时候腿有点瘸，先是一惊，跟着又笑了。

“好，有你的。”

“不错吧？又能遮眼，又能防身。”曲子锋用哑嗓子说着，把褡裢轻轻放在桌子上。“倒霉，下火车太早，躲进了东边小山的树毛子里，摔了一跤，滚了浑身土，也不知道东西摔坏了没有。”

他坐在桌子旁边，伸手探进褡裢里面，掏出一个报纸包，一层层打开，原来是个小黑盒。康老二站在旁边，看他小心地打开盖子，扭了一下什么东西。在这夜深人静的时候，小黑盒唧唧啾啾地响起来。他又扭动了什么，响声停了。

“还好，没坏。”他满脸泥土的皱纹抖动起来了，又一层层纸包好。

康老二认得这是一个小型收发报机，心想不错，像是要大干一场的样子，且看他说什么。

曲子锋张大了嘴，可是什么都没说，只打了一个大呵欠，打得眼泪都掉下来了。他连忙从口袋里取出一个小纸包，从一块黑膏子上掰下指甲大的一块，送进嘴里，转着眼珠子四下里看。康老二知道他要水，赶忙给他倒了一杯。

曲子锋吞下大烟泡，眼睛里亮了，马上又吸鼻子，舌头在嘴里打了一个花儿。

“我一进屋就闻见啦。一家人不说两家话，我肚子里早就唱曲儿啦。”

正当康老二到灶间去拿吃食的时候，曲子锋从褡裢里抽出一个扁形的玻璃瓶，拔出塞子，先呷了一口。

“雌儿呐？怎么来了总不在啊？”他看着康老二把一盘肉肠、一盘熏鱼和一盘面包放在桌子上。

“巡逻去啦。”康老二说。

“怎么，脑筋给人家洗啦！”

“我叫她去的。老不去不好，人家会犯疑。”

曲子锋点头，把一大块肉肠送进嘴里，动着咬筋。“烟花迷人啊，老二。把你掏腾得差不多了吧？”

“唏，什么迷不迷人，露水夫妻罢咧。”

曲子锋两杯酒下肚，热起来了，拉下了腰上的草绳，敞开怀，又弯腰松开了绑腿。他一心一意享受美味，康老二在旁边却不耐烦了。

“你这一次来……”

“不忙，不忙，”曲子锋打断他，仰脖子倒一盅白酒，抹了一下下巴。“听说了没有？省城里下网啦，下毒手啦。咱们的人倒下几个啦。笨蛋！该死！还有没有网眼的网吗？”他又仰脖子倒下一杯。“看见他们的社论了吗？我还当是吓唬吓唬人完事，不成想是真干呐。”

康老二嗤一声鼻子。“我当你这次能带什么好消息呐。你这些不都是他们报纸上的吗？你拿了他们多少宣传费？”

曲子锋听了这奚落他的话，把酒盅蹾在桌子上，站起来，在康老二的肩膀上重重地拍了一巴掌。

“依你说，该怎么办？”

“要干就痛痛快快大干，不干就散伙，各奔前程。别这么窝窝囊囊，等人家拿去开刀。”康老二拉长了脸。

曲子锋哑笑了两声，不说什么，却从敞开的衣服领子上扯开一道缝，伸开两个指头，掏摸出一个小纸卷，是用蜡封好了的，把它放在包收发报机的纸包上。

“呐，我交代任务，你把这个和这一包点心交给许志凡，越快越好。”

康老二的眼睛里放光了。他知道这个小纸卷是上面来的密令。

“大干？”他拿眼睛问着曲子锋。

曲子锋坐下，打了一个饱嗝，有了几分醉意，眼睛也乜斜了。

“任务是一二三。杀一二三个大干部，市级的也行，厂矿级的也行。爆破一二三个要害地方，水源地、桥梁、调车场，都行。烧他一二三把大火，剧院、银行大楼，都行，可不要再去烧仓库啦。给他们出几个题目，让他们去抓挠好啦。”

康老二嘲弄地撇起嘴唇。“靠谁，就靠姓许的和他老婆？”

曲子锋听他这口吻，已经给酒精烧红的脸上发紫了，一拍桌子说：

“你们混蛋！这些日子干啥啦？为啥不联络人？我不早说啦？”

“谁不瞅形势，谁才真是混蛋。美国人越打离鸭绿江越远啦，这时候你拿什么钩子去钓鱼？”

“你也相信他们的宣传啦？”

“你拿我当傻子！”康老二走到对方跟前，冒火的眼珠子射到他的脸上。“他们前些日子还吵着要疏散人口，为什么停下来啦？为什么要转移的机器也停止拆卸啦？为什么市面上平平静静？为什么台湾海峡那边屁也不崩一声？你说我听听，你说呀，别装哑巴！我问你，你这次来了，下次啥时候还来？”

“这，这要看你们任务完成得怎么样？”

康老二像演戏一样向对方一鞠躬，还是一脸的嘲弄。

“我谢谢你啦，大老爷！下一次我准备白马牌威士忌给你接风。我在哪里恭迎大驾？天津？广州？香港？台湾？”

曲子锋的紫茄子脸褪色了，他因为康老二摸到了他的底牌有些心慌意乱，不过他有足够的奸诈来对付康老二的狡猾。

“好啦，好啦，老弟，真人面前不说假话。你破上干他一出，顺手也行，不顺手也行，干完了先猫起来，等上边的命令。”

康老二冷笑了一声，没说什么。他心里有自己的算盘。

“你们总能拉上几个人嘛，”曲子锋看康老二不说什么，又试着给他打气。“那个姓贾的怎么样？”

“鸡蛋掉进油瓶里，滑，抓不住他。”

“靠不住？”

“两桶汽油费了九牛二虎之力，花了不止四桶的钱。”

“钱是小事。他知道不知道咱们是怎么一回事？”

“比狐狸都精，他能不猜到几分？不过明白了他也会装糊涂。”

“这么说，得封了他的嘴。”

康老二低头不说什么。

“你怕？”

“我怕？”康老二冷笑一声。

“那是怎么？”

“不好办。”

曲子锋歪头想了想。“特训你受过什么？”

“发报、爆破、刺杀、驾驶，等等一切。”

“那好。”

曲子锋站起来，在康老二的耳根上叨咕了几句。康老二皱起眉头点点头。

这个自称五姨夫的人已经有九分醉意，还把酒瓶子倒过来，可是一滴也没有了，就随手一扔，骂了一句。

“呸，我这辈子靠山山崩，靠水水流，到今天喝口水酒也不能尽兴。不瞒你说，老弟，想当初，吸大烟还满镇子上找女人给我烧烟泡儿。这手，你瞧，上百上千的过过。村干部、区干部，宰过。长枪、短枪、机枪……哙，好汉不夸当年勇。”他说着，作势要站起来，可是歪着脖子倒下去。

康老二连忙走上一步，扶住他，一面心里骂道：“这小子，果然是咬着屎橛子打抖擞的。”

下半夜傍两点的时候，辛玉婷从外面回来，给夜里的凉气吹得满脸通红。

“杀千刀的，我再也不去啦，冻得我透心凉!”说着，把披在肩上的棉袄往炕上一抡，这才看见黑影里有一个人睡在炕头上。

“来啦，这一次我可得问问他。”

康老二向她摆摆手，小声说：“算啦，糠了的萝卜，没大辣气啦。”

“你不是盼他盼了好久啦?”辛玉婷也压低嗓门。

“罢了架的黄瓜，软丢当的，看也不中看，吃也不好吃啦。”

辛玉婷又向炕上瞄了一眼，伸着懒腰打一个呵欠。她困极了，没有兴趣打听他们的事，就来到炕的另一头，一倒下就睡过去了。

康老二躺在辛玉婷旁边，可是没有睡。他觉得这个人比上次来的时候更乏，除了虚声咋呼，拿不出实在的东西。不过他心里总在希望，哪怕只像头发丝那么细，总还是不断如线。希望越是渺茫，越要死抱住不放，正像在大水里抓到一片木板，也以为可以得救。如果蛤蟆也会希望，它一定希望自己生出翅膀，像天鹅一样。天蒙蒙亮的时候，他推推曲子锋，要他起来。曲子锋揉揉眼睛，看看窗子上已经发白了，急忙爬起来，拿褡裢背在肩上。康老二轻轻地开了门，到门口两边看看，见没有人影，向门里招招手。

曲子锋像猫一样轻轻地溜到街上。

他转过房角，看见对面一栋房子的门前，有一个女人拿了竹扫帚在扫街。他想躲开，可是看见那人已经抬头了，只得仍然往前走。这个女的只穿了紧身的黑条绒小夹袄，在半明不暗的晨光里显得很苗条。他隔着几步路的距离走过去，可是好色的眼睛不想放过这个女人。他回头，看见一双尖尖的眼睛正盯在自己身上。这是一个熟识的可是多年不见的脸形。他心里打了一个冷战，急忙耷拉下眼皮，加快脚步向前走去，觉得这一双锥子似的眼睛还扎在自己的背后。

盛玉华心里也打了一个冷战。她是巡逻完了，回家打了一个蒙眬，睡不着了，看看天色发白，就起来扫街。这时候不会有工友上班，这人的样子又不像一个工人。这引起她的注意。她与其说是从他的脸孔上，还不如说是从他的姿态、步法上唤醒了自己的记忆。这个渐渐远去的背影更加强了她的记忆。一点不错，前面这个人就是揉搓了她，践踏了她，迫害了她，差一点逼她丧命的坏蛋，她一时一刻也没有忘记的仇人。她觉得血涌上来，冲得头上都发胀了。对，不能放过他。她扔开扫帚，向前追去。

那人早已转过房角。盛玉华走过来的时候，前面不见人影了。她站在当地，四下望望，一时拿不定主意。

这时候，从一个门洞的后面，正有一对猫似的眼睛向外窥探着。对，一点不错，他也看准了。这是那个从他的手指头缝里溜掉的女人。他怀着杀机找过她，想不到在这里碰面了。可惜天已经亮了。

盛玉华又向前追了一阵，还是不见人影，只得急忙跑回家来，用力推着高庆和。

“你醒醒，醒醒，快！快，我看见他啦！”

“谁?”高庆和醒了，蒙悍着眼睛，不明白她为什么这样发疯地叫喊。

“这次我看清啦，就是他!”

高庆和一翻身坐起来。“去报告保卫科!”

“等我先和唐姐商量一下。”盛玉华从刚才的兴奋里平静下来。

3

康老二把贾二立比成油瓶里的鸡蛋，其实他比他更滑。他是一条真正的泥鳅，不只是滑，还善于钻进泥沙，用保护色把自己隐蔽起来。不同的是泥鳅不咬人，而康老二是会吃人不吐骨头的。他弄不清上边派来的这个人背后到底有多大的力量，除了“军统”这条线，他到底还有哪些线。他怕他，好比狗怕狼。他不相信冬瓜脸的话，不相信他那些如意算盘。他很希望看见共产党人头滚滚，血流成河，同时也知道这样的梦是做不成了。他的皮肤敏感得很，已经觉得空气不对了。曲子锋的透露证实了报纸上的消息，看样子共产党真的要大砍大杀。他才不想在这时候去往刀刃上碰呐，他为自己想好一个安全措施。辛玉婷怎么办？这个问题在他脑子里只占了两秒钟。穿破了的鞋子是可以踢开的，新的鞋子自然又会来到脚下。

他离开家门的时候比平常早得多，临出门的时候叫醒枕头上的辛玉婷，告诉她晚饭别等他。那一个蜡封的小纸卷和那个报纸包的小黑盒早已在他的挎包里面。一个小时以后，这两件东西都转到了许志凡的手里。

还没有到上班的时间，康老二已经来到他的办公小屋。这个小屋是在工会办公室走廊的尽头，只有一个小窗子，窗子外面正好是食堂的山墙。屋子很暗，白天常常得开灯。这样一个角落很适合康老二的需要。这时候他正需要在这里好好想一想他自己的计划。

他开了墙角的保险柜，取出一叠账本和单据，还有银行的存折。这些东西都被他摊开在窗下的小桌子上，布置成一个辛勤办公的场面。人们见了，不由得会用一两句玩笑话表达赞赏的心情：“嗬，老二真有你的，老牛啃地不抬头啊！”

他现在正好就是低着头，手里翻着公家的账篇，心里敲着自己的算盘。据他暗暗的估算，他当前能够提出来、抓到手的现款大约有一千一百多元，包括还没有开支出去的文娱费、办公费、劳保福利金，还有这个月正在收拢还没有上缴的工会会费。数目不算太大，可是足够他为实行自己的计划挥霍一阵子的。

他低着头想得太出神了，竟然没有听见有一个人走进门来。

“嗬，老母猪啃槽不抬头啊！”

康老二一震，抬起头来，见是胡太印，黄蜡蜡的脸上顿时堆满了笑，连忙站起来，把椅子推给顶头上司，自己却半个屁股蹭在窗台上。

胡太印胖成双下巴颏了，圆圆的肩膀端着，眼珠子从上往下瞅着，却不看对面的人，调高的嗓门，圆圆的白手指头夹一支香烟。人们看他这么一个大官的气派，一定会想：这个人这一两年可提高得真快呀。

“向明这家伙真能死抠！”胡太印气哼哼地说，坐在椅子上。“许经理老大的意见。包赔归包赔，修补归修补，建筑费用不应当卡人家。仗着是国营企业，不照顾人家私营的，叫人家喝西北风吗？”

“怎么着，厂长把话说死啦？”康老二试探着问。

“你当了还有多少活气儿！说啦，可以考虑他们合法的利润，想揩国家的油不行。”

“许经理早就嚷着赔啦。简易住宅那边的俱乐部他不想包啦。”康老二小心地避开他和姓许的刚才还碰了头的事。

“可不是，他一天到晚蹲在他的高炉上，工人生活福利的问题都推给我们。他装得铁面无私，叫咱们坐蜡。经我好说歹说，这一次总算吐口啦，还没付的建筑费先拨一半，剩下的等工程修补完了一刀切齐。”

“还是从基金里拨吗？”康老二心里乐得发痒了，但是脸上一本正经，装出公事公办的样子。

“你别管他从哪里拨，你马上到财会科去办手续。晚了，他做个什么梦，说不定又变卦。”

胡太印去了以后，康老二坐在被顶头上司坐热了的椅子上。他想马上到财会科去，可是高兴得两腿发绵了。“这不是财神爷自己送上门来啦？巧不巧！”手里有一千，他就觉得身轻如燕，现在差不多能抓一万，那么简直能冲向霄汉，要是有一百万，他是能把地球吞掉一半的。

小桌上的电话忽然响了。他抓起耳机，一听心里又发凉。那边是曲子锋，正用命令的口气说话，要他中午休息的时候到市场的书棚子附近，有要紧的事。

想不到这一条线又把他从天上扯到地上，可恨！不过转念一想，人生是不怕线多的，多一条线就是多一条路。只有傻瓜才只会被人利用而不利用人。

他在热乎乎的椅子上坐不住了，没法仔细想他自己的计划了。

这一天没有风，是少有的暖洋洋的春天。大太阳照临人间，照醒一切有生命的东西。害虫恰好也是有生命的。

康老二顶着太阳，急急地来到市场，走出了一身汗。正有人从书棚子门口出出进进。说书人沙哑的嗓音从席棚子里传出来，混杂在周围小摊贩的叫卖声里。他走到一个香烟摊子跟前，故意磨蹭时间，单要摊子上没有的“三炮台”，最后才挑了一盒“大前门”，一面从眼角向书棚子那边瞅着。

曲子锋出来了，看见了康老二，也到小摊上买了一包烟，装着对火，却拿眼睛向他一瞄，接着扭头就走了。

康老二跟在他后面，相隔有三十米，不知道他究竟有什么急事，为什么这么急急忙忙地向前奔。

他们走出了市场，嘈嘈杂杂的声音听不见了。又经过了开阔地，远远地看见简易住宅一列一列的矮房，在浮浮动动的地气里也好像在浮动。前面就是苗圃，密密麻麻齐头高的小杨树正吐出小叶子，像上了新漆一样的耀眼发光。曲子锋一直走到苗圃跟前，看看左右没人，一头就钻进去了。康老二四下看看，也一头扎了进去。两个人推拂着小树，走到深处。曲子锋坐在地上，掏出一支香烟。康老二也坐下，拉下帽子向脸上扇着，等对方开口。

“我觉得有人盯上我啦，我不能多待啦，我得快走。”曲子锋向小树苗喷一口烟。

康老二并不相信眼前这个人。他想他一定是听见了什么风声，要玩金蝉脱壳。他巴不得他快走，正好实行自己的计划。

“我还有一个任务交代你，”曲子锋又说，眼珠子滚在康老二的脸上，看他有什么反应。“你住的旁边，隔一栋房子，不高的身量，半烫发，行动挺快的，一早起来扫街，这么积极一个臭娘们儿是谁?”

康老二眯起眼睛想了想。是盛玉华，再不会是别个。

“是姓盛，对不对?”曲子锋问。

“姓盛。”

“有一个女孩？”

“听说是有一个，早死啦。”

“那么就是她，是从我手指缝里溜掉的。我不能留下这个祸根，懂吗？”

康老二看见对方的眼睛像猫头鹰一样眯成一道缝，心里打一个冷战，脸上却装得轻轻松松的。

“你看准啦？”

“准，我躲在门洞里看的。休想逃过我的眼睛。”

康老二避开对方的眼睛，半晌不说什么。

“怎么样？”曲子锋盯问他。

“小虾米，我没有兴趣。”

曲子锋狠狠地吸了两口烟。“好吧。我只好再留两天啦。你和大新接头啦？”

康老二点点头。

“你帮我办两件事，一件，打听一下这个小娘们哪一天出来巡逻。二件，从姓贾的那里弄一辆汽车。我搭火车不行啦。”

康老二沉吟了好久。“第一件行，第二件……”

曲子锋拿猫头鹰一样的眼光逼住他，一面解开前怀里的扣子，探手进去，掏出一卷花花绿绿的纸，塞在康老二手里。

“我要去当共产党啦，我叫你们刮得一贫如洗啦！呸！”曲子锋狠狠地把香烟头子吐出去。

4

唐景秀一夜没有好好休息。

她和于秀枝、杜奎芝、解静文一起把病人送进了妇内科病房，就要她们赶快回去，要于秀枝把病人的小女孩先接回家去住。三个姐妹走了以后，已经是夜里十一点钟了。她在病房走廊的长椅子上歪了一会儿，觉得冷气扎人，又坐起来。值夜班的护士催她回家。她说已经给厂里打了电话，要等病人的丈夫来了向他交代情况。护士见她瑟瑟缩缩害冷的样子，就拿了一件白罩衫给她披上。下半夜她问值班的大夫，听说病人最多能拖两三天，是没有什么希望了。

她很为这个姐妹难过。从认识她，她就是瘦骨棱棱的，没有见她有一天好过。她有一个丈夫，可是这个丈夫却不拿她当一回事，除了每个月把工资袋子往炕上一扔，别的就不问了。都说尤三愣讨厌女的，见了妇女就没好气，却不知道究竟是为什么。现在留下一个五岁的小女孩，怎么办呢？她想要是尤三愣同意，就把孩子接回家来抚养，养大了再跟他去。她坐在冷飕飕的走廊里，隔一道墙就有一个快死的人。她现在很生尤三愣的气，要是他会体贴她，她也许不至于三十多岁就离开人间。

天刚亮，尤三愣像一个石头碌碡一样来了。是大夜班的工友知道了情况，催他来的。他的脸给夜风吹紫了，眼睛里也满是红丝。唐景秀站起来迎着他，和他一起走进病房。

尤三愣高大的身子弯在病床上，看看还是昏迷不醒的妻子，从厚墩墩的胸膛发出一声粗气。

唐景秀又和他一起走出病房。他扑通一声坐在长椅上，低下头，两只大手按在膝盖上，为了压下胸膛里的呜咽，只是喘着粗气。他看了垂死的妻子，现在是真正心痛了。唐景秀看他那样儿，忍不住眼眶里滚着泪花。

“大尤，我和你商量一件事。”

“嗯。”

“病人眼看不行啦。孩子怎么办？”

尤三愣没想过，低着头不回答。

“平常俺们照顾得不够，你别见怪。我说你可别生气，姐妹们都不大敢到你家里去，不知怎的都有点怕你。”唐景秀说到这里停了一下，看他有什么反应。

他闷声不响，可也没有生气的影子。

“今后你不用愁，你那个家，你的小女孩，俺们都能包下来。这么多姐妹，一人一口饭，一人一根线，孩子也饿不着，也冻不着。”

她看一个水点滴在他的膝盖上，湿成一个圆圈。

“你要是信得过我，我就把小孩带回家，当我自己的女儿一样，等你有了办法再跟你去。”

又有一个水点落在他的膝盖上，湿成一个圆圈。

唐景秀看他难过，连忙改变了话头。

“三高炉快完工了吧？”

“嗯，快啦。”

“哪一天点火？”

“还没定，快了吧。”

“你今后只管一心一意在厂里干你的，家里的事用不着分心。”

尤三愣半晌不吭声，只是喘粗气，末了抬起头来，看着唐景秀说：

“你看着办好啦。”

这是一句极简单又极为信任的话。唐景秀从他那满含泪花的眼睛里相信了他。她催他快回家，好好地睡一觉。大尤站起来。空荡荡的走廊里响起他沉重的脚步声。看得出他心里在绞痛，只是不想说出来。唐景秀跟他走出走廊，下了楼梯，走过有大圆柱的前厅，走出大门，看他走下台阶，走在斜坡的马路上，渐渐走远了。

东边天上已经是一片红光。前面一排楼房的玻璃窗闪闪熠熠，照得唐景秀的眼睛发花。马路上的行人和自行车多起来，又快到医院一天中最忙的时刻了。她叹了一口气，转身向门里走，忽然听见有人叫“唐姐”，是盛玉华的声音。

唐景秀转脸，果然看见盛玉华急急忙忙走到跟前，肘弯里夹一个毛巾包包，不知包的是啥。

“呀，你眼圈里发黑，是不是病啦？”唐景秀以为她是赶来挂号的。

“看你自己吧，眼珠子都乱晃啦。能不能站住啊？得啦，你快回去，我守在这里。”

唐景秀轻轻一笑。“看你把我说的，成了灯草人儿啦。这里没有你的事，你快回去，约上于秀枝，把大尤家里好好安排一下，把小女孩先送到夏玉芹那里跟宝娃一起玩也行。”

盛玉华答应着，拉了唐景秀的手，走到一个大圆柱的后面，看看近处没人，小声机密地说：

“我告诉你一件事……”

唐景秀听完，低头想了一会儿。

“你看得真吗?”

“八九不离十。”

“你几年不见这个家伙啦?”

盛玉华转着眼珠子想了一下。“六七年啦。”

“六七年人能不变样?”

“那架势，那走路的样儿，打一个照面还能认出来。”

唐景秀歪着头思量一会儿。“照我看，咱们先不往上报好不好?说又说不准，没的闹个打草惊蛇。你说他摸到这边来干啥？是为你?”

盛玉华也歪着头想了一下。“不能。”沉吟了一会儿，又说：“要单为我一个，倒没啥。就怕他是来干什么的。为啥早不来，晚不来，单单这时候来?”

唐景秀同意盛玉华的看法。这个人既然在山下村露面，一定是和山下村的什么人有瓜葛。不都是工人吗？难道工人里也有他们线上的?想到这一层，她不禁暗暗地打一个寒噤。她和盛玉华约好，先不声张出去，可是更要加紧夜里的巡逻。她特别要盛玉华多加小心。

盛玉华笑着，露出她那细密整齐的牙齿。

“要是个顶个，我不怕。用指甲，用牙齿，我也能把他嗑喳零碎。”

盛玉华临走的时候，才想起肘弯里的毛巾包包，把它塞在唐景秀手里。

“呐，吃点吧。别嫌有味儿，是老高做的。”她现在一提到老高，眼睛总是笑眯眯的。

唐景秀觉得这个毛巾包包是热乎乎的，也不知是饭盒传出来的，还是盛玉华身上传过来的热气。也许是两样都有吧。

她送走了盛玉华，急急忙忙往病房走。

病人清醒了些，正眼睛定定地向上盯着天花板，嘴唇微微在动。一个护士正拿针头对准她的手腕，要给她打滴流。唐景秀弯腰在病人的脸上，听她是在叫小女孩。她凑在病人的耳朵旁边，告诉她沈佩兰一会儿就来，等她来了就去领女孩。

“你放心，你的女儿就是我的女儿，我怎么带宝娃就怎么带她。”唐景秀压着心里的哽咽说。

病人的头在枕头上微微动了一下，好像是在点头，像薄纸片一样的嘴唇上浮起一丝笑意。唐景秀看出她是同意了，心里又难受又高兴。难受是不用说了，高兴的是在这个姐妹临终的时候能给她一点点安慰。

5

两天以后，太阳一出又起了风。

在夏玉芹家里，小宝娃和小芹子正在地上玩小玻璃球。这两天两个小娃娃成了难分难舍的好朋友。宝娃把他所有的宝贝，带颜色的玻璃片，小石块等等，都奉献出来了。小珠上学校去了，夏玉芹正摸索着清理屋子。这屋子还是像往常一样空落落的什么都没有。

沈佩兰急急忙忙走来，拉了小芹子的手，说要带她到医院去看妈妈。夏玉芹听沈佩兰的口声，明白是怎么回事了。

“完啦?”

“完啦。”沈佩兰沙着嗓子回答。

夏玉芹心里一阵难过，把擦布掉在地上了。

可是小芹子挺高兴，她告诉宝娃，等她回来再一起玩。

夏玉芹听着两个人走出门去，听见小芹在门洞里问：

“我妈妈好啦?”

“好啦，好啦，快走吧。”

在这同时，于秀枝、盛玉华、杜奎芝正来到大尤的门前。她们已经听到芹子妈妈死去的消息，约好要在大尤回来以前把家里给他安排好。

于秀枝走在前面，推开门，急忙后退了两步，拿巴掌扇鼻子。

“你们闻闻，这是啥味儿。”

盛玉华和杜奎芝早闻见了，也都向后退了两步。

说不出是一种什么气味。好像是臭鱼、臭鸡蛋、臭豆腐、烂白菜，种种又腥又恶的味混杂在一起。盛玉华一手捂着鼻子，把门大敞开，走进屋里，把窗子也敞开，又三步两步退了出来，往地上直吐唾沫。一个常年的病号，一个莽汉子，一个不懂事的小女孩，把屋子糟得像猪圈一样了。三个人从窗子外面看看，只觉得乱糟糟的没处下手。她们商量了一下，决定先上上下下清扫一遍，然后两个人拆洗被褥，一个人细细地擦门窗玻璃，收拾七零八碎，最后三个人一起把一切安排好，一定要这个家大大变样儿。

三个姐妹各自回家拿来扫帚、拖把、洗衣盆、刷子、肥皂等等，动起手来。于秀枝和盛玉华是两把快手和巧手，杜奎芝也不示弱。春风也很知趣，帮了不少的忙，眨眼工夫吹走了臭气和灰尘，吹干了洗好的被单和衣服。

一切就绪以后，盛玉华要于秀枝和杜奎芝先回家，因为她们有小孩。她向妇内科病房通了一次电话，知道处理丧事的人已经走了。墓地在郊外，估计得天黑之前才能回来。她回家，打点老高吃了饭。他上的是中班，下午三点多一点就走了。盛玉华把弄脏了的衣服脱下来，换上一件蓝色的条绒褂子，提了一棵白菜和一扎粉丝，又来到尤家，动手帮他做晚饭。

傍五点的时候，大尤低着头，踩着沉重的步子，回山下村来了。老婆生病，他看惯了，不当一回事，没想到她这么快就撒手去了，他心里沉得好像傻了一样。丧事全是由唐景秀、沈佩兰，还有他的工会小组长一起操办的。

妇女们从窗口、从门边，向他投来同情的眼光，他完全没有看见。

盛玉华也从窗口看见了他，连忙走出门来，跟在他的身后，他也没有听见。他走到自家的门口，机械地推开门，不由得后退了一步，惊奇得瞪大了眼睛。这是自己的家吗？不是走错门啦？他从开着的门口看见的是清清爽爽的地，是干干净净的床单铺在床上，是折得整整齐齐的被子。在床头上还有一叠洗好了的衣服。桌子、凳子，还有桌子上的水壶和杯子都亮闪闪地放光。天长多了，可是太阳已经落下去了。只有一丝淡淡的红光抹在窗玻璃上，映得满屋子有了生气。他迟疑了两三分钟，看清楚了这是自己的家，没错，也似乎明白了是怎么一回事，就抬起腿迈进了门槛。

盛玉华站在窗外，隔着玻璃看见大尤一步步来到床前，坐下，猛可里又站起来，弯下身子，伸手扑拉一下床单，好像怕把它弄脏。看看并没有弄脏，才又坐下，耷拉下脑瓜，一动也不动的好像入定了。

这时于秀枝也来了。两个姐妹隔窗子看看大尤的样儿，又互相看看。他为丧妻难过，这是一定的，可不明白他为什么这么呆呆的。盛玉华隔窗子告诉他，晚饭早帮他做好了，还温在锅里。他没有听见。盛玉华又说了一遍，他听见了，站起来，走到灶间，捧出一大碗热气腾腾的高粱米饭和粉丝焖白菜，放在桌上。他坐在凳子上，呆呆地瞪着这红灿灿的高粱饭，却不动筷子。两个豆大的水点从他的脸上落下来，他赶快用手抹掉了。这眼泪不是因为哀悼妻子，却是因为感到了意想不到的温暖，这温暖却又是来自他平常讨厌的妇女。

他为什么讨厌妇女，没有人知道这个底细。他自己从来不讲，把秘密锁在自己心里了。他三岁上死了妈，不知道什么是母爱。他的婶娘收养了他，待他很好，却因为穷得喂不饱连他在内的四个小孩，脾气特别急躁。咒骂、烧火棍、巴掌，常常落到四个叔兄弟头上。他摊到的份额，不用说，要比另外三个多一些。八岁去给老财家放猪，本想能活得好点，不料那东家婆是一个凶煞，总是天不亮就揪他的耳朵。冬天，耳轮上生满了冻疮，揪一下扎心的痛。十三岁的时候到一家挂马掌的小铁铺当学徒。咬咬牙熬上三年，出了徒也许就好了。老板娘刚生了一个小孩，不用他在铁砧子前面抡大锤，倒要他在老板家当小跑。买煤、买柴、烧火、扫地都不怕，单怕洗尿片。也不是怕臭，不小的一个个子，蹲在街门口，屎一把尿一把的，让过往行人看见，心里实在不是滋味。总算熬过来了，长大了，进了钢铁株式会社，该好了吧？常常得给日本工头去清扫垃圾，莳弄房前房后的小园子。那些日本太太更坏。在她们面前，头拱在地上苦干，眼皮都不敢抬，还常常得挨骂。他不喝酒、不吸烟、不赌、不嫖，省吃节用攒下了几个钱。人家帮他找了一个老婆，却不成想是一个“放鹰的”。当了两天新郎官，第三天新娘子飞了，把所有的一切也都卷走了。后来娶了一个规规矩矩的姑娘，好好的一个人，进门不久就给病缠住了。整天哼哼呀呀，没有一天让他舒心。他想有一个儿子，偏偏来了一个女孩。可真是烦人啊。他把一切烦恼都咽下，紧紧闭住嘴，好像怕一开口就会冒出来，沉默得好像在地下埋了千万年的铁矿石。在他的心目中，女人总是给人痛苦，给人添麻烦的。可是现在，他这块铁矿石入了妇女的熔铁炉，一点点热了，化了。

盛玉华看大尤一直不动筷子，就拉一下于秀枝的袖子，和她一起走进屋子，来到他的跟前。

“你快吃吧，凉啦。”

大尤忽然站起来，在这两个妇女面前显得更高了，潮润润的眼光不好意思看她们的脸，却从她们的头顶望出去，把一只大手伸进衣袋里掏摸着。

“家属们对我的好，我也不用说啦，今后工作上看吧。我不能叫大伙为我破费……”他说着，哆哆嗦嗦地手掏出几张钱票子，送给盛玉华。

盛玉华把自己的手背到后面。他又送给于秀枝。于秀枝也背起手。

“算啦，你这是啥意思?”盛玉华说，“什么是工人阶级的兄弟姐妹？这就是。是一回事儿，谁也离不了谁。你不用过意不去。”

于秀枝接上说：“死了的是活不了啦。你难过她也不知道。还是打起精神好好干，把小芹子带大……”她说到这里，一阵伤心，声音发哽，倒说不下去了。

盛玉华见了，连忙推她一下，说：“咱们走吧。”

两个姐妹出了门口，又转身隔窗子看了一下，见大尤慢吞吞地拿起筷子。她们互相看看，都抿嘴笑了。两个人做成功了一件应份做的事，都有说不出的高兴。

她们走开了。

“今儿晚上该谁出来巡逻？”

“该我和沈佩兰，”于秀枝说，“她这两夜在医院没有睡，熬坏啦。”

“我替她，就这么定下来好啦。”盛玉华说。

傍黑天的时候，风小了些。从塞外吹来的尘土还弥漫在天空，好像迷迷蒙蒙的雾气。

盛玉华一个人吃罢晚饭，收拾好了碗筷，和着衣服倒在炕上，听着风刷在窗玻璃上窸窸地响。过半夜一点多的时候，高庆和下中班回来了。玉华问他饿不饿。他说在工厂食堂吃过了。她要他马上睡，给他掖好被子，拿一条头巾包起头，出门去了。

她走了几步，正好碰上于秀枝来找她。两个人约好，从山下村的十字路分手，一人向东，一人向西，然后一人从南面，一人从北面往回转，再到十字路口会齐，互相报告一下有什么动静。

上弦月早就落下去了。倒了南风，吹来灰蒙蒙的云。空气有些潮湿，好像要下雨。在这一带，凡遇上刮西北风，工厂区像海潮澎湃、像万马奔腾的声音就听得清楚，凡是刮东南风，这声音就被风带走了。盛玉华一个人向东走着。前面的英灵山黑黝黝的好像和天连成一气了。没有星光。这时候上大夜班的工人早都走了，家家户户的窗子都是黑的。在晴朗的夜里，每天厂区的天空升起一片红光，这些窗子也都映出桔红色。这一夜是阴天，这些窗子都好像空洞的黑眼睛。不知道谁家的小孩哭了，跟着是一个女人带睡意的呵斥声。谁家的钟敲了两点，嗡嗡的余音给风带走了。

盛玉华刚出来的时候，觉得冷气刺人，现在走热了。她已经走到十字路的东头，从这里向北，是妇女们平整出来的大空场，场上的杨树已经长得有二起楼高；向南，是通到英灵山的一条路。盛玉华按照和于秀枝约定的，右转弯向南走。她在这条东西向的路上，什么也没有看见；除了一阵阵风声，也没有听见别的动静。

正当她走过两栋房子的房角，向南走着的时候，忽然有一阵风从后面扑到她的身上，接着有像钳子一样的两只大手扼住了她的脖子。她只来得及尖叫了一声，就憋得喘不上气来，眼睛也发黑了。眨眼工夫，她心里是清楚的，知道是什么人对她下了毒手。她用全身的力气扭动着，挣扎着，把两手的指甲刻进两只大手。那人不顾痛，却下死劲掐她的脖子。她站不住了，两手在黑暗里乱抓，胸膛里发出窒息的声音。她的右手终于抓住了什么，狠命地揪住了不放。她倒下去，可是那人揪住她，更用力扼住她的喉咙。她的喉管里咕噜噜地响着。她的头巾已经掉下来，被一阵风卷飞了。

响起脚步声。

这一对凶恶的手忽然一松，似乎听见了。

脚步声更近了，分明有一个人向这里跑来。

这一对凶恶的手抓起倒在地上的头发散乱的头，用力在地上磕了两下。脚步声已经到了跟前。那人扔开盛玉华，向北面杨树林子的阴影里急急地跑去了。

一个人影子跑过来，看见了横在地上的女人。他急忙蹲下，喘着粗气，抱起头发散乱的头，黑暗里仔细看看，认出来了。

“玉华，玉华!”是高庆和的声音。

没有回答。

他是躺了一会儿，总觉得不放心，穿上衣服，出了家门。风声送给他一声尖叫，他知道出了什么事，没命地向出声的方位跑来。

他把横在地上的盛玉华横着抱起来，一个肘弯里是她沉甸甸的头，另一个肘弯里是她软丢当的腿。他觉得她的身子特别沉，眼见得是没有一丝生气了。

“玉华，玉华，我来晚了一步，我对不起你，对不起你……”

这个原来是人人嫌的女人，这一年来变成了人人夸，这个让他受够了气的妻子懂事了，了解他了，爱护他了，体贴他了，可是现在离开他，去了。

“玉华，玉华！”他一面踉踉跄跄地向前走，一面大声叫着，好像要让全世界听到他的悲痛。

“是谁在那里叫，是谁？”夜风里传来于秀枝的声音。

6

半个钟头以后，在城市北面通到省城的公路上，有一个人影子急急忙忙向前奔去。柏油路面发出黑色的闪光，向前伸展到混沌的夜色里。他急走几十步就站一下，回头看看，歪起耳朵听听。城市上空那白茫茫的光已经远了。风吹着树梢和电线，沙沙声和铮铮声融合在一起。没有别的动静，他又急急地向前走。

又过了十多分钟，一辆小吉普车从后面驶来，灯光扫着路面，划破了黑暗。他急忙转到一棵树的后面。正当灯光扫到跟前的时候，他看清了，急忙跳出来，向车子招手。小吉普停下，车灯熄了，后座的门开了。他看见司机正叼着一支香烟，他的身旁还有一个人。听见一个熟悉的声音小声说：

“快，快！”

他像猫一样弯腰钻进了车子，坐在司机背后，暗地里解下腰上的绳子。正当司机按了电钮，车子刚刚起动的时候，他忽地把绳子一抡，套住了司机的脖子，下死劲往后收拢。在这同时，司机旁边的人用拳头在司机的天灵盖上重重地敲了一下。司机的喉咙里咕噜了一声，伸出两手挣扎着。

二十分钟以后，小吉普车向北开去。同时有一个人影向南，向山下村的方向走去。

第二天傍亮，两个牵牛的农民看见公路旁边的壕沟里睡着一个人。

“这家伙，睡得可真香，也不怕冷！”一个说。

他们来到跟前，看见他滚了一身泥，蹬掉了一只鞋子，脸向下啃到泥土里。原来是一具死尸。

他们扔下牛，急忙跑回村子，叫来了民兵队长和三个民兵。

民兵队长把死尸翻过来，看见他的脖子上有一道勒破了皮的红印，他的裤袋布翻到了外面，他的上衣口袋也空了。

“八成是图财害命，”民兵队长说着，从死者的上衣小口袋里掏出一个职工证，上面写的是：“姓名，贾二立。职务：汽车司机。年龄：三十六。”

死者的两眼瞪着，似乎死前的一秒钟还在问：“这是怎么一回事？”

这个很怕死的人终于死在他投靠的黑手里。

第二十四章

1

夏玉芹住院已经一个多月了。

她听到丈夫死讯的时候，脸上没有一丝表情，微微凸出的前额只是皱了一下。她没有掉泪，她早就为他的死哭干了眼泪。现在，这个名为丈夫的男人在她的心里实实在在地死了。她只是长叹了一声，不是为了死者，是为了她的女儿小珠。这两年多亏了家属委员会，硬逼着贾二立每月拿出母女两人的生活费。没有这笔钱，两口人怎样生活下去呢？

唐景秀有她的考虑。从今以后，夏玉芹靠公家救济，靠姐妹们帮助，都不是长久之计。最好是治眼睛，只要能干些活儿，总能想法自己养活自己。为这件事，她去市妇联和阮文会讲了，文会又和丁楠讲了。医院去年检查了全市的盲眼，排定了一个治疗的名单。轻症在前，重症在后。夏玉芹自然属于重症的一类。由于唐景秀的请求，把夏玉芹的治疗提前了。

夏玉芹在医院里住了一个多月，经过了两次手术，效果还好。目力没有完全恢复，可是在光线充足的地方，已经能看清楚形象和色彩。眼睛第一次发亮的时候，夏玉芹觉得是在做梦一样，简直不敢相信看见的是实实在在的东西。她从床上下了地，却觉得地不平了，走起来反而不及瞎眼睛的时候放心，似乎一不小心就要栽跟头。她在大病房高高的山墙上看见了毛主席的画像，啊，和她原来想的一模一样。毛主席在笑着向她招手，好像是说：我认得你，你就是夏玉芹，现在你看见了我，我也看见了你。她高兴极了，哭干了的眼睛又充满了泪水。她在平平的地板上深一脚浅一脚地走到画像跟前，仰脖子向上看着。毛主席穿的是灰色的衣服，背后是天安门上的大红圆柱和大红宫灯。她向上看了很久很久。

夏玉芹眼前已经不是一片黑暗，而是一片光明，一片色彩。她什么都想看，都有兴趣。病房的大玻璃门外是长走廊，从这里向前看，是密密匝匝的槐树林。一个多月以前，正是槐花盛开的时候。一片浓绿里挂满一大球一大球的白花。夏玉芹闻见了香味，却不知道是从哪来的。现在花没有了，绿色更浓了。据医生对她说，她应当多看看青枝绿叶，这对眼睛有好处。病友们都喜欢这个大声也不出的小女人。她们都喜欢到走廊上来，叽叽呱呱地卖弄舌头。夏玉芹只是一声不响地听着；她既没有家常好谈，也没有丈夫好夸。

天已经大热了。天上一时阴，一时晴，还常常飘下银线一样的细细的雨丝。今天一大早，燕子啾啾唧唧地叫着，欢欢乐乐地钻进镶着羊毛边的灰云里去。

唐景秀吃罢早饭就急急忙忙到医院来，她要接夏玉芹出院。既然是街道上的干部，她也就大大方方地穿上了干部服，毛蓝色的上衣，藏青色的布裤，更显得身材苗条，姿态端庄。她劳累得更消瘦了，眼睛里可还是光闪闪的，脚步也是一股子劲儿。她的肘弯里抱一个花布包袱，这是替夏玉芹洗好了的衣服，是出院的时候要穿的。

夏玉芹正坐在床上，看见了唐姐，连忙下地、让座。

唐景秀挨她的身边坐下，先看看夏玉芹的眼睛。是一对挺秀气的水灵灵的眼睛。夏玉芹每次见了唐姐，总是感动得心里发满，什么话也讲不出，只用水汪汪的眼睛看着她的脸。这多年来，夏玉芹的脸上第一次有了血色，也胖了一些，显得年轻了好多。唐景秀心想，有那么一个胡作非为的丈夫，不及没有倒干净。

“更好一点了吧?”

“嗯，好。”

“好啦，好啦，以后就好啦，”唐景秀的这一句话里包含了很多意思。“呐，你先换上衣服，我和你先去谢谢大夫，再上三楼去看看盛玉华，再办出院手续。出了院，我带你到处去看看。变样啦，好多地方变得认不出来啦。你同意?”

夏玉芹连连点头，她对唐姐是百依百顺的。

原来盛玉华没有死，她在医院被抢救活了。她的头部受了严重的脑震荡，肩胛骨扭伤了。那天夜里医生检查她的伤势，看见她的手里紧紧地攥着什么东西。掰开她的指头，才看清楚是一个纽扣，还连带着一丝更生布的布条。这显然是她挣扎的时候从凶手身上揪下来的，可见她是泼上命要抓住那个人。这个带布条的纽扣是有用的线索，当时就被保卫科长收去了。在她住院的一个多月里，天天有姐妹来看护她，慰问她。来的都带一点东西表示心意，把她的床头小柜里装满了水果、罐头和各种甜食。后来她只好央告唐景秀，要姐妹们千万别为她破费。

当唐景秀和夏玉芹来到外科女病房的时候，盛玉华正坐在床上看小人书解闷。她穿的是病号的白衣服，头发拢到后面，因为低着头，更显出高高的眉梢。她清瘦了好多，脸色黄黄的。听见来到跟前的脚步声，她抬头见是唐姐和夏玉芹，高兴极了，急忙一偏腿下了床，也顾不上穿鞋子，光脚踩在地板上，两只手紧紧地抓起夏玉芹的手，深深地看进她的眼睛里去。

“看见啦?”

“看见啦。”

“真格的?”

“真格的。”

“这是几个?”盛玉华伸出一个指头。

“一个。”

盛玉华又伸出三个、五个。夏玉芹都说对了。

“你也有今天，也有今天!”盛玉华心里一阵发热，情不自禁地抱住夏玉芹的肩膀，掉下了眼泪。

“好啦，好啦，别淌那不值钱的咸水啦!”唐景秀笑着，眼睛里却也禁不住发潮，“哭了几辈子也没哭出好日子，好日子是打出来的。”

“你别愁，”盛玉华放开夏玉芹的肩膀，又说，“山下村的姐妹们一人省一口，也够你娘俩的。”

“靠别人终归不是长久之计，还是得靠自己。”唐景秀说。

她向她们讲了自己的想法，要在平整好了的大空场上盖一个幼儿园，自己动手，不用公家的钱，只求厂里拨给一些破砖头、废木料就行，请两个瓦匠师傅给指点指点，再请一个木匠师傅给做做门窗。盖好了，就让夏玉芹来带小孩，省得学龄前的儿童跑马似的，追汽车、扔石头，满街上乱滚，又影响交通，又容易出事儿。

盛玉华听得满心里乐。“啊，夏主任，我祝贺你啦。”

“你好意思打趣我?”夏玉芹剜了她一眼，她的眼珠现在活动起来了。

“倒是有一个最好的幼儿园主任，又会讲故事，又活动，又泼辣，什么事都不怕出头，肚子里有一些文化水，你猜是谁?”唐景秀拿眼睛盯住盛玉华。

“谁?”

“远在天边，近在眼前。”

“啊，我明白啦，”夏玉芹双手一拍，“盛主任，是个好主任!”

“啐，别拿我打牙好不好!”盛玉华的脸上发红了。

“是真格的，我实在是这么想的。”唐景秀说。

于秀枝和沈佩兰来了，见了夏玉芹，不免又是一番惊叹，一番嬉笑。

“什么真格假格的，讲给俺们听听不好?”于秀枝说，可是不等别人回答，又对盛玉华说，“哎，你呀，早出院就好啦。这两天真热闹，我心里好像生了一盆火。”

“罢哟，罢哟，你又来招她!”唐景秀说。

盛玉华求于秀枝讲下去，其实于秀枝的舌头是不用求的。

“别的先不说，先拣大的说。工厂出来报喜，又是腰鼓，又是唢呐，又是大红旗，先到了市委、市总工会，你猜怎么样，回头还到了山下村。妇女的地位啊，你看提的有多高！一来就在大空场里拉成一个大半圆圈儿。咱们妇女也出来，也拉成了一个大半圆圈儿，对阵啦。唐姐还出阵讲话来着。行，不怯阵啦，讲得有板有眼。”

“你慢些儿行不行，又不是等着吃年糕，”盛玉华笑嘻嘻地说，“讲了半天，我也没听出报的啥喜。是生了个女孩，男孩？”

沈佩兰在旁边抿嘴一笑。“她呀，只图说个痛快，省得憋得肚子痛，哪管你明白不明白。”

于秀枝高牙床的嘴巴一噘，装出生气的样子，瞪了沈佩兰一眼，却又忍不住笑了。

“你没听说高炉上打了一个大胜仗？”她问盛玉华。

“我差不点去进鬼门关，我到哪去听说。”盛玉华说。

“啊，这怪我，我没说明白，”于秀枝说，“听说是用烧结矿炼低矽制钢铁成功啦。好多人都立了功，里面还有佩兰那口子。说对国家的贡献可大啦。到底多么大，我也不清楚。就是这么一回事，为这个向市委报喜。还有，难道你没听说？全市开了动员大会，要搞增产节约运动，捐献飞机大炮，支援在朝鲜打仗的志愿军。”

“这我知道，从广播里听的实况录音。”

“就是这么一回事儿，又是来报喜，又是来挑战。咱们全厂要单独捐一架飞机，那么年底以前就得增产节约十五万。”于秀枝说到这里，又转向唐景秀，“怎么办，主任？咱们妇女能想法捐上一个零件也好啊。”

“不愁，”沈佩兰又抿嘴一笑，“你去说平词，挣的钱足够。”

“啐！”

除了沈佩兰绷住脸，四个姐妹都笑了。

唐景秀先收住笑，说要带夏玉芹到处去看看。沈佩兰和于秀枝也要跟她们一起去。她们商量，英灵山是全市最高的地方，应当到那里去，一眼能看见工厂和市区的全貌。

经过清明节前后的修理和粉刷，烈士馆现在还是焕然一新。那朱红的楹柱，那金色的琉璃瓦，掩映在周围的浓绿中间，显得特别庄严。在门前的大草坪上，正有一队红领巾在开队会。一个小女孩正站在队列前面，摇动两只小胳臂，在指挥他们唱歌。尖细的童音震荡在空中，绕过朱红的楹栏，飘进了纪念馆。馆里的墙壁上满挂着烈士们的遗像，他们的眼神肃穆地凝视着前方，好像在那一瞬间看见了胜利、光明和幸福，也看清了严峻的考验和殊死的斗争。

夏玉芹是第一次看见这些人，她的心里一会儿感动，一会儿难过，眼睛一直是水汪汪的。给她印象最深的是一个小青年，看样子只有十八九岁，光头，眼睛笑眯眯地盯着瞻仰他的遗容的人，好像在说："看我干啥，我有啥好看?"据沈佩兰给她说明，他是最先插进城市的尖兵之一，是在连天的炮火里抢占这一处制高点的。正当向市区发展攻势的时候，他倒下就再没有起来。

从纪念馆到山顶的英灵碑是一条羊肠小路，穿过杂生着槐树、榆树和青松的小树林，路两边有蒙蒙茸茸的细草。路上的碎石子很滑，唐景秀和沈佩兰一边一个，搀扶着夏玉芹。于秀枝走在前面，一面走一面不停嘴地掰掰。

"小心，小心！你们三个摔倒了才好呐，滚一串泥葫芦。"她回头说着，好心地把中间的路让出来，走在路边的细草上，冷不防打一个前失，引得三个姐妹都笑起来。

"说嘴打嘴!"沈佩兰抿嘴说，连忙去扶她。

她们走到山顶了。纪念碑前面的花圈早就枯黄了，周围的绿草却铺满了几十米见方的地方。她们都是第一次到这地方来，解放前没有闲心思，解放后又没有闲工夫。她们再也没想到，这里虽然高，却不能把什么都看清楚。这两年树木长高了不少，只能从青枝绿叶的空隙里望出去。近前的市区反而看不见，倒是市区外面的工厂区像烟波腾腾的海洋一样铺展在眼下。一排排厂房，一层层塔形的建筑，一座座烟囱，好像是浮在云海上的奇形怪状的船。天阴上来，风催着溺溺蒙蒙的灰云从她们头上向西北飞驰。所有大烟囱的烟也都倒向西北，那黑的、灰的、青的、蓝的、白的烟和天空的云驰融合起来，汹涌澎湃地向天边滚去。

在四个姐妹里，夏玉芹是最觉得惊奇的一个。活了三十年，一直是爬在地面上，好像猫呀狗呀，眼睛看不出几尺远；眼睛瞎了以后，更觉得是昏天黑地。一辈子从来没有站得这么高，看得这么远，没有看见工厂是什么样儿，没有想到女人也能有到处走走的权利。她心里感动得不知道说什么好，只是不住地用舌头打着牙齿："啧啧，啧啧……"

"唐姐，我怎么看不见窑锅炉？"她说。

唐景秀搬着她的肩膀，伸手指给她。

啊，原来窑锅炉在最近的地方。

"现在不兴叫窑锅炉啦，叫高炉。"唐景秀说。

"那上面插着好多小红旗的是怎么回事？"

"那是修复的第三座高炉，快完工啦，快点火啦。"于秀枝抢着说。

"啊，高炉，这不是挺好看吗？从前啊，我只当它是一个张开大口的妖怪，把活人吞下去。"夏玉芹又说。

"吞活人的倒不是炉子，吞活人的是日本大老财，是汉奸走狗。"沈佩兰跟罗明立学了不少政治常识，这里用上了。"还有美帝野心狼，他又想来吞活人啦。"

"对啦，说到这里啦，"于秀枝看看唐景秀，"捐献的事该怎么办？"

唐景秀把自己的两只手伸在于秀枝面前。"不就是这么两只手吗？除了这个，咱们还能有什么办法？缝缝补补，洗洗刷刷，第一步只好从这里打主意。我想着办几个缝纫小组，再办几个洗衣小组，除了花销，把挣的钱全部献上，不好吗？"

"好！"三个姐妹同声说。

"好是好，"唐景秀又说，"光咱们几个可还不行。得先开家属委员会，再开妇女会。"

"哎哟哟，这得等多久啊！"于秀枝急了。

"急也没用。得同群众商量，还要向厂工会、向市妇联报告。"

"真麻烦！"于秀枝说。

沈佩兰又抿嘴笑了。"你到这山顶是一步跳上来的啊？"

“我恨不能插翅飞上来。”

唐景秀和夏玉芹都笑了。

正有一列火车从南面驰来，喷着浓烟，像长蛇一样绕过一个山角，开进了城市。唐景秀给夏玉芹指点火车站的所在，说车站广场修成小花园了。又搬着她的肩膀往西看，那起起伏伏看不太清楚的一大片就是简易住宅。那里有的是破砖碎瓦，拣好的运回来，盖三间幼儿园用不了。

下起蒙蒙星星的细雨。眨眼间工厂看不清了，只剩下了隐隐约约的黑色的轮廓。那高的更显得高，和天接到一起了；远的更显得远，和地边连在一起了。四个姐妹急忙往山下走，唐景秀和沈佩兰还是搀扶着夏玉芹。

2

雨淅淅沥沥地下了两天。唐景秀冒雨召开了家属委员会。妇女们一致同意，用自己的双手为志愿军添上一个飞机零件，尽管她们说不出这个零件究竟是什么。辛玉婷知道在这件事情上不能和唐景秀唱对台，也就顺水推船，表示了同意。妇女们的热情很高，有的主张洗衣服的肥皂、缝衣服的线都自己拿出来。唐景秀考虑，有家庭生活困难的，使费还是由所得里出才好。她们分头紧张地准备起来。

第三天一早，雨还是蒙蒙星星地下着。唐景秀刚要出门，听见外面有汽车声。从窗口一看，见是一辆开得很急的吉普车，溅起泥水，刚好开到自家的门洞跟前。下来的是一男一女，都穿着雨衣，从上面看不清他们的面孔。她想不知是哪里的干部来找人，接着就听见楼梯上的脚步声。她急忙迎出门去。原来是向明和阮文会。

向明也不打招呼，劈头就问：

“你现在有什么急事吗?”

“啊，没有。”唐景秀觉得他问的奇怪。

“我可是有急事。”

“啥?”

“简易住宅倒塌了不少!”

“啊，砸坏人啦?”唐景秀心里一惊。

“免不了，不过现在还没查清楚。工会和团委的同志，还有胡太印，都到那边去啦。”

“早就担心这码事。”

“可恨，奸商奸商，偷工减料!地基是糊弄的，砌砖是糊弄的，抹灰是糊弄的，没有一样不糊弄。”

“可不是嘛。照俺们去检查的样子，看那墙啊，顶棚啊，光溜溜的没什么大问题。”

“叫你看出问题，他能是奸商吗?春天一化冻，就有些不妙。现在雨水一泡，地基一下沉，房子有不歪不倒的吗?”

“啊哟，啊哟!”唐景秀心里一急，不知说什么好了。

“已经出动几辆大汽车去抢救啦。你们这里要大力帮助，得给倒了房子的腾出些住的地方。有没有困难?”

“向明同志，养兵千日，用兵一时啊。你放心，这里俺们包啦，有多少户我们接多少户。”

向明听她斩钉截铁的口气，心里很满意，却拿眼睛盯在文会脸上。

“她说话算话。”文会说。

向明要唐景秀马上去请家属委员，一起来商量一下。阮文会脱下雨衣，披在唐景秀的肩上。唐景秀一抖身子，脱下雨衣，又扔在阮文会手里。

“穿这玩意儿拖拖拉拉，跑不快。”说着，一扭身子跑出门口去了。

向明和阮文会来到里间，坐在炕上。

“这个唐景秀是不是党员?”

阮文会撇着嘴唇笑了一声，“你这个书记怎么当的，她是不是党员，你问我?”

向明跺跺脚，叹了一口气。

“哎，失职，失职。这样的人不吸收，要什么样的?你看她没有名义，没有地位，不拿工薪，这么一心一意地干，一个党员也不过这样罢了。生产工作一忙，把这件大事压下啦。工厂里面建党的工作还不断在抓，家属中间建党的问题可是忽略啦。”

外面又有汽车的响声，接着，楼梯也响了。一个工会干部进来，后面跟着胡太印，都是一身的泥水。胡太印不像平常那样仰着脖子，端着肩膀，倒是拱背缩肩，瑟瑟缩缩地好像生了重病。他现在很怕见向明，可又不能不见。

“多少户?”向明着急地问。

“已经有四十多户。还有墙上掉泥皮的，说不定还要出问题。”工会干部说。

向明听了，点点头说：“要是夜里出了问题，更不好办。我看凡是靠不住的房子，统统都搬出来。要是砸死人，咱们就更有罪啦。”说着，向胡太印睃了一眼。

胡太印感觉到这眼光的严厉，心里打了一个冷战，低头吞吞吐吐地说：

“大新的经理不知到哪里去啦。”

向明用疑问的眼光盯着他，等他讲下去。胡太印嗓子一动，好像咽下了一个硬核桃，又说：

“门锁啦，人不知去向啦。”

“他想金蝉脱壳，办不到!”向明想了想，又说，“你马上去告诉保卫科长，要他同市公安局打招呼。不知去向?很好!看他有本领跑到地球外边去。”

胡太印巴不得离开这里，听了向明的话，急忙向门外走去。

“这里怎么样?”工会干部问。

“唐景秀找人去啦。”向明说。

“这里没有问题。”阮文会从旁补充了一句。

3

起风了。中午过后，阴沉沉的天上裂了缝。大片大片的灰云向东南方向飞去。从莲花山后面腾起一道虹，在天空划了一个彩色的半圆，落到英灵山背后的地平线下去了。下午三四点钟的时候，山下村家家户户的房顶上升起冉冉的炊烟。经过一个上午的抢救和搬运，已经有四十多户转移到山下村。经过唐景秀和姐妹们的奔忙，四十多户的妇女、老人和小孩都安顿下来了。孩子们都高兴来了新朋友，把加倍的嬉笑声抛散到了天空。家家户户外面都扯起了绳子，晾起淋湿了的衣服、被子、毯子之类，花花绿绿的颜色在迎风招展。

丁楠应阮文会的请求，组织了一个临时医护小组，包括一个医生、两个护士。阮文会正陪着丁楠到各家查看。丁楠穿着白罩衫，戴着白圆帽，好像一个胖胖的雪人儿。阮文会还是随身的衣服，经过一阵子紧张的操劳，眼圈儿更黑了。两个好朋友各忙各的，难得碰到一起，现在当然不会放过这个咭咭哝哝的机会。两个人跑了一阵子，热起来了，就靠在一个门洞外面的墙上吹吹风。

文会想起什么，微微一笑说：

“咱们住在一个地方，可好多天不见一面，也不知道整天忙了些啥。人家骂共产党六亲不认，可真有点不认啦。老郁这些日子怎么样，情绪还好吧？听向明说，他在党委会上检查了两次。后来呢。”

丁楠轻轻叹一口气，又微微一笑。

“跟这人过日子啊，今天是风风雨雨，明天是雨过天晴，真闹心。他在党委会上检查过了，又在群众大会上检查一次。工人提了意见，又作一次补充检查。大家基本上满意，通过啦。”

文会听了，从心眼里高兴。

“这家伙，转脖子难，转过来，行动也快。”

“就是。”丁楠圆圆的脸上甜甜地笑了，“和刘朴的关系好多啦，常常到招待所去，商量要开党员大会，开职工代表会，全面检查党的工作和行政工作，向市委写关于改进工作的报告。”

“老郁就是这么痛快淋漓，这正是你爱他的地方。”

丁楠脸上一红，心里喜滋滋的，可是故意一撇嘴唇。

“老太婆啦，什么爱不爱！”说了这一句，情不自禁地拉起文会的手。“你是了解他的，我怕他有反复。你告诉老方，得常常敲打敲打他。你那一口子想得深，看得准，能敲到节骨眼上。”

这一次轮到文会的脸上一红。

“看你说的。你能保证老方不栽跟头？互相帮助罢咧。”说是这么说，她心里是同意丁楠的评价的。

忽然听见咯咯声。一只老母鸡没命地扑着翅子，连飞带跑，从门洞里滚出来。金老太太跟着出来，手里提着一把明晃晃的菜刀。又有一个中年妇女跟在金老太后面，拉住她拿刀的那只胳臂。

“大娘，大娘，你何必，你宥了她吧。你不养我替你养好啦。”中年妇女说。

“这是怎么回事啊？”文会问。

“啊，主任啊，你怎么站在这里，嫌我屋子里脏，是不是？我要宰了它待客。”金老太说着，又向老母鸡下命令，“你给我回来，你！”她一挣胳臂，又向前赶去了。

这只母鸡是金老太搬家的时候抱在怀里带来的，养得肥极了，早就不下蛋了，可一直不舍得杀，又怕黄鼠狼咬它，养在柜子底下。现在来了客人，她提起它来，提着刀要找人去杀。老母鸡好像知道了自己的命运不佳，从老太太怀里挣扎出来，没命地逃跑了。现在它正飞上一家窗前的木栅栏，一面咯咯叫着，一面伸长脖子东张西望，想要找一条逃命的路。

孩子们发一声喊，包围过来。受了惊的母鸡又扑着翅子，飞上了窗台。有一些妇女从窗口看见了，嘻嘻哈哈地笑着。

“你给我下来，听见了没有！”金老太又下命令。

但是鸡不听。孩子们包围过去。它又扑起翅子，飞下了窗台，想再飞起来，不幸身子太肥了，只能扑着翅子乱跑，在一片嬉笑声里，终于陷进孩子们的包围圈。

在山下村，殷勤待客的不只是金老太一家。凡是家庭人口少的都腾出了地方，有的是腾出一间屋，有的索性让出自己的炕；都备办了食品：肉类、鸡蛋、青菜、干菜，好像是过年接待亲戚一样。融融乐乐的气氛充满了各家各户。

简易住宅的问题惊动了市委。市委书记正要去省里开会，脱不开身，特别责成市委的秘书长前来慰问。傍晚时候，向明陪着秘书长陈钧来到山下村，先找到唐景秀，由她引路，到各家探视。跟陈钧一起来的还有一个女记者。

他们来到沈佩兰家的时候，她正在灶间里剁肉泥。另一个妇女正撸起袖子在盆里和面粉，一个四岁左右的小男孩揪着她的衣角在观阵。

"谁是这家的主人？"陈钧问。

"都是主人。"沈佩兰笑眯眯地说，脸上微微一红。

从她的口声，已经知道她就是主人。陈钧用赞赏的眼光向向明点点头。

"请首长检查吧，里边坐。"沈佩兰又说，把菜刀放在木板上。

一行人来到里间，一眼就看出这是一个劳动模范的家。在高高地挂在墙上的毛主席大画像下面，是四张金边的奖状。一眼就能看出这个女主人是善于理家的。桌子和箱子都擦得明光净亮，干干净净的炕上正堆着几条新被子。

"我们不是来检查，是来慰问，"陈钧说。"简易住宅倒是早就应当去检查，可是没有去。出了事故，让大家受累，很对不起啊。"

"这可是说远啦，"带小孩的妇女说，"可恨这些奸商，盖的房子是驴粪蛋儿外面光，糊弄人。你们看，这新被子人家自己不舍得盖，给俺们拿出来啦，叫我说啥好啊！"

"你的被子呢？"向明问。

"打湿啦。"

"那你就熨熨帖帖地盖好啦。"唐景秀说。

"祖祖辈辈也没盖过这里表三新的被子。一定要我盖，倒愁啦，怕烧得我睡不着啊。"

说得大家都笑了。

一行人从沈佩兰家出来的时候，向明告诉陈钧，她的丈夫罗明立就是全市第一批劳模中的一个，现在已经学会掌握高炉；第三个高炉点火的时候，想派他去值班。唐景秀又做了补充介绍，说小两口都要强，是百里挑一的；沈佩兰的家属小组也是山下村数一数二的。

陈秘书长感叹地听着，连连点头。

“哎，我这个人啊，整天掉在事务堆里，现在看见的，听见的，一片新气象，真觉得是满面春风。小李，你可有得写啦。”

“能不能写好还不一定。”女记者自谦地说。

他们走了几家以后，又来到于秀枝家。炕沿上一排坐着大小不等的六个小孩，都是泥腿泥脚。两个妇女正蹲在炕前，一人面前是一个盆子，正在为孩子们擦洗。最小的一个最调皮，两条小腿乱晃，一面咯咯地笑，说：“痒，痒！”见来了人，不笑了，瞪眼盯着。一个高牙床、高眉梢的妇女先站起来；另一个挽着发鬏的妇女也站起来，都笑着抡挲开湿手，迎着来客。

向明说明了来意，问道：

“能住得下吗？”

“能，”于秀枝说，“男工友都叫俺们赶到工厂休息室啦。”

“好办法，”向明说，“等会儿我回厂，把办公室腾出两间，铺上草垫子、毯子，让工友睡在那里，省得挤在一起不方便。”

一行人从于秀枝家走出来的时候，迎面走过来一条大汉，见了唐景秀，把一个大钥匙交在她的手里，说：

“给你，你怎么安排都行。”说完，扭头就走。

“回来，回来，大尤！”向明向他高大的背影叫了一声。

尤三愣转身站定，眼睛从高处向下看定向明。

“你这是怎么一回事？”向明问他。

“我把房子空出来啦，交给妇女主任去安排。”

“你呐？”

“我？工厂里哪个角落不能休息一下。”说完，转身又走了。

“我已经安排好啦，不用啦。”唐景秀向他的后影叫。

但是尤三愣好像没听见，径自迈开大步向前去了。

“这人有意思。”陈钧说。

“是有意思，”向明也说，“你请妇女主任讲讲他的来龙去脉，才更有意思呐。”

大家一面向前走着，一面听唐景秀说他为什么叫三愣，为什么一向讨厌妇女，为什么在厂里常常和人要横，后来又是怎么变的。陈钧听着，不住感叹地点头。

“我听来听去，小李，对你们这些记者有意见啦。少来一点大块文章，少来一点干巴巴的生产概况，多写一点活人的活动好不好？你看，妇女们已经向前走了多远，这不是用自己的辛勤劳动在创造新的社会风气吗？”

女记者向陈钧翻了一眼，说：“秘书长的意见很宝贵，可要是说到大块文章，你们今天来一大篇，说照登，明天又一大篇，照登，叫我们这些小记者怎么办？”

“问住啦，问住啦，”向明嘻嘻哈哈笑起来，“我真怕这种大块文章。不看吧，没法判断它有没有内容；看吧，真愁人，好像一大盘红烧肘子，一口吞不下去。就算是北京砂锅居的名菜，吃多了也腻味。”

一行人说说笑笑，不觉得天已经黑下来。他们来到金老太太家，一进门是一阵扑鼻子的香味。金老太正把一盆鸡肉端到炕桌上。在炕桌的周围，坐着一个中年妇女，两个十多岁的女孩，还有两个六七岁的男孩。向明说明了来意，那个中年妇女感动得说不出话来了，推着两个女孩下了地，一定要她们给叔叔们鞠躬道谢。

金老太拉住向明的袖子，塞给他一双筷子，一定要请他尝尝鸡肉。向明告诉她，天已经黑了，各家各户都要走到才行。

“你的儿子呐？”向明问。

“儿子？不是交给你们啦？他哪里有家，他才不着家呐！”

从话音里听出这个老妈妈的复杂的感情，她是又牵念儿子，又为儿子一心一意在工厂里有一种自豪感。

“给他说个媳妇就好啦。”陈钧开玩笑说。

“对啦，我手里可是有一个好人儿。”唐景秀也跟上凑趣。

老太太认真了，一把揪住唐景秀的袖子。

“谁？是哪个？”

“老宋家大丫头怎么样？”

“那敢情好，你就去说好啦。就怕俺们小金子配不上。”

“哟，你还能包办啊？”

“我光办不包还不行？”

满屋子都笑了，连两个小姑娘也笑了。只有两个小男孩傻愣愣地瞪着眼，不明白大人说的是什么。

一行人最后来到唐景秀家，却是夏玉芹和小珠帮她在张罗。唐景秀把她的里间全部腾出来了，安排下了两家，一共是八口人。大家刚落座，阮文会和丁楠也来了，满满地挤了一屋子。向明见了丁楠，急忙问她检查的结果。丁楠告诉他，砸伤的都已经送进了医院，都没有什么危险；轻伤的也都上了药，包扎好了。向明松了一大口气。

陈钧感叹地说：“在山下村，看见了真正新的社会生活。谁要是到这里来不受感动，不在思想深处照照自己，这个人一定是没有心肝。小李，转了这一大圈，你那篇稿子有谱了吧？”

“有啦，不过还不成熟。”女记者怯生生地说。

“中心是什么？”

“中心是市委对于人民群众的关心。”

“这，”陈钧沉吟地说，“你提两句也就可以啦。照我看，最主要的是沈佩兰的那一句话：‘都是主人。’这句话里包含了很深的意思。”

“一点不错，”向明接上说，“是工厂的主人，是国家和社会的主人，是同甘苦共患难的主人，是自己命运的主人。不过咱们还是走吧，她们也该吃晚饭啦。”

正当他们向外走的时候，有一个高大的身影正出现在门口。是保卫科的张冲。

“你有事找我吗？”向明问。

“不。我找唐景秀。”科长说。

“啊，很好！”向明已经知道科长的来意。

唐景秀把客人们送出门去，急忙回来，看见张冲正站在灶间的窗子跟前，向外探头。他看见唐景秀，招手让她到跟前来。

“我有一个紧急任务要交代给你，”他说，用手向窗外指点着，“呐，从这里往下看，斜对面，离那根灯柱子不远，窗子里刚刚亮了灯的，是谁家？”

“康老二家呗。”唐景秀说，一面心里纳闷，不知他说的紧急任务是什么。

“对，一点不错。你能不能熬夜？”

“看你说的，熬夜还不是家常便饭。”

“不是一个夜晚啊。”

“不管是几个夜晚，有什么任务，你只管说吧。”

“那好。就是这个窗子，你能不能不挪窝儿帮我盯上三个夜晚？”

“三个够啦？”

张冲微微一笑，点头说，“够啦。深更半夜，你能看清楚人的样子吗？”

“谁？”

“就是这个姓康的。”

唐景秀想了想。“行，看他行动的样子就知道，差不离。”

“那好，你听着，从夜里十点你就上岗，岗位就是这个窗子跟前。你看他出不出门，出几次，有什么动静，穿什么衣服。看不清看个大概就行。拿什么东西，什么时候回来。用脑子记，记得越仔细越好。行不行？”

“行。”

“一言为定？”

“一言为定！不过我不明白，他有问题，你把他逮起来不结啦，何必费这大事。”

“不，一条蛇出洞，别的蛇也会出来，明白了吗？这个人身上连着几条线，条条都得揪住。别的你先别问，到时候就会知道的。还有，早上四点钟的时候，外边来往的人多了，你就撤岗。”

唐景秀点头答应着。

4

唐景秀接受了任务，只觉得每一个寒毛孔里都发紧。要是坏蛋从手指头缝里溜掉，这责任可重大啦！她趁天还不太黑，又急急忙忙到各家走了一趟，看看还有什么问题没有。当她来到沈佩兰家的时候，在外间里看见罗明立，正蹲在锅台跟前，手里捧一大碗高粱米饭，大口大口地吞下去，嘴巴上的咬筋直跳。唐景秀忍不住笑了。

“看你这人，慢点不行吗？不怕噎住嗓眼吗？”

“我没工夫，得马上到车站去。不吃人家又不让。”

罗明立一面动着咬筋，一面向里间一歪头。唐景秀知道他说的是沈佩兰。

沈佩兰听见声音，从里间出来了，手里提一个鼓鼓的挎包，这是为他准备的洗脸用具和替换的衣服。她叫声“唐姐”，然后就向丈夫说：

“呐，全都在里边啦，别忘了换。换下来的不用洗，带回来好啦。臭袜子可别放在一起啊。晚上没事就早睡，别三山五岳的唠不完。看你头上那长毛，不活像个囚犯？抽工夫去理理发。”

罗明立一面大动着咬筋，一面不住地点头。

“哟，你这是要去多少天啊？”唐景秀问。

“最多三天。”罗明立果然噎了一下，直着脖子咽下一个大疙瘩。

“嗬，我当了是三年呐！”唐景秀笑着瞥了沈佩兰一眼。

沈佩兰脸上一红，抿着嘴不说什么。

罗明立已经吃完了饭，一抹嘴巴，从佩兰手里接了挎包，说声“再见”，扭头就出门去了。

两个姐妹站在当地，听着扑扑通通的脚步声下楼去了。

“你看，这不像个住店的吗？”佩兰轻轻叹口气。

“人家对你百依百顺，你还有啥好说的？”

“这些日子他更忙的顾头不顾脚的啦。”

“他这是到哪开会?”

“到省里，说是要叫他去介绍学习高炉技术的经验，去报告试用烧结矿的情况。”

唐景秀忽然想起往事，打趣说:“你不怕他去找大辫子姑娘啦?”

“唐姐，你好意思!”沈佩兰脸红到脖子，攥紧拳头在唐景秀肩膀上擂了一下。

“像大兄弟这样的，说千里挑一也不为过。你可真是个有福的。”唐景秀正正经经地说。

“唐姐!你今天是怎么啦?”沈佩兰装着生气，可是眼睛里明明闪出快乐的光。

唐景秀虽然在说笑，心里一直惦念着自己的事。她告诉佩兰，新搬来的这些妇女和小孩，受凉受惊受累，夜里说不定有闹病的。要是有什么事，马上来送个信。她从沈佩兰家出来，又走了几家。路过夏玉芹家的时候，看见屋子里有灯光。进门看看，夏玉芹在低着头，手里拿着剪刀和一片纸，在哆哆嗦嗦地剪什么。她抬头看是唐景秀，笑着从炕沿上站起来。

“我看她们的小孩打赤脚板，想赶着做两双鞋子，不成想多少年不动剪子，想着是那么回事，手可是不听使唤。”

“啊，你这是铰鞋样?”唐景秀拿起她的纸片看看。果然是锯齿狼牙，不成形状。“我告诉你，你去求林婉如，要什么样有什么样。”

“人家教书还忙不过来呐，好意思去麻烦人家?”

“不怕。她现在不比刚来的时候，不那么扭扭捏捏的啦。这时候你去正好。她大概已经吃完晚饭。”

唐景秀从夏玉芹家出来，径直回了自己的家。想起还没有吃晚饭，可一点也不觉得饿。她从碗柜里拿出一个玉米饼子，强吞了几口，又放下了。保卫科长交代的是十点钟“上岗”，可是八点过后，她照应着搬来的两家大人小孩都睡下，让宝娃也和这两家的孩子们挤在一起，然后轻轻地把里里外外都收拾干净，把里间的门轻轻带上，关了灶间的灯，站在小窗子跟前。天完全黑了，街灯发出昏黄的光。辛玉婷家的灯早就亮了，可是离得远，又有淡淡的雾气，看不见窗子里有什么动静。唐景秀心里又发紧，又发闷，不知道前面会发生什么事。从一排排房顶后面，她能看见英灵山那黑黝黝的轮廓。正有灰吞吞的云从山后面飘过来，向工厂那边飞去。那边天上是一片白茫茫的光。妈妈们在扯起嗓子，叫外面贪玩的小孩。小柱啊，小强啊，小芹子啊，小凤子啊，一声比一声更紧，直到听见有尖嗓子在远处答应了才罢休。

九点钟左右，人声渐渐静下来。附近小河沟里的一片蛙声紧一阵慢一阵地响起来。街上没有什么人了。她看见一个人影子从前面的路口走过来，经过路灯下面的时候，看清楚是康老二。唐景秀一手揪住自己的胸口，眯细了眼睛，看清楚他穿一件白布衬衣，灰蓝色的裤子，嘴上叼一支香烟，手里却空空的。

唐景秀心里跳着在想，这个康老二究竟是什么人？他和辛玉婷究竟算一对什么夫妻？他和贾二立平常是很接近的，贾二立不明不白的死，莫不是和他有啥关系？还有大新建筑公司，他八成从那里得到了什么好处？

家家户户的窗子一个接一个地黑了。过了一会儿，康家的窗子也黑了。没有什么意外的动静。黑了的窗子好像一个个没有眼珠的眼睛。工厂区那边的天空更亮了。因为夜深人静，工厂的声响更像海潮澎湃一样。

唐景秀一直没挪窝儿，腿站酸了也不觉得。十一点左右，又有一些人家的灯亮了。她知道，这是上大夜班的工人起来了。街上陆续响起了人声和脚步声。约莫过了半小时，又静下来，亮了的窗子又黑了。

半夜十二点左右，唐景秀觉得加倍的精神，可是觉得饿了。她借外面的光，摸到先前咬了几口的玉米饼子，凉着啃起来。

肚子里不饿了，可是眼皮开始发黏，黏到一起就很难睁开。她恨得心里骂自己，可也没法治。想起人家熬夜的都吸烟，可是没有烟。想起看的什么电影，一个工人熬夜的时候用凉水冲头。她走到水龙头跟前，轻轻拧开，用凉水拍拍脑门。果然有效，顿时清爽多了。

忽然听见街上有脚步声，她急忙来到窗前，看见一个黑影子钻进了自家的门洞，却没有看清是什么人。她心里一惊，接着听见楼梯响。一个人上了楼，啊，正好走到自家门前！这是谁？

“唐景秀！”外面小声叫。

她听出是保卫科长，松了一口气，连忙开了门，迎进来一个大个子。

“有什么动静吗？”他压低声音问。

“你是不放心我吧？”唐景秀也小声说。

保卫科长轻轻笑了一声。“怕你不习惯。”

“看你说的，熬夜我不怕，怕是怕我两个眼睛盯不住他。”

“不怕，”保卫科长又轻轻一笑，“你当了就是你一个人有眼睛？”

唐景秀明白了，原来还有别人。她放心了。

这一夜她整整熬了八个钟头，眨眼工夫也没有离开小窗口。可是一夜平安，什么动静也没有。她按照保卫科长的交代，直到天亮了，街上有了人的时候，才回到里间，在炕沿边打了一个蒙眬，跟着又开始了一天的奔忙。

第二天夜里，上半夜和前一天夜里一样，没有什么变化。只是康老二回家早些。十一点多钟的时候，正当上夜班的工人家里亮灯的时候，康家的灯也亮了。当人声和脚步声静下来的时候，唐景秀看见康老二从门洞里走出来，手里提一个箱子。她竭力眯细了眼睛，借路灯的光，看清楚康老二穿的和昨天一模一样，手里的箱子约莫有二尺半长，一尺半宽。箱子不算小，看他提在手里不像有什么分量。他走了不一会儿，他家的窗子就黑了。过了大约有一个钟头，他又回来了，手里却是空的了。

这天夜里保卫科长没有来。直到天亮以后，唐景秀正在灶间里忙早饭的时候，他才来了。她把夜里的情况向他报告了。他笑着点点头，说：

“很好，很好。”

“箱子里不知道装的是什么。”唐景秀很觉得不放心。

“啥也没有。”保卫科长说。

“你打开看啦?”唐景秀听他肯定的口气，很觉得奇怪。

“没有。”

“那你怎么知道?”

“这家伙狡猾透顶，他想迷惑我们。你这两天干得好极啦，今晚还得坚持啊。能行吗?”

“没问题，你放心。”

这一夜唐景秀一直盯到十一点，没见康老二回家来。他家的窗子一直亮到十一点，显然是辛玉婷亮着灯在等他。十一点以后，窗子黑了。据唐景秀猜想，辛玉婷一定是等得不耐烦，先熄灯睡下了。

傍十二点的时候，保卫科长来了。

“好啦，你完成任务啦，撤岗。”他说。

“逮起来啦?”

“他跑啦。”科长不动声色地说。

“怎么能叫他跑啦!”唐景秀急了。

保卫科长微微一笑，轻轻松松地说：

“叫他多溜达溜达，多留下几个脚印不好吗?他觉得自己很聪明，可是每一个脚印都给他数清楚啦。你可知道这个故事：孙猴子一蹦十万八千里，还是跳不出如来佛的掌心?”

“是吗，是真格的?这才好啊!”唐景秀长长地松一口气，几天来脸上和心里都是第一次笑了。

5

这些日子，辛玉婷觉得康老二茶饭无心，没有人在跟前的时候，他的两眼直瞪瞪地发愣，夜里也直翻腾，好像睡不安宁。问他，可又什么都不说。她听到大新的经理逃走的消息，和康老二大闹了一场，为了她那一千元的股子。这笔钱里包括她多少年的心血、计算和争斗，这笔钱是她的全部积蓄，连同她所有的金耳环、金戒指和镀金的银手镯。这是她的命!康老二知道女人不能善罢甘休，答应给她找回来。是怎么找回来的，她不问，只是把一大包花花绿绿的钱票子放在箱子底下，箱子上加了锁，钥匙拴在腰带上，心里也就安定了。她把康老二和大新从根骂到梢，又再骂回来。她原来想，本利相生，一千元准能变成一千几百元的，不承想这个想法落空了。不过保本也好。以后没有十全稳妥的地方，她是绝不能轻易地冒险了。

正是唐景秀盯在窗前的第三夜，辛玉婷坐等到十点，不见康老二回来，心里把他美美地骂了一顿。她知道他原先和大新那些人在一起玩乐，现在大新的经理没影了，他一个人能到哪里去？而且事先不留话却这么晚不回来的事是从来没有的。她心里的不安一分钟一分钟地更重了。快到十一点的时候，他还不回来。她心里火辣辣地骂着，使气关了灯，和衣倒在炕上，却一夜没好好睡。

第二天一早起来，还是不见康老二的影子，她心里不只纳闷，也有些发慌了。难道出了什么事故啦？

她胡乱地做好了早饭。听着上白班的工人都走了。还是没有康老二的影子。她气哼哼地自言自语说：好吧，你不回来，这个家我还不管了呐！她气哼哼地梳头、洗脸、扑粉、穿衣服，打扮好，想去串亲戚。

正当她香喷喷地要出门的时候，唐景秀、于秀枝、沈佩兰、盛玉华来了。辛玉婷收起满腔的懊恼，换上一张似笑不笑的脸，迎着这些不受欢迎的来客。

“哟，这么早就出门？老二呢？”唐景秀说。

“他上班啦，”辛玉婷说得很自然，“是不是要开会？我请假好啦。”她心里有些紧张，却装出很随便的样子。

唐景秀的嘴唇微微一笑。“有些事要开会；要是你能讲明白，不开会也行。”

辛玉婷听她的话外之音，看看眼前这阵势，觉得她们来得不简单。她想，你们想怎样？别当了辛玉婷是没经过风浪的。她横下心说：

“你开会也行，不开也行，我有要紧的事请假，不奉陪啦。”说完，作势就要出门。

于秀枝正好站在门口，她说：

“你人能请假，事可不能请假!”

辛玉婷肚子里冒火了，拿眼睛逼住于秀枝。

“怎么着，我请假还得你批准？你没撒泡尿照照!”

于秀枝刚要说什么，给唐景秀一眼瞪回去了。

“好吧，”唐景秀说，“就是几句话，说明白了你走。”

“你有啥说的，说好啦。”辛玉婷靠在门框上，她心里有些发虚了。

“咱们搬到山下村也不是一天两天啦，谁是能兴风的，能降雨的，群众心里都有数；谁是唱生的，谁是唱旦的，群众的眼睛也通亮。你说对不对？”唐景秀拿眼睛紧盯住辛玉婷。

“用不着开台锣鼓，你有枪使枪，有刀使刀好啦。”辛玉婷觉得两腿发软，可还是竭力挺着。

“对，咱们痛痛快快最好。”唐景秀说，“有一阵子，山下村流言蜚语的传的很热闹，你是知道的……”

“我一天三顿饭还忙不过来，哪里知道这些。”

“你好好想想，又是美国人在朝鲜用铁人打仗，又是用飞机撒原子粉，又是谁和谁不干净，还多着呐。”

“新鲜，不知道。”辛玉婷舌头硬，眼睛却避开了唐景秀像刀子一样的眼光。

性急的于秀枝忍不住了：“你敢不敢说死？敢不敢对证？盛玉华你说!”

“你还是老实一点好，”盛玉华接上说，“话从你口里出来，进了我的耳朵，想赖是赖不掉的。”

辛玉婷瞅一眼盛玉华，碰到了一双冒火的眼睛，不由得倒抽了一口冷气。她心里明白，原来的防线是守不住了，得后退一步，布起新的防线。

“啊，我想起来啦，这些话是我听说的。”

“在哪里？”

“在书场里。”

“听谁说的？”

“忘啦。”

“忘啦，真的？”

“哼，一两句话嘛，我能老想着？我吃饱了没事干啦。”

“是吃饱了没干好的，才干这些。”

“你们四张嘴对我一张嘴，你们拿我当什么人！”她两手捂在脸上，使出她的看家本领，哭了，接着又抹一把眼泪，“好吧，你们不讲理，我去找讲理的地方！”说着，作势要出门去。

于秀枝挡在门中间。

辛玉婷撒起泼来，骂了一句，扬手要打。于秀枝往旁边一闪。辛玉婷刚要从她的身旁冲出去，差一点和一个人撞个满怀。她后退一步，抬头一看，是矗立在面前、一身威风、一脸冷气的张科长。

辛玉婷心里一凉，两腿一软，一屁股坐在门槛上。

“天哪，你们欺负人，你们拣软的欺负……”这一次真的放声大哭了。

“起来，起来，你唱得不好，装得倒不错！”于秀枝说。

“起来！”张科长从牙缝里蹦出这两个字。

辛玉婷应声站起来，很像一根发条。她的眼泪一下子干了，两眼怯生生地向上瞪着，看定这个高高的男人。

6

于秀枝说对了一半。辛玉婷不但会装，其实唱得也不错，因为是唱小戏的出身。她是一个开茶馆的女儿，从小学着捧茶送水，听足了市井的言语，看足了眉眼高低。她的爹、娘都早下世了，她的叔叔，一个吗啡鬼，把她卖给了小戏班。这里演的是黄色的戏，要她扮演的是粉红的角色。在鞭子的威胁下，她学会了几出戏，也沾染了不少下流的意识。她学会了爱，爱漂亮的衣服和时髦的发式，爱香粉和花露水，集中在一点上，是爱钱。也学会了恨，这可比较简单，凡是她不爱的她都恨。她成了戏院老板的外宅，因为他有钱。全国解放了，她也解放了。

人过三十，草过天赦；便是刻意的装扮也盖不住额头上的线条。她想找一个可靠的人，最好是一个干部。共产党的干部都是穷鬼，这一点她是看准了，可是她自己有积蓄。“人生钱，难上难；钱生钱，不费难。”这是她从小听熟了的一句话。她碰上了康老二。他高高的个头，他的谈吐，他的文化，种种条件在她的心里一比较，行。她出嫁了。

现在，她用她学会的恨，在刻骨地恨唐景秀、于秀枝和盛玉华。又特别恨保卫科长，还有点怕他。她猜想他口袋里一定有手枪。他要她老老实实待在家里，哪里也不许去。她不敢不听从。

一整天她好像坐在针毡上。康老二一直没回来。她也恨康老二。她的处境是他给造成的。人家嫁一个丈夫都有依靠。这时候，她正需要一个丈夫，他却没影没踪了。

天黑的时候，于秀枝和盛玉华来了，说是来和她做伴。别的姐妹都怕辛玉婷撒泼，对付不了。唐景秀暂时还不便于和她扯破面皮。只有于秀枝和盛玉华是口舌锋利的，就来了。辛玉婷一见这两个人，不由得火烧五脏。

“好，你们来，我走！”

于秀枝拦在门口。辛玉婷抡起一只胳臂，想打下去，碰到于秀枝像锥子一样的眼光，她又气馁了，后退了两步，一屁股坐在一张凳子上，双手捂在脸上，真真正正地哭起来。她们都是抱成团的，她可是孤零零的一个人。

一夜没有什么事。

第二天一早，唐景秀和保卫科长来了。辛玉婷好像发条一样一下子直立起来，以为要把她带走。

唐景秀要她坐在炕沿上。

“你一天一夜想得怎么样啦？康老二是怎么回事，你该交代交代啦。”

“我不知道。”辛玉婷从来没有这么低头，没有这么舌头不会打弯儿。

“你不要护他啦。你护他，他可是不护你啊。”

辛玉婷是不相信人的，她现在唯一的对策是把舌头紧闭在嘴里。

保卫科长拉一条凳子，在她的对面坐下。

“辛玉婷!”

“有!”她站起来。

“你坐下，听着。你的祖宗三代，你从小到大，你的所作所为，我们都调查清楚啦。你是个聪明人，可别聪明误。你老老实实把什么都说清楚，还有你的生路。你要是执迷不悟，那就难说啦。我们没有闲工夫陪着你玩花枪、绕脖子。我给你一样东西看看，看完了你自己拿主意。”他说着，从口袋掏出一张纸。

辛玉婷把这一片纸接在手里，一眼就看见了两个大黑字：“通缉”。下面有一张影印的照片。不是别人，正是她的丈夫康老二!

她的脑子嗡的一声，眼睛发瞢了，但是也看清了下面的几行字：

康老二，现年三十八岁，于本月十九日携巨款潜逃。已责令公安部门缉捕归案，依法严惩。仰各地军民一体知照，协助缉拿，勿使漏网……

6月19日

辛玉婷揪住自己的胸口，痛哭起来，一面不住口地骂着：“没良心的，天杀的!”哭着，哭着，忽然想起什么，她急忙扑到箱子跟前，开了锁，伸手在里面摸了一阵子，又把箱盖大打开，探头进去，搜寻了一阵子。她的钱包空了。八成是康老二乘她睡熟的时候，偷去钥匙，拿走了她的钱。钱是她的灵魂，是她的生命。没有了钱，她只剩下一个空壳了。

她号啕起来，用拳头捶着自己的胸膛。“没良心的，天呐，我说，我说，你们听着，我说，我说……”

她讲了康老二和大新的关系，讲了康老二骗她拿出钱来，和大新合伙做投机买卖、盗卖山林；讲了胡太印受贿，也讲了“五姨夫”的来来去去。

但是进一步追问她的时候，她什么也讲不清楚了。

“他骗我，骗我，骗得我好苦啊！天哪，没良心的，杀千刀的……”

她这话讲对了。康老二的确是骗了她，现在把她当一只穿破的鞋子扔开了。

据保卫科长向唐景秀说明，张扬出去的通缉令其实是迷惑敌人的。这会使康老二和同伙以为还没有掌握他们的线索，因而放肆地跳舞。这样正好把他们一网打尽。

7

在昏暗的小窗子里有一对眼睛，呆愣愣的眼神是无限的懊恼和深刻的失望。这正是工会会计的小屋，就是白天也得开灯的小屋。在这里，胡太印已经被隔离反省一星期了。在这七天里，他一直没有刮脸，满腮胡须蔓延到耳朵和脖子，使他的大半个脸都是黑黝黝的。他两手捧着头，两眼望着窗外。窗外除了大食堂的墙壁，自然是什么也看不见的。在他面前的小桌上铺开一沓子纸，其中有一张已经写满了。他本来是一个兴兴头头高飞的鸟儿，忽然碰在岩石上，碰伤了翅子，但是还没有断，还有力气挣扎。七天前要他隔离反省的时候，他的心直往下沉。“完啦，完啦！”脸上的血色没有了，那种扬眉吐气的神色也消失了。他想这是第一步，弄不好，下一步可能要进法院。

可是最初的打击过去以后，他觉得离“完啦”还远。简易住宅吗？这完全可以推到大新头上。自己没有经验，失于检查，失职，上了奸商的当。手腕上那“请请请”响着的表提醒他，还有另外一些东西，是不属于失职这个范围的，像羊皮筒子、毛料子女衣、水獭领子、翻毛的小孩皮大衣、银质的长命锁之类，还有用红纸包着的白花花的银圆。这些有形的东西怎么办呢？他趁回家取行李的机会，悄悄地告诉了赵玉莲，要她赶快想法转移出去。他相信赵玉莲的机警、伶俐，她是一定不会误事的。

他为自己定下了一个策略，要捡大帽子往自己头上扣，什么不可救药的官僚主义啦，党和国家的罪人啦，等等。还要挑选动人但是空泛的词句，什么“为阶级弟兄造成无法计算的损失和痛苦”啦，什么“为奸商投机牟利的罪恶行为大开方便之门”啦，等等。而见了人，又绝不可以吝惜眼泪，一者表示痛恨自己，二者表示由衷的忏悔。不过他夜里睡得很坏，常常缠在噩梦里。看来官是做不成了，这没有办法，忍受好啦。可惜的是这几年经营的小家，保不住了。他最怕的是下去劳动改造。

这天中午，赵玉莲来了。他看她眼皮浮肿，脸色发黄，头发乱蓬蓬，知道她的日子过得也不妙。她把一个包包放在桌子上，没精打采地说：

“你先吃饭吧。”

胡太印打开包包，是一个热饭盒，里面是热包子。他拿起一个，咬了一口。虽然胃口很坏，舌苔很厚，也还品得出是猪肉葱花馅儿。他吞下一个，又拿起一个。

赵玉莲站起来，看看屋门外面没有人，小声说：

“叫我来劝你坦白交代。”

“嗯。”

“唐景秀她们整整和我磨了大半夜，打破砂锅问到底。”

“你说的啥？”胡太印的嘴巴停止咀嚼了。

“有朝一日我活剥了她的皮！”

“嘘，你小声点！”

赵玉莲又歪着身子看看外面。外面没有人。

“东西全叫她们拿去啦。”

胡太印心里正乱，没听明白。

“什么东西？”

“还有什么东西，你糊涂啦？”赵玉莲的嗓子发哽了。

胡太印明白了。手里的猪肉包子掉下来，他的心也掉下来了。

“该死！你怎么不快……完啦，完啦！”

“人家早盯上啦。我刚刚把东西包好，刚刚要出门，人家就来了。

好像是给她们包起来的。”赵玉莲说到这里，眼泪直滚下来。“唐景秀伸手揪住我的包袱，说要看看。我说你有什么权力？她说是党给的权力，是人民给的权力。我挣，她就是不松手。我伸手抓她的脸，我和她拼上一命算啦。她们人多，拉住了我的手。从这时候没让我得闲空儿，没让我安安静静地喘口气儿。唱红脸的、唱黑脸的、唱白脸的都有，杀千刀的不要脸!”她抽抽搭搭地哭起来。

胡太印一下子站起来，压低嗓门断喝了一声：

“不许哭!”

赵玉莲吓呆了，愣愣地瞪着眼睛，向上看着她的满脸胡的丈夫。

外面走廊里响起脚步声。门开了，进来的是小韩，问他的检查写完了没有。听胡太印说没有完，又告诉他，向明指示有多少拿多少去。胡太印只好把写满的一张纸交给了小韩。

小韩去了以后，他示意要赵玉莲快走。

他现在蔫蔫的好像掉了魂。他坐在椅子上，又猛地站起来，好像有针刺，坐在床上，也好像有针刺。他在小屋子转起磨磨，左转右转只是转不开，好像圈在笼子里的什么动物。他揪头发，咬牙齿，一面咕咕噜噜：“怎么办，怎么办?”交代吧？又没来得及向赵玉莲问明白，究竟拿去的是什么。要是写的不符，岂不更糟。他心里狠狠地骂唐景秀，一会儿又骂赵玉莲。他的眼光忽然落在白面包子上。啊，老婆送好吃的，大概她已经知道，非进法院不可了。“完啦，完啦!”他现在确实相信，前面只有一条死胡同。他的眼前发黑了。

下午四点多的时候，小韩又来了，说向明要他到党委办公室去。

胡太印答应一声，站在当地，出了一身冷汗。“完啦，完啦!”这一去，一定是向他宣布，把他送到什么地方去。

他来到办公室的时候，向明正坐在写字台前，见他进来，指指长桌子旁边的位子。胡太印站在一张椅子跟前，却不敢坐下，心跳得好像要从口里蹦出来。

向明离开他的写字台，手里拿一张纸和一张报纸，也来到长桌子跟前，正好在胡太印的对面，先坐下，说：

“坐下吧。”

胡太印偏着身子坐在椅子边上，心跳的轻些了。看向明的脸色，虽然严肃，却不是严厉的。

向明隔着桌子把纸片推给胡太印。

“拿去！这不叫检查。大帽子底下溜号，这叫骗人！”

胡太印的额头上冒汗了。

“你参加工作几年啦？”向明问他。

“四五年啦，没干好。”

“是干好、没干好的问题吗？”

胡太印心慌意乱，不知回答什么好。

向明看他低着头，偏着身子，局局促促的样子，不由得心里想道，这一阵装得那么拘谨，要是从根上老老实实，不早好了吗？他说：

“大家做工作，有的干得好些，有的干得差些，有的甚至犯错误。我说的是工作中的错误。这都是正常的。干得差，可以追上去。有错，可以改。你的问题不属于这一类，你想打马虎眼不行。”

胡太印额头上的汗滴下来。他无意识地抹了一把。

“人光有皮有肉不行，还得有个灵魂，就是思想，才叫个活人。你的灵魂里是什么？为啥人家的糖衣炮弹一打就把你打中了？我说话不喜欢拐弯抹角，你现在很危险。你穿的是共产党的干部服，干的是什么？嗯？是给敌人当走卒啦。你和大新的经理是好朋友，是不是？”

“啊，嗯，工作关系，很熟。”

“好轻松啊！”向明微微一笑，“好吧，这是今天的报纸，你自己看看好啦。”

向明隔桌子把一张报纸推给他。胡太印接过来，一眼看见头版头条的黑字大标题，手不由得哆嗦起来。

我市破获一批潜藏的敌特分子，日内即将举行全市公审宣判大会，坚决贯彻首恶必办、胁从不问、立功受奖的政策。

他的腿肚子也哆嗦起来，好像要从椅子上倒下去。他的眼睛有些发瞢了，不过还是从报导的本文里看见了许志凡的名字。报道的字句像闪电一样冲激着他的脑子。原来这个许志凡是假名字，他是国民党的军统特务，纠结了同伙，开设大新建筑公司，作为隐蔽和联络的据点。用收买行贿的手段，拉了某些思想不坚定的干部下水。两年中非法牟取暴利近三万元。尾巴暴露后，仓皇出逃，于南下途中被我公安人员缉捕，该犯拒捕跳车，但终于落网。同时从其姘妇的手提包内发现小型收发报机……

胡太印的心里哆嗦了，脸一下子变成刷白，浑身上下都是汗淋淋的了。原来被拉下水的干部里就有他这个劳保委员本人!

“怎么样?”向明问他。

胡太印闷声不响，忽然战战兢兢地站起来。

“我认罪，不管什么处分，我领……”

“处分你容易，那就不用叫你到这里来啦。你吃亏在不老实。你大概觉得自己很会跳舞，是不是?没想到跳进敌人的陷坑吧?现在想拉你上来，你得用力往上爬才行。要是还往后使劲，那就只好一落到底。你能不能放老实?能不能好好交代?这就证明你能不能和敌特分子划清界线。何去何从，你自己拿主意。回头看看自己的灵魂，角角落落里是什么在发霉发臭?敌人也懂得向薄弱环节进攻的。你身上的薄弱环节是什么?在谁战胜谁的交手战中，你为啥吃了败仗?”向明说着，看了看手表，快到五点了。“好吧，我马上还要开党委扩大会。你回去好好想想，第一要老实!我劝你爱惜你那个工人的根。睁开眼看看!美帝国主义正在外边下手，国民党的残渣余孽在里面配合，想把新生的共和国扼死在摇篮里。你这个工人出身的干部倒帮了他们的忙。你不恨自己吗?”

胡太印没有完全理解向明的话，但是关于拉他上来的话还是听清楚了，顿时觉得眼睛里清亮了些，心里也踏实多了。看来前面还不是一条死胡同呐。他答应着，蹭着脚步走出了办公室的门。

当他走过灰暗的走廊的时候，他听见迎面走过来一伙人。他不敢抬头，却感觉到射在身上的眼光。他缩着身子，擦着墙根走过去，听着这一伙人的说笑声，同时也闻到了他们带过来的一阵煤气混合着硫黄的气味。这是高炉的气味。他很久没有闻到这种气味了。自从他泡在大新公司，他再没有上过高炉。那一阵子，他很怕这种高炉的气味，也怕高炉那震耳的轰鸣。他远离开高炉的气味，也远离开多年一起劳动过的人。现在这些人欢欢乐乐，说说笑笑，雄赳赳气昂昂地走过去，他却像一个避猫的老鼠似的贴墙根溜过去。懊恨像一条虫子钻进了他的肚肠，他的眼眶子里水汪汪的了。

听这一伙人多么豪爽地在说笑着：

“老铁叔，我整个和你说了吧，三号炉点火还得你老将出马。”这是罗明立的声音。

“不不，为啥单单是我？何必要我这老胳臂老腿？这回一定得挑一个年轻的。”老铁说。

“看会上怎么定吧，要我提，我一定提一个女的，造成一件开天辟地的新鲜事。”说这话的是小牟。

“你敢捉弄我！”响起梁端端的高嗓门。

嘻嘻哈哈的笑声震荡在走廊里，这笑声里包含着信心、自豪感和亲密无间的感情。

第二十五章

（尾 声）

1

用烧结矿冶炼低矽生铁的试验成功以后，接待来访者的任务又落在梁端端的头上。同第一次创造新纪录的时候相比，她感受到的压力要大得多。整整有二十多天，不断地有不同面孔、不同身份、不同单位、不同地区的人出现在她的面前。报社和广播电台的记者不但要她介绍情况，还要她亲自写稿子。从市委到总公司、到各厂，许多人都知道高炉上有一个高眉梢、大眼睛、短头发、行动像小伙子的女同志。高炉上的人有的叫她外交活动家，有的叫她文学家。梁端端知道这是善意的戏谑，可还是一肚子不痛快。“你们试试，每天三番五次地送往迎来，向不同的人讲着印版一样的话，还得赔上满脸笑，装出十分的热情。我这个学冶炼的，哪想到还得出这一角。什么这家、那家，我都快要变成饶舌家啦！”这是她心里的话。

已经入夏。便是不怕热的高炉工，也感觉到太阳的威力了。这天上午，梁端端送走两批访问者。快到中午了，她刚要到食堂去，又接到厂部的电话，说从四川来了一批参观者。人家不远数千里而来，还有什么好说的。梁端端只能陪上真诚的笑脸，用真正的热心介绍了情况，又带他们看了一号高炉的出铁。现在二号炉和新开的三号炉都开始用烧结矿。这样，全厂为国家节约和创造的价值上亿万元。在一片赞叹声里，端端忘了饿，只觉得嗓子里像是冒烟。送走了客人，她来到一号炉值班室，想喝口水。江有声正伏在小桌子上修改他的试验总结，抬起头来，看见端端两腮潮红，汗水从鸭舌帽压着的鬓角里直滚下来。

"哈，外交活动家，快歇歇吧。"

一句话在端端心里碰起了火花。

"什么，你说什么？你再说一遍！"她的眉毛好像跳到鬓角上。"好啊，明明是你的任务，你推到我头上。倒好，说风凉话也有你一份儿！"

江有声没想到一句话惹了祸，连忙站起来，赔上笑脸，赶忙从大铁壶里倒一杯水，想缓和紧张形势，碰巧罗明立一头闯进来。他是从三号炉来，因为已经调到那里值班去了。

罗明立从劳作服的口袋里掏出一张纸，放在江有声面前。

"你看，这可怎么好。你得帮我想想办法。"

梁端端看他一脸愁云，很不像平日嘻嘻哈哈的大罗。她从江有声手里看看这张纸，原来是工人夜大学请他在开学典礼上讲话。

江有声把信塞在大罗手里。

"我当了是什么事，要你讲你就讲呗。"

"好家伙，说得轻巧！天不怕，地不怕，就怕大会上去讲话。"

"怕啥？你不是省里都讲过啦？"

"那是什么地方？是一个工厂。现在是夜大学。非砸不结，肯定！"

"这么着吧，请端端帮你写一个发言稿，好不好？"

"对啦，我想起来啦。我还没和你算账呐，"罗明立向梁端端龇出白牙，"上次你帮我写的，一句话拉二里半长，差一点没把我憋断了气。"他想起职工代表会的情景，深眼窝里的眼仁儿乐得发光了。

"哼，我总是费力不讨好！"端端面向罗明立，却拿大眼珠瞥一下江有声，一甩袖子跑出了值班室。

罗明立向她的背影一龇牙。"火气可不小，怪！"

"不怪，"江有声坐下，要罗明立也在对面坐下。"最近接待参观访问的任务太重。我眼下抽不出空儿。老范和我搞的这个总结修改了一次，向明还是觉得集体智慧的作用、配合单位的作用强调得不够。我看你还是去找端端，和她商量一下。”

罗明立找了几个地方，最后才在空荡荡的大食堂里找到端端。她正坐在一张方桌跟前，在啃一个冷馒头，面前是一碗开水。这才知道她还没吃午饭。

“对不起，我刚才是开玩笑。”罗明立拉一张凳子，在她的身旁坐下。

“废话！谁不是开玩笑？”她带着满嘴的馒头笑了。

罗明立也咧开大嘴笑了，又求她帮忙写发言稿。

端端捧起碗，用一口水送下了满嘴的馒头，一本正经地说：

“上一次是例行公事，无非是表决心，提希望，我可以代写。这一次肯定不行。人家要听的不是官样文章，是你自己的经验，是你自己的切身体会。为什么一个工人，文化不高，完全没有技术理论的基础，能在半年里学会掌握这么复杂的高炉。这样才能提高夜大学生的信心。”

罗明立一个拳头砸在手心里。“对，对，这话说到我心里去啦。”

“这样好吧，一定要我帮忙，就找一个时间。你讲，我记下来，帮你整理一下。不管怎么说，你讲的时候一定不能照本宣科。”

罗明立深沉地点点头。“我整个和你说了吧。接到这个任务，我翻来覆去地琢磨，怎么讲才对路。要是讲我第一步学的啥，第二步又学的啥，开一篇豆腐账，这没啥意思。我得把心里的话掏出来，我这股子横劲是哪里来的。”

“对，好，就是这样。”

墙上的播音喇叭响了，说厂部有事，叫梁端端快去，快去。

梁端端把没吃完的半个馒头塞进口袋，站起来，哐啷一声踢开凳子。

“晚上七点你到我家去。在厂里别想好好谈。好不好？一言为定！”

下班回家的时候，梁端端一头扎进厨房，一面吸着鼻子，闻闻有啥好吃的。梁静宜正在扎围裙，又用头巾包头发，准备炒菜。眼看要到夏至了，正是白天最长的时候。已经过了六点，西下的太阳还透过枫树的枝叶，映在铁纱窗上。她告诉姑妈，中饭只啃了半个馒头，肠子快饿断了，晚饭以后还有人来找她。静宜听了眼仁儿忽然一亮。端端知道姑妈想到别处去了，又告诉她来的是一个工人。

“工人？他来干啥?”梁静宜有点儿奇怪。老工程师家里一向很少有工人来，除了修理水管、暖气和煤气炉的。

“他要到夜大学去讲话，来和我研究一下。”端端不经意地说着，一面拉开碗橱，看见碟子里有几片香肠，就两个指头捏起一片，塞进口里。

姑妈闪着眼睛。工人，大学，讲话，这三个概念在她的脑子里好像水珠和油珠黏不到一起。侄女一句最普通的话在她听来倒好像是一句外国话。不过侄女这样看重这个工人，竟然约他晚上到家里来，这可是不寻常的。

“端端，你可……”姑妈不好意思说下去，脸上不由得红了。

侄女明白了，笑了，脸上微微一红，可也不好把话说破。她看进姑妈的眼仁儿里。不管怎么说，这眼神是关切的。

“这个工人是一个劳动模范，是第一个工人学会了掌握高炉的。他的老婆也是一个家属工作的模范人物。”

“噢，啧……”姑妈明白了，眼光跟着也就暗淡了。

梁静宜知道，邢桐是不可能在端端心里占据什么地位了。很觉得遗憾，可也没有办法。只能怪他自己葬送了幸福的可能性。姑妈现在不敢也不愿勉强侄女，唯一的希望是她很快找到一个自己可心的。

2

工人夜大学开学的晚上，在宋云花心里引起的激动不下于她入厂的第一天。她加入的是附设的中学部。要是从中学一直念完夜大，得花八九年工夫。宋婶很同意女儿去上学。这个女孩从小想念书，可惜她早投生了十多年。不过要花上那么长的时间，妈妈心里有些不托底。掐指一算，那时候二十八九岁。老姑娘往谁家发送呢？不是愁人吗？夜深人静的时候，她把这想法告诉了女儿。云花说的刚硬：

“老姑娘就老姑娘，学出本领干革命是第一。”

“你就不怕耽误了？”

“谁要是不同意我念完夜大，天下第一个好男人也叫他滚一边去！”

“哟，听，当了一年工人，脸皮也磨厚啦。”

“厚怎么样，薄怎么样？女人怎么样才能站起来？要是自己腰板不硬，别人扶能扶起来吗？”

女儿既然是这个志向，妈妈也只好由她去了。

夜大学没有礼堂，只好借用天和地，这世界上最大的礼堂。学生们有电工、钳工、车工、架工、冶炼工、轧钢工。这些创造世界的人物发挥出创造性，使得宋云花的眼睛不够用了。周围的树上都挂了彩色的小电灯，远看好像是翡翠和玛瑙的珠子在闪光。在临时搭起的主席台上，是一片喜气洋洋的红光。正好是晴天，半个上弦月和淡淡的星星也来凑趣。“工人夜大开学典礼”的字样是用各种钢材的切片嵌成的，正闪烁着虹彩一样的光。

云花伸直脖子，四外看看，只看见黑鸦鸦的人头和一片发亮的眼睛。可惜的是男多女少。男的好比大海一片，她周围的女生却只像一个小岛。她现在心里最难受的是陈丽坤和章春丽都没有来。陈丽坤是因为路远，更主要的是她想学又怕坚持不下来。小章是中学毕业的，想学语文，可是夜大还没有开语文班，因为找不到足够的师资。

云花早知道有罗明立的讲话，可没想到心里起了这么大的共鸣。平常看惯了他嘻嘻哈哈，如今看他绷紧了脸，那么严肃认真，倒有点好笑。她不是在听，而是一字字、一句句都吃下肚里去了。听他讲怎样进的小学，又怎样被挤出来的时候，云花的心揪了起来；听他讲为了学技术受到冷嘲热讽的时候，她的心里不由得冒火；听他讲怎样和佩兰订条件，又互相违犯条件的时候，她又轻轻松松地笑了。她的情绪和整个大会的情绪融合在一起了。

“学习，肯定是和爬山一样，”罗明立把穿了新制服的胳臂一比画，

“爬过一层还有一层。要想爬到山顶就别怕腰酸腿痛，别怕风吹雨打，别怕狼虫虎豹。爬上去，放眼一看，前面还有一层层山。怎么办？继续往上爬！同志们，我这股子牛劲是哪里来的？我心里有恨，我恨压了我二十多年的那些人。我心里有气，气那些瞧不起工人的人。我心里也发热，这是党给我的任务。像拿碉堡一样，泼上命也得把它拿下来。我想我得争这口气，可不知道这个想法对不对。我问俺们厂长。他说对，是得争这口气。不是争小气，是争的大气。‘那些瞧不起你的人不是瞧不起一个罗明立，是瞧不起整个工人阶级。’俺们厂长就是这么说的……”

向明正坐在来宾席的第一排位子里，身旁是范存宇。他听罗明立提到他，像一切克己的人一样，不由得往下缩缩身子，很怕别人看见他。这因陋就简却又极为辉煌的开学典礼，这头上的明月和疏星，很适合他的心意。他知道这第一期的学员有上千人，学科有选矿、冶炼、轧钢、机械、电气、工厂管理，有政治经济学、中国革命史等。他看看月光和灯火辉映下的一片人头，心里喜滋滋地说：“对，就得这么干，成批的培养。这才符合国家的气魄，才能适应国家发展的需要。”

范存宇是另一种心境。听罗明立讲瞧不起工人的那些人，他的脸上一阵发热，也把身子往下一缩。老工程师是被夜大聘为兼职教授的，是向明推荐的他。照向明对夜大教务长的介绍，经过一番斗争和争取，他有所改进。但还得再逼一逼他。夜大的学生都是工人。他要是用老一套喂这些人，这些人不免哇哇地叫。这种形势会逼他一步步去取得新材料，研究新问题，这就能推动他继续前进。

老工程师坐在这里，自然也想起从前在学校任教的时候。那时名为教授，一个系里却只有十二名学生，两个学期下来，只剩下了八个。上课的时候稀稀落落，学生无精打采，先生也不起劲。后来他高就了，到了伪资源委员会，后来就到了这个城市。那八个学生后来剩下几个就不清楚了。

他看见向明专心一意地听着罗明立的讲话，不明白他为什么乐呵呵的一脸喜气。

向明正想起党校开学的情景。那不是夜晚，而是白天；不是仲夏，而是冬末，刚过了春节不久。正在落雪，是春天那种软绵绵的鹅毛片儿。每个人的背上都好像披上了翻毛的羊皮袄。那远远近近一层层银装的山头，在飞舞的雪花里好像奔驰起来。就是在这个天地的大课堂里，也讲话、也开会、也辩论、也演戏、也唱歌，风吹发、雨洗脸，为抗日战争、为抗战胜利后的生死斗争，准备了大批干部，以至于今天。

今天，在这个大课堂里，这一大片人头，过了若干年，又会面临什么样的历史大变化？如果这一千多人里有六百是及格的，有三百个是出色的，有几十个是优秀的……啊，划得来，划得来，就得这么大批的干！

他想得出神了。

3

女记者关于山下村的报道修改了两次，过了十多天才发表出来。题目就用了沈佩兰的那句话："我们都是主人"。文章在全市的工人家属中引起了不小的反响。好几个基层妇女组织都向市妇联提出要求，要组织参观。一天晚上，阮文会对向明讲到这件事。按向明的意思，最好不要兴师动众。山下村不是工厂，怕家属们招架不了。还是组织几次报告会，或座谈会，请唐景秀她们去讲讲，省事多了。文会又讲到唐景秀想自己修一个小幼儿园，把学龄前的小孩收进去，孩子们也能受教育，妈妈们也能放心。向明说这是大好事，群众中这种主动性是应该大力支持的。

没有用妇女们去搬动破砖碎瓦。厂里开来一辆卡车，只用两天时间就拉来所需的材料。唐景秀组织了一批妇女，在简易住宅工地和山下村两方面干装卸的活儿。

材料准备得很快，碰巧赶上雨季，直拖到八月末才破土兴工。

工人们听说要办幼儿园，都利用业余时间来献工。电工拉上电线，安上大灯泡，把原来是臭水泡子、现在是儿童游戏场的地方照得雪亮。

各种工具好像是从魔术箱里变出来的，要啥有啥。当天晚上定位画线，第二天挖好了三间房的墙基，第三天矗起房架，第五天晚上四面墙差不多完工了。沈佩兰包一块头巾，不声不响地抹砖缝，抹得又细又匀。于秀枝嫌她慢，她却又嫌于秀枝干的粗。只有盛玉华这把巧手干得又快又好。夏玉芹的职务是替参加劳动的姐妹们看小孩。妈妈们都信任她。她从开着的窗子望出去，只见工地上一片白花花的灯光，灯光里人影子在浮动。这火红的景象是她平生没有见过的。她觉得看见的不是人世间的纷忙，倒好像是一帮神仙在比赛神通。阮文会每天都来一下，有时也插上手干活。

在所有来献工的工人里，唐景秀看见尤三愣每天都来。来了就闷头干。人们都走了，他还留在现场，坐在砖垛上一动不动地坐很久。唐景秀猜想他是不愿意回到他那个空屋子去。要是把夏玉芹介绍给他呢？男的能干活，女的会理家，不是很好的一对儿吗？她想最好先让沈佩兰探探他的心意，免得一下子谈崩了。她这么想着，来到他的跟前。

“三愣。”

“嗯？”

“怎么还不回家？”

“坐一会儿，风凉一下。”

已经入秋。晚上凉风习习，是不热的。也许这个人想得心里发热了吧？

“这个幼儿园能盖得这么快，全靠的是工友。你也没少出力啊。”

“好说。”

“俺们想买一个大花镜子，把工友的名字都写上，就挂在托儿所的墙上。”

“为啥？”

“叫孩子们知道，叔叔们为他们是无力不出，长大了得学叔叔们的样儿，为国家出力。”

“这敢情好。”

“你怎么办？你的学名是啥？也不好把三愣这两个字写上去啊。”

尤三愣低头想了一下。“就是三愣好啦。什么时候我不愣了，再改也不晚。”

这天夜里，唐景秀躺在炕上，睡着睡着忽然笑出声来。

陈宝田翻一个身，问道：

“你笑啥？做好梦啦？”

“我还没睡呐。想着想着，心里直乐。”

“讲讲，也让我乐一乐。”

“你看山下村这两年变化有多大！当初动员妇女们出来清除臭水垃圾，磨了多少嘴皮，跑了多少腿，惹了多少气。现在盖这个幼儿园，合计至少得一个月，没想到一个星期就能完工。群众的力量有多大，我从心眼里服啦。厂里，市妇联也都大力支持，工作好干多啦。”

陈宝田听得来神了，翻身坐起来，披上衣服，点起他的小烟斗，嗞嗞地吸了两口。

“好是好，可别好昏了头。工作可是没有头，好比山外还有山，天外还有天。就拿电焊说吧，我总觉得自己这一手是数一数二的啦，可现在又有了新技术。高炉的炉皮钢板，从前都是用铆钉连接，今后要用电焊连接，省工省料可老啦。”

“你能行？”

“呔，这不行的话能从老工人的嘴里吐出来吗？不行也得叫他行啊。”

唐景秀相信他的话。她的丈夫是内秀，是板上钉钉的性子，是不会说空话的。

落在英灵山上的大月亮好像一个笑脸，从大窗子窥探进来，银光映在唐景秀的眼睛里。这一双俊秀的眼睛没有一丝睡意，清清亮亮地望着外面银色的天空。她在想，明天得马上开家属委员会。按照阮文会的指示，家庭爱国公约和抗美援朝的捐献活动得检查一下。幼儿园盖成，收哪些小孩，得商量一下，订出一个章程。大镜子上的字请谁写呢？在山下村，谁有一笔好字？啊，有啦。请林婉如。相信她一定乐意帮忙的。还有，得及早准备山下村的妇女大会，重选家属委员。让妇女们举出她们可心的人。像辛玉婷那样的，是不会有人给她举手了。可不是，丈夫说得对，工作真正是没有头啊。可是生活变得这么有意思，姐妹们都有这么一股子乐呵呵向前奔的劲儿，不正是因为有这无尽无休的工作吗？

4

天气一凉，阮文会又犯了胃病，经大夫们会诊，判明是胃下垂。照丁楠的意见，她应当休息下来，停止工作。文会不肯，只同意休息半天。患这种病必须多卧床，可要是整天躺在床上，什么都不干，不成活死人了吗？

星期六的晚上，丁楠和郁文宗来探望阮文会。亭亭和同学看电影去了，向明却一个人伏在方桌上翻女儿的小画册。他很高兴两个朋友的到来，让他们来到里屋。文会正靠着叠起来的被子歪在床上。

四个人又有好多日子没有碰面，见了都很高兴。

丁楠坐在文会的床边，看她穿一件淡灰色的毛衣，密密实实的头发压在头上，脸上瘦出了两条护嘴纹，一笑更深，要不是一双清亮有神的大眼睛，准会拿她当五十岁的老太太。丁楠舍不得责备朋友，只是连着叹了两口气。“你看，怎么样，病倒了不是？”眼风里等于是说：“你要是早听我的不好了吗？”这比直接的斥责更使文会难为情，觉得一向很对不起好朋友的体贴和关心。

丁楠胖成了双下巴颏，脸色也更红润了，头发黑得好像要滴下油来，似乎整天的劳碌对她的健康反而有利。她说：

“在我们医生的眼睛里，不能不看到人的生命的极限。最好把这个极限推远一点，可以多做些工作。”

“也许是因为你看死人看多了吧？”文会打趣说。

“这可不对。有的人看多了，麻木啦；有的人可不是这样，正因为看多了，才动了心，才想尽一切力量把人的健康保护好。靠死人建设不成社会主义，靠弱不禁风的人也不行。这一点你大概不至于不同意吧。”丁楠说着，用眼角扫一下文会。

“啊哟，这么说，我不成了社会主义的罪人啦？好吧，你怎么说，我怎么办好啦。”

向明瞄一眼郁文宗，笑嘻嘻地说：

“老郁，你有兴趣听这些吗？”

“我的忍耐快到极限啦。”郁文宗两个肩膀一耸。他的下巴刮得精光，正直挺挺地坐在向明的床上，紧挨着向明。

文会听惯了郁文宗的嘲弄调子，也并不介意，只是用眼睛向丁楠示意——你听！又含笑说：

“我们这些老太婆讲话，你们当然没有兴趣。不是当年啦。好吧，请便，到外边去谈你们的国家大事吧，省得沾染上婆婆妈妈的庸俗习气。”

“对啦，出去吧，咱们各得其所，只是希望你们不要争吵不休。”丁楠也附和着说。

向明向郁文宗龇牙一笑，拍拍他的肩膀，和他来到外间，在窗前的方桌两边对面坐下。郁文宗点起一支烟。向明把桌子上的一盘苹果推给朋友。郁文宗拿起一个，一口就咬掉了半个。

“你可知道，我差一点到了生命的极限。”向明也抓起一个苹果。

郁文宗看他脸上笑嘻嘻，声调也这么轻松，不懂他是什么意思，闪着眼睛等他说下去。

“告诉你一条有趣的消息，”向明笑嘻嘻地咬着苹果，“我上了敌人的暗杀名单啦，还是排在第三名呐。看样子很瞧得起我。”

郁文宗一惊。“是真的？文会知道吗？”

向明并不正面回答他，却说：“你也很荣幸。名单上也有你，也有丁楠，也有文会。不过对不起，你们排在第几位我可记不清啦。一共二百多口子。你瞧，胃口不小。”

他告诉郁文宗，工会会计康老二偷偷提出一大笔钱，想逃跑，按他的行踪看，是想从香港方面出境，很快就和大新的经理先后被捕了。这个姓康的很狡猾，想舍卒保车，供出一个姓曲的小头头，从这条线上又牵出了几个。这一网打得不少。许多怪事，矿槽的雷管、谣言和反动标语、没头帖和恐吓信、粮库的大火等等一切，这才找到了根，也不必细说了。

“这一批东西在哪儿?”郁文宗不知底细，却不像向明那么轻松。

“都在他们应当在的地方。你放心，跑不了。可是何必老讲这个。暂时还没到生命的极限，还是谈点正经的吧。我们的试验搞成功，我心里记了你一大功。你是首倡者之一。”

“得啦，我只是讲了两句空话。”不过从郁文宗的眼神看，他听到朋友的好评还是高兴的。

“老郁，不知道你是怎么想的，”向明又说，“我觉得这两年忙手忙脚的，只是打了第一个回合。今后还得打下去。往远处看，十年二十年以后，咱们的生产水平能不能摆进世界先进的行列?呐，你看亭亭的这本小人画。题目是：‘我们工人有力量’。很好。有安全行驶五万公里的机车司机，有五十分钟车一个塔轮的新纪录创造者，有从烂铁堆里修成发电机的，有提高刨床效率二十多倍的，有全国驰名的质量免检小组，也有咱们以厂为家的宋老铁。孩子们看了，能受到教育。仔细一想，就觉得这里边还缺少一点骨子里的东西。工人阶级力量的源泉是什么?”

“依你，应当怎么说?”

“我也讲不清楚。只是有些感受，还不能提升为理论。我们炉子上抓了抓支部工作，人的精神面貌有变化，生产也就有了变化。不把党办好，一切都是空谈。”

“所有的人都来办党?”

“所有的党员。照我看，党员不管是做工、务农、当兵、经商、教书、当将军、当厂长、当市长，都得首先考虑把党办好。至于怎么办，马恩列斯已经讲了很多，毛主席也讲了不少。”

郁文宗不说什么，他原则上并不反对向明的意思，不过他没考虑这个问题。目前在他的头脑里占据第一位的是钢厂本身。他和刘朴关于改进党委和行政工作的报告，市委早已批下来，正在组织力量落实。

“第一期扩建工程的规划你看过吗?”向明转了话题。

“看过啦。”

“有什么看法?”

“只粗粗地溜了一眼。得仔细研究一下，才好讲意见。初步印象，觉得矿山的规划还缺乏远见。”

“一点不错，”向明在大腿上拍一下，“矿山这步棋不走好，过几年高炉、平炉得扎脖梗。希望你仔细看看，早点向市委提出建议。”说着，叹一口气。“总觉得自己的显微镜和望远镜都不够用。看一步两步还行，三步开外就看不清啦。执行主席的战略部署，没有战略眼光怎么行!”

丁楠和文会出来了。文会在毛衣上面加了一件上衣。

“好了吧?”文会笑嘻嘻地说，“我们的私房话也说完啦，你们的国家大事也该收场了吧?”

她和向明送出两个朋友，站在矮树墙外面，看他们的影子消失在远处的树影里。

文会觉得向明碰一下她的手，听他小声说：

“老郁看问题是有眼力的。”

文会感觉到他手上的热气，也感受到他对朋友的热情。

周围的秋虫正在起劲地叫着。

5

十月下旬，宋老铁奉命参加了赴朝慰问团。这个团从抗美援朝总会接受一项神圣的任务，把第一批捐款送到朝鲜。这笔钱相当于一千五百架战斗机，是全国各族人民用勤劳的双手增加生产的所得，其中也有钢铁工人和家属的一份。

冰天雪地的夜行军、游龙一般飞驰在崇山峻岭之间的车队、五颜六色的照明弹、烧红半边天的森林大火、震天动地的炮声、成串的美国俘虏、山洞里的联欢、心贴心的慰问、像钢锭一样墩实的战士们、胜利的欢呼、兴奋和感动的热泪，还有朝鲜的壮丽山川、锦片似的大地、朝鲜父兄姐妹的殷勤接待，所有这一切，像漆雕、像彩塑、像油画，深深印入老铁的心底，是他终生不忘的。

他回来的时候好像换了一个人。这个不喜欢穿新衣服的人现在穿着临时发的棉军装，里表三新，虽然紧箍在身上，可是高兴得像小孩一样龇着牙。为了配得上这英武的军装，他伸直腰，挺起胸脯，黑里透红的脸上两眼炯炯有光，见了的都说他年轻了十岁。

一下火车，家也不回，照例先上高炉。为了支援志愿军，他是准备豁上命干的。他刚踏上铁梯子，听有人大叫：

“老铁师傅回来啦!”

随着一阵欢呼，腾腾腾，跑下来一伙人，左右架起老铁，一阵风飞上了高炉平台。原来这是王占河、牟云开、陈德元等人。从这时起，他就身不由己了。更多的人拥上来，簇拥他进了大休息室。凡是不当班的，或是暂时能离开岗位的都跑来了。还没看见人，就听见端端的高腔：

“宋师傅你百分之百回来啦!”

跟着来的是江有声。老铁眨眼间熔化在同志们的热情里了。

“请老铁师傅讲赴朝慰问的经过!”

一阵掌声。

老铁一时激动得不知说什么好，两眼扑闪扑闪看着满屋子笑脸。

“同志们，我亲眼看见啦，我亲耳听见啦，我从心眼里佩服啦，我从心眼里相信啦。最后胜利一定是咱们的!”

不像从前满肚子话堵在嗓眼里，他现在能有板有眼地讲了。从他的肺腑里喷射出来的不只是种种印象，也是老工人对于祖国的热爱，对于最亲爱的人的赞歌。

罗明立从三高炉赶来，挤到前面，情不自禁地紧紧拥抱了老铁。还是大罗最知道老铁的心，马上就告诉他，三个高炉的日产已经突破历史最高水平。

“我整个和你说了吧，宋师傅，肯定没有给工人阶级丢脸。”

“我谢谢同志们!”老铁把手举到帽檐，行了个军礼，觉得还不够，又行了一个。

这引起一阵哄笑。

“祖国需要钢铁，前方需要钢铁，咱们豁上命也得争这口气，照厂长的说法，是争大气。咱们工人阶级是钢铁的脊梁骨，什么也压不垮。一个美帝压不垮，再来一个，也压不垮！毛主席一个拳头顶住美帝，另一只手就指挥咱们搞建设。”

回答他的是又一阵欢呼。

从这一天起，老铁就被这里那里请去做报告。工人、学生、家属，都喜欢听他讲。有一天他讲了两场，傍黑天的时候回到家里，想吃点东西，然后上高炉去。一推开门，满屋子亮晶晶的黑眼睛迎着他。这是一队红领巾，见了他，齐刷刷站起来，举手向他敬礼。他连忙还礼，又看见炕上也坐满了妇女们，除了宋婶和女儿，还有唐景秀、沈佩兰、盛玉华、于秀枝、夏玉芹等代表人物。她们已经听了一遍，还没听够呐。

感动像潮水一样涨满老铁的胸膛。他就近把一个小男孩抱在怀里，高高地举起来，举过了头顶。孩子们欢笑起来，簇拥着挤到他跟前，把他围在核心。他把手里的小男孩放下，蹲下去，立刻觉得许多小热身子偎在自己身上。老铁的心融化了，张开两只胳臂，恨不能生出几十丈长，把所有的小男孩、小女孩都揽在自己怀里。

“前方、后方，打仗、生产，都是为了你们。快长吧，长大了顶上去。懂吗?”

“懂，懂……”

孩子们一片声喊，尖细的童音好像是嘹亮的琴声。在老铁听来，这是最入耳的音乐，是他生平没有听过的。

一九七三年四月完稿

一九七七年九月改定

图书在版编目（CIP）数据

于敏文集．第十三卷，小说．第一个回合．下／于敏著．－－北京：中国电影出版社，2018.10

ISBN 978－7－106－04956－0

Ⅰ．①于… Ⅱ．①于… Ⅲ．①长篇小说－中国－当代 Ⅳ．①I217.2

中国版本图书馆 CIP 数据核字（2018）第 227401 号

于敏文集　第十三卷　小说·第一个回合（下）

于敏　著

出版发行	中国电影出版社（北京北三环东路 22 号）　邮编 100013 电话：64296664（总编室）　64216278（发行部） 64296742（读者服务部）　Email：cfpygb@126.com
经　　销	新华书店
印　　刷	中国电影出版社印刷厂
版　　次	2019 年 1 月第 1 版　2019 年 1 月北京第 1 次印刷
规　　格	开本/787×1000 毫米　1/16 印张/26.5　字数/460 千字
书　　号	ISBN 978－7－106－04956－0/I·1250
定　　价	78.00 元